NIL

L'auteur

Lynne Matson est une ancienne avocate américaine. Elle a décidé de changer de vie et de devenir écrivain. *Nil* est son premier roman. Quand elle n'écrit pas, Lynne Matson aime discuter avec ses quatre garçons qui l'inspirent pour les personnages masculins de ses histoires.

Dans la même série :

1. *Nil*
2. *Les secrets de Nil*
3. *La colère de Nil*

LYNNE MATSON

NIL

Traduit de l'anglais (États-Unis)
par Guillaume François

POCKET JEUNESSE
PKJ·

Directeur de collection :
Xavier d'Almeida

Titre original :
Nil
Publié pour la première fois en 2014
par Henry Holt and Company

Loi n° 49-956 du 16 juillet 1949 sur les publications
destinées à la jeunesse : juin 2021.

ISBN : 978-2-266-31676-7

Dépôt légal : juin 2021

À Stephen.

Je te trouverai, où que tu sois.

« Le temps est le feu dans lequel nous brûlons. »

Delmore Schwartz

Chapitre 1

CHARLEY
10 août, midi

La chaleur.

Une chaleur dévorante, inexplicable, étouffante comme la fumée, brûlante comme le feu.

C'est la dernière chose dont je me souvienne avant que les flammes invisibles ne me précipitent dans un néant glacé. Ça, et une pensée un peu folle : si je survis à cet incroyable feu de joie, mon père va être dans tous ses états en voyant que je n'ai pas ramené la voiture à l'heure.

CHARLEY
10 août, 11 h 56

Je crève de chaud.

Ça faisait à peine une minute que j'étais sortie de la voiture, et déjà je commençais à dorer comme un poulet sur la broche. Le bitume était brûlant. Je sautillais d'un pied sur l'autre, les clefs de mon père à la main. Je mourais d'envie de me rasseoir dans la

Volvo, avec sa climatisation arctique et son odeur de voiture neuve.

Au lieu de ça, j'ai saisi le sac en plastique sur la banquette arrière et claqué la portière. J'avais pour cinquante dollars de vêtements à me faire rembourser. Cinquante de mes dollars durement gagnés à faire du baby-sitting cet été, gaspillés pour deux jupes stupides que je n'aurais jamais dû acheter. C'étaient des minijupes plus que courtes, et sur moi, ça faisait carrément prostituée. Je ne les aurais jamais portées. Et si Em ou Jen avaient été avec moi hier, elles ne m'auraient jamais laissée les mettre dans mon panier.

Mais hier, comme aujourd'hui, il n'y avait que moi.

Eh ben tant pis. J'ai regardé la voiture vide en me mordant la lèvre. Je déteste être seule. J'ai toujours détesté, et j'ai toujours détesté détester. Ce que je veux dire, c'est que je ne suis jamais allée au cinéma toute seule, et que j'envie secrètement les gens qui en sont capables. En vérité, je n'ai jamais eu à être seule. Ma sœur Em a toujours été dans les parages, elle ou Jen, ma meilleure amie depuis le CE1. Ou bien les deux.

Jusqu'à maintenant.

Dans la chaleur ambiante, une nouvelle vague de solitude s'est abattue sur moi. La même vague que j'ai ressentie quand nous avons déposé Em à l'université la semaine dernière, et à nouveau hier, lorsque j'ai vu Jen embarquer pour Milan. Les deux personnes que je préférais, envolées.

Pas pour toujours, je me répétais. Je n'allais quand même pas commencer à m'apitoyer sur mon sort au milieu d'un parking de supermarché. *C'est juste pour quelques mois, quatre maximum.* Le programme d'échange de Jen se terminait en décembre. À Noël, la vie redeviendrait super, et notre dernier printemps de lycéennes serait génial. En attendant, j'avais toujours le volley. Les entraînements m'occupaient l'esprit, les matchs me donnaient un objectif. Et je comptais bien rendre visite à Em chaque fois que je pourrais.

Ça allait un peu mieux, alors j'ai verrouillé la voiture et je me suis tournée vers le gigantesque parking, une étendue d'asphalte aussi noire que du charbon, parcourue de lignes blanches çà et là. « Gare-toi tout au bout », m'avait dit mon père avec un clin d'œil. J'avais souri et attrapé les clefs au vol. « Moi aussi, je t'aime, papa. »

Bien sûr que j'allais me garer tout au bout. Il n'y avait pas la moindre voiture à des mètres à la ronde.

Maintenant que j'étais à pied, « tout au bout » prenait une autre dimension. J'aurais pu me garer au fin fond de l'Égypte, il y faisait aussi chaud. Au milieu du parking, l'air ondulait au-dessus du sol. Ça me faisait penser à un mirage dans le désert.

Mais ce mirage-là semblait s'élever comme un mur de verre tremblotant. Puis il a commencé à rouler.

Rapidement.

Bizarrement.

Dans ma direction.

Le temps d'un battement de cils, l'air devant moi s'est mis à fondre. Il roulait, telle une vague de cristaux liquides et, avant que je puisse prendre une inspiration, la vague m'a engloutie en silence.

L'air chaud m'entourait comme un étau. Chaque millimètre de mon épiderme s'est mis à hurler, chaque terminaison nerveuse à exploser.

Je suis en train de frire sur un parking de supermarché ! Cette pensée m'a traversé l'esprit alors que les flammes invisibles s'enfonçaient un peu plus en moi. J'ai voulu crier, mais la chaleur m'étouffait. Elle était dans ma bouche, dans mes poumons, en moi, semblable à une ombre vivante dont je ne pouvais me débarrasser. Du goudron ardent courait dans mes veines, a rempli ma poitrine, s'est insinué derrière mes yeux.

Une ombre plus noire encore que l'asphalte s'est précipitée sur moi. Avec le choc, je suis tombée. Ma dernière sensation a été celle d'un froid glacial. Un froid vif, mordant, aussi douloureux que la chaleur quelques secondes plus tôt. Et après… rien.

Plus de lumière. Plus de son.

Plus d'air.

Chapitre 2

THAD
Jour 267, aube

Kevin avait décidé il y a deux jours de déserter. Il était parti en Recherche sans l'aide de personne.

Hier, son temps était écoulé.

Et aujourd'hui... eh bien, aujourd'hui, c'était une journée pourrie. Sans doute pour lui et sans aucun doute pour nous, puisque vingt-quatre heures après nous ne savions toujours pas s'il avait réussi ou pas. Tout ce qu'on savait, c'est qu'aujourd'hui, c'était son Jour 366, et que sur l'île de Nil, personne n'avait droit à un Jour 366.

J'ai ravalé ma bile. Ma course sur la plage, si brutale fût-elle, n'avait rien fait pour me vider l'esprit. En fait, je me sentais encore plus mal. Parce que maintenant j'étais épuisé en plus d'être à bout de nerfs. Ce qui n'est pas une bonne façon de commencer la journée sur Nil.

Un mètre avant la lisière de la forêt, je me suis arrêté et j'ai fait un truc qui aurait scotché mon entraîneur : je me suis forcé à respirer. À inhaler de façon consciente. « Focalise-toi sur ta respiration, focalise-toi sur ton esprit. » C'était sa petite phrase préférée avant qu'on se lance en montagne. Je n'y faisais jamais vraiment attention. J'ai inspiré par le nez, expiré avec le ventre. « On inspire… on retient… et on expire. » Chaque fois, il nous jurait que si on le faisait correctement, notre respiration ressemblerait au fracas de l'océan. Comble d'ironie, maintenant, je n'entendais que ça, le fracas de l'océan : derrière moi, les avalanches d'eau s'abattaient sur la plage, les unes après les autres.

On respire.

Une ombre a filé sur ma droite. Je me suis retourné aussi sec, couteau en main, sachant pertinemment qu'il était sans doute trop tard. La forme avait déposé quelque chose devant moi ; mon pic d'adrénaline est retombé aussi sec.

— Super, j'ai dit en regardant l'oiseau mort à mes pieds. Il ne fallait pas, Burton.

De tous les chats sur Nil, Burton était celui qui sortait le plus du lot. Il était noir de jais, avec des pattes d'un blanc pur. Comme s'il avait marché dans la neige.

— Non, vraiment, tu peux le garder, j'ai dit à Burton en rangeant mon couteau.

Le chat avait l'air contrarié : il s'attendait à plus. Il y a quelques mois, nous sommes arrivés à une sorte d'accord, Burton et moi. Je lui laisse les restes de poisson et, en retour, il crache. Et de temps en temps, il m'apporte une chose morte, pour me témoigner sa sympathie.

Rien de tel qu'un cadavre pour bien démarrer la journée, même s'il ne s'agit que d'un oiseau.

Brusquement, je me suis senti pareil à cette pauvre bête. J'étais mort, comme si j'avais passé des heures à fendre la poudreuse, alors qu'ici, sur Nil, la journée ne faisait que commencer. D'ailleurs, grâce à Nil, je n'avais pas touché à ma planche de surf depuis exactement deux cent soixante-six jours.

La tête remplie de neige, de cadavres et d'exercices de respiration qui ne valaient pas un clou, j'ai parcouru péniblement le sentier qui conduisait au Mur.

J'y ai trouvé mon nom et je l'ai caressé comme un aveugle lit en braille. Je faisais ça tous les jours. Au fond de moi, je savais que ça virait à l'obsessionnel, mais je m'en fichais. Après neuf mois sur l'île, j'avais bien gagné le droit de pratiquer un ou deux rites farfelus. Le Mur est un mémorial. Notre mémorial. Même pour ceux qui sont toujours là.

Plus je parcourais mon nom du bout des doigts, plus je me sentais apaisé. Au bout de la troisième fois, j'étais presque zen. Puis mes yeux se sont posés sur le nom de Kevin et mon « quasi-zen » a volé en éclats. Cinq lettres et un blanc. Ce blanc me hurlait à la figure, me suppliait de le combler. Mais pour ça, je devais d'abord savoir quoi y graver. Ce vide ignoble était un rappel cruel du fait que je ne savais pas. J'ai fermé les yeux. Ma tête était sur le point d'exploser. Et si moi, je me sentais aussi mal, je n'arrivais pas à m'imaginer comment Natalie tenait le coup.

Pas très bien, je me suis dit en revoyant son visage alors qu'elle titubait dans la Cité la veille au soir. À la fois pleine d'espoir et désespérée, elle était perdue comme elle ne l'avait jamais été. Le pire, dans tout ça, c'est qu'on ne pouvait rien faire d'autre qu'attendre. Et ça me donnait envie de me taper la tête contre le

Mur. Attendre pour faire le deuil, attendre pour les célébrations, se demander si le destin de Kevin n'était pas un avant-goût du nôtre. C'était le jeu favori de Nil. Nous torturer l'esprit.

Je priais pour que Kevin ait gagné. Dans tous les cas, il était parti et il ne reviendrait pas. Il n'y a pas de prolongations sur Nil.

— Thad !

Je me suis retourné. Rives avançait vers moi, l'air concentré, ses dreadlocks rassemblées en queue-de-cheval. Il tenait une planche en bois poli contre sa hanche.

— Des nouvelles de Kevin ? il m'a demandé, le regard dans le vague.

— Pas encore.

— Aujourd'hui, peut-être.

Il avait l'air aussi frustré que moi.

— Peut-être.

On aurait aussi bien pu parler du temps. « Tu crois qu'il va pleuvoir aujourd'hui ? – Peut-être. » Conversation inutile sur un sujet qu'on ne maîtrise absolument pas.

J'ai regardé sa planche et je me suis souvenu de la houle monstrueuse du matin.

— Tu y vas tout seul ?

Rives a souri.

— T'as deviné. Sauf si t'es d'attaque.

Pendant une demi-seconde, j'ai envisagé de l'accompagner. Puis j'ai soupiré :

— Je ne peux pas.

Rives m'a observé.

— T'es sûr ? Je peux attendre.

— Merci, mais non. J'ai promis à Natalie que j'irais en repérage.

Rives ne pourrait jamais trouver quoi que ce soit à redire à ça. Alors qu'il s'éloignait, je l'ai appelé :

— Rives !

— Ouais ?

— Fais gaffe. Surveille tes arrières, d'accord ?

— Comme toujours.

Son éternel sourire aux lèvres, il m'a adressé un rapide salut.

Rives s'est évanoui dans la forêt. Le ciel était clair, l'air frais sentait le sel. C'était une journée identique aux deux cent soixante-six qui l'avaient précédée. Et pourtant, pas tout à fait. Il y avait quelque chose dans l'air. Ce n'était pas seulement l'attente du verdict concernant Kevin, c'était autre chose. Quelque chose de nouveau, et je n'arrivais pas à mettre le doigt dessus. Mais c'était bien là, je le sentais. Ce quelque chose avait un rapport avec moi.

Qu'est-ce que tu prépares, Nil ? je me suis interrogé en réprimant un embryon d'angoisse. Autour de moi, je ne voyais rien d'autre que des feuilles qui volaient au vent.

Chapitre 3

CHARLEY

Jour 1, heure inconnue

J'ai été réveillée par une vive douleur à la hanche. Lorsque j'ai ouvert les yeux, j'ai vu rouge. Littéralement.

Des blocs de roche couleur rouille s'étendaient aussi loin que portait mon regard. Certains aussi gros que des bus, d'autres de la taille de voitures, et le reste était comme un gigantesque assortiment de balles : balles de golf, de base-ball, de volley… Tous ces rochers aux contours irréguliers et déchiquetés étaient de la même teinte rouge feu. Quant à moi, j'étais couchée sur le flanc.

Nue.

Dehors, dans un horrible champ de cailloux que je n'avais jamais vu de ma vie.

Je me suis relevée tant bien que mal, me suis époussetée et j'ai titubé vers le bord. Des graviers tranchants recouvraient la surface du rocher. *Ça explique pourquoi j'ai mal à la hanche*, je me suis dit. Deux fois, j'ai glissé, mais sans tomber.

Mon rocher, en forme de champignon avec un large pied, était coincé contre un tas d'autres, plus petits, qui évoquaient des choux-fleurs pétrifiés. Je les ai franchis comme des marches, aussi vite que le permettaient les gravillons coupants. Mes pieds ont touché le sol et je me suis terrée dans un semblant d'ombre.

Immobile contre un roc, j'ai tendu l'oreille.

La quiétude environnante n'était troublée que par moi. L'air sifflait hors de mes poumons, le sang battait à mes tempes, mon cœur cognait dans ma poitrine. Le silence était si intense, si total, qu'on aurait dit une présence à part entière. Une présence sinistre, presque d'un autre monde. Face à ce paysage rouge et désolé qui s'étendait sur des kilomètres, j'avais l'impression de m'être réveillée sur une autre planète.

Je me suis mise à trembler violemment, glacée par une peur que je n'avais ressentie qu'une fois auparavant, lorsque Em et moi, on s'était fait rentrer dedans par un conducteur ivre. J'avais vu Em écrasée contre le volant, du sang rouge vif coulant sur son front jusque dans ses yeux clos. Heureusement, plus de peur que de mal. Je ne pouvais pas en dire autant cette fois-ci : j'étais complètement nue, perdue, sans la moindre idée d'où je me trouvais. La dernière chose dont je me souvenais, c'était une chaleur atroce, un froid brûlant et la douleur.

J'ai baissé les yeux sur mon corps, que je m'attendais à voir calciné. Ça avait l'air d'aller.

Lentement, j'ai relevé la tête pour l'appuyer contre le rocher. Le paysage rougeâtre restait immobile et silencieux. Au moins, le ciel était bleu. Un bleu clair et radieux.

Peut-être que je suis morte.

Je pensais m'être évanouie, mais après tout, j'étais peut-être carrément morte. Est-ce que cette horrible chaleur marquait le passage vers la mort ? J'ai observé cet environnement aride et je me suis soudain dit : *Je suis en enfer.* L'enfer était un désert de pierres rouges, où l'on se réveille nu et seul. J'avais toujours pensé que ce serait plutôt une caverne grouillante d'âmes gémissantes, mais peut-être qu'on avait tous droit à notre petit enfer personnel, conçu sur mesure.

Pourtant, ça ne donnait pas l'impression d'être l'enfer. Même si j'avais un peu laissé tomber l'Église ces derniers temps, je n'étais pas une mauvaise fille. La pire bêtise à mon actif, c'était d'avoir fait le mur pour aller boire des bières sur le terrain de golf avec Em. Ce n'était pas si terrible. Ça ne suffisait pas pour m'envoyer directement en enfer, en tout cas. Mon instinct me disait que j'étais en vie. Puis il m'a dit que je devrais avoir peur. Très peur.

La peur que j'avais ressentie pendant l'accident d'Em m'a envahie de nouveau. J'avais du mal à respirer, comme si je manquais d'air. L'atmosphère était étouffante, ici.

Autour de moi, rien ne bougeait.

J'ai parcouru la zone du regard, à la recherche d'un indice qui me dirait où j'étais. Mais je ne voyais que de la pierre, tapissant le sol et formant des monticules ici ou là. Des piles monstrueuses bloquaient mon champ de vision. Il allait falloir que j'escalade si je voulais voir quelque chose… et devenir ainsi le point de mire de la première bestiole tapie dans la nature ?

Tu parles d'un choix.

D'un autre côté, je ne pouvais pas rester enfermée entre ces rochers éternellement.

J'ai rampé jusqu'au plus haut amas rocheux en me faisant toute petite. Ça m'a rappelé quand je marchais pieds nus sur les fruits épineux du liquidambar dans notre jardin : désagréable, mais faisable. Juste avant d'atteindre le sommet, j'ai jeté un coup d'œil discret à l'horizon. Je ne voyais que de la roche. J'ai hésité. La voix de mon entraîneur de volley résonnait dans ma tête : « Sers-toi de ta grande taille, Charley. Utilise-la à ton avantage. »

J'ai pris une profonde inspiration et, après avoir gravi les derniers mètres, je me suis mise debout. Je n'ai pas pu m'empêcher de couvrir de mes bras ma poitrine et mes parties intimes. Je me sentais stupide. J'ai scruté le paysage dévasté.

Une forme bleuâtre parsemée de vert s'élevait au loin. *Une montagne*, je me suis dit avec une lueur d'espoir. Le vert était synonyme de vie et, plus important encore, d'eau.

Le soleil (il n'y en avait qu'un, Dieu merci) était haut dans le ciel, sans un nuage pour le perturber. Sentant la chaleur sur mes épaules nues, j'ai compris que je devais m'abriter. Malgré mon teint mat, je finirais par brûler.

J'ai regardé à gauche, vers ce qui devait être l'ouest. La pente était plutôt douce. Pas de montagne. Pourtant, j'avais l'intuition que cette route était plus sûre. « Suis ton petit doigt », avait l'habitude de dire mon père en se tapotant le nez, ses yeux brun doré pétillants de malice. Il m'arrivait souvent de penser qu'en plus de lui ressembler j'avais en quelque sorte hérité de son petit doigt. Je *sentais* qu'il fallait aller vers l'ouest.

Me retournant, j'ai eu le souffle coupé. À une vingtaine de mètres, le sol rouge s'est mis à chatoyer. Le vent s'est arrêté. L'endroit, déjà si silencieux, semblait complètement mort sans cette brise.

Le chatoiement s'est élevé dans les airs puis s'est déplacé droit sur moi.

Je me suis précipitée à droite, cherchant plus à le contourner qu'à le distancer, comme si c'était une tornade. J'ai sauté de rocher en rocher, visant les surfaces à peu près plates, et j'ai fini par rater ma cible. Une vive douleur a explosé dans ma cheville, me faisant trébucher. Quand j'ai levé la tête, le chatoiement n'était qu'à cinq mètres de moi. Il n'accélérait pas. Il ne ralentissait pas. Il… dérivait vers moi.

Il fallait que je passe la seconde. J'ai couru comme jamais, laissant derrière moi une trace rouge qui faisait ton sur ton. Une pierre plate a attiré mon regard : elle dissimulait une petite grotte. Ou plutôt un creux dans la paroi, tout juste suffisant pour m'abriter. J'ai foncé vers cette ouverture et me suis repliée comme un accordéon dans l'anfractuosité.

L'ombre s'est abattue sur moi à la manière d'un rideau. J'ai pressé le dos contre la pierre froide en attendant que mes yeux s'habituent à la faible luminosité.

Le chatoiement s'approchait, sinistre et silencieux.

Quelques secondes plus tard, le mur d'air tremblotant était si proche de moi que j'aurais pu le toucher en tendant la main. Il brillait comme de l'eau derrière une vitre – un million de petits grains de lumière translucide venant me chatouiller les yeux.

Toutes les couleurs étaient là, ondulantes, surnaturelles et iridescentes.

Puis la bordure du chatoiement s'est trouvée juste devant moi, aussi fine qu'une lame de rasoir, argentée et cernée de noir. Devant et derrière, l'air était aussi clair et bleu que le ciel. Je suis restée assise, immobile. J'avais peur de bouger, peur de respirer, et j'étais surtout terrifiée à l'idée que le chatoiement m'aspire pour m'emmener je ne savais où.

Mais il a continué sa route, jusqu'à ce que je ne puisse plus le voir.

Une seconde est passée, puis une deuxième.

Le vent s'est de nouveau levé. La fine poussière rouge virevoltait devant mes orteils, formant des entonnoirs miniatures.

Au moment où je commençais à émerger de mon abri, j'ai remarqué qu'un deuxième chatoiement se formait sur ma droite, pratiquement au même endroit que le premier.

Sans hésiter, j'ai regagné ma grotte. La poussière ne voletait plus. Le chatoiement a dérivé plus loin que le premier, passant cette fois à quelques mètres de moi. Comme la première fois, il a tracé sa route.

J'ai attendu, recroquevillée, en regardant la poussière.

Le vent s'est calmé. Un troisième chatoiement a balayé le terrain rouge, bien plus loin que les précédents, avant de disparaître lui aussi quelque part sur ma gauche. Il s'est replié sur lui-même et en un clin d'œil, il n'y avait plus rien. De loin, les chatoiements avaient l'air moins menaçants, moins vivants. Mais surtout, ils ne semblaient pas vouloir me débusquer.

Eh bien, je me suis dit, *si un chatoiement m'a amenée ici, peut-être qu'un autre pourrait me ramener chez moi ?* Alors, lorsqu'un quatrième chatoiement est apparu, je me suis précipitée vers lui à toute allure, en essayant d'ignorer ma douleur à la cheville. Je me sentais ridicule à galoper dans mon plus simple appareil, mais j'étais déterminée à attraper ce mur d'air ondulant de trois mètres de haut et moitié moins de large. Il avançait lentement sur la pierre rouge, flottant à quelques centimètres du sol.

Qu'allait-il se passer exactement lorsque j'allais l'atteindre ? *Est-ce que ça va me brûler ? Ou me glacer ?*

Je touchais au but lorsque le chatoiement s'est affaissé en un point noir, qui a disparu à son tour. Le vent est immédiatement revenu à la charge, fouettant mes cheveux avec hargne.

Le chatoiement n'était plus là.

Debout sur ce plateau étrange, entièrement nue, j'avais l'impression d'avoir échoué sans même comprendre pourquoi. Et étant donné la distance toujours plus grande entre deux chatoiements, je ne courrais jamais assez vite pour attraper le prochain.

Mais c'était plus fort que moi : j'ai attendu en scrutant le sol alentour, à l'affût du moindre mouvement.

Est-ce que ça apparaissait sous forme de vagues successives ? À quelle fréquence ? Je n'en avais aucune idée, je ne savais pas plus ce que c'était.

D'un coup, j'ai eu pleinement conscience de ma vulnérabilité, sans rien pour me couvrir. *Va-t'en !* me hurlait mon instinct. *Loin de cet endroit, loin du soleil, loin des regards.* Quelque chose me disait que ce plateau était une voie sans issue et qu'il fallait que je bouge.

Au premier pas, j'ai grimacé. Ma cheville était en sang. Pourtant, il fallait que j'avance.

Ma progression était lente et douloureuse, mais j'ai fini par trouver mon rythme : je faisais quelques pas, ensuite une pause pour prendre mes repères, bien que je n'en aie aucun à vrai dire. Encore deux pas sur la gauche puis j'ai sauté pour atteindre un endroit plat. J'étais si concentrée sur mes pieds que j'ai failli ne pas voir la tache crème au beau milieu de tout ce rouge.

J'ai opéré un détour en boitillant et j'ai trouvé une paire de sandales et un bout de tissu. Non, des vêtements !

À côté d'une profonde crevasse, il y avait un short et un bandana, tous deux d'un curieux blanc cassé. Surexcitée, j'ai soulevé le short, et quelque chose de brillant a sifflé près de mon oreille avant de disparaître dans la crevasse. Je me suis demandé ce que c'était, mais je n'allais certainement pas descendre dans ce trou obscur pour aller voir.

J'ai tendu le short à bout de bras. L'étoffe était douce et usée. C'était une coupe droite, avec des coutures grossières et une sorte de braguette à lacet. Un genre de version primitive du bermuda masculin. Il était déchiré sur le côté, mais tout à fait portable.

— Cool, j'ai dit.

Le mot a retenti dans l'air comme un cri. Je me suis figée, saisie de frayeur, quand j'ai enfin compris que ces vêtements appartenaient à quelqu'un.

Quelqu'un qui était peut-être en train de m'observer.

De nouveau au bord de la panique, j'ai empoigné le short comme une voleuse prise la main dans le sac. J'ai scruté les rochers, chacun de mes muscles était tendu dans l'attente de voir débouler son propriétaire.

Tout est resté silencieux.

Ce matin, jamais je n'aurais mis des vêtements ramassés par terre. Il faut dire que ce matin, je n'étais pas perdue dans un désert de pierres rouges, toute nue. *On ne va pas faire la fine bouche*, je me suis dit en enfilant le short. Puis j'ai ri, parce que comme par hasard, il m'allait.

J'ai toujours été maigre, bâtie comme un garçon, avec un prénom de garçon pour aller avec. Alors que toutes les filles commençaient à avoir des courbes, moi je ne faisais que grandir et grandir jusqu'à dépasser le mètre quatre-vingts. Récemment, ma poitrine avait fait un petit effort pour rattraper son retard (le mot clef étant « petit ») mais je n'avais toujours pas de hanches. Alors le bermuda, c'était parfait.

J'ai enroulé le bandana autour de ma poitrine façon *Koh-Lanta*. Maintenant que je n'étais plus nue, je me sentais un million de fois mieux.

Les sandales étaient un peu grandes, mais c'était mieux que rien. Les pieds protégés, j'ai pu avancer beaucoup plus vite sur cette marée rouge. Certains rochers étaient instables, d'autres tenaient bon. Le talon de ma sandale droite a rapidement eu l'air d'avoir été trempé dans un pot de peinture rouge. *La classe*, j'ai pensé avec ironie tout en regardant où je mettais les pieds. Ces rochers semblaient faits pour les serpents. Mais à part moi, rien ne bougeait.

Alors que j'essayais de contourner une autre crevasse, j'ai dérapé. Des éclats écarlates ont volé, comme s'ils couraient eux aussi. L'un d'eux ressemblait à une dague. Je l'ai ramassé, j'ai jaugé son poids, puis je l'ai projeté contre un rocher pour tester sa solidité. Il est resté intact. On aurait même dit qu'il avait abîmé le rocher. *Comme dans pierre, feuille, ciseaux*, j'ai pensé. *La dague bat le rocher.*

Je l'ai glissé dans ma ceinture, au cas où. L'idée de me battre à main nues, armée d'un morceau de caillou en guise de poignard, m'a paru si ridicule que j'ai ri. Ce qui valait toujours mieux que pleurer. Cependant, ces émotions étaient si brutes, si fortes, telles les deux faces d'une même pièce, que je craignais de me retrouver en larmes à force de rire. J'ai donc respiré un grand coup et continué ma route.

Au bout d'un moment, le rouge s'est changé en noir, comme si du bitume avait été déposé sans jamais avoir été étalé. Des fentes sillonnaient la surface par ailleurs plutôt lisse. Mieux encore : le sol ne bougeait pas sous mes pieds.

Quelques buissons desséchés ont commencé à faire leur apparition. J'en ai dépassé un particulièrement grand, et un zèbre a levé la tête. *Est-ce que ça charge, les zèbres ?* Par mesure de précaution, j'ai fait un pas en arrière.

J'ai cligné des yeux… et le zèbre avait disparu.

Super. Une hallucination, et il fallait que ce soit un zèbre. Je n'aurais pas pu rêver de Robert Pattinson ou, encore mieux, d'une rivière de boisson énergisante ? J'avais la bouche aussi sèche que le sol craquelé.

La pierre a laissé la place à de la terre battue. Il y avait des arbres étranges, aux troncs gris et squelettiques, aux feuilles vertes et épaisses qui pendaient des branches comme des gouttes d'eau refusant de tomber. J'ai aperçu des pins chétifs, puis j'ai entendu le bruit familier de l'océan, distant, mais réel. Avant que j'aie le temps de me réjouir, le sol a brillé comme un miroir, et pendant une seconde interminable, j'ai cru voir un nouveau chatoiement.

Finalement, je me suis rendu compte que j'étais en train de regarder de l'eau. Une mare d'eau claire, de la taille d'une table de ping-pong, nichée dans le sol noir. J'ai mis mes mains en coupe et j'en ai bu une gorgée. Elle était froide et revigorante, avec un petit goût de paradis. J'en ai avalé jusqu'à plus soif. En me relevant, j'ai remarqué une forme blanche dans le ciel.

Je me suis jetée sous le buisson le plus proche pour m'y enfoncer. Parfaitement immobile, j'ai distingué vaguement deux créatures aux ailes blanches, avec des jambes. Des jambes humaines. Ce qui ne m'a pas plu du tout.

Des hommes-oiseaux ?

Mais où est-ce que j'étais tombée ?

Vingt minutes plus tard, j'avais la réponse. J'étais tombée dans le plus bel endroit que j'avais jamais vu.

Je me tenais à la lisière du bois, bouche bée devant ce spectacle. L'océan, tacheté de lumière rose orangé, venait déferler sur une plage de sable noir nichée dans le creux d'une petite baie. Des rochers noirs étincelaient comme du cristal. De chaque côté s'élevaient des falaises sombres saupoudrées de vert. Près de moi, des palmiers majestueux oscillaient sous la brise.

C'était le genre de beauté à couper le souffle qu'on ne voit que dans des reportages sur les îles privées détenues par des milliardaires.

Merde, je me suis dit en regardant une vague gigantesque s'abattre sur le rivage. *Je suis complètement perdue.*

J'ai fait un pas et mon orteil a heurté quelque chose de dur. Ma sandale s'est coincée. J'ai baissé les yeux, et lorsque j'ai vu dans quoi j'avais mis le pied, j'ai hurlé.

C'était un crâne humain.

Chapitre 4

THAD
Jour 267, fin d'après-midi

Encore une journée gâchée.

Malgré nos trois vols, on n'a rien vu. *Enfin, rien de bon*, je me suis dit en me rappelant le rhinocéros qui broutait derrière un bosquet. Deux tonnes de joyeuseté fraîchement débarquées sur Nil, avec armes mortelles intégrées. Les veinards.

Bref.

Je redoutais le regard de Nat lorsqu'on lui annoncerait qu'on revenait bredouilles.

Pour m'ôter cette vision de l'esprit, je me suis concentré sur le vent. Premier coup de chance de la journée : les rafales soufflaient en direction de la terre, ce qui nous a permis de freiner. Il fallait savoir se contenter de ce que Nil nous donnait. Je ne sentais plus mes bras, j'avais l'impression d'avoir du sable dans les yeux. J'étais lessivé, et à mon avis, Jason aussi.

Notre site d'atterrissage se trouvait à moins de cinq cents mètres, entre deux fissures noires. *On vise, on baisse, on s'accroche.*

Le vent de face nous a ralentis et nous avons plané à environ sept mètres du sol, Jason en tête. L'atterrissage, c'était une bouffée d'adrénaline. Pas autant que le décollage, mais pas loin.

Puis j'ai entendu comme un claquement de pétard. Une demi-seconde plus tard, le planeur de Jason s'est mis à piquer du nez.

— Jason ! j'ai hurlé. Rééquilibre !

Jason s'est laissé glisser sur la droite, a changé de main et atterri comme un pro aguerri. Il n'avait que treize ans, mais savait garder la tête froide. Il avait donc des chances d'atteindre les quatorze.

Je me suis posé à deux mètres de lui, toujours blindé d'adrénaline, comme si j'étais encore en l'air.

— Ça va ? je lui ai demandé.

— Oui. La tige de soutien s'est cassée.

Il m'a montré son planeur : l'une des barres latérales pendait mollement.

Alors que je regardais le planeur blessé, j'ai eu l'impression bizarre que cet accident était un message de Nil. Un rappel pas franchement subtil du fait que la mort nous guettait au tournant… Comme si on pouvait l'oublier. Quand la tige a cédé, nous étions suffisamment haut pour nous faire une frayeur, pas assez toutefois pour nous tuer. D'abord l'oiseau mort, ensuite ça.

Message reçu. Nil aime s'assurer qu'on a bien compris.

On est rentrés en traînant la carcasse du planeur. On savait que Natalie nous attendait de pied ferme. Malheureusement, Bart nous a trouvés le premier. Il nous a tendu une embuscade alors qu'on approchait de la Baraque.

— Thad, a-t-il commencé de sa voix nasillarde qui a tout de suite fait exploser mon compteur d'énervement, il faut qu'on parle. Je n'ai pas fait de Recherche depuis pratiquement un mois. Vingt-neuf jours.

— Bonjour, Bart, j'ai répondu en m'extirpant de mon attirail de vol. Non, nous n'avons pas retrouvé Kevin. Ni ses vêtements. Mais merci de t'en soucier.

— Désolé…

Il a vaguement regardé Jason avant de reporter son attention sur moi :

— … Mais il est temps pour moi aussi, et tu le sais. C'est pas juste.

— C'est pas juste, j'ai répété en m'efforçant de ne pas trop élever la voix. Ah oui ?

J'ai senti la force du sarcasme s'infiltrer en moi et, pour la première fois depuis le départ précipité de Kevin, j'ai pété les plombs.

— Au cas où tu n'aurais pas remarqué, rien n'est juste sur Nil. C'est pas juste que tu aies atterri ici. C'est pas juste que partir se joue à la roulette russe et que chaque jour qui passe te rapproche un peu plus de la mort. Et c'est vraiment pas juste que notre ancienne Leader, qui s'est crevé le cul pendant des mois pour les autres, soit assise près d'un feu à se demander si son petit ami est mort.

Bart a bafouillé qu'il était d'accord avec moi tout en protestant, mais je ne voulais rien entendre. *Pourquoi est-ce que je perds mon temps ?*

J'ai levé la main.

— Tu as raison. C'est pas juste. Mais c'est comme ça. Ce n'est pas moi qui forme les équipes. Alors si tu veux que quelqu'un te choisisse, il va falloir te bouger, et pas qu'un peu.

J'ai fixé Bart du regard.

— Ah, et au fait, si tu n'aimes pas les règles de la Cité, tu peux toujours t'en aller.

— Très bien, il a répondu, soudain pâle. Tu sais, j'ai pas fait exprès de perdre le couteau. C'était un accident. C'était pas ma faute.

— Si, c'était ta faute, est intervenue Talla en sortant de la Baraque, ses cheveux blonds noués en un chignon serré. Tu ne l'as pas bien accroché. Et tu l'as perdu. C'est ta faute.

— Je me doutais que t'allais te mettre de son côté. Tout le monde sait que tu veux son boulot. Ou peut-être que c'est lui que tu veux, a ricané Bart.

— Tout ce que je veux, c'est rentrer chez moi, a grogné Talla. Et le plus tôt sera le mieux. C'est pas ça que tu veux, toi ?

— Ça suffit, j'ai coupé d'un ton sec, trop épuisé pour en supporter davantage. Laissez tomber, tous les deux. Il faut que j'aille parler à Natalie.

— Trop tard, a dit Talla.

Elle a pointé le feu du doigt. Jason était assis près de Natalie, le bras sur ses épaules. Elle gardait la tête basse, en signe de défaite.

Qu'est-ce que je pouvais détester cet endroit…

Chapitre 5

CHARLEY
Jour 5, fin d'après-midi

J'aurais dû être scout. Ou ninja. Ou mieux encore : une scout ninja ceinture noire d'autodéfense.

J'ai eu cette dernière illumination après qu'un énième poisson m'avait filé entre les doigts. Écumer les rayons du supermarché pour me trouver de quoi préparer un festin de crevettes et de purée, je savais faire. Mais je n'avais jamais attrapé une crevette ni écrasé des pommes de terre de ma vie. Je n'ai jamais pêché, ni campé, ni appris à identifier les plantes comestibles ou à faire du feu sans allumettes. Et encore moins pris de cours de karaté.

Mes stages de volley me paraissaient bidon, tout à coup.

Épuisée, je me suis affalée par terre. Ce matin, j'ai ramassé du bambou et des branches de palmier pour construire un abri au pied des arbres, afin de me protéger du soleil de midi. Je me suis souvenue de mon professeur de géométrie qui rabâchait sans cesse que le triangle était la forme la plus solide de la nature et je lui ai donné raison. Les bambous ont servi d'armature, les feuilles de toit. Ça m'a pris presque une journée, mais le résultat était plutôt sympa, dommage qu'il n'y ait eu personne pour l'admirer. Avec tous ces efforts, j'avais les bras en compote. J'étais cuite, j'avais faim. Et j'étais toujours en panique complète.

Ces cinq derniers jours avaient été les plus longs de ma vie.

Je ne savais pas où j'étais ni comment rentrer chez moi. Je n'avais aperçu ni bateau ni avion. Plus perturbant encore, je n'avais vu personne. *Du moins, personne en vie*, j'ai rectifié à contrecœur. Le crâne humain n'était jamais loin de mes pensées. Ce crâne blanc, à moitié enterré, avec ma sandale enfoncée dans son orbite vide. J'avais retiré mon pied d'un coup et j'étais partie en courant. Je ne m'en étais pas approchée depuis.

Qu'est-ce qui est arrivé à cette personne ? Est-ce qu'elle est morte de faim ? Est-ce qu'elle a été tuée ? Par quoi ? Aucune de ces pensées ne m'enchantait. Comment sortir de là ? Je n'en avais pas la moindre idée. Tout était lié à ce chatoiement, j'en étais certaine. Mais je n'en avais plus vu depuis la plaine rouge. Et croyez-moi, j'ai cherché.

Déjà, j'ai trouvé de la nourriture. D'étranges fruits verts étaient accrochés aux arbres, un peu plus au nord. J'ai vu un oiseau en manger, alors je me suis dit que ça n'allait pas me tuer. J'en ai ramassé deux et les ai épluchés. Même s'ils étaient acides comme du citron, je les ai dévorés jusqu'à l'écorce.

Pour compléter mon régime cent pour cent fruits, il y avait des ananas et des noix de coco. Avec ma dague en pierre, je pouvais mutiler un ananas en une petite minute. Les noix de coco, elles, étaient plus coriaces. Je perçais la coque, je retournais le fruit et j'aspirais le lait comme si c'était un Sprite. Après, je fracassais la noix contre une pierre. Mais les huit que j'avais testées jusque-là avaient toutes refusé de céder. Même ma dague en pierre n'arrivait pas à les percer, pourtant ça traversait n'importe quoi, ma cheville par exemple, qui était toujours gonflée et endolorie. Cela me soulageait de la tremper dans l'océan, mais chaque fois que je m'asseyais dans l'eau, les poissons venaient me narguer en exhibant leur beau corps comestible.

J'avais vraiment envie de poisson, même si ça impliquait de manger des sushis. Comme je n'étais pas capable d'attraper des poissons à la main (franchement, qui peut faire ça ?), je me suis fabriqué une lance avec les restes des matériaux pour mon abri. D'accord, disons une tige de bambou avec un caillou pointu fixé au bout par une feuille de palmier. Je pourrais peut-être leur mettre une bonne raclée avec ça.

La pêche à la lance a été un fiasco. Le problème venait peut-être de mon outil tout pourri ou de ma technique minable. Peu importe, au fond. Le résultat était le même : pas de poisson.

Frustrée, j'ai balancé mon œuvre à la mer. La lance a volé au-dessus de l'eau, a ricoché, puis coulé. *Super*, je me suis dit en regrettant immédiatement mon geste impulsif. Si je ne trouvais pas de nourriture correcte, je disparaîtrais moi aussi.

Je suis sortie de l'eau et j'ai marché en direction du sud. *Je vais peut-être trouver un noyer*, j'ai pensé, optimiste, en priant pour que je sois capable de reconnaître les noix comestibles.

J'ai traversé l'épais massif de bambous, puis le bosquet de palmiers. La végétation s'éclaircissait à mesure que la baie s'incurvait vers la mer, jusqu'à finir par une falaise austère, noire, imposante, en pierre brute. Près de sa base poussait un arbuste solitaire aux feuilles vertes et brillantes parmi lesquelles se cachaient des fruits jaunes bosselés.

Encore des fruits, j'ai pensé sans enthousiasme. Mais au moins, ça apportait un peu de variété. L'arbuste avait l'air sain – on ne pouvait pas en dire autant de son fruit jaune couvert de pustules. Quand je me suis approchée pour en cueillir un, la puanteur m'a prise à la gorge. J'ai reculé, faisant mon possible pour ne pas vomir.

J'ai laissé tomber la plante puante et escaladé la falaise. Elle était ponctuée de trous, parfaits pour mes pieds et mes mains. J'ai fini par trouver mon rythme, et après un moment, je me suis retrouvée au milieu d'immenses arches.

La vue était époustouflante.

Le ciel d'azur se découpait dans les ouvertures soulignées de noir, d'une beauté absolue. Au-dessous, l'eau sifflait et cognait contre les rochers, recouvrant la pierre noire d'un bouillonnement blanc. J'ai fait un tour sur moi-même, lentement, et quelque chose a attiré mon regard. Quelque chose de lisse dans ce paysage escarpé.

Sur la plus grande arche, à un terrain de volley de moi, il y avait une zone lisse à hauteur d'yeux. Non, pas lisse, en tout cas, pas complètement. La paroi était ornée de fissures, trop uniformes pour être naturelles.

Intriguée, je me suis approchée. C'était une gravure : un labyrinthe, tracé dans un cercle parfait, avec une silhouette humaine en son centre. *Comme une peinture rupestre.* Puis, en l'étudiant, je me suis rendu compte que le labyrinthe était trop symétrique pour être primitif. Ça évoquait plus ces tracés flippants qui apparaissent dans les champs de céréales du jour au lendemain. Mais ce n'était pas tout à fait ça non plus. Vu le niveau de détail, ce dessin ne s'était pas fait en une nuit. La figure humaine au centre suggérait que le sculpteur était humain, ou peut-être avais-je envie – besoin – de le croire. Malgré ma découverte macabre d'un crâne humain, je n'avais pas encore totalement exclu l'hypothèse d'une planète extraterrestre.

Je ne sais pas combien de temps je suis restée là, à effleurer les cercles du bout du doigt et à essayer de leur donner un sens. Suffisamment longtemps pour avoir une crampe à la jambe. Suffisamment longtemps pour que mon estomac se manifeste. Suffisamment longtemps pour que l'air se rafraîchisse.

Le froid m'a sortie de ma rêverie. J'ai levé les yeux et j'ai vu que le soleil était bas. J'allais avoir du mal à retourner à mon abri à temps. Je ne voulais surtout pas me retrouver coincée ici pour la nuit.

Sortir des arches rocheuses a été plus long que prévu. La marée me barrait le chemin que j'avais emprunté à l'aller, ce qui m'obligeait à rester plus haut pour éviter de me faire ratatiner contre la paroi par l'eau bouillonnante. Quand enfin je suis arrivée à ma planque, je tremblais et je transpirais. Et je mourais de faim.

Malheureusement, je n'avais que des noix de coco.

J'en ai vidé une rapidement, mais j'ai failli m'étouffer avec son lait sucré. J'ai fait ce que je pouvais pour ne pas tout recracher. Je rêvais d'un bagel ou d'une tartine. Et d'un Sprite. Un Sprite frais, avec sa glace pilée, sa saveur citron, et juste assez de bulles pour calmer mon estomac. J'ai posé la main sur mon ventre et j'ai frémi. Puis j'ai regardé le soleil se rapprocher dangereusement de l'eau, avant de frémir de plus belle.

La nuit était un million de fois pire que la journée.

Noire, d'une obscurité effrayante, la nuit était synonyme de tremblements, de froid, de peur. C'est absurde, mais j'étais terrifiée par les bestioles nocturnes, et pas seulement les hommes-oiseaux ou les aliens potentiels. Ma plus grande peur, c'étaient les serpents. J'en ai la phobie depuis que j'en ai trouvé un endormi dans mon roller quand j'avais six ans. Je savais qu'elle n'était pas rationnelle, que j'avais d'autres soucis que les serpents en ce moment, mais pour autant que je le sache, ce crâne pouvait très bien appartenir à quelqu'un qui avait été tué par une morsure de serpent. J'avais passé les quatre dernières nuits blottie contre un arbre, armée de ma dague, à attendre. Je n'avais pas vu une seule bestiole. Mais je n'avais pratiquement pas dormi.

Et maintenant, l'obscurité était de retour.

J'ai trottiné jusqu'à un gros rocher noir sur le sable et je me suis allongée à son pied pour absorber la chaleur résiduelle du soleil. Pour la première fois, je suis restée sur la plage tandis que la nuit tombait. J'ai regardé les étoiles se lever, les constellations prendre forme dans la nuit claire, et j'ai cligné des yeux. J'ai repéré la Petite Ourse et l'étoile Polaire, plus étincelante que toutes les autres.

J'étais sur Terre, mais où ? Et quand ?

J'étais complètement seule.

J'ai craqué. Je me suis mise à brailler, comme Em après l'accident de voiture. Enfin, pas tout à fait comme elle, parce qu'il n'y avait personne pour me tenir la main et me dire que tout irait bien. Rien n'allait bien, surtout pas moi. J'ai pleuré jusqu'à me sentir aussi vide que la plage où je me trouvais, puis je me suis allongée, épuisée. J'avais toujours froid, mais je ne tremblais plus. J'étais comme engourdie.

Je venais juste de m'endormir lorsqu'un craquement a retenti comme une alarme.

Le bruit s'est intensifié, puis s'est arrêté. Le silence s'est engouffré dans ce vide, plus pesant que jamais. Plaquée contre mon rocher, j'ai tendu l'oreille. Une brindille a craqué, puis une autre, aussi nettement que de l'os sec. Un cri guttural et plaintif s'est réverbéré dans l'atmosphère nocturne.

Quelque chose bougeait dans les arbres derrière moi. Quelque chose qui n'avait pas l'air humain.

Quelque chose qui avait peut-être aussi faim que moi.

Chapitre 6

THAD

Jour 271, nuit

— Nat…

— Non.

Son visage était fermé, comme son esprit. Ce n'était pas la première fois qu'elle me rappelait Holly, ma petite sœur.

— Écoute, tu as la Priorité, je lui ai dit. Tu dois y aller.

Ses joues semblaient creuses à la lueur du feu, aussi vides que ses yeux depuis que son équipe de Recherche était revenue sans Kevin.

Natalie restait muette, alors j'ai tenté une autre approche.

— En plus, ça te permettrait de penser un peu à autre chose, tu ne crois pas ?

Natalie s'est tournée vers moi et son visage s'est assombri. Elle a émis un rire sans joie.

— Tu crois que partir en Recherche m'aidera à ne plus penser à Kevin ? Je ne pense qu'à ça. Chaque minute de chaque jour. Combien il me manque, comme j'aimerais être avec lui. Combien j'espère qu'il a réussi. Mais si je pars en Recherche, je ne le saurai peut-être jamais. Pire encore, si je trouve…

Elle a serré les lèvres et a secoué la tête.

Je savais que je n'avais pas mon mot à dire dans ses choix, mais j'ai acquiescé.

— D'accord. Mais bientôt, Nat, d'accord ? Tu n'arriveras à rien si tu restes assise là.

— J'entends bien…

Mais est-ce que tu écoutes ? j'ai pensé. *Parce que Nil oui, c'est une certitude.* Ça faisait sûrement partie de son jeu. Regarder les vétérans ramper tandis que leurs jours s'amenuisent, jubiler en nous voyant perdre notre temps à cause de notre indécision ou, dans le cas de Nat, de son deuil.

— Tu me promets d'y réfléchir ? je lui ai demandé avec ma voix de gentil grand frère. À partir ?

Natalie a levé ses yeux hantés vers les miens.

— Je ne pense qu'à ça.

Comme nous tous. Le vent a traversé les arbres, et je jurerais avoir entendu Nil rire.

Rives est arrivé et a serré Nat dans ses bras avant de s'asseoir près d'elle sans un mot. Personne n'avait quoi que ce soit à dire et au bout de quelques minutes, Natalie s'est levée.

— J'y vais. On se voit demain matin. Il faut se dire que demain est un autre jour.

Elle n'a même pas essayé de sourire.

— Courage, jumelle, a fait Rives. Tu n'as pas dit ton dernier mot !

Nat a posé sur Rives un regard las.

— Je n'ai pas mon mot à dire avec Nil, tu le sais bien. Mais merci quand même, a-t-elle conclu en lui posant la main sur l'épaule.

— Je déteste la voir comme ça, a pesté Rives après son départ. J'espère que Kevin a réussi. Natalie est une fille tellement géniale.

— Je sais, j'ai répondu.

Pendant une minute, nous sommes restés assis là, à regarder les flammes trancher l'obscurité. Un chat de Nil, un petit gris que je n'avais jamais vu avant, ronronnait et se frottait contre une pierre réchauffée par le feu. Il y avait des félins partout sur Nil, de toutes les tailles. Certains étaient inoffensifs, d'autres non. Celui-ci était tellement petit que je me suis demandé s'il était né sur l'île. Ça m'a fait penser à Burton, qui brillait par son absence depuis sa dernière offrande. Association d'idées qui m'a conduit tout droit à Kevin. C'était vraiment nul, comme association d'idées.

Rives s'est appuyé sur les coudes pour contempler les étoiles. Il m'a demandé doucement :

— Tu arrives à t'y habituer, toi, à cette attente ?

— Non. C'est toujours aussi horrible.

Il a hoché la tête.

— C'est bien ce que je pensais.

Cette nuit-là, il m'a fallu un temps fou pour m'endormir. J'étais allongé là, je pensais à Kevin, à Natalie. Mais surtout à Nil.

Nil, c'est cette fille qu'on repère au chalet après une journée entière de délire sur la neige, quand on plane de bonheur. Elle est jolie, super sexy. Cheveux longs, tenue moulante, un sourire d'enfer. Elle a un nom du genre… Mallory.

Mais dès qu'on apprend à la connaître, la vérité vient nous déchirer les boyaux. La vérité, c'est qu'elle est cruelle. Sans cœur. Le genre de fille qui couche avec notre meilleur ami quand on a le dos tourné. Et quand le masque tombe, le glamour disparaît. Voilà, c'est ça, l'île de Nil. Une beauté à ne pas en croire ses yeux, jusqu'à ce qu'on voie à travers ce qu'elle est vraiment.

Ce n'était pas la première fois que je me demandais ce qu'elle avait en réserve pour moi.

Chapitre 7

CHARLEY
Jour 12, aube

Ça faisait trois jours que je n'avais pas dormi, et le simple fait de penser à une noix de coco me donnait envie de vomir. Si je pouvais avaler un peu de protéines, je me sentirais mieux… du moins, je ne mourrais pas de faim. Alors j'ai entrepris de confectionner un filet avec des feuilles de palme.

Je l'ai bien regardé, mon filet, il avait l'air complètement ridicule. Je ne me suis pas découragée pour autant.

L'air était frais et sombre ; les étoiles commençaient tout juste à s'évanouir. Calée contre un rocher, je travaillais comme un robot, consciente du fait que, mentalement, j'étais en chute libre. J'avais la nausée, je me sentais mal, comme si j'avais bu trop de boisson énergisante d'un coup. Deux nuits auparavant, j'avais très distinctement entendu un rugissement, guttural et sauvage, comme celui d'un lion au zoo d'Atlanta. Ça pouvait tout aussi bien être le cri d'un dinosaure. Après tout, pourquoi pas ? À ce niveau-là, tout semblait envisageable. Sauf dormir.

La nuit dernière avait été la pire. J'avais d'abord entendu des rugissements, puis des sons que je ne pouvais pas identifier. Pas un rugissement, pas un hululement, plutôt un genre de gloussement inhumain. Ça avait résonné dans l'obscurité pendant une éternité. Je n'avais pas la moindre idée de ce que c'était et je n'avais aucune envie de le découvrir. Tout ce que je savais, c'est qu'il y avait quelque chose dans les bois. Je ne parlais pas de la chèvre égarée qui me traquait furtivement la nuit, mais de quelque chose que je n'avais pas envie de croiser.

Alors que je m'évertuais à placer une autre feuille, j'en ai profité pour récapituler mon score personnel. Onze nuits noires d'épouvante. Cinq avec visite de la chèvre nocturne, deux avec rugissements préhistoriques, une avec gloussements ignobles. Et surtout, onze jours sans nourriture solide, sans sommeil véritable, sans personne, sans chatoiements. J'avais cru en voir un hier, au sud, vers la plage de sable noir, mais je n'en étais pas certaine. Je me demandais si le zèbre était réel. Si tout ça était réel. Il n'y avait pas eu la moindre goutte de pluie, le temps était au beau fixe. Tous les jours étaient ensoleillés, clairs, avec un peu de vent, et calmes.

Mais le pire, ce n'était pas le silence. C'était l'isolement. J'ai repensé à l'enfer. Ou au purgatoire. Ou à quelque chose d'autre, de probablement pire… et j'étais dedans. Pourtant, c'était le plus beau nulle part que j'aurais jamais pu imaginer. Les couchers de soleil étaient splendides : un feu brillant qui filait au-dessus de l'eau jusqu'à ce que le soleil s'abîme dans la mer. Les levers étaient tout aussi extraordinaires. Naturellement, j'étais éveillée pour les deux, puisque je n'arrivais pas à dormir. Le sable était aussi noir que du charbon, l'eau aussi limpide que du cristal. Loin du rivage, l'eau se muait en un turquoise étincelant tout en s'étirant vers le vaste ciel – à couper le souffle.

C'était trop beau pour n'être que pour moi, et pourtant…

À qui sont les vêtements que tu portes, Charley ? m'a susurré mon esprit. *À qui est ce crâne que tu as trouvé ?* Peut-être que je n'étais pas seule, mais c'était l'impression que ça donnait. J'étais à des années-lumière de chez moi.

Je me suis demandé ce que faisaient mon père et ma mère en ce moment. Est-ce qu'ils placardaient des affiches avec une photo de moi ? Et le supermarché ? Est-ce qu'il y avait des caméras de vidéosurveillance sur le parking, et, si oui, qu'est-ce qu'on y verrait ? Le chatoiement ? Moi en train de m'évanouir ? J'ai prié pour qu'ils ne m'aient pas filmée nue. Bah, au fond, cela n'avait aucune importance. Quoi qui ait été filmé, ça n'aiderait pas à me retrouver ici. La seule personne capable de me sortir de là, c'était moi.

J'ai regardé mon filet fané et j'ai eu un choc.

Depuis quand je suis passée du mode évasion au mode survie ? Je n'avais rien exploré depuis des jours. J'étais restée près de mon abri, à conserver mon énergie et à me cacher du soleil aux heures les plus chaudes.

Non. Assez.

J'allais partir. Je retournerais sur la plaine rouge à la recherche de chatoiements : c'était ma seule piste. Cependant si je voulais de la nourriture, je devais m'en occuper sans tarder.

Je me suis donné la journée pour constituer des réserves. Et après, bye-bye. Quoi qu'il arrive.

Le soleil s'est rapidement levé. Un oiseau s'est envolé au-dessus de ma tête et j'ai eu une illumination : j'allais dérober des œufs dans les nids et les vider comme je le faisais avec les noix de coco.

Après avoir caché mon filet, j'ai longé la lisière de la forêt, en direction du sud. À mon grand désarroi, ma chèvre est sortie des bosquets et s'est mise à me suivre. La veille, j'avais commis l'erreur de lui lancer mes écorces de fruit, et elle me collait encore plus aujourd'hui.

— Pchht ! j'ai fait pour tenter de la chasser.

La chèvre m'a regardée comme si j'étais folle. Bien décidée à l'ignorer, j'ai continué à marcher en quête de nids. Mais chaque fois que je jetais un œil derrière moi, la chèvre était là. Elle risquait d'effaroucher les oiseaux que je traquais.

Près de la plage, quelques volatiles décrivaient des cercles dans le ciel. D'autres étaient agglutinés sur le sable noir, pareils à des vautours, en plus petits. Ils picoraient quelque chose par terre. Je me suis approchée prudemment, mais la chèvre a chargé et les a effrayés. L'un d'eux est descendu en piqué vers mon visage. J'ai hurlé en faisant un bond en arrière.

Sur le sable, j'ai aperçu la carcasse d'une limule.

C'est juste un crustacé, j'ai constaté avec soulagement. *Est-ce que je pourrais manger de la limule crue ?* Rien que d'y penser, j'ai eu un haut-le-cœur. La réponse était non.

J'ai continué le long de la mer en évitant soigneusement la limule et ses charognards. Ma chèvre, obstinée, a opté pour la route du haut, en bordure des arbres.

Le soleil levant baignait mes épaules. Je marchais lentement, absorbant la chaleur. Je venais de me convaincre de retourner à l'ombre lorsqu'un animal tacheté a bondi d'un arbre. De la taille d'un gros chien, il se déplaçait comme un chat, rapidement et au ras du sol. On aurait dit un guépard mutant. Il a planté ses crocs dans le flanc de la chèvre et, d'un mouvement de mâchoire, l'a plaquée au sol et s'est mis à la déchiqueter. Les oiseaux se sont dispersés. On se serait cru dans un documentaire animalier.

QU'EST-CE QUE C'EST QUE ÇA ? me hurlait mon cerveau.

Je me suis repliée dans l'eau, terrifiée à l'idée que l'animal considère la chèvre comme un hors-d'œuvre avant le plat de résistance – moi. Immergée jusqu'au cou, j'avançais parallèlement à la plage, essayant de me rendre invisible et gardant un œil sur le chat-chien. Il était entièrement concentré sur son festin. Quand il n'a plus été qu'une tache au loin, je suis sortie de l'eau et j'ai couru jusqu'à ma cachette au pied des arbres.

Les œufs, le poisson, mon plan qui consistait à partir demain matin… tout ça, on oubliait.

J'en ai eu assez de cette baie reculée, où les animaux rugissaient, les gens mouraient et des bêtes tueuses de chèvres sautaient silencieusement des arbres. J'allais me tirer d'ici tout de suite, avant que le prédateur suivant ne vienne me pourchasser. Ter-mi-né.

J'ai retiré le bandeau autour de ma poitrine et je l'ai essoré avant de le remettre. Heureusement que le tissu séchait vite. Avec l'énergie du désespoir, je suis allée manger le fruit qu'il me restait, je l'ai fait glisser avec de l'eau stockée dans mes noix de coco. J'ai tout bu, sachant que j'allais les remplir à nouveau en cours de route. J'ai pris mon filet à moitié terminé, ainsi que ma dague, et j'ai jeté un dernier regard vers ma plage à travers les feuillages.

J'ai eu le choc de ma vie : deux garçons marchaient sur la plage. Ma plage.

Et ils avançaient droit sur moi.

Chapitre 8

THAD
Jour 278, aube

Il y avait une sale ambiance dans la Cité. Même pour Nil, c'était un nouveau record.

Allongé là, je me disais à quel point je haïssais Nil pour cette torture. Pour ce manège continu dans ma tête. Pour l'atmosphère dans la Cité, aussi gaie qu'à un enterrement, à ceci près qu'il n'y avait pas de macchabée. L'attente de nouvelles de Kevin nous minait, et c'était probablement le but.

Après avoir pris mon petit déjeuner, je suis allé jusqu'au Mur. Tellement de noms, trop de noms. Tous gravés dans le bois, juste les prénoms. J'ai regardé celui de Kevin, comme si une bonne nouvelle avait pu arriver dans la nuit, même si je savais que ce n'était pas le cas. Évidemment, l'espace à côté de son nom restait vide. Il attendait, comme nous.

J'ai tapé sur chaque lettre de mon nom. J'étais trop agité pour les retracer, aujourd'hui. Puis j'ai tapé sur mon espace vide. Pas de croix, pas d'encoche. *Je suis toujours là*. À nouveau, je me suis tourné vers celui de

Kevin. Pas de croix, pas d'encoche. Mais lui, il n'était plus là.

Comme Ramia.

S'il vous plaît, pas comme Ramia.

Huit mois après son départ, Ramia était toujours considérée comme « disparue au combat ». Pas de corps, aucun indice. Et huit mois plus tard, ses derniers mots me hantaient toujours.

Pour la première fois, je me suis demandé si Ramia n'avait pas prédit le destin de Kevin.

Cela n'a pas d'importance, ça ne veut rien dire. C'était le discours que je me répétais chaque fois que je pensais à Ramia, ce qui arrivait plus souvent que je ne voulais bien l'admettre. Je me suis éloigné du Mur en m'efforçant d'évacuer de mon esprit toute pensée se rattachant à elle, aux croix et aux autres choses négatives de Nil, et je suis allé chercher ma planche.

La Baraque était déserte. Je n'y suis pas entré, c'était inutile. Toutes nos planches étaient rangées à l'extérieur. Tandis que je prenais la mienne, j'ai eu la sensation d'être observé. J'ai scruté le périmètre.

Rien. Aucun mouvement, personne.

J'ai mis ça sur le compte de mon manque de sommeil et je suis parti à la recherche de Jason.

Il était sur la plage et jetait des cailloux dans l'eau, le visage fermé. Jason était le garçon de treize ans le plus âgé que je connaissais. Kevin avait pris soin de lui comme un grand frère et, pratiquement deux semaines après son départ, je n'étais toujours pas habitué à le voir seul.

— Hé, je l'ai interpellé en m'approchant de lui. T'es prêt ?

— Oui.

Jason s'est levé et il a lancé sa dernière pierre. Le morceau noir a volé puis coulé. Il l'a regardé disparaître. Ensuite, sans un mot, il a pris sa planche et m'a suivi dans l'eau.

Les vagues ne faisaient qu'un mètre cinquante, mais un vent de biais les rendait un peu techniques. Alors que j'entamais ma descente, j'ai fermé les yeux et, pendant une seconde, j'ai eu l'impression de me faire une piste noire. Ça ne suffisait pas à calmer ma soif de snowboard, loin de là, mais c'était Nil, et je faisais avec ce que j'avais. En fait, je ne fermais pas vraiment les yeux : je les clignais très lentement. Car comme Kevin me l'avait dit durant mon Jour 1, Nil exigeait qu'on ait les yeux grands ouverts.

Le courant nous a emportés vers le sud. Si ça continuait comme ça, on allait se retrouver dans la baie Noire, et ça faisait une trotte pour rentrer ensuite avec sa planche sous le bras (surtout une planche en bois massif). En plus, il fallait encore qu'on aille pêcher. Je venais de me décider à rebrousser chemin lorsque j'ai entendu un cri, pas très fort.

Je me suis accroché à ma planche et j'ai scruté les alentours.

Talla pagayait, la bouche fermée. Un coup d'œil à son visage de chasseresse a suffi à me convaincre que ce n'était pas elle.

Sur la plage, Rives entraînait une équipe au sprint : ils couraient comme des dératés pour améliorer leur vitesse. Rien qui ne sorte de l'ordinaire. Personne qui ne crie comme une fille.

Puis j'ai songé que si quelqu'un avait crié, je n'aurais pas pu l'entendre avec le bruit des vagues.

Sors de ma tête, Nil.

J'ai indiqué d'un geste à Jason la direction de la plage. Il a levé le pouce. Alors que je tractais ma planche à travers l'écume, j'ai lancé un regard vers la baie Noire. Le cri persistait dans mes oreilles. Ou peut-être que c'était Nil. De nouvelles équipes avaient été lancées, Kevin était toujours porté disparu et Nat refusait de bouger. Et moi, j'étais tellement à cran que j'entendais des voix.

Dix minutes plus tard, Jason et moi avons fait route vers les bassins, des filets à la main et des problèmes plein la tête.

Nos bassins à poisson étaient ingénieux. Je n'en tire aucun mérite, ils étaient là avant mon arrivée et ils seront toujours là après mon départ. Ces bassins de pierre noire se remplissaient avec les marées. Une fois les portes en roseau fermées, attraper des poissons devenait aussi facile que s'ils étaient déjà en boîte. Ce qui était plus ou moins le cas, du reste.

Mais quelque chose m'attirait vers la baie.

— Eh, Jason, et si on faisait d'abord un détour par la baie Noire, pour ramasser des fruits rouges ? On pêchera au retour. Ça te va ?

Jason a hoché la tête et j'ai compris qu'il souhaitait éviter la Cité autant que moi.

On a coupé à travers les terres, en passant par le chemin des falaises, et on est arrivés dans la baie. Les premiers arbres étaient recouverts de fruits, mais ceux-ci étaient encore verts, alors nous avons poursuivi notre route. Le sable, étendue infinie de dents de requin en miettes, crissait sous nos pieds. Il était plus grossier que le sable blanc près de la Cité, et noir comme la nuit. Noir comme la mort. Un parfait exemple de la beauté de Nil.

— C'est super calme, a commenté Jason.

Il tournait la tête dans tous les sens. Je me suis immédiatement arrêté.

— Attends, j'ai ordonné en levant la main.

Nous nous tenions parfaitement immobiles. Sans le bruit de nos pas, la plage était silencieuse. Comme si Nil préparait quelque chose. J'ai observé le ciel, puis les arbres, à l'affût du moindre mouvement. *Les yeux grands ouverts.*

Soudain, un buisson s'est agité et s'est redressé. Ce n'était pas dû au vent.

— Jason, j'ai chuchoté en dégainant mon couteau. À dix mètres, droit devant. Reste bien derrière moi, OK ?

Jason s'est immédiatement exécuté.

— Être humain ou animal ? a-t-il murmuré.

Chose, être humain, lieu ou animal ? s'est interrogé mon esprit. C'était un jeu auquel je jouais quand j'étais petit. Ce n'était pas aussi marrant sur Nil. À choisir, je prendrais toujours « être humain » plutôt qu'« animal », et les deux plutôt que « chose ». Je m'en étais aperçu très tôt, c'étaient les choses qui pouvaient tuer. « Lieu » était hors de propos. La réponse était toujours Nil.

— Je ne sais pas, j'ai répondu. Quelque chose. Rien, peut-être.

Tout en avançant, j'ai gardé les yeux rivés sur le buisson. C'est alors qu'il a oscillé, comme s'il allait s'ouvrir. Mes doigts se sont resserrés autour du manche du couteau.

— Quelque chose approche, j'ai prévenu Jason.

Le buisson s'est écarté et une silhouette s'en est extirpée. Une fille. Grande, mince, avec des jambes fuselées, de longs muscles. De superbes épaules. Des lèvres charnues. Elle était maigre, comme tous les habitants de l'île. Et pourtant, c'était la fille la plus sublime que j'aie jamais vu.

Et elle portait les vêtements de Kevin.

Chapitre 9

CHARLEY

Jour 12, fin de matinée

Lorsque j'ai posé le pied sur le sable, j'ai bien observé les deux garçons.

Chacun d'eux portait un filet brun (filet dont j'ai été extrêmement jalouse sur le coup), ainsi qu'une gourde en bandoulière. Leurs vêtements étaient faits du même tissu blanc que les miens. Ils n'avaient ni haut ni chaussures. Ils étaient tous les deux très bronzés, sans le moindre gramme de graisse. À la lumière de mes propres problèmes d'alimentation, je comprenais pourquoi. Le plus petit avait des cheveux bruns et bouclés, ainsi que des taches de rousseur. Il avait le nez qui pelait, et pas qu'un peu. Il devait avoir quinze ans, tout au plus.

J'étais captivée par le plus grand.

Je lui donnais dix-huit ans, peut-être dix-neuf. Il avait des pommettes saillantes et ses cheveux couleur sable caressaient ses larges épaules. Très sexy, il avait l'air droit sorti d'un roman à l'eau de rose.

Il me regardait comme si j'étais un fantôme et semblait avoir une attitude protectrice envers l'autre garçon. J'ai repensé au monstre tueur de chèvre, puis j'ai remarqué qu'il tenait un couteau à la main. *Il se méfie de moi.* L'espace d'une seconde, je me suis vue à travers ses yeux : émaciée, pleine de coups de soleil, sans une trace de maquillage. Après douze jours de camping au bord de l'océan, je devais avoir l'air d'une enfant sauvage.

— Hé.

J'ai essayé de sourire, mais c'était comme si j'avais oublié comment faire. Alors j'ai fait un petit signe de la main, pour avoir l'air moins menaçante. Je me suis juste sentie débile car aucun des garçons n'a souri.

Le plus petit a pointé sa lance dans ma direction.

— Ce sont les vêtements de Kevin.

Ses yeux sombres étaient accusateurs.

Le plus grand a doucement baissé le bras de son ami.

— Est-ce que tu l'as vu ? il m'a demandé. Un garçon ? Les cheveux noirs, à peu près ta taille ?

Puis il a posé la main sur l'épaule du plus jeune et sa voix s'est adoucie :

— Ou bien son corps ?

Ils croient que j'ai volé ces vêtements sur un cadavre !

J'étais horrifiée, mes mots sont sortis en cascade.

— Non ! Je n'ai vu personne ! Je veux dire, vous êtes les premières personnes que je vois ! J'ai trouvé ces vêtements au milieu d'un champ de pierres rouges.

J'ai fait un geste en direction du désert rouge et j'ai vite rattrapé mon haut qui glissait. J'étais devenue si maigre qu'il n'y avait plus grand-chose pour le retenir…

Les garçons, visiblement soulagés, ont arboré un large sourire, puis le plus grand a tapé dans le dos du petit, tandis que celui-ci levait le poing en l'air en criant « Ouais ! ». Ensuite, comme s'ils venaient de se souvenir que j'étais là, ils se sont retournés vers moi.

— Désolé, a dit le garçon aux cheveux d'or, toute méfiance envolée.

Ses yeux étaient bleu saphir, plus clairs que je ne l'avais cru.

— Je m'appelle Thad, et lui, c'est Jason.

Le jeune garçon m'a souri et m'a adressé un signe de la main.

— Salut.

— Salut, j'ai répété, frappée par leur changement d'attitude. Je m'appelle Charley.

— Heureux de te rencontrer, Charley, a répondu Thad avec un sourire de mannequin. Bienvenue au paradis.

Je n'arrivais plus à réfléchir. Je me suis vite ressaisie et j'ai parlé à toute vitesse.

— Il y a un animal. Avec des taches. Là-bas (j'ai pointé du doigt la plage). Il a sauté d'un arbre et a dévoré ma chèvre.

— Tu as une chèvre ? m'a questionnée Thad en haussant un sourcil – chose que j'ai toujours voulu savoir faire.

— Pas vraiment, j'ai répondu piteusement. Elle me traquait.

— Mais plus maintenant.

— Non. Elle est morte. Quelque chose l'a attaquée et l'a dévorée pour son petit déjeuner.

Thad a hoché la tête. Apparemment, qu'un chat-chien géant ait mangé ma chèvre ne l'inquiétait pas outre mesure.

Je lui ai lancé un regard furieux. Mon pic d'adrénaline redescendait rapidement, mais il y avait encore une petite étincelle, que j'ai dirigée contre Thad.

— Écoute, quelque chose a bouffé ma chèvre. Un peu comme un gros chien, mais qui se déplaçait comme un chat, et qui avait des taches. C'était quoi ?

— Quelque chose qui avait faim, il a répondu en souriant.

J'ai fondu devant son sourire.

— D'accord… Il y en a d'autres comme ça ? Une meute ?

Il a haussé les épaules.

— J'en doute. À mon avis, ça devait être la hyène solitaire qu'on a vue rôder autour de la Cité. En général, elle s'attaque aux lapins ou aux chats de Nil.

— Aux lapins ? j'ai répliqué en fronçant les sourcils. Je n'ai vu aucun lapin. Ni aucun chat.

— Peut-être qu'elle les a mangés.

Lorsqu'il souriait, ses yeux pétillaient. Qu'il était sexy, ce garçon ! Et légèrement agaçant.

— Charley, est-ce que tu sais depuis combien de temps tu es là ?

— Douze jours, j'ai répondu sans hésiter.

Il a refait le coup du sourcil.

— Douze ?

— Je les ai comptés en faisant des encoches dans un arbre au lever du soleil. Alors je suis sûre de moi. Sauf si j'ai été inconsciente une journée avant de me réveiller, mais je ne crois pas. J'aurais brûlé sinon, vu que j'étais…

Je me suis arrêtée : je me suis rendu compte que je commençais à déblatérer. Je ne faisais jamais ça avant.

Est-ce que la solitude rend les gens bavards ? Ou est-ce que c'est juste Thad ? Je n'avais plus les idées claires.

— Laisse-moi deviner. Tu t'es réveillée nue, c'est ça ?

J'ai frémi : et s'il m'avait vue comme ça ?

— C'est pareil pour tout le monde, m'a-t-il rassurée avec un petit rire. Mais maintenant, tu as les vêtements de Kevin, hein ?

— Oui, j'ai répondu, embarrassée.

Une question trottait dans mon esprit, toutefois mon cerveau léthargique refusait de coopérer. Thad a repris la parole.

— Charley, est-ce que tu te souviens de la date ? Quand tu t'es évanouie, juste avant de te réveiller ici ?

— Le 10 août.

— Et l'année ?

Lorsque je lui ai dit, il a hoché la tête, comme si j'avais confirmé ce qu'il savait déjà. Je voulais lui demander quel jour il pensait qu'on était, mais j'avais la cervelle en compote. Soit certains circuits étaient bloqués, ou des neurones n'étaient pas connectés. Distraitement, j'ai regardé ses cheveux et ses épaules, tandis que ses mots tournaient en boucle dans ma tête : « Est-ce que tu te souviens de la date… avant de te réveiller ici ? »

— On est où, au fait ? j'ai demandé.

— Dans la baie Noire.

Sa réponse m'a désarçonnée. Avant que je puisse l'interroger davantage, il a poursuivi son interrogatoire.

— Charley, désolé si je suis indiscret… tu as quel âge ?

J'ai levé le menton.

— Dix-sept ans. Et toi ?

Il a souri.

— Dix-sept ans.

— Vraiment ? me suis-je écriée, incapable de cacher ma surprise. Tu parais plus âgé.

Thad a éclaté de rire.

— C'est un effet secondaire de la vie sur cette île. À propos, ne le prends pas mal, mais tu as l'air de mourir de faim et de sommeil. Et si tu venais avec nous dans la Cité ? On a de la nourriture et des lits.

Je l'ai fixé avec un regard dénué d'expression. Je ne le connaissais pas, et j'étais déjà en train d'envisager sérieusement de l'accompagner dans je ne sais quelle cité. Après douze jours d'isolement, c'était un énorme soulagement. Je n'arrivais pas à croire que j'hésitais, et pourtant…

— Ça va aller, Charley, m'a réconfortée Thad. On est tous passés par là.

— Pas tous, est intervenu Jason. Samuel est passé par l'est, Talla est passée par le bois…

— Jason, l'a coupé Thad, tu vois très bien ce que je veux dire.

Tout sourire, Jason a fait mine de se zipper les lèvres. Thad s'est de nouveau tourné vers moi.

— Charley ?

Je l'ai regardé dans les yeux, et j'ai décidé de lui faire confiance. De toute façon, je n'avais pas vraiment le choix.

— D'accord, j'ai balbutié.

Je me suis sentie mal tout à coup, complètement dépassée par les événements.

J'ai pensé à ma dague, à mon filet miteux, à mes noix de coco vides… C'était presque rien, mais ça me paraissait important de les emporter. D'emporter quelque chose qui m'appartenait.

— Accorde-moi une minute pour que je rassemble mes affaires.

— Tu as besoin d'aide ?

— Non, c'est bon.

C'était le chaos dans ma tête, j'avais besoin de faire le point.

J'ai tourné les talons si vite que mon cerveau a fait « floc ». Derrière moi, Thad continuait de parler au garçon dont j'avais déjà oublié le nom. Leurs voix se sont estompées. J'avais les jambes lourdes, chaque pas exigeait plus d'efforts que le précédent. Les noix de coco se sont transformées en briques. Des points noirs se sont mis à danser devant mes yeux, diffus comme les taches d'une hyène affamée.

J'ai eu un moment de clairvoyance absolue, je savais exactement ce qui allait arriver. Et comme la fois précédente, je ne pouvais rien faire pour l'arrêter.

Chapitre 10

THAD
Jour 278, fin de matinée

Alors que Charley s'éloignait, je me suis demandé ce qu'elle pouvait bien avoir comme affaires. Elle n'était là que depuis douze jours. La plupart des nouveaux ne tenaient pas si longtemps en solo, mais quand même, ça ne faisait pas beaucoup de temps pour commencer une collection.

— Reste ici, j'ai dit à Jason. Et sois sur tes gardes, OK ?

— Pas de problème, a acquiescé Jason.

J'ai suivi Charley jusqu'à la bordure des fourrés. Alors que je la regardais se déplacer, mon esprit m'a ramené à l'instant où elle avait posé le pied sur la plage. Debout sur le sable noir, le menton levé, portant le short de Kevin et son bandana autour de la poitrine… Ses cheveux sombres flottaient au-dessus de ses épaules, comme une héroïne de BD.

J'avais eu un choc.

À cause de son look, à cause de ses vêtements. À tel point que j'avais été devancé pour les salutations, ce qui était une première. Elle avait une façon de parler bien à elle. J'aimais la façon dont les mots semblaient couler de sa bouche, comme du miel. Mais ce que j'appréciais le plus, à ce moment précis, c'était qu'elle ait retrouvé les vêtements de Kevin. Seulement ses vêtements.

Revenant au présent, j'ai été submergé par une vague de soulagement puis d'exultation qui a balayé des jours d'inquiétude. *Tu as réussi, mon pote.*

J'avais tellement hâte d'apporter la bonne nouvelle à Natalie. Mais j'avais décidé de laisser Jason s'en charger, pour lui donner l'occasion de revivre cet instant de délivrance. Et je parlerais de la hyène à Rives.

Un petit abri en bambou se fondait dans les arbres. Il était impressionnant, bien fichu. À côté, Charley se déplaçait au ralenti. Peut-être qu'elle voulait revenir sur sa décision de nous accompagner. Quand je lui avais parlé de la Cité, elle m'avait regardé comme si je lui proposais un bain de minuit. Elle n'aurait pas été la première à refuser de s'y rendre, mais l'idée de la voir parcourir Nil toute seule me glaçait le sang.

Elle a ramassé un caillou, quelques bandes vertes et deux noix de coco, petites et pas mûres. J'étais sur le point de lui dire de ne pas les prendre lorsqu'elle a chancelé.

— Charley, ça va ?

Elle n'a pas répondu, et j'ai hésité.

— Charley ?

Elle a lâché le caillou, puis les noix de coco, comme un jongleur qui aurait perdu le contrôle. Les bandes vertes sont tombées comme des serpentins. Charley s'est effondrée. Sa tête a heurté le sol avec un craquement écœurant.

Je me suis précipité vers elle. *Merde, Thad.* Je voulais me botter les fesses. *Tu aurais dû intervenir plus vite.*

Charley était inconsciente. Du sang coulait le long de sa tempe. Je me suis agenouillé près d'elle. Déplacer une personne victime d'un traumatisme crânien n'était jamais une bonne idée, mais envoyer Jason chercher de l'aide ne valait pas mieux. Et il était hors de question d'abandonner Charley là. Ce serait comme un sacrifice à Nil.

Je l'ai prise dans mes bras, me faisant la réflexion qu'elle était bien trop légère pour quelqu'un de sa taille.

Jason s'est approché lorsque je suis réapparu sur la plage.

— Qu'est-ce qui s'est passé ?

— Elle est tombée dans les pommes. Et sur une pierre.

— Elle saigne.

— Oh ? J'avais pas remarqué ! Allez, on s'active. Surveille bien la forêt. Et garde la main sur ta lance.

À grandes enjambées, nous sommes retournés silencieusement sur nos pas. Charley était inerte, ce qui m'inquiétait.

— Thad, regarde ! s'est écrié Jason, surexcité. Tu la vois ? Près de la ligne des hautes eaux !

— Quoi ? j'ai répondu, essoufflé.

— Porte à deux heures !

Je la voyais à présent. Pile devant nous, de l'air brillant est sorti du sol, ondulant tel un film de glace vivante.

— Vas-y, Jason ! Cours !

— Quoi ? a-t-il fait, abasourdi. Mais non ! C'est la tienne !

— Non, je ramène Charley. Allez, vas-y !

Le visage de Jason reflétait son incertitude.

— Vas-y, bon Dieu !

Il a laissé tomber son matériel, puis est parti comme une fusée. Puisant au plus profond de lui-même, il a foncé comme lors de ses sprints sur la plage. Sauf que, cette fois, c'était pour de vrai. À soixante-dix mètres, le mur d'air iridescent s'éloignait pour se diriger vers les arbres.

— Remonte ! je lui ai crié.

Jason n'a pas répondu, mais je savais qu'il avait entendu. Il fonçait tête baissée, ses pieds flottaient au-dessus du sable noir.

Cours, Jason. Il faut que tu y arrives. Il avait tout ce qu'il fallait : la vitesse, la distance, le bon angle.

Victoire ! Jason n'était plus qu'à un mètre.

Seulement, la porte s'est tout à coup dissoute en une ligne chatoyante, puis en un point noir.

Pas plus d'une victoire aujourd'hui, s'est moqué Nil en agitant l'index, les yeux rieurs.

Près de la porte disparue, Jason recouvrait son souffle, les mains sur les genoux.

— Pas d'autre ? j'ai hurlé.

Mon instinct me disait que non. La première était trop rapide, mais on ne savait jamais ce que Nil avait sous le coude.

— Non. C'était une simple, a crié Jason.

Merde, j'ai pensé. Parce que si ç'avait été une double, Jason aurait réussi. Bon, ce n'était pas son jour. Ni le mien. Ni celui de qui que ce soit. C'était une porte simple, qui n'avait pas trouvé preneur.

Le visage empourpré par sa course, Jason avançait lentement pour reprendre sa respiration. Plus besoin de courir. Du moins pendant vingt-trois heures et cinquante-neuf minutes.

Les yeux de Charley restaient fermés.

— Tiens bon, Charley, j'ai murmuré. On y est presque.

J'ai quitté la plage de sable noir et j'ai slalomé entre les arbres, heureux de connaître ce raccourci à travers la falaise. Je faisais bien attention de garder toujours un pied au sol pour ne pas trop bousculer Charley. Bientôt, j'ai aperçu le cercle de cabanes. J'étais assez proche pour voir des gens au bord de l'eau, trop loin pour qu'ils m'entendent. Je venais de dépasser la falaise lorsque Jason m'a rattrapé, chargé de toutes ses affaires et des miennes. Et de celles de Charley.

— Et maintenant ? a-t-il soufflé.

— Va trouver Natalie. Raconte-lui pour Kevin et Charley. Dis-lui qu'on a besoin d'aide. Mais parle-lui de Kevin d'abord !

Il est parti presque aussi vite que s'il visait une porte. Sauf que, cette fois, il gardait la tête haute et affichait un sourire béat.

Les yeux dorés de Charley ne s'étaient toujours pas rouverts.

— Hé, Charley, je lui ai chuchoté. Bienvenue à la Cité de Nil.

Chapitre 11

THAD
Jour 278, après-midi

Des hourras et des cris de joie ont fendu les airs avant qu'on arrive à la Cité. La nouvelle de la réussite de Kevin allait bon train.

Charley ne bougeait toujours pas.

Natalie s'est précipitée vers nous, le visage radieux et ruisselant de larmes. Lorsqu'elle a regardé Charley, son sourire s'est volatilisé, et elle est passée en mode commandant. C'est tout juste si elle n'aboyait pas ses ordres.

— Il y a beaucoup de sang, mais les blessures à la tête saignent toujours tellement que c'est difficile de savoir si c'est grave, a-t-elle expliqué tandis que nous avancions vers les cabanes. Elle a peut-être une commotion cérébrale. Quelqu'un doit rester avec elle cette nuit pour la réveiller toutes les deux ou trois heures.

J'ai failli l'interrompre pour lui dire que les commotions cérébrales, ça me connaissait, mais elle était en boucle, alors j'ai laissé tomber. À treize ans, je m'étais éclaté la tête contre un arbre en faisant du snowboard. Ça m'avait assommé et j'avais passé la nuit à vomir... pourtant, je portais un casque. Sinon, je serais mort, c'est certain. Depuis, je porte toujours un casque quand je vais en montagne. Enfin, quand j'y allais.

Il y avait de la neige sur Nil, mais je ne l'avais jamais touchée. Elle décorait le pic de la plus haute montagne, cependant nous n'avions ni les vêtements ni le matériel pour aller nous amuser dessus. Une montagne enneigée... une provocation caractéristique de Nil.

Charley a gémi, et j'ai coupé Natalie au beau milieu d'une phrase.

— Il faut l'installer quelque part.

J'ai prié pour ne pas avoir trop secoué Charley sur la route et pour ne pas avoir aggravé sa commotion. Plus tôt je pourrais la déposer, mieux ce serait.

— Chez moi, a répondu Natalie. Je vais nettoyer sa plaie et rester avec elle.

— Je reste, je me suis empressé de dire.

Elle m'a regardé d'un air curieux.

— Pas tout de suite. Rives a besoin de toi. Il s'est pris la tête avec Bart à propos des tours de garde. Quelqu'un doit remettre Bart à sa place.

Elle a souri de toutes ses dents avant d'ajouter :

— Toi, par exemple.

Bart. Charley et Bart, deux pôles opposés. Le contraste faisait très « Nil ». Bart était un moucheron. Le genre qui vole autour de vous sans relâche, peu importe combien de fois on a pu le chasser de la main. C'était bien la dernière personne à qui je voulais avoir affaire, et c'est lui qui m'obligeait à quitter Charley. Typique.

Je me suis glissé dans la cabane de Nat et j'ai avancé jusqu'au lit sur la droite.

— Non ! a protesté Natalie. Pas ce lit. Celui-là.

— Nat, tu me tues, là, j'ai grommelé en peinant jusqu'à l'autre lit, qui ressemblait en tout point au premier.

Mes avant-bras étaient morts, et mes quadriceps n'étaient pas en meilleur état. Parfois, Nat faisait montre d'un autoritarisme agaçant. Peu importait le lit, c'est Charley qui comptait.

Une fois que je l'ai allongée dessus, Natalie a commencé à soigner sa plaie. On n'avait que de l'eau salée et des feuilles de mortelle. Natalie s'est enveloppé la main dans un bout de tissu avant d'appliquer une poignée de mortelle sur la blessure. Charley n'a pas bronché.

— Tu crois qu'elle va bien ? j'ai demandé en regardant ses yeux clos. Elle n'a pas la moindre réaction.

— Je crois que ça ira. La coupure n'est pas si terrible. Elle est vraiment maigre et probablement déshydratée, sans parler du fait qu'elle doit être épuisée. C'est long, douze jours.

Tout en maintenant d'une main la compresse de mortelle, Natalie a repoussé de l'autre une mèche de cheveux des yeux de Charley. La gentillesse de ce geste m'a noué la gorge. Rives l'avait souligné : Nat était quelqu'un de bien.

Comme si elle lisait dans mes pensées, Natalie a levé les yeux et m'a souri.

— Quand je l'ai vue tout à l'heure, ça m'a rappelé lorsque j'ai débarqué dans la Cité. Et moi, je n'avais erré que trois jours. Elle, douze ! Pas étonnant qu'elle soit si mince. En revanche, je tuerais pour avoir ses jambes.

Malgré moi, j'ai regardé les jambes de Charley. Elles étaient recouvertes d'un drap, mais je me souvenais qu'elles étaient longues, fines et sacrément sexy. J'ai repensé à elle sur la plage, ensanglantée dans mes bras.

Ouvre les yeux. Ouvre les yeux, que je sache que tu vas bien.

— Thad ?

Natalie était en train de me fixer.

— Oui ? j'ai répondu en essayant de reprendre mes esprits.

— Il n'y a personne d'autre là-bas ?

— Pas que je sache. Mais j'ai vu la porte d'aujourd'hui. Elle est apparue dans la baie Noire. Jason y était presque, il était tout près.

— Ça ne compte pas, tout près, a soupiré Natalie. Et si tu as vu la porte, c'est que Samuel n'a pas pu l'attraper. Li non plus.

— Non, ni eux, ni personne, j'ai confirmé avant de lui lancer un regard appuyé. Alors, tu pars en expédition demain ?

— Après-demain. Je veux rester pour la Soirée Nil.

— OK.

Mes yeux se sont de nouveau posés sur Charley.

— Je peux faire quelque chose pour elle ?

— Pas pour le moment, m'a répondu Natalie en penchant la tête. Elle a besoin de se réhydrater et de se reposer. Voici ce que je te propose : je reste auprès d'elle jusqu'à ton retour. Fais ce que tu as à faire et reviens après. Ça te va ?

— Ça me va.

Natalie a ajouté d'une voix étouffée :

— Thad, une dernière chose. Est-ce que tu veux bien graver pour Kevin ?

Une boule m'a de nouveau obstrué la gorge.

— J'en serai très honoré.

Elle a hoché la tête en guise de remerciement.

C'était la deuxième fois que j'allais au Mur aujourd'hui. Mais, cette fois, j'avais le cœur en fête. Je me suis dirigé droit vers le nom de Kevin et j'ai pris un grand plaisir à graver une encoche à côté. Cet espace était resté blanc trop longtemps. *Félicitations, mon pote. Tu as réussi.*

En cours de route, je suis tombé sur Samuel, mon camarade de chambre, qui était parti en Recherche tôt le matin du côté des coulées de lave. Sa peau noire dégoulinait d'eau, et ce n'était pas de la pluie, pas de ce côté-ci de l'île.

— Je suis désolé pour toi, je lui ai dit en lui tapant dans la main. Demain, peut-être ?

— Peut-être, a-t-il acquiescé, perdu dans ses pensées. J'ai cru en voir une. J'y suis allé comme un dingue.

Il a secoué la tête. La déception était encore fraîche. On a tous couru après de fausses alertes.

— Mais bon, a-t-il repris avec un sourire forcé. J'ai le temps. Vingt-neuf jours. Non pas que je les compte…

— Non, bien sûr !

Nous avons ri tous les deux, nous savions bien que tout le monde comptait.

— T'es au courant, pour Kevin ?

— Non, a répondu Samuel en se renfrognant. Alors ?

J'ai souri.

— Il a réussi. Une fille a trouvé ses vêtements dans le champ de lave rouge.

D'un coup, l'espoir renaissait.

— Super ! Voilà ce que j'aime entendre.

— Absolument. On va y arriver.

De nouveau, je lui ai tapé dans la main.

— Il le faut, a-t-il ajouté tandis que son sourire s'estompait. Il le faut.

J'ai hoché la tête, avec une soudaine intensité, comme s'il m'avait transmis sa détermination.

— Je vais surfer, a-t-il déclaré en observant l'océan. Tu viens ?

— Non, j'y suis déjà allé. C'est agité, mais c'est pas mal.

Je l'ai regardé partir. Je savais qu'il ne pouvait rien faire jusqu'à demain midi. À part attendre.

Et surfer.

Derrière lui, une vague haute comme un homme a déferlé sur la plage, bien plus belle et nette que le matin. *Le vent a tourné*, j'ai soudain compris. Le vent de travers était tombé, et avec lui l'agitation ; l'océan semblait célébrer lui aussi la victoire de Kevin.

En scrutant la surface de l'eau, j'ai repéré Rives. Plus vite je pourrais leur parler, à lui et à Bart, plus vite je pourrais retourner auprès de Charley. J'ai hélé Samuel :

— Attends ! Je viens, finalement.

Nous sommes allés chercher des planches près de la Baraque. C'étaient des planches en bois faites par quelqu'un qui était là avant moi, et qui seraient utilisées après mon départ. Sauf si j'en cassais une, ce que je n'avais pas intérêt à faire. Ça me donnerait un mauvais karma, et Dieu sait que je n'avais pas besoin de ça.

J'ai saisi ma favorite, la plus fine, d'environ deux mètres cinquante de long. Pas d'aileron pour accrocher, mais ce n'était pas grave. Chez moi, les planches n'ont pas d'aileron, et elles tracent très bien dans la neige. L'eau, la neige, c'est pareil. Donnez-moi une planche, et c'est parti. C'était ce qu'il y avait de mieux sur Nil.

Du moins, jusque-là.

J'ai pensé à Charley et à ses yeux dorés. Je me passais la matinée en boucle quand on est arrivés sur le sable.

Il y avait deux monticules de pierre noire, comme des serre-livres, là où on avait l'habitude de pagayer. Ça faisait toujours quelque chose de passer par là, parce qu'il fallait bien chronométrer les vagues, sous peine de se retrouver écrasé contre les roches. C'était une chose que j'avais comprise sur Nil, au plus profond de mon être. Tout était dans le timing.

J'ai filé entre les parois noires, ce qui m'a procuré cette espèce d'ivresse propre au survivant, et j'ai tracé ma route à travers la houle. Rives restait loin des remous, près de la plage. Je ne voyais Bart nulle part. Pas très surprenant, puisqu'il ne surfait pas, mais j'avais pensé qu'il serait là, en train de s'expliquer avec Rives. Ou pire, avec moi.

J'ai attendu que Rives me rejoigne. Pour la première fois depuis des jours, tout le monde était à fond. Plein d'énergie. Avec cette certitude entêtante : Kevin avait réussi. Toutefois, je n'arrêtais pas de penser aussi à Charley.

Charley, debout sur la plage, le menton levé.

Charley, qui étudie mon visage, prête à bondir.

Charley, allongée sur le lit, inconsciente.

— Rives ! je l'ai interpellé.

— Hé, mon frère ! a-t-il répondu en s'arrêtant. Je sais déjà. Les bonnes nouvelles, ça se répand vite.

— C'est clair. Je voulais te demander, c'est quoi le problème avec Bart ? Nat m'a dit que vous vous étiez pris la tête à propos du tour de garde ?

Rives a hoché la tête, visiblement énervé, ce qui était rare.

— La nuit dernière, je n'arrivais pas à dormir, alors je suis sorti. Bart roupillait près du feu. Et pas qu'un peu. Avec le filet de bave, les sursauts et tout. Il ne restait plus que deux torches allumées. Je l'ai réveillé, je lui ai dit d'aller caler ses fesses sur un lit, que j'allais terminer son tour de garde et qu'on parlerait quand je me serais calmé. Alors ce matin, on a eu une petite discussion. Je lui ai dit qu'il ne ferait plus de tours de garde. Qu'il ne faisait pas franchement d'efforts pour être pris, pour quelqu'un qui avait tellement envie de partir en Recherche. Enfin, t'imagines, qui voudrait l'avoir comme soutien ? Alors qu'il dort pendant son tour de garde ? (Rives a secoué la tête, dégoûté.) Surtout quand on sait que le tigre rôde probablement toujours dans les parages. Et, depuis le temps, il doit avoir faim, le minou…

Rives a finalement haussé les épaules. Sa colère refluait. Il ne restait jamais énervé très longtemps.

— Bref, j'en suis resté là. Lui, il doit encore être en train de pleurnicher. Moi, c'est bon, je m'en suis remis. Mais attends, a-t-il ajouté, embarrassé. Il y a autre chose. C'est arrivé la nuit dernière, pendant le tour de garde de Bart.

Chapitre 12

CHARLEY
Jour 13, aube

J'ai ouvert les yeux et, pendant une minute terrifiante, je n'ai eu aucune idée d'où j'étais.

Puis la journée d'hier m'est revenue. La rencontre avec Thad… ma chute. Des visions de Thad et d'une fille aux cheveux blond vénitien s'entremêlaient à une sensation de douleur et de soif, le tout scellé dans un brouillard d'épuisement. Des bribes de la douce voix d'Em flottaient à travers mes souvenirs, couplés à un goût fruité de limonade. Apparemment, j'avais dû me cogner la tête plus fort que je ne le croyais.

Je me suis redressée en vitesse. J'avais mal au crâne, ç'aurait pu être pire. Le lit était fait de je ne sais quoi, recouvert d'un drap fin, et la pièce avait deux côtés ouverts. Des demi-murs de pierre noire soutenaient une charpente en bois coiffée d'un toit de chaume. De l'air frais et salé est venu caresser mon visage. Ça sentait le matin.

À ma gauche, il y avait un autre lit, dans lequel dormait une fille aux cheveux blond vénitien, enroulée sous une couverture tachetée. Elle avait les yeux fermés, les mains glissées sous sa joue. Elle semblait fragile et plus fatiguée que moi, si c'était possible.

Le reste du mobilier comprenait une chaise rudimentaire et une petite table, sur laquelle reposaient une gourde et une demi-noix de coco en guise de gobelet. Soudain, ma bouche m'a paru plus sèche que du coton et j'ai oublié mon mal de tête. *Faites que ce soit de l'eau. Faites qu'elle soit pleine.*

J'ai soulevé la gourde, les mains tremblantes. Je l'ai penchée au-dessus du gobelet, en extase de voir de l'eau couler. Elle était fraîche, fruitée, presque aussi rafraîchissante qu'une limonade.

Ensuite, je suis sortie.

J'ai aperçu un cercle de huttes. Un énorme foyer, dont les cendres étaient encore chaudes, se dressait au milieu, entouré de quelques torches. L'océan était proche, j'entendais le ressac. Le ciel était d'un bleu limpide et une brise légère soufflait, comme chaque matin depuis douze jours.

Mais pour la première fois, je n'étais pas seule.

Derrière la dernière hutte, un garçon, le dos tourné, se tenait devant un énorme panneau en bois accroché entre deux poteaux et recouvert de rangées de gravures, qu'il caressait des doigts. Ses larges épaules m'étaient familières, tout comme les cheveux blonds qui les touchaient. Son dos nu formait un V parfait. Au moment même où j'ai reconnu Thad, il s'est retourné.

En me voyant, il a souri et s'est approché sans rien dire, ses yeux rivés aux miens. Je suis restée plantée là, à le regarder bêtement. Comme si j'avais eu trop de chocs et que je ne pouvais pas m'en remettre, en tout cas pas aussi vite.

— Bonjour, Charley, a-t-il chuchoté.

Il était si près à présent que j'aurais pu le toucher. J'ai compris qu'il était demeuré silencieux pour ne pas déranger ceux qui dormaient dans les maisons de pierre ouvertes.

— Comment va ta tête ?

— Comme si je l'avais frappée contre un rocher, j'ai répondu aussi bas que lui.

— Un gros caillou, plutôt.

— Je veux bien te croire. Je ne me souviens pas.

Le visage de Thad s'est assombri.

— Oui, je m'en doute. Désolé de ne pas avoir été là lorsque tu a repris connaissance.

Une image de Thad assis près de moi m'a traversé l'esprit.

— Tu es resté avec moi cette nuit ?

Il a hoché la tête.

— Natalie et moi avons veillé chacun à notre tour.

— Natalie ? j'ai répété en fronçant les sourcils. Est-ce que c'est la fille dans l'autre lit ?

— Oui. C'est elle qui t'a soignée hier soir.

Thad a marqué une pause, puis a repris :

— Ça te dirait de prendre un bain ?

— Avec toi ? j'ai laissé échapper, interloquée.

Il a réprimé un rire.

— Non, pas avec moi, même si je devrais sans doute t'accompagner pour t'éviter la noyade au cas où tu tournerais encore de l'œil.

Était-il sérieux ? Je n'ai jamais été bonne pour repérer l'humour.

— Natalie a pensé qu'à ton réveil tu aurais envie de te baigner. Et là, tu es réveillée. Du coup… bain ?

Son sourire était revenu.

Est-ce que je sentais mauvais ? Je n'osais même pas l'envisager, d'autant plus que Thad semblait prêt pour un *shooting* photo. Je n'avais pas besoin de miroir pour imaginer mon état de saleté.

— D'accord, mais j'ai oublié d'emporter du savon.

— T'inquiète. Du moment que sentir la noix de coco ne te dérange pas. On n'a plus de goyave.

Une fois de plus, je ne savais pas s'il se moquait de moi.

— Mince, j'aurais adoré de la goyave. Ou alors du kiwi.

— Il n'y a pas de kiwis sur l'île, je n'en ai jamais vu. Ne bouge pas. Je reviens.

Où est-ce que je pourrais bien aller ? j'ai songé en le regardant entrer dans la hutte à côté de moi. *Et d'abord, quelle île ?*

Il est réapparu avec une sacoche. Il paraissait encore plus large d'épaules avec cette bandoulière marron.

Je lui ai posé une question pour faire diversion.

— Thad, où est-ce que je suis ?

— Dans la Cité. On est toujours sur le rivage est de l'île, la partie sèche. Tu as peut-être remarqué qu'il ne pleut jamais ici. À l'ouest, il pleut tout le temps. C'est une véritable forêt vierge. Il y a aussi un volcan…

— Thad, arrête, je l'ai coupé. Je voulais dire sur quelle île.

— Nil, a-t-il répondu. Tu es sur l'île de Nil.

— Nil ? j'ai répété en fouillant ma mémoire.

J'étais attentive en cours de géo. J'avais une étrange fascination pour les cartes. Un mur entier de ma chambre était recouvert d'une mappemonde géante. Je l'avais étudiée des heures durant, à rêver de tous les endroits où j'aimerais aller. Des pays lointains, des villes célèbres, des îles perdues. Mais aucune du nom de Nil.

— Jamais entendu parler, j'ai fini par dire.

— Moi non plus, avant d'arriver là.

— Mais on est où, exactement ? C'est quoi, cet endroit ?

Thad a passé la main dans ses cheveux.

— Pour être honnête, je n'en sais rien. C'est là, c'est tout.

Une scène d'épouvante a surgi soudain dans mon esprit : mon corps brisé, allongé sur le bitume, la tête fracassée, pleine de sang, l'enseigne du supermarché étincelant au loin tandis qu'une poignée de secouristes me regardaient, impuissants…

— Est-ce que je suis morte ? j'ai demandé d'une voix étrangement calme. Ou est-ce que je rêve ? Est-ce que tout ça est réel ?

— Tu n'es pas morte, Charley. Et ce n'est certainement pas un rêve.

Puis il a souri et a voulu donner un ton plus léger à la conversation.

— Comment ça se passe, avec ces sandales ?

Prise au dépourvu, j'ai répondu de façon automatique.

— Très bien.

— Ah bon ? Elles me paraissent un peu grandes.

— Oui, j'ai admis. Mais c'est mieux que rien. Ces pierres rouges étaient atroces.

— Elles sont coupantes, hein ? Allez, viens, on va te trouver une paire à ta taille.

Il m'a fait signe de le suivre. Thad ne faisait pratiquement pas de bruit en marchant. Il avait la grâce d'un athlète – la force, la fluidité, la confiance.

Il a disparu à l'intérieur d'une petite hutte en pierre en bordure du camp. Au bout d'une minute, il a ressorti la tête, l'air amusé.

— Tu viens ? Je ne mords pas.

J'ai fait une grimace et je l'ai suivi en me creusant la cervelle pour trouver une réplique cinglante. Quand il m'en est venu une, il était trop tard.

Comme les autres huttes, celle-ci avait des fondations en pierre noire, une charpente en bois apparente et un toit de chaume. Il y avait aux murs des étagères garnies de piles de tissu ivoire, de paniers de chiffons, de pelotes de ficelle, de couteaux, de sacoches, et d'autres choses que je ne reconnaissais pas. Et de sandales. Des tonnes de sandales.

— Voilà la Baraque, a expliqué Thad. C'est là qu'on stocke notre matériel. Les draps, les vêtements, les outils, les gourdes, les cordes, tout ce que tu veux. Et le plus important pour toi : les sandales. Ah, essaie celles-là. Regarde si elles te vont.

Il m'a tendu une paire identique à celle que je portais. J'en ai enfilé une. Elle m'allait parfaitement.

— Impressionnant. Tu pourras toujours te reconvertir dans la vente de chaussures pour femmes, si ça ne marche pas sur l'île.

— Je vais garder ça à l'esprit. J'ai d'autres projets, mais c'est cool d'avoir un plan de secours. (Le sourire aux lèvres, il a tendu la main.) Passe-moi les autres.

Au moment de les poser sur l'étagère, il a froncé les sourcils. La sandale tachée de sang à la main, il m'a regardée.

— Est-ce que tu es blessée, Charley ?

La lumière ciselait son visage, mettant en valeur ses pommettes. Mais c'était son expression qui m'étonnait. Il avait l'air inquiet, protecteur. Il m'a fixée de ses yeux bleus et j'ai balbutié :

— Non. Enfin, plus maintenant. Je me suis coupé le pied le premier jour. Mais ça va mieux. Je l'ai trempé dans l'océan.

— Excellente initiative.

Thad a rangé la sandale tachée à part, puis s'est dirigé vers la sortie avec son plus beau sourire.

— Tu es prête ?

Mon cerveau était en compote. L'air frais de l'extérieur m'a revigorée.

— À propos de Nil (le mot semblait étranger dans ma bouche), c'est quoi, cet endroit ? Comment j'y suis arrivée ?

Nous nous sommes éloignés du camp et le grondement de l'océan a faibli. Je faisais attention où on allait, je prenais mes repères. J'étais sur le point de répéter ma question lorsque Thad a répondu.

— Tu as déjà vu l'émission de télé-réalité *Koh-Lanta* ?

— Oui.

— Bon, ben, Nil est un peu comme ça, sauf que personne ne débarque avec un sac de riz et ne reçoit de lettres de chez lui. Et, bien sûr, on ne vote pas pour s'en aller.

Une fois de plus, je ne savais pas s'il était sarcastique.

— Alors, on fait quoi ? On peut partir, n'est-ce pas ?

Avant qu'il ne puisse répondre, les mots se sont bousculés sur mes lèvres :

— J'ai trouvé un crâne.

— Un crâne ? Où ça ?

— Près de la baie, à deux pas de la plage. J'ai… (J'ai marqué une pause pour avaler ma salive.) j'ai buté dessus.

Thad paraissait soucieux.

— Il avait l'air vieux, j'ai ajouté. Comme s'il était là depuis un moment.

Devant son silence, j'ai demandé doucement :

— Thad, qu'est-ce qui est arrivé à cette personne ?

Il a secoué la tête.

— Je ne sais pas.

Sa voix était peinée.

— Alors, on peut partir ? j'ai insisté.

— Bien sûr. Tout le monde part, au final.

Il avait retrouvé son ton monocorde.

— Vraiment ? j'ai demandé, soudain sceptique. Comment ? Comment est-ce qu'on rentre chez nous ?

— De la même façon qu'on est arrivés, Charley. Une porte. Tu en attrapes une, et c'est bon.

— Une porte ?

Je n'avais rien vu qui ressemble à une porte. Puis la petite ampoule s'est allumée.

— Tu parles des chatoiements ?

Thad a souri.

— Les chatoiements ? Je n'ai jamais entendu ce terme, mais oui, c'est la même chose. Chatoiement, mur liquide, air bouillant, onde de chaleur, portail, porte… Appelle ça comme tu voudras. C'est la seule façon de quitter l'île.

J'avais un million de questions à propos des portes, de Nil. Et au lieu de ça, j'ai demandé : C'est où, chez toi ?

— Whistler, en Colombie-Britannique. Au nord de Vancouver, au Canada. Et toi ?

— Je suis américaine. J'habite près d'Atlanta, à Roswell.

Nous avancions parmi les arbres, en longeant l'océan. On n'entendait pas le moindre bourdonnement d'insectes, ni bruit d'animal. *Bizarre*, j'ai pensé. *L'île silencieuse*.

— Roswell ? Comme la ville avec les trucs d'extraterrestres ?

J'ai ri.

— Non, ça c'est Roswell au Nouveau-Mexique. Moi c'est Roswell en Géorgie. Mais après ce qui s'est passé sur ce parking, mon Roswell n'a rien à envier à l'autre, je dirais.

— Laisse-moi deviner. Il était midi, le soleil tapait très fort. Le sol a fondu, s'est soulevé, et tout de suite après, tu brûlais et tu t'es évanouie. Puis tu t'es réveillée nue.

J'ai regardé Thad, déconcertée. Il m'a souri.

— Tout le monde a une histoire à peu près similaire. Endroit différent, pays différent, mais toujours à midi, et il fait toujours beau. Il y a toujours une porte, et pouf ! On se réveille sur Nil, nu comme un ver. Tiens, Charley, c'est juste après ces arbres, là.

Les arbres étaient verts et luxuriants. À mi-pente, la végétation laissait place à un vaste bassin creusé dans la roche noire, telle une piscine exotique dans un film d'Hollywood. L'eau était claire, excepté les ridules blanches dues à une cascade vertigineuse qui dévalait la paroi rocheuse dans un grondement constant.

— La crique de Cristal, a annoncé Thad.

— C'est beau, j'ai murmuré.

Encore un bout de paradis tropical, digne d'une carte postale. Non pas que j'aurais pu en envoyer une d'ici. J'ai pensé à Em et ma gorge s'est nouée.

— Ça va ? Tu es pâle. On a trop marché ?

— Non, ça va. C'est juste… j'aurais aimé que ma sœur puisse voir ça.

J'imaginais Em mitrailler l'endroit avec l'appareil qu'elle a eu pour son anniversaire. J'avais la gorge complètement serrée.

— Elle aurait adoré, j'ai réussi à articuler.

— Elle est mieux là où elle est, a dit Thad.

Il a cherché quelque chose dans sa sacoche et je ne voyais pas son visage. Quand il a relevé la tête, il souriait.

— Bon, alors j'ai du savon de coco, une serviette et des vêtements propres. Le bassin n'est pas profond, mais fais attention. Près de la cascade, ça descend vite à plus de deux mètres. Et derrière, il y a un petit rebord. Je laisse tes affaires dans le coin, là, et je me retourne. Je ne te regardai pas, promis !

Mes joues se sont empourprées. J'avais la bouche pâteuse, et soudain, je me suis sentie très sale.

— J'ai une question bête. Tu n'aurais pas une brosse à dents, par hasard ?

— Plus ou moins, si. Nos modèles datent un peu, mais ils sont efficaces.

Thad a sorti de sa sacoche un morceau de bois avec des trucs pointus au bout.

— Les poils ne durent pas longtemps, c'est des plantes. Voici la tienne. C'est Natalie qui l'a faite.

— Merci, j'ai répondu en me sentant pleine de gratitude envers cette fille que je ne connaissais même pas. Est-ce que les objets traversent les portes aussi ?

— Non. Seulement les êtres vivants. Dans la Cité de Nil, tout a été fabriqué par nous ou par ceux qui nous ont précédés.

Sa voix traduisait sa fierté, mais aussi sa tristesse. Je me suis demandé à quoi il pensait.

Il a baissé les yeux et un rayon de lumière a étincelé dans ses cheveux d'or. C'était joli. Je me suis sentie plus sale que jamais dans toute mon existence.

J'ai fait un pas en direction de l'étang et je me suis arrêtée. Le bord était jonché de pierres, avec plein de petits recoins. Des cachettes parfaites pour les serpents d'eau.

— Thad, j'ai chuchoté en observant l'eau. Est-ce qu'il y a des serpents ?

— Non. Ni dans la crique, ni ailleurs.

— Tu en es sûr ?

— Sûr et certain. Il n'y a aucun animal à sang froid sur l'île. Pas de serpents, pas de lézards. Pas le moindre reptile. Seules les créatures à sang chaud peuvent arriver sur Nil.

— Mmm. Pas de serpents.

D'un coup, Nil m'a paru beaucoup moins effrayante. J'ai fait un nouveau pas en direction de l'étang, puis je me suis encore retournée.

— Et des extraterrestres ? Est-ce qu'il y en a ?

— Il n'y a pas d'extraterrestres dans la crique, a répondu Thad le plus sérieusement du monde.

— Pas dans la crique, mais sur Nil en général ? C'est juste que… le premier jour, j'ai vu des créatures volantes, comme des oiseaux, mais avec des têtes humaines. Elles semblaient dangereuses.

Thad a souri de toutes ses dents.

— C'était moi et Jason, avec nos planeurs. Rien de très dangereux, donc.

Je crois que tu es très dangereux, au contraire.

— Eh bien, je me suis quand même fracassé le crâne quelques minutes après t'avoir rencontré.

— Désolé, a-t-il répondu en passant la main dans ses cheveux.

— Tu t'excuses parce que je me suis évanouie ?

— Parce que je ne t'ai pas rattrapée.

Un silence gênant s'est installé entre nous. L'air frais du matin semblait soudain très lourd. Thad s'est éclairci la voix.

— Je te préviens, Charley. L'eau est plutôt fraîche, elle vient d'une source. Ça te saisit quand tu y entres.

Son sourire décontracté a absorbé tout l'oxygène de mon air.

— Allez, je me tourne.

J'ai avancé dans le bassin.

L'eau n'était pas fraîche. Elle était glacée. Poser le pied dans la crique était comme poser le pied dans un bain de glace. J'avais fait ça une fois, après un entraînement de volley intense. Mon entraîneur avait déclaré que c'était super pour les muscles après l'effort. Pour moi, ç'avait été de la torture à l'état pur. À présent, je pensais que mon bain sur l'île paradisiaque avec du savon de coco allait être le plus court de l'Histoire.

Pourtant, plus je restais dans l'eau, mieux je me sentais. Je me suis enduite de savon laiteux, et j'ai senti le sable décrasser ma peau. J'ai frotté jusqu'à ce que mon épiderme rougisse.

Puis je me suis attaquée à mes cheveux. J'avais bien du mal à éviter ma blessure.

— Ça va, Charley ? a crié Thad. Toujours consciente ?

— Oui, ça va.

— Dis-moi si tu as besoin d'aide.

J'ai discerné de l'amusement dans sa voix.

— Je gère, merci. Tu sais, j'ai déjà pris un bain, même si je n'en ai pas l'air.

Thad a ri ouvertement cette fois.

Une fois rincés, mes cheveux étaient comme de la paille. Ç'allait être un cauchemar de les démêler sans après-shampooing. Puis je me suis souvenue que je n'avais même pas de brosse. Mais peut-être que Thad en avait une. Sa sacoche était une vraie pochette surprise.

Je suis sortie de l'eau, je me suis séchée et ai revêtu en vitesse mes nouveaux vêtements : un dos-nu, cette fois, et un bout d'étoffe qui devait être une jupe, dans la même matière que ceux que j'avais empruntés. Pas de sous-vêtements. *Est-ce que tout le monde ici se balade sans culotte ?* je me suis demandé en enroulant la jupe autour de mes hanches. Puis j'ai ri : elle était encore plus courte que celles que j'étais partie rendre au supermarché et qui étaient la cause de ma présence ici.

— Qu'est-ce qu'il y a de si drôle ? a demandé Thad.

— Je crois que Nil a le sens de l'humour, j'ai répondu. Un sens de l'humour tordu.

— Tu comprends vite.

Et si je remettais plutôt le short ? Sauf que maintenant que j'étais propre, je voyais à quel point mes anciens vêtements (enfin, ceux de Kevin) étaient sales. Le short était si crade que ma mini-minijupe avait l'air super en comparaison.

— Tu es prête ? Ces arbres sont fascinants, mais quand même…

— Oui, tu peux te retourner, c'est bon.

Enfin, si on considère que porter cette jupe, c'est être complètement habillée.

— Comment tu te sens ?

Les yeux de Thad ont filé droit sur mes jambes.

Gênée.

— Je revis. Merci de ton aide.

— Quelle aide ? Tu l'as refusée, tu te souviens ?

Il a souri et j'ai grommelé.

— Tu vois très bien ce que je veux dire.

Il a souri de plus belle.

Oui, il est dangereux…

Pour changer de sujet, j'ai demandé :

— J'imagine qu'il y a des vaches sur l'île, vu mes chaussures ? Et des chèvres, et des…

J'ai hésité, parce que je ne voulais pas avoir l'air d'une demeurée.

— … zèbres ?

— Peut-être, a répondu Thad en haussant les épaules. On a des vaches, des poules, des chèvres, et je ne sais pas pourquoi, énormément de chats. Je ne sais pas qui a fait les sandales. Ces derniers temps, on s'est concentrés sur la confection de nouveaux vêtements, parce qu'on n'en a plus beaucoup. On utilise les arbres à papier.

— Les arbres à papier ?

— Il y a sûrement un nom botanique pour ça, mais personne ne le connaît ici. On utilise l'écorce pour faire du papier et des vêtements. Comme c'est assez compliqué, on prend soin de nos habits. Il y a aussi des jupes en herbe, mais elles ne durent pas bien longtemps.

— Des jupes en herbe, j'ai répété, incrédule. Ne me dis pas qu'il y a des soutiens-gorge en noix de coco !

— Sauf si tu veux en porter un, a rigolé Thad.

— Non, merci.

En fait, je pensais : *c'est mort, plutôt crever*, mais mon père était très à cheval sur la politesse, excepté en cas d'extrême urgence.

Thad a ramassé les vêtements sales.

— On n'a qu'à les laver, tant qu'on est là, hein ?

— Je vais le faire, j'ai répondu en les lui arrachant des mains.

— Quoi, tu crois que les hommes ne savent pas faire la lessive ?

Il a refait le coup du sourcil.

Non, ça me gêne que tu touches mes vêtements puants. Sa proposition était étrangement intime et plus qu'embarrassante. Mais avant que je n'aie pu protester, il m'avait repris le bandana et le frottait déjà de manière experte.

Suivant son exemple, j'ai lavé le short. Bientôt, tout sentait comme un gel douche coco-citron vert.

— Qui fabrique le savon ?

— Li. Elle est super bonne pour tout ce qui concerne les fleurs. Elle vient de Pékin et ne parle pas trop notre langue, mais on comprend l'idée. Ses savons au sable sont super. Je ne sais pas si elle savait déjà les faire avant ou si elle a appris avec Ramia.

— Où est Ramia ?

— Partie.

Thad s'est levé pour essorer le vêtement. Je l'ai imité, et j'ai été prise de vertiges.

Thad m'a attrapé le coude.

— Tu n'as pas intérêt à retomber.

— Non, ne t'inquiète pas, j'ai répondu en essayant de ne pas être trop sèche.

Je déteste me sentir faible. La pression de la main de Thad autour de mon coude faisait écho au pouls sur ma tempe, puis c'est passé.

— Je vais bien. Je me suis levée un peu vite, c'est tout.

La pression autour de mon coude a cessé.

J'ai changé de sujet, déterminée à reprendre le contrôle de moi-même.

— Tu n'aurais pas une brosse, par hasard ?

— Que dirais-tu d'un peigne ?

Il a fouillé dans sa sacoche et en a tiré le plus beau peigne en bois que j'aie jamais vu. Sculpté à la main, avec des dents épaisses et polies.

— Waouh ! Je n'ai jamais rien vu comme ça.

J'ai passé l'index sur le bois soyeux.

— C'est le travail de Miguel. C'est le meilleur sculpteur de la Cité.

— Il y a qui d'autre dans la Cité ? Et il y en a combien, de cités ?

Je me suis assise près de Thad et j'ai entamé mon combat contre mes cheveux.

— Une seule : la Cité de Nil. L'île n'est pas très grande. Et le nombre de personne fluctue. En ce moment, il y a moi, Natalie, Rives, Jason, Li, Talla, Raj, Heesham, Samuel… (Thad comptait sur ses doigts tandis qu'il les énumérait.) Et avec toi, ça fait vingt et un.

Je me suis arrêtée et j'ai posé mes mains tremblantes sur mes genoux. J'étais épuisée.

— Charley, sans vouloir te vexer, on dirait que tu vas t'écrouler. Si tu veux, je peux finir de te coiffer.

J'ai regardé sa main tendue, estomaquée.

J'adorais qu'on me brosse les cheveux. Plus qu'être grattée dans le dos, plus qu'être massée, plus que tout. Et j'avais toujours rêvé de me faire brosser les cheveux par un garçon mignon.

Thad venait de m'offrir mon fantasme secret sur un plateau tropical.

Chapitre 13

THAD
Jour 279, tôt le matin

J'hallucinais.

Je n'arrivais pas à croire que je venais de lui proposer de la peigner. Mais elle semblait à deux doigts de s'écrouler une fois de plus. Elle avait toujours cette vilaine bosse d'hier, et elle était pâle. Ou alors c'était parce que je lui avais proposé de la coiffer ? *Sérieux, Thad !*

Ses yeux étaient rivés au peigne, comme si elle me soupçonnait d'avoir je ne sais quelles arrière-pensées.

Peut-être qu'elle pense que mon projet post-Nil, c'est de devenir coiffeur.

J'ai fait de mon mieux pour ne pas rire. Je ne voulais pas que Charley pense que je me moquais d'elle. Mon projet post-Nil comprenait des snowboards, de la neige, des sponsors et des courses, pas un métier qui m'obligerait à rester entre quatre murs, à répéter à longueur de journée la même routine ennuyeuse. Toutefois, après neuf mois sur Nil, mon projet si bien ficelé s'apparentait plus à un rêve évanescent, de plus en plus inaccessible.

Je n'avais plus envie de rire.

Charley a levé les yeux et a souri. Mon Dieu, qu'elle était belle !

— D'accord, a-t-elle dit en me passant le peigne. Merci.

Je me suis placé derrière elle, heureux qu'elle ne puisse pas voir mon visage. Elle n'a plus dit un mot. Que pensait-elle ?

C'était une première pour moi, de coiffer une fille. J'ignore ce qui m'a incité à le lui proposer, ça me semblait… juste. Et après deux cent soixante-dix-huit jours ici, je n'avais plus grand-chose à perdre. Au pire, j'aurais essuyé un refus.

Mais Charley avait dit oui.

J'ai dégagé ses mèches de son cou. Ses cheveux sombres séchaient rapidement et tombaient comme des vagues soyeuses sur ses épaules. J'ai procédé lentement, absorbé par le moment présent. Sa tête était légèrement penchée d'un côté, mais elle ne bougeait pas. Je l'ai peignée jusqu'à ce que ses cheveux soient parfaits, comme elle.

— Mission accomplie, j'ai annoncé.

— Merci.

Sa voix était voilée. À mon avis, elle était en train de penser à chez elle.

— Tu es prête à rentrer ?

Dis non. Dis pas tout de suite. Dis ce que tu veux, mais pas oui.

Parce que je n'étais pas prêt. Je n'étais pas prêt à quitter cet instant. Pas prêt à lui faire découvrir la laideur de Nil. Je voulais rester avec Charley. Juste Charley. Je voulais connaître cette fille cool, qui avait été capable de survivre seule pendant douze jours, qui m'avait fait plus rire en vingt-quatre heures que je n'avais ri pendant des mois. Tout à coup, c'est ce que je voulais, plus que n'importe quoi durant ces deux cent soixante-dix-huit jours.

— Je suis prête.

Merde. Nous sommes donc repartis.

— Alors, tu étais où quand la porte est arrivée ?

— Sur le parking d'un supermarché, j'étais venue rendre des trucs dont je n'avais pas besoin, a-t-elle répondu en tirant sur sa jupe. Bref, il y faisait une chaleur terrible, on se serait cru dans un four. C'est ça, la Géorgie au mois d'août. (Elle a ri puis s'est assombrie.) Je me rappelle, j'ai vu le sol chatoyer, comme un mirage dans le désert. Et puis il s'est mis à bouger, et soudain j'ai été dévorée par des flammes. J'ai brûlé, j'ai gelé, et je me suis retrouvée là.

Elle avait l'air perdue dans ses pensées.

— C'est un de ces moments bizarres qu'on ne pourra jamais oublier. Tout est tellement clair. L'enseigne du supermarché, la chaleur. Comme pour le méga tremblement de terre qui a frappé Los Angeles, je me souviens exactement de tout.

— Il y a eu un tremblement de terre à Los Angeles ?

— Le mois dernier, a répondu Charley en hochant la tête. C'était énorme, plus de sept sur l'échelle de Richter. Horrible.

— Waouh.

Encore un événement dans le vrai monde que j'avais manqué.

— Thad, a-t-elle repris, as-tu une idée de ce qui se passe chez nous ? Je veux dire, est-ce que quelqu'un est au courant, à propos de Nil ? Est-ce que quelqu'un va venir nous chercher ?

C'est le moment de révéler un peu de la sinistre vérité de Nil. Juste un peu. Si on apprend tout d'un coup, c'est trop dur à avaler, et je ne voulais pas de ça pour Charley.

— Je ne sais pas ce qu'ils savent, mais de toute façon, j'exclus l'hypothèse d'une aide extérieure. Il n'y a pas de bateaux, pas d'avions, et même l'océan ne ramène jamais rien. On n'a rien d'autre que ce qu'il y a sur l'île. Il n'y a qu'une entrée et une sortie. Une porte.

Elle a hoché la tête, sans doute pour assimiler le zéro pour cent de chances d'être sauvée.

— Et toi, a-t-elle fini par demander à voix basse, tu étais où quand la porte est arrivée ?

En train de faire du snow, et énervé.

— J'étais à la montagne. J'étais parti faire du snow en hélicoptère. On était quatre.

J'ai marqué une pause, revivant ce moment. *Moi, Jonas, Finn et Carter, mon meilleur ami, qui venait de m'avouer qu'il couchait avec ma petite amie.*

— Tous les autres étaient partis, je reprenais mon souffle…

Et je laissais un peu d'espace à Carter avant de lui péter la gueule.

— … Le soleil brillait fort. Je transpirais. Et puis la neige est devenue liquide, et je n'étais plus seulement en train de transpirer : je brûlais. Je me suis évanoui. Quand je me suis réveillé, j'étais ici.

— Je me suis évanouie aussi. Ça ne m'était jamais arrivé et voilà que je me suis évanouie deux fois en quinze jours.

Elle avait l'air surprise.

Ne le sois pas, j'ai pensé. Nil était pleine de surprises. Et effectivement, Charley n'avait pas l'air du genre à s'évanouir. Elle avait plutôt l'air du genre à être capable de botter des fesses si elle était convenablement nourrie.

— Tu t'es réveillé dans le désert rouge, toi aussi ?

— Non, j'ai atterri au pied de la montagne.

— Alors les portes peuvent apparaître n'importe où.

Même si sa phrase n'était pas une question, j'ai hoché la tête.

— Et elles n'apparaissent qu'à midi ?

Charley commençait à tirer ses propres conclusions. *Ça ne sera pas long*, j'ai pensé.

— Celles en partance, oui. En revanche, les entrantes peuvent arriver n'importe quand. La mienne m'a lâché là en pleine nuit.

— En pleine nuit ? a-t-elle répété, horrifiée. C'est atroce. Je n'imagine même si je m'étais réveillée là dans le noir.

Nous avons marché en silence. Je me préparais à lui annoncer l'ultime mauvaise nouvelle, mais elle m'a devancé.

— Alors, les portes en partance, elles apparaissent toujours à plusieurs, comme des vagues ?

Je me suis demandé combien de portes elle avait pu voir en douze jours.

— Non. Les simples sont les plus communes et les plus rapides. Des vrais bolides, difficiles à attraper à cause de leur vitesse. Les doubles sont un peu moins fréquentes. Elles se déplacent plus lentement et sont plus faciles à attraper. Les triples sont assez rares. Elles sont encore plus lentes que les doubles.

— Et les quadruples ?

— Je n'en ai jamais vu.

— Moi, si.

— Euh, juste une petite question. Tu portes des lentilles ?

— J'ai une excellente vision. Et j'ai bel et bien vu une quadruple, dans le champ de pierres rouges, le jour de mon arrivée. Elle ne bougeait pas très vite, mais je n'ai pas pensé à essayer avant la dernière vague. Et elle était trop loin.

— Je suis impressionné. La plupart des gens s'enfuient devant les portes, au début, pas l'inverse.

— Oh, j'ai commencé par fuir. Mais n'oublie pas que c'était une quadruple. J'ai eu quelques minutes pour prendre ma décision.

— Pas tant que ça.

Je n'arrivais pas à m'en remettre. Quadruple ? *Tu essaies de nous donner plus de chances, Nil, ou est-ce que tu joues avec nous ?* Maintenant, j'allais toujours espérer voir apparaître une quadruple. Et en plus, on avait manqué quatre vraies chances de quitter ce caillou. Samuel aurait sans doute réussi à en attraper une sur les quatre. Et Li à coup sûr.

— Puisqu'on parle de portes, laisse-moi t'expliquer comment ça marche dans la Cité. On part à la Recherche de portes en équipes. Plus on est là depuis longtemps, plus on a la Priorité. Et on a un Guetteur.

— Un Guetteur ?

— Un Guetteur, oui. Tout le monde arrive nu, et donc sans lunettes, sans lentilles. Certaines personnes ne verraient pas une porte à cinq mètres. Il faut pouvoir distinguer de loin le sol qui se liquéfie, puis qui se soulève et avance. Et il faut savoir dans quelle direction courir pour l'intercepter. C'est le boulot du Guetteur. Il doit repérer la porte et indiquer dans quelle direction aller. Tout ce qu'on a à faire, c'est courir. Les équipes sont formées de trois ou quatre personnes, cinq grand maximum. Ça permet au Guetteur d'avoir de la compagnie sur le chemin du retour, en plus de l'aider à porter le matériel.

Elle a froncé les sourcils.

— Pourquoi l'équipe entière ne passe-t-elle pas par la porte ?

Bravo. Une de moins. Plus que deux.

— Parce qu'une porte ne peut prendre qu'une personne à la fois. Une personne, une porte. Ce sont les règles de Nil.

Charley est restée aussi muette que notre île.

Ça faisait sûrement partie de ce qui amusait Nil. De voir les nouveaux se tortiller pour assembler les pièces du puzzle. De les observer percer à jour la vérité de l'île. Pour Charley, le masque de Nil commençait à peine à se fissurer. Pour certaines personnes, il tombait d'un seul coup ; pour d'autres, ça se faisait petit à petit. Quoi qu'il en soit, au bout du compte, il disparaissait pour tout le monde. C'était impératif.

— Et les portes nous renvoient chez nous ? a demandé Charley d'une voix remarquablement assurée. Sur le parking du supermarché ? Ou bien dans un autre monde ?

Et de deux, j'ai pensé. *Plus qu'une.*

— Je ne sais pas, Charley. Personne ne le sait. Ce qu'on sait, c'est que toutes les portes entrantes viennent de notre monde, il serait donc logique de penser que les portes en partance nous y ramènent, comme une boucle. Mais en vérité, nous ne savons pas. Nous n'avons aucune certitude.

J'ai vu l'émotion s'accumuler sur son visage, si rapidement que j'ai voulu intervenir.

— Hé, j'ai dit en lui levant le menton, ça ira. Tu reverras ta famille. Je ne peux pas te le promettre, mais j'y crois.

J'y croyais aussi férocement que Samuel la veille.

Les yeux dorés de Charley ont scruté les miens, à la recherche de vérités. De la dernière vérité, celle qui fêlait le beau masque de Nil une bonne fois pour toutes.

Je lui ai murmuré un mensonge, le même que je lui avais servi la veille :

— Ça ira.

— J'ai encore une question.

Nous y voilà. La dernière question, celle qui réduit le masque de Nil en charpie.

— Vas-y.

— Quand je me suis réveillée ce matin, je suis à peu près sûre qu'il y avait une peau de guépard sur le lit de cette fille, Natalie. Il y a des guépards, ici ?

Ce n'était pas la question que j'attendais.

— Pas que je sache, mais c'est possible. De temps en temps, on a un guépard, un lion ou un tigre, et aussi des vaches et des chèvres.

— N'oublie pas le zèbre, a-t-elle souligné en forçant un sourire.

— C'est vrai. Il ne faudrait surtout pas qu'il se sente oublié.

— Comment tu sais que c'est un mâle ? Ça pourrait être une femelle.

— Très bon point.

Charley a balayé les arbres du regard.

— Thad, ce que je voulais dire, c'est que Nil regorge de dangers, comme les guépards, dont on ne soupçonne même pas l'existence, pas vrai ? Des choses qu'on ne peut pas voir ?

— C'est tout à fait ça.

Chose, être humain, lieu ou animal. Ce sont toujours les choses qui sont les pires.

— J'essaie juste de comprendre Nil, a-t-elle conclu sans sourire.

Je devais lui parler des jours. Mais j'hésitais. Peut-être parce que je ne voulais pas gâcher la matinée. Peut-être parce qu'une fois qu'on savait ça restait dans la tête en permanence, comme une sangsue accrochée au cerveau, qui aspirerait tout espoir. Ou comme une horloge qui décompterait les minutes. Sauf que dans ma tête c'était plutôt un détonateur. Le tic-tac avant le boum.

Bientôt, j'ai pensé. *Tu verras bientôt Nil pour ce qu'elle est réellement.*

Je ne lui ai rien dit.

— Et c'est quoi, ces gravures ? m'a-t-elle interrogé. Sur les rochers noirs, au sud de l'endroit où on s'est rencontrés ?

— L'Homme dans le labyrinthe ?

— L'Homme dans le labyrinthe, a-t-elle répété comme si elle voulait s'assurer que ça sonnait bien. Exactement. Qui l'a sculpté ?

J'ai haussé les épaules.

— Aucune idée. Il y a une gravure identique sur la côte est, près de la forêt vierge, sauf que c'est une femme au milieu.

— Quelle est leur signification ?

— Va savoir. Qu'on est des rats dans un labyrinthe ?

— Je suis sérieuse.

— Moi aussi.

Pendant un long moment, le seul bruit provenait des feuilles qu'on écrasait sous nos sandales.

Puis elle s'est arrêtée pour me regarder droit dans les yeux.

— Est-ce que tu connais des gens qui s'en sont sortis ? Personnellement, pas des gens dont tu as seulement entendu parler ?

— Oui, j'ai murmuré. J'en connais. Je te promets qu'il y a de l'espoir, Charley. Pour nous tous.

J'avais compris le sens caché de sa question : *Est-ce qu'il y a une chance ? Est-ce que je suis foutue ?* Pourtant, je ne savais pas si mes mots s'adressaient à elle ou à moi.

Elle a hoché la tête.

— Parle-moi un peu de ta famille, j'ai repris, impatient de changer de sujet. Ta sœur est plus vieille ou plus jeune que toi ?

— Plus âgée de dix mois.

Quand Charley parlait, ses mots roulaient sur sa langue comme du miel. Je n'avais jamais rencontré quelqu'un comme elle, ni sur Nil, ni ailleurs. Ses longues jambes lui permettaient de rester à ma hauteur, et ça me plaisait, ça aussi. Je me suis demandé si elle aimait courir.

Elle a intérêt, a ricané Nil.

À cet instant, j'ai compris que Nil ne jouait plus à la loyale. Parce que j'appréciais Charley encore plus que je haïssais Nil, et je brûlais d'envie de la connaître mieux.

Mais j'allais partir.

Nil a dit pars. Nil a dit reste. Nil était complètement tordue. Ou peut-être que c'était moi.

Charley avait cessé de parler. Je me suis empressé de meubler le silence.

— Qu'est-ce que tu disais à propos d'Em ?

Elle a penché la tête pour humer l'air.

— C'est le petit déjeuner ? Il y a quelque chose qui sent délicieusement bon.

— Sans doute du poisson grillé à l'ananas chaud. Pour changer du poisson grillé à l'ananas d'hier.

Charley avait l'air hésitante, presque nerveuse. Je l'ai regardée lever le menton, comme si elle se préparait.

Ses yeux d'or étaient presque au même niveau que les miens, ce qui était un autre avantage. Cependant, elle était sur ses gardes, comme la première fois que je l'ai rencontrée. J'ai tenté de la rassurer.

— Hé, je sais que ça fait bizarre de débarquer dans la Cité. De rencontrer des gens. Ça fait beaucoup de choses nouvelles d'un coup. Mais n'oublie pas qu'ici tout le monde s'est déjà trouvé à ta place. Si tu veux, je peux rester avec toi. Être ton guide personnel de l'île.

Dis oui.

Chapitre 14

CHARLEY
Jour 13, milieu de matinée

— D'accord, j'ai dit. J'ai toujours rêvé d'avoir un guide rien que pour moi.

Puis j'ai reniflé cette odeur qui me mettait l'eau à la bouche, et je n'ai plus pensé qu'à manger.

Il y avait de l'agitation autour du feu. Du poisson grillait sur les braises et des feuilles ressemblant à du chou étaient empilées sur le côté. Il y avait une douzaine de personnes. Les garçons étaient torse nu et présentaient un physique avantageux, même si la plupart étaient un peu maigres (voire squelettique pour l'un d'eux). Les filles étaient tout aussi minces. Le régime alimentaire sur cette île devait valoir tous les programmes de perte de poids du monde, surtout lorsqu'on y ajoutait les efforts physiques nécessaires à la survie. La plupart des filles portaient une jupe comme la mienne, et presque toutes avaient un morceau d'étoffe enroulé autour de la poitrine, comme je l'avais fait avec le bandana de Kevin. Une fille avait un dos-nu semblable au mien, attaché de la même façon, ce qui était un soulagement. Je ne me suis jamais trop souciée de mes vêtements, mais de là à les porter à l'envers…

Thad a sifflé avec les doigts. Toutes les têtes se sont tournées vers nous.

— Bonjour, tout le monde. Je vous présente Charley.

J'avais l'impression d'être la nouvelle qui arrivait en cours d'année scolaire.

— Comme certains d'entre vous le savent déjà, c'est elle qui a trouvé les vêtements de Kevin. Elle est là depuis treize jours.

Sentant tous les yeux braqués sur moi, j'ai salué de la main et souri.

— Salut.

Sourires, hochements de tête. J'ai reconnu la fille sous la couverture en guépard, Natalie. Elle a agité la main.

— Et au cas où vous l'ignoreriez encore, Charley n'est pas notre seule nouvelle arrivante. Heesham a attrapé une vache hier.

Plusieurs garçons ont poussé des cris de joie. Thad a souri, puis a demandé le silence.

— Jason dit que c'est une holstein – une vache laitière –, il y a donc du lait frais au menu. N'hésitez pas à demander des leçons de traite à Jason. Et j'ai gardé le meilleur pour la fin : ce soir, c'est Soirée Nil.

À nouveau, des cris de joie ont retenti dans l'assemblée. Je lui étais reconnaissante de m'avoir présentée en premier, avant la vache et la Soirée Nil, même si je ne savais pas ce que c'était. Je n'étais plus au centre de l'attention. Si c'était délibéré, c'était vraiment super.

— Allez, au boulot, et que la chance nous sourie.

Les conversations ont repris et un garçon s'est avancé vers nous. Il était bronzé, maigre, avec des cheveux noirs jusqu'aux épaules – comme Thad. *La coupe masculine standard sur Nil*, j'ai pensé.

— *Hola*, Charley, a dit le garçon d'une voix douce. Je m'appelle Miguel.

Le sculpteur.

Avant que je ne puisse lui dire bonjour, il s'est tourné vers Thad.

— J'ai besoin de toi, *amigo*. Je dois te montrer quelque chose.

L'intensité dans sa voix me donnait des frissons. Thad s'est tourné vers moi, les yeux assombris.

— Charley, et si tu allais manger un morceau ? Tu meurs de faim. Je reviens dans une minute. Ouvre l'œil, au cas où il y aurait un zèbre, hein, a-t-il ajouté avec un sourire.

Curieusement, les zèbres étaient le cadet de mes soucis. Thad s'en allait déjà en écoutant Miguel, qui parlait trop vite pour que je comprenne. Mon espagnol de quatrième n'était déjà pas très bon et il ne s'était pas amélioré avec le temps.

Mon guide était parti.

Ne sachant trop quoi faire, je suis restée plantée là avec ma jupe ridiculement courte. Je me sentais gênée et étrangement seule. *Voilà ta tribu*, je me suis dit en regardant autour de moi.

Natalie s'est approchée, accompagnée de la fille qui portait un dos-nu. Elle était plus grande que Natalie, plus mince, avec une peau d'ébène. Ses clavicules étaient saillantes. Je me suis demandé si mes épaules paraissaient aussi squelettiques que les siennes. J'ai bien failli baisser les yeux.

— Salut, Charley ! Tu ne te souviens probablement pas, mais je m'appelle Natalie. Comment va ta tête ?

— Mieux. Et je me souviens en partie. Merci pour hier.

— Oh, a-t-elle balayé d'un revers de la main, je n'ai pas fait grand-chose. Je te présente Sabine. Sabine, Charley.

— Bienvenue, Charley. Je suis plutôt nouvelle, comme toi. Cinquante jours au compteur.

Elle avait une délicieuse pointe d'accent.

— Joli haut, a-t-elle ajouté.

— Merci. Je suis contente de ne pas l'avoir mis à l'envers.

— Personne ne s'en serait soucié, a-t-elle répondu en haussant les épaules.

Après Sabine, d'autres personnes sont venues se présenter. Je me suis retrouvée à hocher la tête, à sourire et à dire « ravie de te connaître ». Comment j'allais bien pouvoir retenir tous ces noms ? Et quand est-ce que j'allais manger ?

— Je m'appelle Jillian. Jour 152.

Cheveux noirs, taches de rousseur, deux tresses nouées avec de la ficelle.

— Bart. Jour 90.

Sourire prétentieux, épaules couvertes de coups de soleil. Une fâcheuse tendance à parler sous le nez de son interlocuteur.

— Samuel. Trop longtemps.

Forte poigne. Hochement de tête rapide. Une dent de requin énorme autour du cou.

Une fille a fait un pas en avant (la seule personne à ne pas être très mince) et lui a donné un petit coup de coude dans les côtes avant de se tourner vers moi, tout sourire.

— Je m'appelle Macy. Je suis là depuis soixante et un jours.

— Julio.

Jeune, visage poupin. Il a marmonné trois nombres en espagnol, je n'en ai compris qu'un. *Uno*.

Bizarre, j'ai pensé. Ils portent leurs jours comme une décoration. Les noms et les nombres ont commencé à se brouiller.

— Raj.

Enfin, je pense que c'est qu'a dit le garçon suivant en me faisant un signe de tête. Toute concentrée sur lui, j'ai complètement raté la fille suivante.

— Talla.

Vraie blonde, un corps parfait. Je n'ai pas saisi le compte de ses jours parce que j'étais trop distraite par sa poitrine. Personne ne devrait avoir à la fois des muscles et des seins, mais Talla avait les deux en abondance. Sa lance ne semblait pas à sa place.

Une minuscule Asiatique avec les cheveux coupés au carré a incliné la tête.

— Li, a-t-elle dit dans un souffle. Jour trois cinq quatre.

Son accent était tel qu'il m'a fallu une minute pour assimiler le nombre.

Jour trois cinq quatre.

Elle était là depuis trois cent cinquante-quatre jours.

Je lui ai adressé un sourire, choquée intérieurement à l'idée de pouvoir rester là un an.

Les portes devaient être plus difficiles à attraper que je ne le pensais.

Le groupe s'est dispersé aussi vite qu'il s'était formé. Seule Natalie est restée. Je me suis tournée vers elle.

— J'ai bien entendu ? Li est là depuis trois cent cinquante-quatre jours ?

— Oui, a soupiré Natalie. C'est atroce, hein ?

— Carrément. Est-ce qu'il y a quelqu'un qui est là depuis plus longtemps qu'elle ? Est-ce qu'il y a une sorte de Robinson de cinquante ans dans le coin, toujours à la recherche d'une porte ?

Natalie a ri.

— T'es marrante. Non, c'est Li la plus ancienne. Thad t'a emmenée dans la crique, ce matin, n'est-ce pas ? Il t'a expliqué comment ça marche ici ?

J'ai acquiescé. Pendant un instant, Natalie a eu l'air troublée, mais elle s'est remise à sourire si vite que je me suis demandé si je n'avais pas rêvé.

— En tout cas, je suis contente qu'il t'ait trouvée. J'avais prévu de t'aider à prendre un bain, mais je me suis endormie. Il fallait que ça tombe cette nuit... Enfin bref, je me souviens encore comme c'était agréable, ce premier bain après avoir traîné dans la jungle. Dans l'immédiat, mangeons. Ensuite nous examinerons ta tête.

Elle m'a tendu un morceau de pain, et j'ai pris sur moi pour ne pas le lui arracher des mains. Il était croustillant et moelleux. Et surtout, c'était du pain !

— Je ne crois pas avoir goûté un pain aussi bon, j'ai dit en savourant la dernière bouchée.

Natalie a ri, ce qui a fait pétiller ses yeux.

— La famille de Julio tenait une boulangerie. Il expérimente depuis qu'il est arrivé.

— Charley. Tiens.

Je me suis retournée. Sabine m'a tendu une planchette en bois recouverte de poisson et de morceaux d'ananas.

— Merci.

— Je vais chercher à boire, a dit Natalie, et du pain. Je reviens.

J'ai suivi Sabine jusqu'à un amas de pierres noires : quatre rochers géants, en forme de poufs, aussi lisses et durs que du granit. Natalie est revenue avec trois gobelets en noix de coco et un morceau de pain, qu'elle a déposé dans mon assiette. Après avoir fait passer les bols, elle a pris une planchette et s'est assise.

— À la vôtre, a dit Sabine en levant son gobelet. Ravie de faire ta connaissance, Charley, même si c'est dans ces circonstances.

— Ça pourrait être pire, j'ai répondu. Au moins, on a un petit déjeuner et un feu.

— C'est vrai que tu as traîné dans la nature pendant douze jours, a dit Sabine avant de se pencher vers moi. Tu as vu des portes ?

— Une, je crois. Oh, et j'en ai vu plusieurs le jour de mon arrivée.

Elle a hoché la tête et attrapé un morceau de poisson avec les doigts. Je l'ai imitée, heureuse d'avoir un professeur des bonnes manières sur Nil.

Le poisson était fondant à souhait et je lui ai fait un sort en un temps record. J'ai attaqué l'ananas en me forçant à ralentir.

Le feu crépitait, l'océan grondait au loin. Les voix et les rires complétaient ce fond sonore réconfortant. C'était le petit déjeuner le plus surréaliste de ma vie.

Le visage de Sabine s'est éclairé et elle a posé sa planchette.

— Tiens, voilà Heesham. Je reviens.

— D'où est originaire Sabine ? j'ai demandé à Natalie alors que Sabine s'en allait au pas de course.

— De Suisse. Non, attends, ça, c'était Andrea. Sabine vient de… Belgique ? Non. (Elle a secoué la tête en gémissant.) Mince, ça, c'était Stella. J'ai complètement zappé d'où elle vient.

Natalie s'est massé les tempes.

— Et toi ? j'ai demandé.

— Une petite ville dans le Minnesota, Rochester. À ne pas confondre avec Rochester dans l'état de New York. Tu as un accent du Sud, toi, tu es américaine aussi ?

— Oui. J'habite près d'Atlanta, à Roswell. À ne pas confondre avec Roswell au Nouveau-Mexique.

J'ai souri lorsque Natalie s'est esclaffée. Elle avait toujours l'air fatiguée, et malgré son sourire, elle semblait amère.

— Hé, ça va ? je lui ai demandé.

Elle a regardé le sol en tripotant le petit bracelet en coquillages autour de son poignet.

— Oui. C'est juste que Kevin me manque. Je ne pense qu'à rentrer pour le trouver.

— Mais comment tu sais que les portes nous ramènent chez nous ?

J'ai immédiatement regretté mes mots. *Bien joué, Charley. Fais donc éclater la bulle de Natalie alors qu'elle en a tant besoin.*

Natalie n'a pas semblé affectée.

— On ne le sait pas, mais c'est logique. Elles nous amènent ici, et elles nous emmènent quelque part. Pourquoi pas chez nous ?

— Et pourquoi pas sur une autre île ? Ou dans un autre temps ?

J'avais désespérément besoin d'obtenir des réponses, je ne pouvais plus m'arrêter. Ça n'avait pas l'air d'embêter Natalie, toutefois.

— On ne le sait pas. Mais tous les gens et les animaux ici viennent de la Terre, et nous sommes toujours sur Terre, c'est sûr, on le voit bien avec les étoiles. Alors on en a conclu que les portes nous ramenaient chez nous. Quelle que soit cette anomalie, elle est liée à la Terre. À notre Terre, et pour autant que je le sache, à notre temps. Le temps de Nil suit le temps de chez nous. Thad ne t'a pas demandé la date quand il t'a trouvée ?

J'ai hoché la tête.

— Eh bien, a-t-elle poursuivi, c'est parce qu'on continue de vérifier qu'il n'y a pas de variation, que notre calendrier tient toujours. Jusque-là, c'est bon. On est le 23 août sur Nil, et c'est le 23 août dans notre monde.

Le 23 août. Je devrais être au lycée, là. À résoudre des équations, à étudier un auteur, à faire du volley, m'apprêtant à rendre visite à Em pour le week-end. Mais je n'y étais pas. J'étais ici, sur Nil. Où que soit Nil. Quoi que soit Nil.

— Alors, c'est quoi, cet endroit ? Nil, je veux dire ? Un monde parallèle ? Un univers alternatif ?

J'avais déjà posé cette question à Thad et il y avait répondu, mais je ne pouvais pas m'en empêcher. J'avais autant besoin de réponses que de nourriture, et Natalie semblait plus ouverte que Thad.

— Un monde parallèle, une ondulation dans l'univers. Qui sait ? On vieillit ici comme chez nous.

Les jours passent de la même manière. Ça n'a pas d'importance de savoir ce qu'est Nil. Elle existe, c'est tout.

C'est tout. Les mots de Thad. Personne, de toute évidence, ne cherchait aussi désespérément à comprendre que moi.

— J'ai une question bête : si seuls les animaux à sang chaud peuvent traverser les portes, comment ça se fait qu'il y ait des poissons ?

Natalie a haussé les épaules.

— On ne sait pas. L'océan est plein de créatures à sang froid, mais il n'y en a pas une seule sur l'île. Les portes ne crachent que des animaux à sang chaud. Peut-être que l'océan était là avant l'île, peut-être qu'ils sont apparus en même temps. En tout cas, nous savons que les portes sont la seule échappatoire.

— Comment vous le savez ?

— De temps à autre, certains prennent un kayak ou construisent un radeau pour tenter de s'échapper. Mais le courant les ramène invariablement. Si on veut quitter Nil, on a plutôt intérêt à attraper une porte.

Si on veut quitter Nil. J'ai frissonné.

— Nil… pourquoi ce nom ? j'ai demandé en me frictionnant les bras.

— Parce que c'est un *no man's land,* un rien, un zéro. En anglais, ça donne *nil.* Aucun rapport avec le fleuve, en tout cas. C'est un endroit qui n'existe pas. C'est nulle part. Et pourtant, nous y sommes.

— Euh, j'ai articulé, plus effrayée que jamais, je voulais dire, comment est-ce que vous savez qu'elle s'appelle Nil ?

— Oh. C'est marqué en haut du Mur des Noms.

Elle a pointé du doigt le panneau devant lequel j'avais vu Thad ce matin.

— Tu devras y écrire ton nom si tu décides de rester.

— Comment ça, si je décide de rester ?

— Tu as bien raison ! s'est esclaffée Natalie. On a tous envie de partir, le plus tôt sera le mieux. C'est pour ça que nous avons mis en place le système de Recherches, pour donner à tout le monde toutes ses chances de s'en sortir. Est-ce que Thad t'a expliqué ce que c'était ?

— Il a dit que la Cité soutenait les équipes de Recherche.

Elle a acquiescé puis a regardé Sabine, qui discutait avec un garçon de grande taille, aux cheveux noirs de jais, à la peau couleur café et à la barbe épaisse. Heesham, sans doute. On aurait dit qu'il sortait d'une séance de muscu. Il portait un pagne, le genre qu'on ne voit que dans les films. J'ai compris pourquoi : impossible que des cuisses aussi balaises puissent rentrer dans un short. Il arborait un large sourire et tenait délicatement des feuilles vertes dans ses mains massives. Sabine les a inspectées, tandis que Heesham la regardait.

D'un coup, j'ai senti que je m'immisçais dans leur intimité et j'ai détourné les yeux.

Natalie, elle, regardait toujours le couple.

— Sabine est incroyable. Elle en connaît un rayon sur les herbes et les plantes médicinales. Sa mère était spécialisée dans les médecines douces. Je lui ai montré le peu que je savais. Mon père est urgentiste, tout le monde vient chez nous pour tout et n'importe quoi. Alors j'en sais assez pour être utile.

Ou dangereuse. Enfin bref, si tu n'as pas peur du sang, tu auras peut-être envie de te lancer dans la médecine insulaire. C'est comme ça qu'on l'appelle entre nous pour rigoler. Prends ton temps. Fais connaissance avec les autres, regarde ce qu'ils font. Vois à quoi tu es bonne, ou ce que tu aurais envie de faire. Certains pêchent, d'autres chassent. D'autres encore ont choisi l'agriculture. On ne cultive pas cinquante espèces, juste des ignames, quelques légumes racines et des herbes. N'oublie pas d'aller voir Jillian, c'est une experte pour identifier les arbres à papier. Et Julio, c'est notre boulanger. Macy apprend à faire du savon – c'est assez simple – mais on aurait bien besoin d'un autre boulanger, ou d'une couturière. Est-ce que tu couds ?

Elle parlait si rapidement que j'avais l'impression d'être lente d'esprit.

— Non.

— Mince, moi non plus, et on n'a pas eu de tailleur depuis le départ de Han. Réfléchis juste aux talents que tu as, et garde l'esprit ouvert, d'accord ?

J'ai acquiescé. Je me demandais ce qu'était le travail de Thad.

— Est-ce que Thad t'a parlé de la Convention ?

Natalie changeait de sujet comme on cligne des yeux.

— Non.

— Je t'explique : si tu écris ton nom sur le Mur, tu acceptes de respecter la Convention. Ça veut juste dire que tu t'engages à faire ta part, à soutenir la Cité et les Recherches. Il y a tout ce qu'il faut comme nourriture sur l'île, encore faut-il l'attraper, la ramasser, parfois la cuisiner, et tout ça prend du temps. D'autres personnes réparent les planeurs, font des vêtements, et j'en passe. Nous soutenons tous les équipes de Recherche. C'est la raison d'être de la Cité. Alors si tu veux y rester, il faut que tu trouves un moyen d'y contribuer. C'est comme ça, dans la Cité.

Elle a dû lire l'expression sur mon visage, car elle a ajouté :

— Ce n'est pas aussi effrayant que ça en a l'air. C'est juste qu'on n'est pas nombreux, alors pour soutenir les équipes, ceux qui restent continuent de faire tourner la Cité. C'est plus un camp qu'une Cité, mais c'est à nous.

Il y avait de la fierté dans sa voix, comme chez Thad plus tôt dans la matinée.

— Il y en a qui ne restent pas ?

— Il arrive que des nouveaux partent seuls. Parfois ils reviennent, parfois non, a expliqué Natalie de façon si pragmatique que j'en ai eu la chair de poule. C'est un choix personnel, mais j'espère que tu vas rester.

Après douze jours de solitude, je n'avais pas franchement envie de repartir dans la jungle. En plus, une partie de moi craignait que Nil ne cache des secrets qui feraient passer les serpents pour d'adorables peluches.

— Je reste, j'ai dit à Natalie. Je vais bien trouver une façon d'apporter ma contribution.

Plus facile à dire qu'à faire. Je n'avais pas réussi à pêcher, ni à tisser un filet, ni à allumer du feu. Je n'avais pas la moindre idée de la manière de faire du pain. À la maison, je confectionnais des gâteaux avec des préparations toutes faites.

Peut-être que je pouvais fabriquer du savon.

— Charley, a demandé Natalie d'une voix hésitante, est-ce que tu voudrais dormir avec moi ? Ça serait sympa d'avoir à nouveau un coloc.

Je devinais qui avait été le précédent.

— Bien sûr. Et… désolée pour Kevin.

— Je ne suis pas désolée, moi. Il a réussi.

Je voulais dire : désolée qu'il te manque. Gênée, j'ai laissé tomber le sujet.

— Tu es là depuis combien de temps ?

— Trop longtemps. Tellement longtemps que mon passé semble être une autre vie.

Sabine nous a rejointes – une diversion plus que bienvenue.

— Excusez-moi, a-t-elle dit. Je discutais avec Sham. Il a trouvé la plante que je cherchais.

Sabine a continué de parler de plantes et d'herbes, mais j'en ai raté la moitié. Son accent était enchanteur, tout comme son sourire.

— C'est Sabine qui a découvert la mortelle, a expliqué Natalie. Les feuilles broyées donnent un baume apaisant. Les fruits sont toxiques, mais Sabine utilise les graines pour faire une infusion qui agit comme un somnifère, une fois fermentée. C'est ce qui t'a endormie hier, quand tu avais si mal. C'est ce qu'on a de plus proche du paracétamol.

Son expression est devenue mélancolique.

— Ç'aurait été utile à Kevin lorsqu'il s'est cassé le bras. Mais au moins, maintenant, il est chez lui, au pays de l'ibuprofène et de la chirurgie orthopédique. Sauver son bras, c'est ce que j'ai réussi de mieux ici. Il veut devenir chirurgien… Bref ! Examinons ta tête.

Natalie parlait tellement vite qu'il fallait s'accrocher pour suivre.

Ses doigts ont dansé sur mon crâne.

— Ça m'a l'air bien. Mais n'y touche pas, d'accord ?

— D'accord.

La zone du petit déjeuner s'est vidée de sa nourriture et de ses convives. Une fois encore, je me suis sentie reconnaissante envers Natalie, une inconnue qui avait pris soin de moi la veille et qui m'avait tenu compagnie aujourd'hui. Cependant, je ne pouvais m'empêcher de noter que mon guide n'était plus là.

Sabine s'est levée.

— Allons jeter un coup d'œil aux préparatifs de ce soir.

— Quels préparatifs ? j'ai interrogé, me sentant de nouveau perdue.

— C'est Soirée Nil, m'a rappelé Natalie avec un sourire espiègle. On fait ça chaque fois que quelqu'un réussit à rentrer. Comme Kevin. Et pour souhaiter la bienvenue aux nouveaux, comme toi.

Elle a vu ma tête et s'est mise à rire.

— Ne t'inquiète pas, ce n'est pas grand-chose.

Grand-chose ou pas, j'espérais que le feu des projecteurs resterait braqué sur Kevin plutôt que sur moi. En tant que nouvelle participante, je me sentais déjà bien assez mal à l'aise.

Tandis que nous passions près des arbres, l'odeur caractéristique de la viande grillée a empli l'air.

— Quelqu'un fume quelque chose, j'ai dit en inspirant une grande bouffée.

Même si je venais de manger, j'en avais l'eau à la bouche.

Sabine a fait la grimace.

— C'est le cochon. Ne t'inquiète pas, Charley, tu n'es pas obligée d'en manger.

— Pas obligée ? Mais j'en meurs d'envie ! Je n'ai rien senti d'aussi bon depuis des semaines.

— Sabine est *vegan*, Charley, a expliqué Natalie en riant. Pas de viande.

— J'imagine que ce n'est pas ton cas ? m'a demandé Sabine en fronçant le nez – mais elle souriait toujours.

— Non. Je viens du sud des États-Unis. Le barbecue est une famille d'aliments à part entière, là-bas.

Les arbres ont laissé la place à la plage. Sous mes sandales, le sable blanc était plus fin que le sable noir sur lequel j'avais marché ces deux dernières semaines. Mais ce n'était rien en comparaison du décor devant moi.

Un soleil étincelant se levait. L'océan s'étendait jusqu'à l'horizon, où le bleu de la mer embrassait le ciel. Les vagues se brisaient sur le rivage. Pour la première fois depuis que j'avais mis le pied sur Nil, la plage débordait d'activité. Autour d'un feu, les gens riaient, discutaient. Deux garçons torse nu jouaient à se lancer une noix de coco comme si c'était un ballon. Leurs épaules et leur dos étaient recouverts d'une pellicule de sueur. La fille au look de top model courait sur la plage près d'un garçon de grande taille avec des dreadlocks. On aurait dit une pub pour des vêtements de sport. D'autres encore flottaient sur des planches au-delà des eaux vives. Un vrai petit paradis pour des vacances de rêve.

Pourtant, quelque chose ne sonnait pas juste.

— Natalie, j'ai demandé en me tournant vers elle. Où sont les adultes ? Les petits enfants ?

Chapitre 15

THAD
Jour 279, milieu de matinée

Ça m'ennuyait de devoir quitter Charley, mais l'expression sur le visage de Miguel ne me laissait pas le choix.

— Qu'est-ce qui se passe ? j'ai demandé.

En règle générale, Miguel était plutôt calme. Là, il avait l'air sérieusement perturbé.

— C'est en rapport avec la Baraque ?

— Non, a répondu Miguel à voix basse. C'est l'équipe d'Elia. Ils ont rapporté un truc. Il faut que tu le voies.

Ce n'est pas une bonne nouvelle, me laissait penser le visage de Miguel. J'avais l'impression d'avoir avalé des pierres tant j'avais l'estomac lourd.

— Derrière la Baraque, viens.

Sy et Johan patientaient sur un rocher plat en bordure de la Cité. Les cheveux de Johan étaient tellement sales qu'ils avaient l'air plus bruns que blonds, et les deux garçons étaient recouverts de crasse. Il était évident qu'ils revenaient de Recherche. Je ne voyais Elia nulle part.

— Content de vous revoir, j'ai dit.

— Thad, regarde, a enchaîné Sy en se levant.

Il s'est approché de moi avec un morceau de tissu dans les mains, qu'il manipulait comme s'il abritait un cristal fragile. Miguel a fait un signe de croix et a chuchoté quelque chose en espagnol à deux cents à l'heure. Johan semblait sur le point de vomir.

Alors que Sy soulevait délicatement l'étoffe, j'aurais juré avoir entendu Nil ricaner. J'ai vu un bracelet couleur ivoire, d'environ cinq centimètres de large.

Je connaissais ce bracelet.

Sa propriétaire avait passé des mois à le polir avec un mélange de sable fin et de sel. Je l'avais souvent regardée faire, assis près d'elle. Je trouvais déjà ça glauque, à l'époque. Aujourd'hui, c'était bien au-delà de ça.

— C'est quoi ?

J'ai entendu Bart par-dessus mon épaule. J'avais oublié qu'il nous avait suivis.

— Un bracelet, j'ai répondu, irrité, avant de lancer un regard à Sy. Où est-ce que tu l'as trouvé ?

— Près de la palmeraie, a-t-il dit avant de déglutir. Je ne sais pas à qui c'était, mais c'était à quelqu'un qui n'a pas réussi. J'ai dû, euh, le retirer de son poignet. Ou ce qu'il en restait.

Sy avait l'air honteux.

— Je lui ai dit de le laisser, est intervenu Johan d'un ton coupant. Que ça allait nous filer un mauvais karma, mais il a insisté.

Johan a jeté un regard noir à Sy, qui s'est légèrement recroquevillé.

— Il ne comprend pas, a-t-il continué avec la même expression troublée que Miguel. Nous avons enterré le corps, et nous aurions dû enterrer le bracelet avec.

Ce n'est pas moi qui vais le contredire.

— Je me suis dit qu'il fallait le rapporter, s'est défendu Sy, pour que toi ou quelqu'un d'autre puisse l'identifier de façon certaine. J'ai cru qu'une simple description ne suffirait pas. Elle a droit à avoir son encoche sur le Mur.

Je ne pouvais pas dire le contraire là non plus.

— Mais perturber la dernière demeure de quelqu'un… a commencé Johan avant de faire un signe de croix.

— Je ne vois pas le problème, a dit Bart.

— Merci, a dit Sy avec emphase.

Johan a expiré bruyamment et plongé les yeux dans ceux de Sy. Sa voix exprimait un mélange de frustration et de pitié.

— Le problème, c'est que nous n'avons pas vu une seule porte après que tu as pris le bracelet. Pas une seule.

Sy s'est raidi.

— C'est pas comme si on avait la garantie que les portes apparaissent. C'est le hasard. La chance.

— La malchance, a répliqué Johan. Que tu as attirée sur nous. Tu aurais dû le laisser.

— Non, a dit Sy. J'ai fait ce qu'il fallait. Elle a droit à une croix.

La discussion commençait à tourner en rond, alors j'ai tranché. Ébranlé, je ne pouvais pas détourner les yeux du bracelet.

— Ça suffit. Ce qui est fait est fait.

— Il est en quoi ? a demandé Bart.

— En os.

Sy a lâché le bracelet comme s'il était en flammes.

Je me suis précipité et l'ai rattrapé juste avant qu'il ne se brise sur le sol de pierre.

Johan était hors de lui.

— Bon Dieu, Sy, tu cherches à nous attirer un mauvais karma ?

Il s'est tiré les cheveux.

Sy a regardé fixement le bracelet dans ma main, la bouche entrouverte. Johan s'est tourné vers moi, les yeux hagards.

— Tu sais à qui il appartenait ?

— Ramia, j'ai répondu. Elle s'appelait Ramia.

Sy a retrouvé sa voix.

— Un bracelet en os ? Qui sculpterait de l'os ?

— Ramia, j'ai répondu.

— Oui, j'ai bien compris. Mais c'est chelou.

— Ramia faisait aussi des hameçons en os.

Et elle avait un don troublant pour prédire le destin des gens, le sien compris. J'ai fermé les paupières pour essayer de bloquer ses prédictions à mon sujet.

— Elle est partie pendant ma troisième semaine ici.

— Elle n'est pas partie bien loin, a dit Bart.

— C'est triste, a ajouté Sy.

Soudain, j'ai eu très envie de me débarrasser du bracelet. Il pesait si lourd dans mes mains.

— Je m'en occupe, OK ?

— Tu vas l'enterrer, hein ? m'a interrogé Johan nerveusement.

— Oui.

Johan s'est levé et a parlé d'un ton qui ne laissait aucune place à la discussion.

— Je viens avec toi. Sy, tu viens aussi. C'est nous qui l'avons enterrée, alors nous devrions enterrer le bracelet aussi. (Il s'est brièvement retourné vers Bart et Miguel.) Sans vouloir vous offenser, vous devriez partir. Avec Thad, on formera une trinité, et nous avons besoin de mettre toutes les chances de notre côté.

Miguel n'a pas eu besoin de se le faire répéter. Après avoir fait plusieurs signes de croix, il est parti. Bart a un peu traîné, puis l'a suivi.

Nous avons marché en silence. Après avoir traversé le Champ fleuri, nous sommes arrivés à la sépulture. Johan et Sy ont creusé avec des pierres plates. J'ai enveloppé l'os dans le tissu comme dans un linceul, puis je l'ai placé dans la tombe minuscule, que Johan a comblée de terre. Le tissu a disparu, Nil avait récupéré ce qui lui revenait de droit.

Johan a détaché le petit sac autour de sa taille et y a pioché une poignée de coraux délavés. Il les a disposés en forme de croix.

Toujours à genoux, il nous a invités à prier.

Les yeux fermés, j'ai écouté sa voix profonde.

— Père céleste, nous nous prosternons devant Toi. Nous Te demandons de bénir ce bracelet. Et de bénir sa propriétaire, Ramia. Puisse-t-elle reposer en paix, et puisse sa famille être forte, où qu'elle se trouve. Et, Seigneur, aide-nous. Protège-nous de Nil et ramène-nous chez nous sains et saufs. Amen.

— Amen, j'ai murmuré.

— Bon Dieu, Johan, c'était pour la fille morte ou pour nous, cette prière ? a demandé Sy en se relevant. Tu es vraiment obligé de rajouter ça dans toutes tes prières ?

— Ça ne peut pas faire de mal, a répondu Johan avant de se tourner vers moi, inquiet. Thad, j'ai un mauvais pressentiment. Nous n'aurions pas dû prendre le bracelet.

Johan était la personne la plus croyante et la plus superstitieuse de la Cité. Toutefois, j'avais moi aussi un mauvais pressentiment. Trouver un corps n'était jamais bon signe et lui retirer un bracelet – en os, qui plus est – était encore pire. En particulier celui de Ramia. Quand je pensais à tous ces cauchemars en préparation…

— Au moins, il ne sera pas revenu dans la Cité, ai-je déclaré pour rester positif. Et, au bout du compte, Ramia aura sa croix.

Johan a hoché la tête, mais il avait toujours l'air préoccupé.

— C'était quoi, comme os ? a demandé Sy. Ne me dis pas que c'était humain.

— C'était un os de vache.

— Bon, c'est déjà ça, a dit Johan.

Nous n'avons plus soufflé mot. En bordure de la Cité, Sy a pris à droite.

— À plus, a-t-il marmonné.

Puis il a détalé en direction de la crique. Johan est resté avec moi.

— Je vais graver l'encoche de Ramia, je lui ai dit.

— Thad, a-t-il déclaré d'une voix ferme, je ne partirai plus avec Sy. Je sais qu'il est nouveau, mais il n'écoute pas. Et il ne comprend pas Nil. Environ une heure avant qu'on découvre Ramia, une porte entrante est apparue à vingt mètres. Un hippopotame en est sorti. Et un gros, en plus. J'ai crié pour nous donner le temps de réagir, mais Sy a paniqué. Il a lâché tout son matériel pour courir se cacher, et devine qui a ratatiné tout ça ? Bravo, l'hippopotame.

Nos deux derniers jours de nourriture, envolés ! C'est pour ça qu'on est rentrés plus tôt. Et puis le bracelet. On n'aurait pas dû le prendre. Mais Sy ne voulait rien savoir.

— J'irai lui parler.

— Bien. Tu pourras peut-être lui ouvrir les yeux.

J'en doute. Si la combinaison bracelet en os plus hippopotame ne réussissait pas à convaincre Sy du mauvais karma de Nil, ce n'est pas des mots qui y parviendraient.

J'ai regagné le Mur, directement devant le nom patiné de Ramia, et j'ai gravé une croix. Puis, par habitude, j'ai regardé mon nom. Le jour où je l'avais écrit était toujours frais dans ma mémoire. Je me souviens d'avoir entaillé le bois, d'avoir scellé mon accord, avec une confiance teintée de soulagement. C'était un peu tordu, mais en vérité mon arrivée dans l'île m'avait secrètement revigoré. Une pause qui me permettait de faire baisser la pression. J'avais vu Nil comme des vacances forcées, je m'étais dit que j'allais très vite retrouver mes montagnes. Que j'allais bientôt devoir me battre à nouveau avec mon père au sujet de mes rêves ou des siens.

Je n'aurais pas pu me tromper plus. Et à en juger par le nombre de croix sur le Mur, je n'avais pas été le seul.

Mais pas Ramia. Elle avait eu complètement raison.

J'ai fermé les yeux, pris d'une soudaine aversion pour le Mur, pour les croix, et surtout pour Ramia, dont les prophéties me collaient à la peau.

Lorsque je me suis retourné, j'ai failli renverser Li.

— Ramia, a-t-elle dit en faisant le geste de se trancher la gorge. Comment toi sais ?

— Sy et Johan l'ont trouvée.

— Non, comment toi sais être Ramia ?

— Son bracelet, j'ai répondu en encerclant mon poignet de doigts. C'était elle.

— Nil dingue, a murmuré Li.

— Thad ! Une entrante ! a crié Macy depuis les arbres. Sur la plage !

Je me suis précipité vers Macy en dégainant mon couteau dont le manche était encore chaud. Je suis parvenu sur le sable juste à temps pour voir la porte apparaître, brillante, aveuglante. J'avais quelques secondes, tout au plus.

Charley, Sabine et Natalie se tenaient entre moi et la porte. Juste devant, Raj avait sorti un couteau ; Samuel et Rives étreignaient leurs lances.

J'ai couru vers Charley, qui regardait la porte. Elle scintillait au-dessus du sol, comme une boule à facettes en deux dimensions, et pendant un instant, la plage a été parfaitement reflétée dans l'air étincelant.

Puis tout est devenu noir.

Ça arrive. Je me suis crispé. *Chose, être humain ou animal ?*

Natalie a esquissé un pas vers Charley tandis qu'une masse confuse et rouge tombait du ciel.

Un être humain, j'ai noté avec soulagement. Un garçon. Pas de crocs ni de griffes. J'ai rangé mon couteau alors que la porte s'effondrait sur elle-même.

J'ai ralenti et je suis arrivé derrière Charley au moment où elle disait : « Encore un jeune. »

Avant que je puisse parler, elle a regardé Natalie.

— Pourquoi n'y a-t-il jamais ni adultes ni enfants ?

Sa voix était posée. C'était celle qu'elle avait lorsqu'elle tirait ses conclusions au sujet de Nil.

— Ni dans la Cité, ni ailleurs ?

— Pas sur l'île, a répondu Natalie en retirant son bandeau pour le mettre sur l'entrejambe du garçon inconscient. Le plus jeune, ici, c'est Jason, qui est arrivé à treize ans. La personne la plus âgée avait dix-neuf ans. Nous tous, on est entre les deux. Comme ce garçon. (Les bras croisés sur la poitrine, elle a incliné la tête vers lui.) Thad ne t'a pas dit ? Seuls des adolescents traversent les portes.

— Et un puma par-ci, par-là, a marmonné Charley.

— Et n'oublions pas les lions, j'ai dit.

Elle a tourné brusquement la tête vers moi.

— Tu rigoles ?

— Non. Nous sommes à peu près sûrs que les portes ratissent régulièrement les plaines africaines.

— Le zèbre, s'est souvenue Charley. Exact.

Rives a lancé un morceau de tissu à Natalie.

— Joli coup, jumelle. Tu as ensoleillé ma journée.

— Alors mon travail ici est terminé, a répondu l'intéressée en nouant l'étoffe autour de ses seins en un clin d'œil.

— Des lions, des zèbres et des adolescents, a résumé Charley. Mon Dieu…

Le garçon a gémi, ce qui a attiré l'attention de tout le monde sauf moi. Mes yeux sont restés rivés sur Charley, qui fronçait les sourcils.

— Est-ce qu'il est brûlé ? Est-ce que les portes peuvent brûler ? La mienne en avait l'air capable. Et lui a l'air complètement grillé.

Maintenant que je le regardais, le garçon avait effectivement l'air un peu craquelé. Son visage était rouge vif, comme ses cheveux. Idem pour ses épaules.

— Si la porte l'a brûlé, ce serait une première, j'ai dit. Je pense qu'il avait juste une longueur d'avance niveau bronzage.

Le garçon a de nouveau gémi et cligné des yeux.

— Tu n'as pas encore fini de présenter Nil à Charley, a déclaré Natalie avec une pointe de menace. Je vais m'occuper de celui-là. Sauf si tu veux le faire ?

— Il est à toi, j'ai répondu.

Le garçon s'est levé, ce qui a fait glisser le tissu. Il l'a vite rattrapé et nous a regardés, ébahi.

— Tout va bien, a dit Natalie de sa voix douce et ferme. Tu vas bien.

— Putain de merde, s'est écrié le garçon en l'observant. T'es qui, toi ? Et il est où, mon maillot ?

J'étais gêné pour lui. Arriver sur la plage sous les yeux de tous, ça craint dix fois plus que se réveiller seul au milieu d'une plaine sombre.

— Vous m'avez chouré mes fringues ? s'est écrié le garçon, incrédule. Et ma montre ?

Il a voulu battre en retraite, s'efforçant de rester couvert.

— On ne t'a pas pris tes vêtements, a rectifié Natalie d'une voix apaisante. Je m'appelle Natalie. Je sais que ça a l'air fou, mais tu es arrivé par une sorte de porte, et tes vêtements n'ont pas suivi. Je vais répondre à toutes tes questions dans une minute, promis. Mais d'abord, est-ce que tu peux me dire où tu étais quand la fournaise t'a atteint ?

Le garçon a tressailli.

— Comment tu sais ça ?

Il avait un fort accent irlandais. Il a plissé les yeux :

— Tu m'as fait quoi ?

— Rien, a répondu Natalie. La fournaise, c'est une porte, un portail. Qui t'a conduit ici. Tu étais où ?

— À Mykonos, en vacances.

— D'accord. Et est-ce que tu te rappelles quel jour c'était ?

— Quel jour ?

Il a baissé les yeux.

— Essaie de te souvenir, a insisté Natalie.

Il lui a répondu et elle a acquiescé.

— Et quelle année ? a-t-elle demandé avant de hocher de nouveau la tête, satisfaite de la réponse. D'accord. Comme je l'ai déjà dit, je m'appelle Natalie. Et toi ?

— Rory.

— Bienvenue sur Nil, Rory.

— Nil ? C'est quoi, ça, Nil ?

— Bonne question, a souligné Charley.

Rory a immédiatement levé les yeux vers elle, s'attardant sur ses jambes avant de remonter jusqu'en haut. J'ai vu ses lèvres commencer à former un sourire, et j'ai eu très envie de le remettre K-O.

— T'es qui ? il lui a demandé.

— Charley. Je suis là depuis treize jours.

Sa réponse m'a fait oublier Rory. Comment savait-elle que les jours étaient si importants ?

— Juste pour que tu saches que tu n'es pas le seul nouveau venu dans l'aventure, a-t-elle précisé avec un sourire.

Elle ne sait pas, je me suis dit, étonnamment soulagé. *Elle veut juste être gentille.*

— Nil est une île, a repris Natalie. Nous sommes tous arrivés de la même façon que toi, et nous essayons tous de rentrer chez nous. Les portes vont dans les deux sens. Bienvenue au paradis.

Elle a ajouté cette dernière remarque avec un sourire narquois.

— Putain de merde.

Le garçon a regardé Charley, puis Natalie, puis nous tous. Lorsqu'il a vu Heesham et Rives, il s'est crispé (il a reporté les yeux sur Natalie).

— T'as cru que j'étais complètement con ? Que j'allais gober ton histoire d'Alice au pays des merveilles à deux balles ? Qu'est-ce que vous voulez ? Du fric ?

— Non, a répondu Natalie, écœurée. Je t'ai dit la vérité. Fais-en ce que tu veux.

— Putain de merde. J'ai pas de maillot, pas de téléphone, je sais pas où je suis ni qui vous êtes, bande de branlos. Putains de blaireaux avec vos histoires à la con.

Il avait les mains crispées sur le tissu.

— Comme je viens de l'expliquer, tu es sur Nil, a repris Natalie d'un ton sec. Ce ne sont pas des histoires, tu peux me croire. Et est-ce que ça te dérangerait… s'il te plaît, est-ce que tu pourrais arrêter de dire « putain » à tout bout de champ ? Parce que, putain, ça me tape sur les nerfs.

Puis elle est partie en trombe.

J'étais choqué. Je n'avais jamais entendu Natalie jurer, et encore moins rabrouer un nouveau.

— Je reviens, j'ai dit à Charley.

Puis je me suis tourné vers Rives, qui regardait Rory avec un mélange de mépris et de pitié.

— Rives, tu gères, hein ? je lui ai demandé.

— Oui, vas-y.

J'ai dû courir pour rattraper Natalie.

— Natalie, ça va ?

Lorsqu'elle s'est retournée, j'ai été stupéfait de voir des larmes couler sur son visage.

— Je n'en peux plus. Les gens vont, les gens viennent. Des abrutis débarquent, et Kevin est parti. C'est fini. Je veux m'en aller. Je veux Kevin et je veux rentrer chez moi.

Elle était à deux doigts de craquer.

Je me suis approché d'elle pour la serrer dans mes bras, mais elle a levé la main :

— Non, ça va. Retourne auprès de Charley.

Charley. J'étais vraiment nul comme guide. Je l'avais déjà abandonnée deux fois.

Natalie a plissé les yeux.

— Tu as intérêt à lui dire. Et sans tarder. Elle doit savoir.

— Je voulais juste lui laisser le temps de s'adapter.

Natalie a soupiré avant de me lancer un regard pénétrant.

— C'est un luxe qu'on n'a pas. Si tu ne lui parles pas, c'est moi qui m'en chargerai.

Chapitre 16

CHARLEY
Jour 13, fin de matinée

Rives a emmené Rory, qui avait la tête d'un poisson-globe contrarié.

Thad est réapparu à mes côtés.

— Je crois que j'ai besoin d'un nouveau guide. Je rigole ! j'ai ajouté devant sa mine défaite. Ça va, Natalie ?

— Kevin lui manque.

— Je m'en doutais. Au fait, qu'est-ce qu'il t'a montré, Miguel ?

— Un os de vache.

— Un os de vache ? Pourquoi ?

— Il fallait que je l'enterre.

— D'accooord. Est-ce qu'il est arrivé quelque chose de mal à cette vache ? Enfin, il est évident qu'elle est morte, mais est-ce que c'était horrible ?

— En fait, pas vraiment. La vache est tombée d'une falaise. Tout le monde a eu du steak au dîner, a souri Thad.

— Mmm.

Je ne savais pas quoi dire d'autre.

J'ai regardé la plage autour de moi, les surfeurs commençaient à rentrer. J'ai reconnu Jason, le garçon aux cheveux bouclés qui m'avait accusée d'avoir volé les vêtements de Kevin. Plus personne ne jouait avec le ballon-noix de coco et le groupe autour du feu s'était dispersé. Il y avait de l'excitation dans l'air, aussi lourde que l'humidité d'Atlanta au mois d'août.

Et puis ça a fait tilt. Il était presque midi.

— Est-ce que tout le monde part à la recherche d'une porte ? j'ai demandé. Une porte de sortie ?

— Oui, a répondu Thad en scrutant la plage. Elles arrivent toujours à midi, c'est tout ce que nous savons. Elles apparaissent n'importe où, mais jamais au même endroit deux jours de suite.

Il a passé la main dans ses cheveux, dépité.

— Ça craint, a-t-il conclu. C'est comme vouloir gagner au Loto.

J'ai remarqué que personne ne regardait l'océan.

— Est-ce qu'elles peuvent arriver sur l'eau ?

— Non, seulement sur la terre.

Thad véhiculait une certaine tension.

Heesham était le plus près, à environ six mètres de nous. Sabine se tenait près de lui, aussi concentrée que Thad. Deux autres garçons – dont Miguel – étaient près des arbres. D'autres s'étaient déployés en éventail sur la droite. Pile au moment où Natalie est sortie des fourrées avec Li, le vent est tombé, le soleil s'est mis à chauffer plus fort, et tout est arrivé d'un coup.

Le sol devant Sabine a commencé à fondre. Du sable scintillant s'est élevé derrière elle, puis est retombé, révélant de l'air iridescent jusqu'à hauteur d'homme. J'ai tout de suite vu la différence avec celle de Rory. Cette porte était semblable à celles du champ de pierres rouges : plus translucide, moins réfléchissante. Évoquant davantage du verre qu'un miroir. De plus, elle partait du sol, tandis que celle de Rory s'était matérialisée en l'air. Cette porte était en partance. Et elle était juste derrière Sabine.

Heesham a hurlé :

— Sabine ! Cours !

D'autres voix se sont élevées, comme un chœur :

— Li ! La porte ! Li ! Li !

À ma surprise, Sabine s'est éloignée de la porte. À cet instant, Li a couru vers elle. L'air chatoyant a filé droit sur Sabine. Elle a crié, le contour de son corps a ondulé puis s'est estompé, la porte s'est effondrée sur elle-même… et a disparu.

Tout comme Sabine.

Li, très pâle, se tenait à moins de deux mètres.

Heesham a poussé un cri farouche, comme un ours blessé, qui a fait voler le silence en éclats. Le visage figé en une expression furieuse, il s'est avancé vers l'océan et a jeté quelque chose dans l'eau. Puis il a remonté la plage en courant.

Le changement d'humeur était choquant.

Personne ne souriait. Personne ne riait. À part Heesham, personne n'avait bougé. Il n'y a que sur Nil qu'un garçon nu peut tomber du ciel sans que cela étonne qui que ce soit. Et pourtant, quand la porte avait avalé Sabine, tout le monde avait eu l'air ébranlé.

Je me suis tournée vers Thad.

— Qu'est-ce qui se passe ? Pourquoi est-ce que personne ne se réjouit pour Sabine ? Il lui est arrivé quelque chose de moche ?

— Non, c'est seulement que Li est là depuis si longtemps, cette porte aurait dû être la sienne. En plus, Sabine est pour nous une perte terrible. Terrible.

Miguel et un blond que je n'avais jamais rencontré se sont approchés de nous. Le visage du blond était à la fois furieux et décomposé. Un peu comme Heesham, mais en moins enragé et en plus frustré.

— Thad, a-t-il dit avec un accent que j'étais incapable de reconnaître. Tu vois ? Notre meilleure guérisseuse, pff… envolée !

Le garçon a claqué des doigts, puis a saisi une poignée de ses cheveux. Ses yeux lançaient des étincelles.

— C'est à cause de Sy. Il faut que tu lui parles. Qu'il comprenne.

Thad a soupiré.

— C'est entendu, Johan, je vais essayer.

Le garçon a hoché la tête, légèrement apaisé. Miguel s'est tourné vers lui.

— Prêt, *amigo* ?

Après avoir compté jusqu'à trois, ils ont piqué un sprint.

— Je parie sur Johan, a dit Thad d'une voix terne.

— Tu n'as rien à parier. Pas ici, en tout cas.

— Non, c'est vrai, a-t-il convenu en regardant les garçons courir.

— Thad, regarde-moi. Tu as dit que tout le monde voulait que Li attrape la porte. Que ç'aurait dû être la sienne. Qu'est-ce que tu voulais dire par là ?

Thad a jeté un regard en direction des garçons, et une ombre est passée sur son visage.

— Viens. Marchons.

Je n'ai pas bougé.

— Non. Je n'ai pas envie de marcher. Je veux savoir ce qui se passe. Et je veux le savoir tout de suite.

Thad m'a regardée. Ses cheveux blonds tombaient sur ses traits durcis. Il a soupiré et a eu la même expression que Johan quelques secondes plus tôt.

— Tu as raison. Tu dois savoir. J'étais…

Il a secoué la tête et a eu un rire sans joie.

— Tu étais quoi ?

— Stupide. J'espérais retarder l'inévitable, faire comme si elle n'existait pas. Or elle existe.

— Qui ça ? j'ai demandé en fronçant les sourcils.

— Nil. Bon, voilà comment ça se passe. On arrive ici adolescent, entre treize et dix-neuf ans. On a un an… pour attraper une porte, sinon…

Il s'est tu et j'ai cru voir des flammes dans ses yeux de saphir.

— Sinon… ?

— On meurt.

Le ciel était toujours aussi bleu, l'océan turquoise continuait de se briser sur le sable blanc de la plage. Pourtant, la scène paraissait soudain déformée. Tordue.

— Comment ça, on meurt ?

— On meurt, a répété Thad d'une voix sourde. C'est comme si tout le monde avait un créneau personnel durant lequel les portes de Nil lui restent ouvertes. C'est toujours un an. Trois cent soixante-cinq jours, exactement. Si on rate ce créneau, c'est terminé.

— Comment ça, c'est terminé ? On meurt ? Comment ?

J'ai toujours été très à cheval sur les détails, et ceux-là me semblaient on ne peut plus importants.

— Je ne sais pas au juste. Je n'ai jamais accompagné quiconque pendant son dernier jour. La plupart des gens font leur Recherche seuls, à ce moment-là. Ensuite, on retrouve soit leurs vêtements, soit leur corps. C'est pour ça que je t'ai demandé depuis combien de jours tu étais là, parce qu'il est très important de garder le compte.

— Tic-tac, j'ai dit en faisant mentalement le calcul.

— Ça va ? a-t-il demandé en me regardant dans les yeux.

— Oui, super. De toute façon, avoir dix-huit ans, c'est pas aussi bien que ce qu'on dit.

— Ne me dis pas que tu abandonnes ?

Il semblait consterné.

— Je plaisante. Il me reste encore trois cent cinquante-deux jours. Et toi ? Il t'en reste combien ?

Thad a eu un sourire amer.

— Quatre-vingt-six. Mais qui d'autre s'en soucie ?

Moi. J'ai ressenti la même peur que pendant l'accident d'Em. Je ne pouvais pas imaginer Nil sans Thad, mais ça allait plus loin que ça. C'était quelque chose de plus profond, de plus brut, que j'éprouvais sans pouvoir le comprendre…

Moi.

Chapitre 17

THAD
Jour 279, après-midi

J'aurais juré qu'elle avait dit « Moi ».

Peut-être que j'avais lu sur ses lèvres, ou peut-être que c'était ce que j'avais envie d'entendre. Quand je lui ai dévoilé la vérité, l'horreur a traversé ses yeux dorés et quelque chose à l'intérieur de moi a lâché. Et m'a donné l'envie de lutter, de rester, d'être avec Charley. Pour la première fois depuis que mes pieds avaient foulé le sol de Nil, j'avais envie d'une chose. Plus encore que partir, je voulais du temps. Du temps sans limites, du temps pour apprendre à connaître cette fille qui me faisait me sentir à nouveau vivant. À cet instant précis, j'ai détesté Nil de tout mon cœur, car elle m'avait donné quelque chose qu'elle pouvait me retirer à tout moment, ou pire, garder pour elle.

J'ai avalé ma salive, luttant contre une vague d'émotion, puis de culpabilité. Je me détestais d'avoir trompé Charley. Je n'avais pas vraiment menti, mais je ne lui avais certainement pas dit toute la vérité. Une attitude digne de Bart.

— Je suis désolé, Charley.

J'étais une ordure.

Un sourire a éclairé son visage, comme si elle était contente de ne plus avoir à parler de la mort.

— Pourquoi ?

— De ne pas te l'avoir dit plus tôt. Je ne l'ai pas fait parce qu'une fois qu'on sait, on commence à compter les jours et on ne s'arrête plus jamais. Mais ce n'est pas une excuse. J'aurais dû te le dire ce matin.

J'ai observé son visage pour guetter sa réaction.

Pendant une minute, elle a regardé au loin. Puis elle m'a souri avec des yeux chaleureux et clairs.

— Ce n'est pas grave. Je suis presque contente que tu ne me l'aies pas dit. Hé, ça te tente toujours de marcher ?

Je l'ai regardée : le menton légèrement relevé, magnifique. Plus éclatante et plus courageuse qu'aucune des filles que j'avais jamais rencontrées. J'ai souri.

— Plus maintenant. On remet ça à plus tard ?

Elle a eu l'air décontenancée. Mais elle me paraissait surtout fatiguée.

— Tu es claquée, je lui ai dit. Je ne pense pas qu'une longue marche sur la plage soit très indiquée. Je devrais peut-être te porter au retour.

— Personne ne t'a demandé de me porter, a-t-elle riposté en me foudroyant du regard.

— Exact. Pourtant, je le referais avec plaisir. Mais il y a quelque chose que je voudrais te montrer.

Quelque chose qui contrebalançait la laideur de Nil et qu'elle allait probablement adorer.

Nous avons coupé par la Cité, puis par les arbres.

— Alors comme ça, je suis trop crevée pour marcher sur la plage, mais suffisamment en forme pour une randonnée en forêt ?

Son visage était pâle. Je l'avais remarqué et ça ne me plaisait pas.

— On y est presque. Deux minutes, à tout casser. Cela dit, je mangerais bien un morceau. Pas toi ?

Ça lui donnait l'occasion de faire une pause. Elle s'est assise sur un rocher noir.

— Si. Un sandwich au beurre de cacahuète, avec des chips et un Snickers. Et un Sprite.

Elle a porté la main à sa tête.

— Et qu'est-ce que tu dirais d'un peu d'ananas ? ai-je proposé en en sortant un de mon sac. C'est presque un Snickers. Sans chocolat, sans caramel, sans cacahuètes et sans nougat.

J'ai coupé le fruit en deux et ôté le cœur. Après en avoir découpé une tranche en demi-lune, je l'ai plantée sur le couteau et offerte à Charley.

— Waouh, s'est-elle écriée en la prenant, où est-ce que tu as eu ce couteau, il est super ! Moi je massacrais mes pauvres ananas avec de la roche volcanique. C'était pas terrible.

— Dans la Baraque. On a tout un assortiment de couteaux. La plupart sont en bois, ils sont plus solides qu'on ne l'imagine. Il y en a quelques-uns en métal brut, comme celui-là. Quelqu'un avant nous les a faits. Notre tâche, c'est de les aiguiser et de ne pas les perdre.

Nous avons mangé en silence, jetant l'écorce dans les bois et léchant nos doigts pleins de jus.

— C'est la meilleure barre chocolatée que j'aie jamais mangée, a dit Charley avec un sourire. Merci.

J'ai ri.

— Attends un peu, c'est pas fini.

Nous avons marché en silence. Le ciel bleu resplendissait au-dessus de nos têtes, et lorsque nous avons débouché dans la prairie, nous avons été accueillis par une explosion de couleurs : violet, bleu, rose, rouge, jaune et beaucoup de blanc. Sous la caresse de la brise, toutes ondoyaient.

— Voici le Champ fleuri, j'ai dit. Je ne connais pas le nom des fleurs, mais…

— C'est magnifique.

Pendant une minute, nous sommes restés là. Comme toujours, mes yeux ont dérivé sur la tache de blanc la plus brillante, sur le pic montagneux à ma droite. Son sommet était couronné de blanc, comme de sucre glace. J'en ai eu l'eau à la bouche. Je pouvais presque sentir le goût de la neige. J'ai fermé les yeux et je me suis laissé aller, comme si je glissais sur la poudreuse. C'était mon endroit préféré de l'île, et celui que je haïssais le plus.

Puis le vent m'a intimé d'ouvrir les yeux et j'ai regardé Charley.

Elle admirait le Champ fleuri. La brise jouait avec ses cheveux, les faisait voleter et chatouillait ses épaules. La tête penchée sur le côté, elle arborait une expression étrange.

— Qu'est-ce qu'il y a ?

Elle m'a regardé et m'a souri.

— Rien. Merci de m'avoir amenée ici.

Lorsqu'elle a de nouveau tourné les yeux vers le champ, son expression étrange est revenue. Ça m'ennuyait de ne pas être capable de la déchiffrer.

— Charley, qu'est-ce qui ne va pas ?

Elle a ri, un son subtil qui en disait long.

— C'est drôle, tout est si beau ici. Trop beau. Comme si ce n'était pas réel. Et ça ne l'est pas vraiment.

— Oh, si, c'est bien réel.

— Je n'ai jamais vu une telle beauté. La plage de sable noir, la crique de Cristal. Le Champ fleuri. Même le champ de lave rouge était beau, à sa manière. Mais ce n'est pas vraiment vrai. Parce que dans trois cent cinquante-deux jours, tout aura disparu, n'est-ce pas ?

Ses yeux dorés étaient hagards.

Le masque était tombé. Pour de bon, cette fois.

L'après-midi, j'ai pris Rives à part et je lui ai parlé du crâne que Charley avait découvert.

— Emmène Miguel, Heesham, Nat, et qui tu veux d'autre. Allez à la baie Noire, essayez de le trouver. Si vous y arrivez, tâchez de l'identifier, grâce à un collier, un bracelet, n'importe quoi. Puis enterrez-le.

Je lui ai tendu un sac de corail délavé.

— Pas de problème, mon frère.

Alors qu'il s'éloignait, j'ai pensé à ce crâne. *On peut partir ?* avait demandé Charley avec des yeux troublés. *Tout le monde part, au final*, j'avais répondu. Et c'était vrai. Maintenant, savoir si c'était mort ou vif était une autre question, et la réponse dépendait de Nil.

Nil dingue, avait dit Li.

Elle avait tellement raison. Et dans l'immédiat, c'était exactement la personne que j'avais besoin de voir.

Chapitre 18

CHARLEY

Jour 13, début de soirée

J'étais assise sur mon lit tandis que Natalie s'occupait de mes cheveux. Encore un moment surréaliste. Moins *Koh-Lanta* que *À la recherche de la nouvelle top model*, version Nil, et je me sentais toujours aussi peu à ma place.

Dehors la nuit tombait. Profitant des dernières lueurs du jour, Natalie s'échinait à me relever les cheveux sur la tête. Elle était si concentrée qu'elle ne parlait pas, même si je devinais que ses pensées s'attachaient à des sujets autrement plus importants que ma coiffure. Elle n'avait presque pas dit un mot depuis que j'étais rentrée du Champ fleuri. Je ne savais pas quoi dire pour la réconforter, vu que je ne me sentais pas tellement mieux.

Quatre-vingt-six jours.

Trois cent cinquante-deux jours.

Quatre-vingt-six jours.

Les nombres clignotaient dans ma tête comme des enseignes au néon. « Une fois qu'on sait, on commence à compter les jours, et on ne s'arrête plus jamais. » Thad avait raison. Mais je restais bloquée sur ses jours à lui. Trois cent cinquante-deux, ça semblait une éternité par rapport à quatre-vingt-six.

Je me suis retournée vers Natalie, si bien qu'elle m'a cogné le nez avec son peigne.

— Pardon !

C'était le premier sourire que je lui voyais cet après-midi.

— Natalie, Thad m'a parlé des jours.

— Je sais. Il était obligé.

— Je me demandais… Combien il t'en reste ?

— Trente-trois.

— Trente-trois ? je me suis écriée en sautant sur mes pieds. Pourquoi tu n'es pas en Recherche ?

Clairement, elle devrait être en train de chasser des chatoiements, pas ici à me coiffer.

— Ben… Quand Kevin est parti, j'ai un peu perdu les pédales. Il fallait que je sache s'il avait réussi, et j'avais peur de partir, peur de rater la nouvelle, ou de découvrir…

Elle s'est arrêté et a tripoté son bracelet de coquillages.

— Je pars demain matin, a-t-elle finalement déclaré. Je viens de confirmer mon équipe auprès de Thad.

Thad. Thad, qui n'avait plus que quatre-vingt-six jours, et qui pourtant s'occupait de moi – et de tout le monde, apparemment, même de Natalie, qui n'avait pas l'air excitée du tout à l'idée de partir en Recherche.

— Tu n'as pas envie d'y aller ? j'ai demandé.

— Si. Mais ce qui s'est passé aujourd'hui, ça m'a rappelé la réalité, tu vois ? Ça m'a rappelé à quel point c'était difficile d'attraper une porte. Sabine est partie et elle n'a même pas séjourné assez longtemps parmi nous pour avoir à se faire couper les cheveux. Et puis il y a Li, à qui il reste moins de deux semaines.

Elle a tordu son bracelet avec tant de force que les coquillages ont marqué son poignet.

— Je ne vais peut-être pas réussir, Charley. Il se peut que je ne revoie plus jamais Kevin. Il n'y a aucune garantie. Pas ici.

— Ni nulle part. Tu dois pas penser comme ça.

Elle fixait son bracelet.

— Natalie, je ne suis pas là depuis suffisamment longtemps pour connaître tes sentiments. Mais Kevin a réussi, et toi aussi, tu le peux. Tu ne peux pas abandonner. Il te reste trente-trois chances, et bien plus encore si tu songes au nombre de portes doubles, sans parler des triples et des quadruples. Cependant tu ne pourras pas en attraper une si tu n'essaies pas.

Elle a levé la tête.

— Des portes quadruples ?

— Oui. J'en ai vu une le premier jour. Ce que je veux te dire, c'est de ne pas baisser les bras. Fais-le pour Kevin, pour toi. Et pour moi aussi, d'accord ? Tu me rappelles un peu ma sœur, Em. Sauf si tu abandonnes.

Je lui ai pris la main en songeant que j'étais plutôt mauvaise en bla-bla.

Elle m'a serrée si fort dans ses bras que c'est comme si Em lui avait transmis son énergie.

— Merci, Charley. Je suis contente que ce soit toi qui aies trouvé les vêtements de Kevin. Tu… tu n'aurais rien vu d'autre, par hasard ?

La lueur d'espoir dans les yeux de Natalie contrastait avec son ton décontracté.

— Juste des sandales, pourquoi ?

Les mots de Thad me sont revenus en tête : « Notre tâche, c'est de les aiguiser et de ne pas les perdre. »

— Oh, est-ce que tu parles d'un couteau ? C'est ça que j'ai raté ?

— Un couteau ? dit-elle, déconcertée. Non. C'est pas grave.

Puis elle m'a regardée avec le même air que ma mère quand je m'étais coupé les tresses en sixième.

— Bon, allez, mieux vaut s'y remettre si on veut terminer cette coiffure avant la nuit.

Une demi-heure plus tard, Natalie a annoncé :

— Mission accomplie !

Avec deux fines branches, elle avait ramené une partie de mes cheveux sur la tête, laissant pendre le reste dans mon dos. Une coiffure très tendance, d'après elle. Puis elle m'a maquillé les yeux au fusain et m'a passé sur les lèvres un gloss qui avait le goût de grenade. Elle a fait un pas en arrière, comme un peintre qui étudierait sa toile.

— Tu es superbe. Je tuerais pour avoir ta couleur de cheveux, sans parler de tes jambes. Il manque juste un petit quelque chose…

Elle a coupé une fleur blanche de la couronne de fleurs à côté de son lit pour me la coincer derrière l'oreille.

— Et voilà. Pas de débauche de fleurs dans la chevelure, ça ferait trop chichiteux pour toi. Mais ça, c'est parfait.

Elle a regardé mes vêtements et elle a froncé les sourcils.

— Bon, au moins ils sont propres. Certes je ne peux pas aller faire un tour au magasin pour t'acheter autre chose… Mais je peux faire en sorte que ça t'aille mieux.

En un éclair, Natalie avait ajusté mon dos-nu. Le nœud inconfortable dans mon dos a disparu, puis elle a renoué ma jupe, ce qui l'a fait rétrécir d'encore quelques centimètres.

— Arrête de tirer dessus, Charley. C'est pas aussi court que tu le penses. En plus, on ne vit qu'une fois.

Ses propres mots l'ont surprise. Je l'ai vue se raidir, fermer les yeux, luttant contre elle-même.

Cette fois, c'est moi qui l'ai serrée dans mes bras.

— Natalie, ça ira. Tu vas y arriver.

Pendant une minute, elle s'est accrochée à moi. Puis elle m'a lâchée et s'est essuyé les yeux.

— Assez de guimauve ! Sinon on va faire couler notre eye-liner, et j'ai trop galéré pour parvenir à ce résultat.

Avec un sourire, elle a passé la couronne de fleurs autour de son cou. Ensuite, en trois seconde chrono, elle a prélevé quelques petites fleurs blanches dans un bol et en a parsemé sa chevelure. On aurait dit des perles étincelant dans ses cheveux blond vénitien.

— Merci, Charley. Je suis heureuse que tu sois là, même si j'en suis désolée.

— J'interromps quelque chose ?

Une voix sur le pas de la porte m'a fait sursauter.

— Toujours, a répondu Natalie. Mais ne t'arrête pas pour autant.

Lorsque Thad est entré, la cabane a semblé soudain plus petite.

Il m'a souri et pendant une seconde, j'ai manqué d'air. Ce même torse nu, ces mêmes abdos, ces mêmes cheveux dorés qui touchaient ses épaules… Il portait le collier tressé qu'il ne quittait jamais, mais ce soir, il y avait suspendu un coquillage caramel qui se confondait avec sa peau. J'aurais juré que c'était un morceau de pierre noire, avant. Ses yeux sont passés sur moi, s'attardant sur mes jambes.

— Tu as l'air… pas très habillée.

J'ai levé le menton, bien décidée à ne pas tirer sur ma jupe.

— Vraiment ? Tu crois ?

— Carrément. Et je sais exactement comment y remédier.

Il a sorti les mains de derrière son dos et m'a présenté un collier de fleurs blanches, tressées avec une liane vert clair : un *lei*. Simple, splendide.

— Je peux ? a-t-il demandé.

Pour la première fois, il ne paraissait pas sûr de lui.

Je n'ai pu que hocher la tête.

Il s'est approché. Il sentait la noix de coco et quelque chose de fruité. Avec un mouvement si délicat que c'était presque une caresse, il a passé le collier de fleurs au-dessus de ma tête.

— C'est une tradition. Un vétéran doit souhaiter la bienvenue à un nouveau. Charley de Géorgie, considère ceci comme un cadeau officiel de bienvenue. La dernière fois que j'ai dit ça, tu étais inconsciente.

Ses yeux étaient rieurs.

Ma peau a senti la douceur des fleurs tandis que j'essayais de donner sens à la journée nébuleuse de la veille. Thad a soulevé mes cheveux pour placer le *lei* sur mes épaules. Cette sensation m'a ramenée dans le présent.

— J'espère que tu vas rester, a-t-il murmuré avant de cligner des yeux, comme s'il venait de dire une bêtise. Dans la Cité, je veux dire. Que tu n'iras pas chasser les portes seule.

— Sur cette île, jouer perso me semble une très mauvaise idée. Entre les lions, les tigres et les zèbres, tu te souviens ?

Sans compter que tu ne serais plus là.

— Tu veux rendre ça officiel ? a-t-il demandé, le sourire aux lèvres. Graver un petit graffiti à la mode de Nil ?

Je n'avais pas la moindre idée de ce dont il parlait.

— Le Mur des Noms. Suis-moi.

Il m'a prise par la main et m'a entraînée dehors.

J'adorais la sensation de sa main autour de la mienne. Je m'attendais à moitié à me réveiller, avec un vague souvenir d'un beau guide, fait sur mesure rien que pour moi. Il me peignait les cheveux, me tenait la main… c'était tout aussi irréel que ce vendredi horrible, quand j'ai atterri ici. La tendresse du moment m'effrayait, juste un peu. Ou peut-être beaucoup. J'y étais plongée trop profondément pour pouvoir le dire.

Thad s'est arrêté. Il s'est tourné vers moi :

— J'ai oublié de te dire. Tu es superbe.

— Mmm, comment vont tes yeux ?

J'étais très mauvaise quand il s'agissait d'accepter les compliments. En particulier lorsqu'ils semblaient irréalistes.

— Parfaitement bien, a-t-il répondu en riant. Allez, viens.

Le feu couvait sans personne aux alentours. Les torches étaient allumées, de la musique et des rires s'élevaient de la plage, mais ici, il n'y avait que Thad et moi, enveloppés dans l'air du soir.

Lorsque nous sommes arrivés au Mur, Thad a lâché ma main, qui s'est sentie extraordinairement vide.

Il a sorti son éplucheur d'ananas. Avec des gestes lents, délibérés, il a gravé les cinq premières lettres de mon prénom, puis il a marqué une pause.

— Comment ça se termine… « i-e » ou « y » ?

— « E-y », j'ai répondu en appuyant sur le « e ».

— Ça ne m'étonne pas, a-t-il gloussé.

— Qu'est-ce que je dois comprendre ?

Thad a terminé de graver le « y », puis a soufflé sur mon nom. Sans se retourner, il a répondu :

— Parce que des Charlie avec un « i » et des Charly avec un « y », il y en a plein. Mais toi, tu es unique.

Que répondre à ça ?

Il a frotté le bois pour retirer les derniers copeaux. Sept lettres, gravées pour toujours, puis un espace. Que je le veuille ou non, dans trois cent cinquante-deux jours, cet espace ne serait plus vierge. À deux noms au-dessus du mien, une encoche fraîche suivait celui de Sabine. D'autres espaces étaient vides, comme le mien. Mais c'étaient les croix qui m'effrayaient. Éparpillées sur le Mur, elles me rappelaient celles que j'avais vues en conduisant, qui indiquaient une victime de la route.

Le vide à côté du nom de Thad était pris entre deux croix, chacune devant un nom que je ne connaissais pas.

— Est-ce qu'une croix signifie ce que je pense qu'elle signifie ? j'ai demandé. Que ces personnes n'ont pas réussi ?

— Oui. Mais ne pensons pas à ça maintenant. Pas ce soir. Tu veux bien ?

— Pas ce soir, j'ai chuchoté.

J'ai senti le poids de mon mensonge lorsqu'il est sorti de ma bouche. Parce que je ne pouvais pas promettre de ne pas penser à ces croix jumelles près de Thad, avançant comme pour l'avaler lui aussi. *Quatre-vingt-six jours.*

Je me suis forcée à me concentrer sur le présent : Thad était là.

— Merci, je lui ai dit.

— Pour quoi ?

— Pour avoir gravé mon nom. Et pour ceci, j'ai ajouté en touchant mon *lei* tout en faisant bien attention à ne pas abîmer les fleurs.

— De rien, Charley « e-y », a dit Thad d'une voix rauque.

Il a souri et j'en ai eu la bouche sèche.

— Prête pour une Soirée Nil ?

— Prête, je suis parvenue à articuler.

L'assemblée sur la plage me rappelait une fête hawaïenne à Disney World. Mais celle-ci était authentique. Il y avait une petite fosse dans le sable, avec un vrai cochon. Un feu de joie crépitait au milieu des pierres noires. Des poissons et des crabes y cuisaient, de même que des ignames. Julio avait concocté d'autres miches de pain, posées entre des bols d'ananas et de mangue sur une table de fortune.

Les filles portaient des colliers fleuris, ou bien simplement une fleur dans les cheveux, parfois les deux. Certaines, des colliers de coquillages, de noix ou d'autres choses que je n'arrivais pas à identifier. Idem pour les garçons. Certains colliers étaient assortis, d'autres non.

Et il y avait de la musique. Un garçon asiatique jouait d'une sorte de flûte en roseau. Samuel, le garçon aux cheveux noirs qui arborait une énorme dent de requin plus noire que sa peau, s'éclatait derrière une espèce de tambour usé. Une fille avec des taches de rousseur et deux longues tresses, assise près de lui, chantait tout en jouant d'une guitare primitive. *Jillian.*

Rory, l'énervé qui était tombé de la porte et qui avait un vocabulaire fleuri, se tenait à l'écart du groupe, appuyé contre un arbre, les bras croisés, à observer. Même dans le noir, il semblait brûlé par le soleil.

Natalie m'a tendu un gobelet de coco, puis en a donné un à Thad.

— C'est ma tournée.

— Merci.

J'en ai bu une gorgée : c'était la même eau fruitée que celle d'hier. *Miam.*

Un garçon est arrivé et a posé son bras sur les épaules de Natalie. Il était aussi grand que Thad, sa peau était de la couleur de mon *latte* préféré et ses dreadlocks étaient un peu décolorées. C'était le garçon athlétique que j'avais vu courir sur la plage, celui qui avait emmené Rory. Mais impossible de retrouver son nom.

— Salut, Charley. Je n'ai pas encore eu le plaisir de me présenter. Je m'appelle Rives. C'est français, mais ça se prononce à l'anglaise, avec un « vzzz ».

Son sourire contagieux m'a tout de suite mise à l'aise. Tout comme le fait que Natalie n'ait pas repoussé son bras.

— Contente de te rencontrer, Rives avec un « vzzz ».

— Même si c'est dans ces circonstances, a-t-il ajouté.

Natalie s'appuyait contre lui, ce qui la faisait paraître encore plus petite.

— Charley, ne t'approche pas trop de ce mec. Il attire les ennuis avec un grand E.

Rives a joué le gars outré.

— Quoi ? Nat, on se connaît, tu pourrais me montrer un peu d'affection, non ?

Il a enroulé ses bras autour d'elle et l'a serrée, ce qui a fait rire Natalie.

— Tu sais que je t'adore, jumeau. Mais je dois protéger Charley.

— Nat a raison, a dit Thad. Fait gaffe à Rives.

Mais comme Natalie, Thad souriait.

— Pigé, j'ai répondu. Je vais l'ajouter dans ma liste des dangers de Nil.

— Merci, la flatterie il n'y a que ça de vrai, s'est esclaffé Rives avant de planter un baiser sur la joue de Natalie. À plus, jumelle. À plus Charley. Thad.

Il souriait comme le diable en personne.

— À plus, a dit Thad.

— Pour des jumeaux, vous ne vous ressemblez pas du tout, j'ai dit à Natalie lorsque Rives est parti.

— Tu trouves ? En fait, on a juste le même anniversaire.

Elle a siroté son eau. Je me demandais depuis combien de temps Rives était là. *Assez longtemps pour être le pote de Natalie*, j'ai pensé. *Et de Thad.*

À côté de moi, Thad a sifflé et toute l'assemblée s'est retournée.

— Prenez un gobelet, tout le monde, a-t-il déclaré. D'abord, à Kevin, qui a réussi !

Thad a levé son gobelet au son des « Kevin ! » et autres cris de joie.

— Et à Sabine, qui nous a offert largement de quoi obtenir notre gratitude lorsqu'elle était là, des choses qui continueront de nous aider après son départ. Et elle n'est pas simplement partie, elle a attrapé une porte ! À Sabine !

Il a levé son gobelet une deuxième fois, et le nom de Sabine a fendu la nuit tandis que d'autres gobelets fendaient les airs.

— Et à Charley, et à Rory, bienvenue. Nous sommes heureux que vous soyez ici, même si nous en sommes désolés.

Il a brandi son gobelet dans ma direction et a souri.

— À la tienne.

C'était comme si la foule avait disparu. Il n'y avait plus que nous, à quelques centimètres l'un de l'autre, et la chaleur que je sentais n'avait rien à voir avec le feu.

Thad a bu une gorgée, et quand il s'est retourné vers le groupe, son sourire avait disparu.

— Comme certains d'entre vous ont pu l'entendre, la Baraque a été vandalisée une fois de plus cette nuit. Rien n'a été volé, elle a juste été fouillée. On ne peut pas se permettre de perdre du matériel, alors on a organisé des tours de garde devant.

Si on lisait entre les lignes, les mots de Thad constituaient un avertissement. *Si c'est l'un de nous, on va l'attraper*. Pour la première fois, il m'est venu à l'esprit que, peut-être, tout le monde n'était pas à cent pour cent derrière la Cité.

Thad a poursuivi :

— Trois équipes de Recherche vont s'élancer demain à l'aube. Li aura Cassie comme Guetteuse, Quan et Raj comme soutien. Samuel a choisi Maria comme Guetteuse, Heesham comme soutien. Et Nat va y aller aussi, avec Jason comme Guetteur…

Cette dernière annonce a déclenché des « ouais ! » et des hululements de joie qui ont noyé les paroles de Thad. Natalie semblait presque heureuse. J'espérais que Jason était un bon Guetteur.

— Voilà, c'est tout, a conclu Thad. Concentrez-vous sur le positif, vivez l'instant. Buvons au présent !

Il a levé une dernière fois son gobelet, imité par tous les autres. Le chœur de « Au présent ! » était assourdissant.

Puis il s'est tourné vers moi.

— Prête ?

Chapitre 19

THAD
Jour 279, crépuscule

Charley était plus belle que jamais.

Grâce au repos et à la nourriture, elle avait retrouvé des couleurs. Quand elle souriait, ses yeux dorés m'emportaient comme une lame de fond. Mieux encore, il n'y avait jamais de blancs lorsqu'on parlait, et nous avions tant de choses en commun que je ne les comptais plus. Avec Charley, je me sentais revivre.

C'était une mauvaise farce de la part de Nil. Bien sûr qu'il fallait que je trouve la fille parfaite ici. Là où je n'avais pas de futur. Là où espérer faisait trop mal, au point que j'avais essayé de ne plus espérer du tout.

— Thad ?

— Oui ?

J'ai secoué la neige fondue qu'était devenu mon cerveau.

Elle regardait la plage. Différents groupes étaient éparpillés comme des bancs de coquillages. Ils riaient, discutaient, mangeaient, profitaient d'être ensemble. C'était un barbecue sur la plage parfaitement normal.

Et pourtant, pas tout à fait. Je me demandais si Charley le sentait elle aussi. Avait-elle compris que les Soirées Nil, c'était notre moyen à nous de relâcher la pression avant d'exploser pour de bon ? Car la réalité était épuisante. Chaque jour était un sprint. On traquait la nourriture et les portes, en gardant une longueur d'avance sur la faim et sur chaque nouvelle menace de Nil. On courait vers la liberté, loin de Nil, on s'arrachait pour survivre, parce que le jour suivant, une porte pouvait porter notre nom.

Ou pas.

Les pensées de Charley ne suivaient pas les miennes.

— Cette histoire avec la Baraque, a-t-elle commencé en se tournant vers moi, c'est un coup interne ?

J'ai levé un sourcil.

— Est-ce que j'ai dit que c'était un coup interne ?

— Tu n'avais pas besoin. Puisque rien n'a été volé, j'en ai conclu que quelqu'un cherchait à causer des problèmes. À moins que ce ne soit qu'un animal. Quoi qu'il en soit, tu as envie de le découvrir, pas vrai ?

Charley était incroyablement perspicace.

— Tu as tout compris.

Elle a hoché la tête mais paraissait toujours tracassée.

— Alors, c'est toi qui commandes ? Je veux dire, c'est ton boulot ? C'est toi qui as parlé ce soir, et chacun vient vers toi quand il a des questions.

— Pour le moment. Il y a eu un vote à main levée. Avant moi, Natalie était Leader ; avant Natalie, c'était Omar, et ainsi de suite. C'est juste quelqu'un qui aide à régler les différends et à coordonner les équipes.

— Pourquoi est-ce que Natalie n'est plus Leader ?

— Elle a la Priorité, maintenant.

Et une fois qu'on a la Priorité, on ne fait plus que ça. On Recherche. On prie. Et on court comme jamais.

— La Priorité ? a répété Charley en fronçant les sourcils.

— On a la Priorité dès qu'il ne nous reste plus que soixante jours. À partir de ce moment, on n'a plus besoin de travailler. On a fait sa part. On ne fait plus que des Recherches, avec le soutien de toute la Cité. Les gens en Priorité choisissent leurs équipes les premiers.

— Je croyais que c'était toi qui choisissais les équipes, a-t-elle dit d'un ton dépité.

— Non. C'est le Chef de Recherche. Ça peut être une personne avec la Priorité, mais pas toujours.

J'ai lu sur son visage que je n'étais pas clair.

— D'accord, laisse-moi t'expliquer toute cette histoire d'équipes de Recherche. Quand quelqu'un part faire des Recherches, cette personne choisit qui elle veut prendre avec elle. Jason est le meilleur Guetteur, alors il est choisi chaque fois. Les portes sont imprévisibles. Jason a un instinct naturel pour savoir comment elles avancent, à quelle vitesse, des choses comme ça. En plus, c'est le plus jeune ici, et tout le monde veut qu'il réussisse. C'est l'autre raison pour laquelle on le choisit, pour lui donner toutes ses chances quand ce sera son tour.

— Les Guetteurs sont les yeux, c'est ça ?

— Voilà. Les portes roulent toujours vers le nord, jamais vers l'est ou l'ouest. Mais tu as besoin de tous les yeux possibles pour repérer une porte qui se lève et suivre sa direction. Chaque seconde compte. Et comme je te l'ai déjà expliqué, le reste de l'équipe est là en renfort. Comme les sherpas.

Charley a assimilé ces informations.

— Est-ce que les portes apparaissent à un endroit plus qu'à un autre ?

— Non, Nil ne nous rend pas la tâche aussi facile. Il y a quelques « points chauds » en ce moment, mais les portes sautent dans tous les sens. C'est comme tenter d'attraper la foudre.

— C'est nul. Ça serait bien s'il y avait un schéma défini.

— Oui, un petit dépliant avec les départs et les arrivées serait super. On attend toujours que Nil nous en envoie un.

— Je suis sérieuse, a répondu Charley avec un sourire en coin.

— Moi aussi. Si quelqu'un a trouvé un moyen d'augmenter ses chances d'attraper une porte un jour, ce quelqu'un a emporté le secret avec lui.

Et ça ne nous aide pas dans le présent. Car seul le présent compte.

— Il y a quelque chose que je ne comprends pas, a continué Charley. Vous ne saviez pas si Kevin avait réussi ou pas. Si Jason était votre meilleur Guetteur, pourquoi est-ce qu'il n'était pas avec lui quand Kevin a attrapé sa porte ?

— Parce que Kevin était arrivé à ses dernières quarante-huit heures. Il n'a laissé personne l'accompagner, surtout pas Natalie. Il a dit qu'il lui fallait réussir seul, et que s'il n'y arrivait pas, il voulait qu'on se souvienne de lui vivant. Ce sont ses mots.

Charley était silencieuse. Elle réfléchissait certainement au choix de Kevin. *Bonne chance*. Je ne comprenais toujours pas pourquoi Kevin avait décidé de déserter. Au bout du compte ça a fonctionné, mais pour moi, Kevin avait attrapé une porte malgré son choix, et non grâce à lui. Laisser tomber son équipe, ça n'avait pas de sens. C'était comme se couper la main parce qu'on avait mal aux doigts. Et Nat a tout de même vécu un enfer.

— OK, une dernière chose, a lentement dit Charley. Quand un groupe s'en va, qu'est-ce qui empêche quelqu'un d'autre de prendre la porte ? De passer devant une personne qui a la Priorité ?

— Rien.

Elle a écarquillé les yeux, puis m'a interrogé du regard.

— Ça arrive, j'ai continué, bien que rarement. Voler la porte de quelqu'un, c'est l'équivalent du meurtre sur Nil. Ce n'est peut-être pas comme appuyer sur la détente, mais ce n'est franchement pas loin, parce qu'on vole à cette personne sa meilleure chance de s'en sortir… et de vivre. Si le voleur s'en sort, il devra vivre en sachant qu'il a peut-être condamné quelqu'un à mort, surtout si ce quelqu'un avait la Priorité. Peu de personnes doivent être capables de porter ce poids. Surtout en ayant séjourné dans la Cité. On apprend à connaître les gens. On veut qu'ils s'en sortent.

Charley caressait son gobelet du pouce.

— J'ai vu le regard de Sabine quand la porte l'a attrapée. C'était de l'horreur pure, et la dernière chose qu'elle a dû entendre, c'était tout le monde en train d'encourager Li. Pauvre Sabine. Mais elle ne pouvait rien y faire.

Sa voix était devenue un faible murmure.

— Non, rien, j'ai acquiescé. Parce que ce n'était pas la porte de Li, finalement. C'était celle de Sabine. Nil a fait son choix.

Je ne pouvais pas m'empêcher de penser que c'était à cause de Ramia et de son horrible bracelet en os. Car Nil avait laissé Ramia et son bracelet exactement comme elle le voulait, et comme Ramia l'avait prédit : de l'os sur de l'os. Peut-être que Nil voulait qu'on songe au destin de Ramia. Peut-être que nous n'étions pas censés savoir. Nous étions les pions de Nil, ses jouets. Ici, c'était son bac à sable, et peu importait que l'on ait envie de jouer ou non. J'ai pensé à Charley, et j'ai senti un pic d'angoisse.

J'ai suivi son regard. Elle observait Heesham, assis tout seul, à fixer l'océan, là où il avait jeté son bracelet. Un cadeau qu'il comptait offrir à la fille qui lui avait appris à dire « amour » en français.

— Est-ce que Heesham va bien ? s'est-elle inquiétée.

— Ça finira par aller. Mais c'est dur ce soir. Il était vraiment tombé amoureux d'elle.

Elle a hoché la tête.

Mais est-ce que tu comprends vraiment, Charley ? Est-ce que tu vois à quel point Nil est tordue ? J'ai repoussé la cruauté de Nil de mon esprit, parce que je ne voulais pas y penser ce soir. Juste pour un soir.

— Il y a quelque chose que j'aimerais te montrer, je lui ai dit en me levant.

— C'est quoi ?

— Tu verras.

J'ai souri et je lui ai tendu la main en espérant qu'elle la prenne. J'en avais besoin.

Elle l'a prise.

J'ai attrapé une torche et je l'ai conduite jusqu'à un affleurement de pierres noires, semblables à celles que Jason lançait dans l'eau le jour où j'ai rencontré Charley. Certaines étaient minuscules, comme des diamants noirs. Il y avait aussi des galets et des cailloux plus bruts, ainsi qu'un rocher aussi grand qu'une table et tout aussi plat.

— Ils sont cool, ces rochers, elle a dit de sa voix de velours. Merci pour la visite guidée. Je lui donne cinq étoiles.

— Cinq ? Mince, je pensais que tu allais m'en donner dix. Mais j'aime vraiment ces rochers.

— Mmm.

Elle n'en a pas dit plus.

— Assieds-toi, je lui ai proposé.

Elle a lâché ma main en s'asseyant. Ce n'était pas une sensation agréable, mais il faut reconnaître que c'était plus simple pour planter la torche dans le sable. Puis je me suis assis à côté d'elle, si près que nos hanches se touchaient.

Le soleil était une boule d'un orange brillant, accrochée au-dessus de l'eau, à quelques centimètres de l'horizon. Les flammes de sa lumière déclinante léchaient la surface de l'océan.

— Je ne sais pas si tu as remarqué, j'ai dit, mais quand le soleil se couche, ici, c'est très rapide. Une fois qu'il a touché l'eau, il disparaît en quelques secondes. Et juste avant de disparaître complètement, on voit un rayon vert. Regarde.

Pendant quelques minutes, nous sommes restés assis côte à côte, sans parler.

Pour le moment, a susurré Nil.

La boule orange est tombée dans l'eau, puis on a vu ce rayon vert. Il a disparu à son tour, comme le soleil.

— Waouh, a soufflé Charley. C'était super.

— Oui. C'est comme l'ultime bataille du soleil, comme si le jour voulait vivre encore un peu.

J'ai eu envie de me gifler. Je lui avais demandé de ne plus parler de mort, et c'était moi qui remettais le sujet sur le tapis !

Charley faisait face à l'océan et se mordait la lèvre. Je ne la connaissais pas suffisamment pour interpréter son geste. En revanche, je savais que j'avais gâché ce moment.

— Hé, j'ai demandé doucement, ça va ?

Elle s'est tournée vers moi. La lumière de la torche dansait dans ses yeux, semblable au feu du soleil.

— Oui. Je pensais à ce rayon vert et à quel point c'était magnifique, comme tout le reste sur Nil. Encore un peu de beauté surréaliste. Et je me disais que tu étais un super guide. D'abord la crique de Cristal, ensuite le Champ fleuri, et maintenant ça. Tu fais ça souvent ?

— Jamais.

— Alors je suis juste chanceuse ?

Pas si tu as atterri ici, j'ai pensé. Je ne pouvais pas le dire tout haut. Puis j'ai eu ce sentiment bizarre : j'avais l'impression d'être chanceux, là tout de suite, ce qui n'était pas simplement bizarre, mais carrément fou.

— Mis à part ta famille, je me suis forcé à dire, est-ce qu'il y a quelqu'un de spécial qui te manque ?

Si c'est le cas, je parie que tu lui manques encore plus.

— Est-ce que tu me demandes si j'ai un petit ami ?

Son sourire était espiègle.

— Subtil, hein ? Alors ?

Normalement, je n'y allais pas franco comme ça. Ici, je n'avais rien à perdre, à part mon ignorance.

— Non.

— Difficile à croire.

Elle a haussé les épaules. Ses cheveux noirs sont tombés de ses épaules.

— Et toi ? Une fille qui te manque ?

— Non.

— Difficile à croire.

Son ton était aussi détendu que le mien.

— Mais c'est vrai. Personne ne m'attend.

À voir son sourire, je mourais d'envie de l'embrasser. Après tout, j'étais à quatre-vingt-six jours de mourir. Pourtant, quelque chose me retenait. Quelque chose dans ses yeux.

Elle s'est mise à trembler.

Je me suis forcé à ne pas enlacer cette fille rencontrée quarante-huit heures plus tôt.

— Tu as froid. Je t'avais dit que tu n'étais pas très habillée.

— Je n'ai pas vu de vestes dans la Baraque. Et le magasin était déjà fermé.

Elle s'est frotté les bras pour se réchauffer.

— Est-ce que tu veux retourner près du feu ? j'ai demandé.

Dis non. Dis que tu veux rester avec moi. Ou, mieux encore, embrasse-moi, et tu oublieras que tu as froid.

Chapitre 20

CHARLEY
Jour 13, nuit

Thad était si proche que je pouvais distinguer chacun des cils qui bordaient ses yeux. Il avait une cicatrice au-dessus de l'œil gauche, de la forme d'une petite montagne, qui se perdait dans son sourcil. Mes doigts brûlaient de la toucher. En voyant ses lèvres former un sourire décontracté, j'ai eu envie de l'embrasser.

Mais il venait de me demander si je voulais rentrer, ce qui voulait dire qu'il le voulait probablement, lui. Et je n'allais pas me rendre ridicule en me jetant sur un garçon qui cherchait une échappatoire.

— D'accord, j'ai dit.

Pourtant, je n'ai pas bougé. J'étais trop bouleversée par le moment et, pour être tout à fait franche, par Thad. Il n'y avait pas de garçon comme lui à Roswell. De toute façon, je n'étais plus à Roswell. J'étais sur Nil, là où on comptait les jours à rebours, là où on vivait comme des morts en sursis.

Ce qui était le cas.

Peut-être que je devrais l'embrasser après tout.

— Tu es prête ? Ou bien tu as changé d'avis ?

Il y avait une pointe de taquinerie dans sa voix.

La torche traçait des ombres sur son visage et mettait en valeur ses lèvres, sa mâchoire… j'ai bien failli l'embrasser à ce moment précis.

Je ne l'ai pas fait, parce qu'il avait été celui qui avait demandé à rentrer.

— Désolée, j'ai répondu en remuant les jambes au bord du rocher. Ça demande du temps de tout assimiler.

— Oui. C'est comme si c'était trop pourri pour être vrai. Mais ça l'est.

Sans me regarder, il s'est levé.

L'air de la nuit a pris place à mes côtés et j'ai eu plus froid encore. Il m'a tendu la main pour descendre, mais l'a retirée à l'instant où mes pieds ont touché le sable. Je me sentais stupide, alors j'ai croisé les bras. Thad avançait à côté de moi. Chaque pas nous rapprochait un peu plus des autres. J'aurais dû dire non. *Non, je ne veux pas rentrer. Non, je ne veux pas que notre moment d'intimité se termine. Non, je ne veux pas te partager avec qui que ce soit.*

Pourtant, il fallait que je partage Thad avec tout le monde.

Pendant tout le reste de la soirée, nous n'avons jamais été seuls. Les gens défilaient sans cesse, parfois pour me rencontrer, la plupart du temps pour discuter avec Thad. À propos de filets, de planeurs, de choix dans les équipes de Recherche et dans leurs stratégies, de crevettes et de crabes, de mortelle et de taro. Il répondait à tous, ce dont j'avais pu me rendre compte, car je le quittais rarement. À moins que ce soit l'inverse, car quand il me quittait, il levait fréquemment la tête pour me sourire, même lorsque quelqu'un venait prendre sa place.

Comme maintenant.

Je venais de remplir mon gobelet quand un garçon aux cheveux comme du crin s'est approché. Je me souvenais de son visage, pas de son nom.

— Charley, moi c'est Bart.

Lorsqu'il m'a tendu la main, j'ai automatiquement reculé d'un pas. Bart parlait vraiment très près.

— Alors, comme ça, t'as passé douze jours toute seule. Moi j'ai fait une semaine avant de croiser Julio, mais je me démerdais pas mal...

Prise en sandwich entre Bart et le feu, je me sentais piégée.

— ... atterri près du volcan...

J'ai décroché lorsque j'ai entendu une fille remercier Li pour son collier de fleurs. Les mots de Thad me sont revenus à l'esprit. *Elle est super bonne avec tout ce qui est fleur.* Li a incliné la tête devant la fille puis, comme si elle sentait que je l'observais, elle s'est tournée vers moi. Nos yeux se sont croisés, elle a hoché le menton de façon quasi imperceptible, et à ce moment, j'ai su que c'était elle qui avait fabriqué mon *lei*. Elle à qui il restait moins de deux semaines à vivre avait utilisé un peu de son temps précieux pour me confectionner un collier de fleurs.

« C'est comme si c'était trop pourri pour être vrai. Mais ça l'est. » Thad avait tellement raison.

— Excuse-moi, j'ai interrompu Bart en souriant pour atténuer mon impolitesse, il faut que je parle à quelqu'un.

Alors que je m'éloignais, il m'a rappelée d'une voix tranchante. Le Bart cordial avait disparu. Je me suis retournée, étonnée. Qu'est-ce qui avait bien pu causer ce changement abrupt ?

Il s'est approché de moi (*trop près !*) et je n'ai pas pu m'empêcher de m'écarter. J'ai trouvé son regard sournois.

— À propos de Thad, il a dit. Il n'est pas celui que tu penses. Il adore s'occuper des nouveaux quand ils arrivent, surtout des nouvelles. Demande à Talla si tu ne me crois pas.

Talla. Son nom évoquait toute une série d'images. Des gros seins, un ventre plat, une lance mortelle.

— C'est juste un conseil amical.

Mais nous ne sommes pas amis.

J'ai regardé Bart. Qu'est-ce qui me valait ce conseil « amical » ? Quelque chose semblait… anormal.

— Tout va bien ?

Thad a surgi et j'ai senti l'animosité entre les deux garçons.

— Très bien, j'ai répondu rapidement, contente de m'être déjà excusée auprès de Bart. J'allais juste voir Li.

Je les ai abandonnés en évitant leurs regards et, je l'espérais, leurs petites querelles. Li était assise seule près du feu. Elle était toute petite et avait de très beaux yeux, noirs comme la nuit, qui recelaient mille émotions.

— Li…

Je me suis interrompue. Je sentais le poids de mon collier de fleurs. *Je suis désolée que tu n'aies pas pu attraper la porte d'aujourd'hui, désolée que tu aies dû regarder Sabine s'en aller à ta place, désolée qu'il ne te reste plus que onze jours, désolée pour ce que tu dois endurer.*

Je n'ai rien dit de tout ça. Parce que je ne pouvais pas savoir ce qu'elle endurait. Pas pour le moment, et peut-être jamais. De plus, je ne la connaissais pas, et je n'en aurais jamais l'occasion.

J'étais désolée pour ça aussi.

Elle me regardait, dans l'expectative, se demandant probablement pourquoi je souriais sans dire un mot.

— Merci, j'ai fini par dire. Pour ça (j'ai touché mon collier). C'est très beau.

— Pour soir, a-t-elle répondu. Profite.

Elle a souri, mais j'avais la sensation qu'elle pensait « profite tant que tu peux, ma sœur, parce que ce n'est que temporaire ». C'est la même sensation que j'avais eue dans le Champ fleuri. Profite de cette beauté, elle est fugace. Elle pouvait s'évanouir en un instant, et elle disparaîtrait de façon certaine dans trois cent cinquante-deux jours, que je le veuille ou non.

J'ai hoché la tête, elle a incliné la sienne, puis ses yeux sombres sont revenus sur moi.

Je ne me suis pas inclinée, j'ignorais tout des usages. J'avais peur de l'insulter, alors j'ai simplement hoché la tête à nouveau.

Ça m'a donné le tournis. Le feu était comme un mur qui pulsait. Comme un chatoiement nocturne. Sauf qu'au lieu de m'aspirer il me repoussait. Loin de la chaleur, loin de Li, loin de Bart. Loin de la Soirée Nil, qui avait été festive et épuisante. Les jours sur Nil paraissaient plus longs qu'à la maison, même si je savais que ce n'était qu'une impression.

J'ai regardé autour de moi. Je ne voyais plus Natalie. Thad était plongé dans une conversation avec Samuel et Rives. L'air de la nuit vibrait d'une énergie partagée par tout le monde, sauf moi. Moi, la nouvelle. Moi, la retardataire.

Soudain, je me suis sentie épuisée.

J'ai eu envie de m'éloigner. J'avais à peine fait deux pas lorsque la voix de Thad a résonné derrière moi :

— Tu me lâches déjà ? Je sais, je suis nul comme guide. Désolé, Charley.

— Je croyais qu'on était d'accord là-dessus : plus de « désolé, Charley ». Tu es très occupé et, pour être honnête, je suis un peu fatiguée.

Ça me coûtait de l'admettre, mais j'étais si crevée que j'en avais les jambes tremblotantes. J'ai recommencé à marcher, craignant de m'écrouler. Les évanouissements, j'essayais d'arrêter.

— Alors, vous avez préparé vos plans de Recherche ?

— Quoi ? a fait Thad en fronçant les sourcils.

— Toi et Samuel. Et Rives. Vous avez parlé à n'en plus finir, de chemins, de recoins et de je ne sais quoi d'autre.

— Et moi qui croyais que tu n'avais pas remarqué.

Il rigole ou quoi ?

Nous sommes arrivés à ma hutte, ou plutôt celle de Natalie.

— Merci de m'avoir tenu compagnie. Et merci pour ça, j'ai ajouté en touchant le délicat collier de fleurs. C'est très beau.

— Sans vouloir jouer les tombeurs, c'est sans comparaison avec la fille qui le porte.

Puis il s'est mis à gémir tout en riant :

— Ah, ça faisait carrément tombeur, mais c'est vrai.

— Complètement tombeur. Et désolée de me répéter, mais je crois que t'as un problème au niveau des yeux.

— Et moi je te répète que mes yeux vont très bien.

Il a écarté une mèche de cheveux de mon front.

— Dors bien, Charley « e-y ». Je n'ai pas envie que tu tombes encore dans les pommes demain.

— Aucune chance.

— Bonne nuit, a-t-il lancé en riant avant de se fondre dans l'obscurité.

À l'intérieur de la hutte, Natalie était enroulée dans son lit et arborait le même sourire qu'Em. Le clair de lune s'immisçait dans la pièce : c'était notre veilleuse à nous, sur l'île.

— Tu aurais dû l'embrasser.

— Tu nous écoutais ?

Je me suis écroulée sur le lit. Nat était pire qu'Em. Non, elle était exactement comme elle.

— Bien sûr que j'écoutais. Et tu aurais dû l'embrasser. Tu ne vis qu'une fois, tu te souviens ?

Elle souriait de toutes ses dents. L'espoir avait remplacé l'ombre sur son visage.

— Peut-être. Sauf qu'à mon avis, si Thad avait voulu m'embrasser, il l'aurait fait. Je ne suis pas sûre d'être son type.

Et je ne suis pas sûre qu'il soit le mien, je me suis dit en me rappelant les paroles de Bart. Je n'avais aucune intention de n'être qu'une parmi d'autres.

Natalie est restée bouche bée.

— Et c'est quoi, exactement, son type ? Grande et exotique ? Sérieux, Charley, t'es complètement aveugle ou tu vas à la pêche aux compliments ?

À présent, elle avait l'air énervée.

— D'accord. Tu es complètement aveugle. Écoute, je connais Thad depuis son Jour 1. Il faut que tu saches qu'il est toujours là pour tout le monde, mais qu'en même temps il est un peu distant. C'est différent avec toi.

En voyant ma réaction, elle a renchéri :

— Je suis sérieuse, Charley. Thad n'a jamais prêté attention à aucune fille avant toi.

— Vraiment ? Ce n'est pas ce que m'a raconté Bart.

— Ignore Bart, a répondu Natalie en grognant. C'est ce qu'on fait tous… Écoute, tout ce que je te demande, c'est d'être correcte avec Thad, d'accord ?

Je suis restée muette.

— Tu as un petit ami chez toi ? elle a demandé.

— Non.

— Tu réponds bien vite. Tu es sûre ?

— Absolument. J'ai un problème avec la taille. Je n'aime pas les garçons plus petits que moi, ce qui exclut les trois quarts des garçons de mon lycée. De toute façon, la plupart d'entre eux n'aiment pas sortir avec une fille qui les dépasse d'une bonne tête – et il m'arrive de porter des talons.

Les autres me regardaient différemment après Matt, et ça me posait un problème.

— Je parie que tu les intimidais grave, a déclaré Natalie, les yeux brillants. Cela étant, Thad est plus grand que toi. À moins que tu ne l'aies pas remarqué ?

— Je l'ai remarqué.

— C'est bien ce que je pensais. Comme je viens de le dire, sois correcte avec lui. Ne lui brise pas le cœur.

— Oh, arrête, j'ai dit en levant les yeux au ciel.

Ça n'a pas fait rire Natalie.

— Je suis sérieuse. C'est un garçon bien.

Les garçons bien sont dangereux, parce qu'il est impossible de dire quand ils seront mauvais. Je le savais, c'était du vécu. Perdue dans mes pensées, je me suis blottie sous mon drap fin, en rêvant d'avoir des chaussettes et en tirant sur ma jupe. Cette micro-minijupe rétrécissait à la moindre occasion.

Natalie s'est assise et a scruté mon visage dans la pénombre.

— Tu n'as jamais eu de petit ami sérieux ?

— Pas vraiment.

— Soit c'est oui, soit c'est non, elle a répliqué d'un ton qui ressemblait beaucoup à celui d'Em. Alors, c'est l'un ou c'est l'autre ?

— Il y a eu ce garçon, Matt Kilwin, j'ai répondu après un soupir. Il avait deux ans de plus que moi, il était beau comme un dieu. Grand, musclé, la totale. L'été avant ma seconde, on est sortis ensemble.

Je me suis retrouvée plongée dans ces souvenirs enfouis.

— Tu étais amoureuse ?

— Non. Je ne le connaissais pas assez bien pour ça. Parler à Matt, c'était comme parler à un mannequin. Ou peut-être qu'il était tellement beau que je ne savais pas quoi lui dire. En même temps, on ne parlait pas souvent. Em appelait ça « pelotage et roulage de pelles estival ».

J'ai souri, mais ce souvenir faisait mal. Mon esprit avait déjà avancé d'une case. Stacia, la capitaine des pom-pom girls. Un mètre cinquante de rage braqués sur moi.

— Qu'est-ce qui s'est passé ?

— La petite amie avec qui il était censé avoir rompu est revenue de son été en Espagne. Ils se sont remis ensemble... d'ailleurs, je doute qu'ils aient même cassé. Elle a dit à tout le monde que j'avais essayé de lui voler Matt en couchant avec lui, ce qui était complètement faux : tout ce qu'on a fait, c'est s'embrasser. Mais la vérité n'avait aucune importance.

Ma rentrée en seconde avait été un vrai cauchemar. Toutes ces filles du lycée qui chuchotaient dans mon dos. *La grande salope. La putain amazone. Elle se prend pour qui ? Matt Kilwin ?* J'ai fermé les yeux en repensant à tout ça. Ce n'était pas un problème d'oublier Matt. C'étaient toutes les répercussions avec Stacia qui étaient difficiles à effacer.

— La garce ! Qu'est-ce que Matt a fait ?

— Du foot. On l'a élu plus beau mec du lycée.

— Non, je veux dire, est-ce qu'il t'a défendue ? Rien qu'à voir ta tête, j'imagine que non. Quel enfoiré !

Natalie a secoué la tête, puis a souri. Elle a pointé du doigt une étoffe pliée à côté du pichet.

— Je t'ai trouvé un short. Tu tires sur ta jupe toutes les cinq secondes, alors je me suis dit que tu serais plus à l'aise en short. On se débrouille toujours pour serrer suffisamment notre jupe et éviter toute... apparition fortuite... mais pour être tout à fait honnête, au bout de quelques semaines ici, on s'en fiche. Je dis ça, mais moi, je ne fais qu'un mètre soixante.

J'avais la gorge nouée, mais Natalie parlait toujours, avec ce même débit précipité qu'elle avait lorsqu'elle parlait de la vie sur l'île.

— On n'a plus beaucoup de shorts, en ce moment, a-t-elle continué. Mais comme tu es plus grande que la plupart des mecs, je te garantis que personne n'ira râler. On porte tous ce qui nous convient le mieux. (Son sourire est devenu plus espiègle.) Et c'est toujours mieux qu'un pagne. Les pagnes, c'est encore pire que les jupes.

J'ai serré Natalie fort dans mes bras, bouleversée par sa gentillesse au point qu'un « merci » ne suffisait plus. Mais je n'avais rien d'autre.

— De rien. Allez, va te changer. Je sais qu'il t'ira. C'était à Kevin.

Évidemment, il m'allait comme un gant.

On a parlé jusqu'à tomber de sommeil. Être avec Natalie, c'était comme être avec Em. Une petite tranche de chez moi sur Nil. Et pourtant, c'était bien Nil, et Thad n'était jamais loin dans ma tête. Je ressentais quelque chose que je n'avais jamais ressenti pour aucun garçon, jamais, pas même pour Matt Kilwin. Certainement pas pour Matt Kilwin.

« Tu fais ça souvent ? » j'avais asticoté Thad lorsqu'il m'avait montré le rayon vert. « Jamais », m'avait-il répondu, comme s'il était lui-même surpris.

Natalie avait raison. Thad était un garçon bien.

Mince, j'ai pensé. *J'aurais dû l'embrasser.*

Je commençais tout juste à m'endormir lorsque la voix de Natalie s'est faufilée dans les ténèbres.

— France, a-t-elle dit doucement. Je viens de me souvenir. Sabine venait de France.

Chapitre 21

THAD
Jour 280, aube

Je m'étais levé avant le soleil, impatient de voir Charley. Mais jusqu'à présent, j'étais le seul debout.

Seul avec des centaines de noms sans visage sur le Mur. J'ai pensé au crâne qu'avait trouvé Charley. Peut-être qu'il appartenait à quelqu'un sur ce Mur, peut-être pas. *Pas de collier, pas d'indice*, avait rapporté Rives la nuit dernière. *C'était peut-être un solitaire, ou bien quelqu'un d'avant notre ère. Le crâne était aussi propre que le squelette en salle de bio. Je ne sais pas s'il a droit à une croix sur le Mur, mais il en a eu une dans la baie.*

Mes doigts ont parcouru le bois, traçant mon nom. Une croix au-dessus, une croix en dessous, et mon espace vide : une espèce de morpion pervers. C'était ça, Nil. Dans quatre-vingt-cinq jours, l'un de nous gagnerait. Et l'autre perdrait.

Il n'y avait pas de match nul avec Nil.

Le nom de Ramia m'a attiré l'œil. Tout comme sa croix fraîche. Mais je refusais de commencer la journée avec Ramia. Un nouveau nom suppliait qu'on lui prête attention : Charley « e-y ».

J'aurais dû l'embrasser… Je ne l'avais pas fait à cause de l'hésitation dans ses yeux. *Mince, j'aurais aimé qu'elle m'embrasse.*

— Thad !

Talla a jailli de la forêt, ses cheveux blonds volant derrière elle. Elle avait une marque rouge sur le visage qui ressortait comme une brûlure.

— Rory, elle a haleté. Il est entré. J'étais de garde à la Baraque. Je lui ai dit ce qu'il pouvait prendre : une lance, une gourde, une semaine de provisions. (Talla a repris sa respiration.) Il m'a dit d'aller me faire foutre, qu'il prendrait ce qu'il voudrait. Il a pris les derniers couteaux en métal. J'ai essayé de l'arrêter mais… il est parti. Avec les couteaux, un filet et va savoir quoi d'autre.

Elle semblait plus dégoûtée que jamais.

Ses paroles ont touché un nerf sensible. La situation n'était pas brillante. *Les deux derniers couteaux en métal, partis. Des couteaux qu'on ne pouvait pas remplacer, des couteaux dont nous avions besoin.* Le seul qui nous restait dans la Cité était accroché à ma ceinture.

— C'était quand ? je lui ai demandé tout en calculant mon itinéraire. Et qu'est-ce qui est arrivé à ton visage ? Ne me dis pas qu'il t'a frappée ?

— Si, il m'a frappée. Une vingtaine de minutes, je dirais. Je ne suis pas sûre, j'étais K-O.

Elle a porté la main à sa joue, qui commençait déjà à enfler.

J'aurais dû cogner Rory hier, finalement.

— Va chercher Rives. Dis-lui que je m'en occupe. Et va t'allonger, d'accord ?

Talla a hoché la tête et je suis parti. L'horloge tournait.

J'ai pris le sentier facile, celui qui longeait la Baraque, celui que nous avions emprunté avec Charley pour aller à la crique de Cristal. Les autres sentiers étaient étroits et sauvages, ou bien si ouverts qu'ils ne ressemblaient pas à des sentiers. Celui-ci était bien tracé : une randonnée pour louveteaux. Rory avait l'air du genre à passer ses vacances à être dorloté, pas à apprendre la survie dans la nature. Il suivrait donc la piste des louveteaux jusqu'au bout.

Discret, silencieux, j'ai trotté en réfléchissant à ce que j'allais lui dire une fois que je l'aurais trouvé. Les arbres filaient autour de moi. Nil suivait la traque sans un bruit.

J'ai passé la crique. Une fois hors de portée du fracas de la cascade, je me suis arrêté pour tendre l'oreille, à l'affût du moindre son. Le chuchotement du vent faisait écho au silence. On n'entendait même plus l'océan, c'est dire. Aucun bruit animal : ce n'était ni rassurant ni remarquable. Et aucun son humain. Ça, c'était décevant.

Le chemin rétrécissait. Il serpentait entre de petits bouquets d'arbres, en direction des bancs de boue. J'étais au moins à deux kilomètres de la Cité, maintenant, peut-être plus. J'allais faire demi-tour quand je l'ai entendu. Il se déplaçait avec la discrétion d'un hippopotame, au point que je l'ai confondu avec l'animal, au début.

Rory avançait, pataud, en secouant les bras, avec un sac rebondi sur l'épaule. À plusieurs reprises, il a poussé une branche, qui revenait derrière lui comme un coup de fouet. On aurait dit que Nil aussi voulait lui mettre une raclée.

J'ai remonté le sentier, prenant bien soin d'éviter toute brindille qui pourrait craquer sous mes pieds. Je n'étais plus qu'à quatre mètres derrière lui. Il ne survivrait jamais seul. Pas s'il me laissait l'approcher comme ça sans me repérer.

— Rory !

Il s'est retourné. En me voyant, il a plissé les yeux et a plongé la main dans son sac.

— Qu'est-ce tu veux ?

Te botter le cul pour ce que tu as fait à Talla. J'ai contenu ma colère et choisi la diplomatie.

— Cinq minutes.

— Deux.

Si ça te fait plaisir, j'ai pensé, déjà fatigué par son jeu de petit dur.

— Très bien. Deux. Alors écoute. Je sais que tu veux quitter cette île. Je comprends. Mais tu ne peux pas voler, mec. Ni le filet, ni les couteaux. Alors rends-les.

J'ai durci le ton.

— Tout de suite.

Le visage brûlé et luisant de Rory le faisait ressembler à une tomate énervée.

— Je crois pas, non. Je suis pas dans votre secte à la con. Je fais ce que je veux.

Il m'a fallu toute ma maîtrise de moi pour me contenter de répondre avec des mots.

— Tu ne peux pas assommer des filles et voler des trucs qui ne sont pas à toi. Tu peux prendre des vêtements, une gourde, des rations pour une semaine.

Et une lance. La base du matériel de survie. Mais pas les couteaux. Ils sont la propriété de la Cité. Pareil pour le filet.

Rory a explosé ; son petit sourire avait disparu.

— T'as cru que t'étais qui, à me dire ce que je peux faire et ce que je peux pas faire ? Si tu crois que je vais rester là à chanter des chansons autour du feu avec toi, tu te plantes grave. Tu sais qui c'est, mon père ? C'est George O'Whirley, des entreprises O'Whirley, une des cinq cents plus grandes fortunes des États-Unis. C'est une entreprise de transports. S'il y a un moyen de me sortir d'ici, mon père va le trouver. Et il a pas fait fortune en chantant *Kumbaya* comme un blaireau.

Il prenait son air hautain. La rage bouillait en moi comme de la lave, prête à exploser.

— J'en ai rien à foutre de qui est ton père. Parce qu'il n'est pas là, et quoi que tu penses, quelle que soit sa fortune, il ne pourra pas venir ici. La seule chose qui a de l'importance, c'est ce qui se passe entre nous, là, tout de suite. Et là, tout de suite, tu vas me rendre ce que tu as pris. Allez.

Rory semblait amusé, puis son visage s'est contorsionné pour former une mimique condescendante.

— C'est mort, mon pote. Je garde les couteaux et…

À une heure, un bruit étouffé a capté mon attention. De l'autre côté d'une pile de rochers noirs, juste derrière Rory, quelque chose a bougé, puis gratté. Quelque chose de lourd. J'ai écouté attentivement, en essayant d'imaginer ce que ça pouvait être, mais c'était difficile de filtrer les sons avec Rory qui criait.

— J'en ai rien à battre, tu piges ?

Une veine était apparue sur son front et sa peau rougie s'était tachetée de blanc.

— Oui, super, j'ai répondu en me concentrant de nouveau sur lui. Donne-moi les couteaux. Après, tu peux partir. Je ne t'arrêterai pas.

— Non, il a rétorqué en serrant son sac un peu plus fort.

— Sérieusement. Ne fais pas ça. Donne-moi les couteaux.

C'était comme un de ces souvenirs d'école où le gamin dit « t'es pas cap' ».

— Va te faire foutre, a hurlé Rory en riant.

Il a craché à mes pieds, puis s'est élancé sur le chemin.

— Rory ! j'ai crié en redoutant le combat à venir. Dernière chance !

— Parle à mon cul ! il a rétorqué sans se retourner.

— Je ne vois pas bien la différence, j'ai murmuré.

J'avais fait deux pas en avant lorsqu'une créature massive a bondi hors du bosquet et atterri juste devant lui. Elle grognait et couinait, avait deux paires de défenses, des piquants en guise de poils et des portions de peau nue. C'était la bête la plus laide que j'avais jamais vue sur Nil.

Chose, j'ai rectifié en dégainant mon couteau. Un mutant, un jouet de Nil.

Rory s'est arrêté net et la bête a baissé la tête. Avec une pointe de vitesse surprenante, elle a chargé.

Rory a fait machine arrière en glapissant, il agitait les bras dans tous les sens. Je me suis précipité, calculant bien mon angle pour intercepter la bête par le flanc avant qu'elle ne l'atteigne. Ma fenêtre d'attaque rapetissait : Rory était trop lent.

Soudain, il a trébuché et il est tombé. La bête continuait de foncer comme un sanglier sous amphètes. Rory était allongé sur le dos. Ses jambes formaient des angles étranges, mais au moins, elles bougeaient.

Lève-toi, je l'ai encouragé en silence tandis que je décrivais un arc de cercle pour une attaque latérale. Impossible de se battre quand on n'est pas sur ses deux jambes.

Rory se traînait comme un crabe.

— Lève-toi ! je n'ai pas pu m'empêcher de lui crier. LÈVE-TOI !

Les yeux écarquillés de terreur, Rory luttait pour se remettre debout. La bandoulière autour de son cou l'étranglait telle une corde de pendu. Coincé sous son poids, le sac le clouait au sol. Rory était toujours à l'horizontale lorsque l'animal lui est rentré dedans. Deux coups rapides.

Rory a hurlé et a levé les mains pour protéger son visage. Au même instant, j'ai visé le ventre de la bête, qui couinait et remuait sans cesse, ses défenses brillant comme la lame d'une épée. Difficile de verrouiller ma cible.

Je me suis jeté sur elle, mais j'ai tout juste égratigné sa peau épaisse.

Avant que je puisse intervenir, l'animal a de nouveau chargé Rory. Cette fois, il l'a heurté avec suffisamment de force pour le faire valdinguer à un mètre. Alors que Rory volait dans les airs, j'ai poignardé le poitrail de l'espèce de sanglier puis j'ai fait un mouvement vers le bas. Lorsque ma lame est ressortie, du sang coulait de sa blessure.

Ce n'est pas assez. J'ai compris cela tout en me mettant hors de portée de ses défenses ; pas assez pour le tuer, tout juste suffisant pour attirer son attention sur une nouvelle menace : moi.

J'ai filé vers le côté, certain que l'animal allait me suivre, mais quand je me suis retourné, j'ai vu qu'il n'avait pas bougé. Incapable de décider entre Rory et moi, il dodelinait de la tête, indécis. J'ai profité de sa confusion pour fondre sur lui et j'ai plongé ma lame de toutes mes forces au plus profond de son poitrail. Cette fois-ci, j'ai senti mon couteau broyer de l'os.

La bête s'est tournée pour me faire face, rugissante. J'ai voulu faire un bond en arrière, mais mon couteau m'a stoppé net. J'ai tiré dessus de toutes mes forces et mon bras s'est crispé de douleur.

Brusquement, la lame est ressortie. J'ai titubé en arrière et j'ai vu le sang gicler de la gorge de l'animal. Cette fois, c'était un geyser, une fontaine rouge.

La bête a poussé un cri perçant, furieuse, puis s'est tournée vers moi et a chargé. Je l'ai esquivée à la vitesse de l'éclair, agrippant le manche gluant de mon couteau. Ma prise était dangereusement incertaine, mais j'étais déterminé à éloigner le sanglier de Rory. Soudain, à moins d'un mètre de moi, l'animal a chancelé et s'est effondré comme une masse. Le sol a tremblé. Après un dernier soubresaut, l'animal est resté immobile.

Le silence est tombé comme de la neige fraîche.

L'animal faisait au bas mot cent cinquante kilos. Allongé sur le flanc, il laissait voir son ventre ensanglanté.

Toujours sur le dos, Rory se tenait la cuisse à deux mains et gémissait. Son visage et ses avant-bras étaient lacérés et sanguinolents. Son short était déchiré, au niveau de sa taille, une tache rouge foncé s'élargissait de façon inquiétante. Un filet vermeil coulait le long de ses jambes et entre ses doigts. Les jurons s'échappaient de sa bouche plus rapidement que le sang de ses plaies. D'un regard, j'ai évalué la situation : Rory allait avoir besoin de plus d'aide que je ne pouvais lui en procurer.

— Accroche-toi.

J'ai arraché un morceau de tissu de mon short, je l'ai déchiré en deux et j'ai fait un garrot de fortune autour de la jambe de Rory. Mes mains étaient couvertes de sang, il y avait du rouge partout. Je venais de serrer le nœud lorsqu'une sorte de miaulement a brisé le silence.

J'ai récupéré mon couteau et je me suis retourné. Une petite créature porcine est sortie des bois pour avancer jusqu'au sanglier mort. Elle a reniflé le ventre de la bête, comme pour téter. *Un bébé*, j'ai pensé en baissant mon couteau.

Rory gémissait. Il avait replacé ses mains sur sa jambe.

— Putain, ça fait mal.

À genoux, j'ai pressé un autre bout d'étoffe contre la plaie. Le rouge a saturé les fibres et collé le tissu à sa peau. Je n'avais rien d'autre à disposition. J'ai soulevé Rory pour le mettre sur mes épaules, prenant soin de faire pression sur sa blessure.

— Tiens bon, je lui ai dit en serrant les dents sous son poids. On retourne à la Cité.

Rory a gémi de nouveau.

— Putain.

— Bien dit.

Le chemin du retour a été un calvaire, plus encore que je ne l'aurais imaginé. J'avais l'impression de transporter un sac de ciment de quatre-vingt-dix kilos. Mes avant-bras tremblaient et les quadriceps me brûlaient comme si j'avais passé la journée à surfer.

Rory s'était arrêté de jurer, ce qui était mauvais signe. J'ai accéléré l'allure.

— Reste… avec… moi, j'ai haleté.

Lorsque je suis enfin arrivé en vue de la Baraque, Sy étalait de la pâte pour la faire sécher.

— Sy ! j'ai soufflé. Va chercher Rives ! Miguel !

Il m'a jeté un regard, a lâché la pâte puis est parti en criant. Rives a déboulé au pas de course avec Johan. Bart suivait, juste devant Charley et Talla.

Johan et Rives ont soulevé Rory de mes épaules. La soudaine perte de poids m'a fait vaciller.

— Faut du fil, j'ai réussi à articuler en les regardant allonger Rory au sol. Pour la suture.

Je me suis écroulé. J'aurais souhaité que Sabine, Natalie ou quelqu'un d'autre ayant de vagues notions de médecine soit parmi nous. Au pire, Miguel savait y faire avec du fil de pêche.

— Où est Miguel ?

— Il pêche, a répondu Charley, qui s'était agenouillée près de moi.

— Qui d'autre sait coudre ? j'ai demandé à Rives et à Johan.

Ils étaient en train de prendre le pouls de Rory et d'évaluer les dégâts. Rory ne bougeait pas.

— Li, a répondu Bart.

— Il voulait dire quelqu'un qui ne soit pas loin, a répliqué Talla.

— La Cité est plutôt vide en ce moment, a dit Charley. Je crois qu'il va falloir qu'on se débrouille seuls.

Puis, tout en regardant Rory, elle a pris une grande inspiration :

— Qu'est-ce que je peux faire ?

— Il lui faut des couvertures, j'ai expliqué. Et des bandages. Je crois qu'il est en état de choc. Et il nous faut Miguel, ou quelqu'un qui sache manier une aiguille.

J'ai regardé Bart, qui n'avait pas bougé d'un poil.

— Tout de suite ! j'ai aboyé.

Rives s'est accroupi sur ses talons.

— Thad, je suis désolé. Il est parti.

— Qui ça ? Miguel ? j'ai demandé, confus.

— Rory, a répondu Rives en secouant la tête. Il est parti.

— Parti ? j'ai bredouillé, abasourdi. Vérifie le pouls.

— Je l'ai déjà fait. Il n'y a rien. Il est mort.

Les yeux clairs de Rives s'étaient assombris.

— Vérifie encore.

Je me sentais mal. Responsable. Pour lui avoir couru après. Pour avoir interféré. Pour en avoir trop fait, ou pas assez.

— Désolé, mon frère, a dit Rives.

Johan a fait un signe de croix sur Rory, puis sur lui-même. Ses lèvres remuaient au rythme d'une prière silencieuse.

— Tu es sûr ? j'ai demandé à Rives. Il est mort ?

— J'en suis sûr. Je ne sais pas ce qui lui est rentré dedans, mais ça l'a ouvert en deux. Il s'est vidé de son sang.

J'ai regardé Rory, en pensant qu'il devrait avoir l'air plus mal en point, qu'il devrait y avoir plus de sang. Il n'y avait pas une trace sur le sol autour de lui.

Des touffes d'herbe verte sur fond de terre marron. Pas de rouge. Mais j'avais confiance en Rives.

« Il est parti. »

— C'était quoi ? a lâché Sy. Qu'est-ce qui l'a tué ?

— Je ne sais pas.

Il avait raison de poser la question ; pourtant j'avais l'impression que c'était un manque de respect vis-à-vis de Rory, qui gisait à un mètre de moi, victime toute fraîche de Nil, avec son sac inutile autour du cou. Les couteaux en acier en dépassaient, étincelants, accablants.

Il n'avait même pas essayé d'en dégainer un.

— C'était une espèce de sanglier sauvage. Un truc horrible, au moins cent cinquante kilos, avec deux paires de défenses. Et c'était une femelle. Je crois qu'elle protégeait son petit. Ou ses petits.

Comment savoir combien de ces charmantes bêtes grandissaient sur Nil ? Que de réjouissances en perspective.

— C'est un cochon qui a fait ça ? a lancé Bart d'une voix où se mêlaient amusement et incrédulité.

Les yeux dorés de Charley se sont illuminés :

— Thad n'a pas dit un cochon. Il a dit un « sanglier sauvage ». Avec deux paires de défenses, et agressif. Ça ne ressemble pas à un cochon, pour moi.

Même son délicieux accent ne réchauffait pas ses paroles.

— Oui… a bredouillé Bart, blanc comme un linge.

— C'était où ? a demandé Rives.

— Quelques kilomètres après la crique. Le sanglier est sorti des bois et a chargé. Très vite.

Rives a fait une grimace, en pleine réflexion.

— Rapide et moche, avec deux paires de défenses. Ça doit être un phacochère. Mauvaise nouvelle : ça tue les lions et tout ça, en Afrique. Il a détalé ?

— Non, il est mort.

— Est-ce que tu es blessé ? est intervenue Charley. Elle a retourné ma main avec douceur. Sa peau semblait incroyablement propre sur la mienne. Le sang sur mes mains et mes bras avait commencé à sécher, à noircir et à se craqueler, tandis que du sang rouge vif s'écoulait d'une blessure près de mon poignet. Mes jambes étaient couvertes de rigoles collantes, mélange de sang, de sueur et de crasse. Un collage hideux à la gloire de la mort sur Nil.

— Thad ?

La voix de Charley trahissait son inquiétude.

— Hein ?

— Est-ce que tu es blessé ? elle a répété doucement.

— Pas vraiment.

Soudain, je n'avais qu'une envie : me laver de tout ce sang. J'ai retiré ma main, car je ne voulais pas que Charley la touche et que le sang de Nil l'atteigne.

Je me suis remis debout et je me suis adressé à Rives.

— Deux choses. D'abord, nous devons enterrer Rory. Ensuite, il faut récupérer ce phacochère. Ce serait du gaspillage, sinon. Je vais aider pour l'enterrement, et puis une équipe ira chercher le phacochère.

— Non, a répondu Rives en secouant la tête. Tu en as fait assez. Va te laver. On va s'occuper de Rory et du phacochère.

J'ai hésité, partagé entre l'envie d'aider Rives et celle de me débarrasser du sang.

— On s'en charge, t'inquiète, m'a assuré Rives. Vas-y.

Alors que je tournais les talons, Rives m'a arrêté.

— Pas dans la mer. Avec tout ce sang, tu vas servir d'appât. Va dans la crique.

« Tu en as fait assez », il avait dit.

Mais ce n'était pas assez, j'ai pensé en voyant ses yeux remplis de pitié. J'avais échoué avec Rory, et ensuite, j'avais ramené un cadavre à Rives pour qu'il l'enterre. Je ne pouvais même plus regarder Charley.

Tout avait foiré.

Je me suis retourné et je suis parti en courant, sur le sentier que je venais d'emprunter avec Rory sur le dos. Il y avait du sang par terre. Sur mon corps.

Sang pour sang hémoglobine, a gloussé Nil.

Il n'y aurait pas d'échappatoire aujourd'hui.

Chapitre 22

CHARLEY

Jour 14, milieu de matinée

Assise sur un rocher, j'attendais.

Ça faisait au moins une heure que Thad était de l'autre côté de la cascade. Je savais qu'il était toujours vivant et propre depuis longtemps, mais qu'il avait besoin de cette pause. Je l'imaginais installé sur le rebord noir et glissant, en train de respirer l'air frais, à n'entendre rien d'autre que le rugissement de l'eau qui tombait devant son visage.

N'avait-il pas froid ? J'aurais gelé là-dessous. La nuit, dans ma cabane, si je ne tremblais plus sous mon drap fin, j'avais cependant toujours froid. Le seul moment où j'avais chaud, c'était en plein soleil, comme maintenant.

Lorsque Thad a émergé, il semblait épuisé.

— Ça y est, tu as le bout des doigts fripé ? j'ai demandé.

Il a brusquement tourné la tête vers moi.

— Qu'est-ce que tu fais là ?

Sa voix était étrange. Atone. Distante.

— Je me suis dit que tu apprécierais d'avoir des vêtements propres et une serviette.

J'ai pointé du doigt le bord de la crique, à l'endroit où Thad avait posé mes affaires la veille.

— Je me retourne. Je promets de ne pas regarder.

— Ça ira. Ça ne me dérange pas si tu regardes.

Son ton était détaché, comme si ses pensées étaient ailleurs.

Je me suis quand même retournée et j'ai observé les arbres. La lumière se faufilait entre les branches, chaque feuille était une explosion de couleur. Nil était à couper le souffle, c'était indiscutable, mais il y avait aussi de la laideur. La beauté était partout, la laideur, quoique subtile, était bien présente. Je ne m'en étais jamais autant aperçue que lorsque Thad était arrivé en titubant avec Rory couvert de sang. Malgré la chaleur, j'ai frissonné.

— Je sais que ces arbres sont captivants, a dit Thad de sa voix grave derrière moi, mais tu peux te retourner, maintenant.

Thad se tenait là, avec un short propre. Il se séchait les cheveux avec la serviette, qui n'était guère plus qu'un chiffon. Évidemment, chaque morceau de tissu était une variation de la même base, faite à partir d'arbre à papier.

— Tu attends depuis combien de temps ?

— Pas longtemps.

— Menteuse, il a répondu avec une esquisse de sourire.

— Comment tu pourrais le savoir ? Tu me regardais ?

La petite lueur a quitté ses yeux.

— À vrai dire, non. Je réfléchissais. Et en même temps, j'essayais de ne pas trop réfléchir.

— Ça a donné quoi ?

— Pas grand-chose.

Thad s'est assis à côté de moi. L'entaille sur son avant-bras était à vif. Elle laisserait une cicatrice, mais au moins elle ne saignait plus.

— Ça va mieux, ton bras ?

— Oui.

Il a serré et desserré les poings avec force.

— Thad, je viens juste d'arriver, j'ai encore tout à apprendre, pourtant j'ai compris certaines choses.

Je me suis interrompue en voyant ses articulations blanchir, puis j'ai repris :

— La première, c'est que tout le monde sollicite sans cesse ton aide, tes conseils. C'est pour ça que tu as été élu Leader. C'est pour ça que Talla est venue te trouver aujourd'hui. Rory n'avait pas le droit de voler. Tu es allé à sa recherche parce que c'était la chose juste à faire, et puis tout est parti en sucette. Ce n'est pas comme si tu l'avais assommé, que tu avais récupéré les affaires et que tu l'avais abandonné à son sort.

J'ai marqué une pause avant de conclure :

— Alors tu ne dois pas t'en vouloir pour ce qui s'est produit.

Thad regardait ses mains.

— Je ne l'aimais pas. Depuis le début. Mais je ne voulais pas sa mort.

— Bien sûr que non. C'est pour ça que tu l'as ramené. Tu as fait tout ce que tu as pu.

— Vraiment ?

Thad a levé la tête. Son regard était torturé.

— J'ai foiré, Charley. J'ai eu une occasion, mais je l'ai ratée. Si j'avais réussi du premier coup, peut-être que Rory aurait survécu. Je suis certain que c'est le dernier assaut de la bête qui l'a tué. Et qu'est-ce qui se serait passé si je l'avais simplement laissé partir ? Si je ne l'avais pas poursuivi ? Il a pété un câble, et à mon avis c'est notre engueulade qui a attiré le phacochère.

Thad a regardé au loin.

— Peut-être, peut-être pas, j'ai répondu de façon délibérément pragmatique. Tous les « si… » du monde ne changeront pas les faits. Tu ne peux pas récrire l'histoire. Tu n'es pas responsable de la mort de Rory. Tu as essayé de le sauver de plus d'une manière et de protéger la Cité. Personne ne t'en veut, alors arrête de t'en vouloir.

Thad n'a pas répondu. Le tumulte de la cascade crépitait comme la pluie dans le silence.

— Il n'a même pas sorti les couteaux qu'il avait volés, a finalement lâché Thad. Il n'a pas tenté de se battre.

— Mais toi, si, j'ai répliqué pour l'empêcher de sombrer dans le doute et la haine de lui-même. Tu vois ? Tu t'es battu pour lui et ça signifie quelque chose. Tu aurais pu te faire tuer. Les phacochères peuvent être vraiment méchants.

Thad a tourné les yeux vers moi en levant un sourcil.

— Tu as croisé beaucoup de phacochères, en Géorgie ?

Mon visage s'est empourpré.

— Euh, non, j'ai lu ça dans les journaux. Il y en avait un qui s'appelait Hogzilla. Il était énorme, il pesait au moins quatre cents kilos… Bon, ce que je veux dire, en fait, c'est que les phacochères peuvent être dangereux, surtout lorsqu'ils protègent leurs petits. Tiens, toi qui aimes tant les « si… ». Et si la bestiole t'avait encorné, toi aussi ? Quand tu es revenu couvert de sang, j'ai cru…

Je me suis arrêtée, je revoyais Thad tituber sur le sentier.

— Je suis sincèrement contente que tu n'aies rien, j'ai dit d'une voix tremblotante.

— Moi aussi. Merci.

Les yeux de Thad se sont posés sur mes lèvres.

Enfin, j'ai pensé. Je me sentais coupable d'avoir envie de Thad à ce point, surtout maintenant, mais c'était trop fort. Je me suis penchée plus près tout en me remettant une mèche de cheveux derrière l'oreille.

Il a attrapé ma main. Du pouce, il a caressé mon poignet, puis ma paume, et j'ai frissonné. Jusqu'à ce que je comprenne qu'il était en train d'essuyer du sang séché qui marquait ma peau tel un tatouage macabre.

La peau me brûlait, il frottait avec trop de vigueur.

— Ça ira, j'ai dit en plaçant ma main sur la sienne. Ça ira.

Thad a retiré sa main d'un geste brusque et les miennes se sont retrouvées vides. Je les ai glissées entre mes cuisses, tandis que Thad posait les siennes sur ses genoux et fermait les yeux, comme s'il luttait contre quelque chose. Peut-être contre lui-même.

— Charley, je…

Il s'est tu et a tendu l'oreille. Alors qu'il se levait, j'ai entendu des gens. Un instant plus tard, Miguel, Johan et Rives sont arrivés.

— Qu'est-ce que vous faites ? a demandé Thad.

— On va chercher le dîner, a répondu Rives. Julio veut faire rôtir le cochon le plus tôt possible.

Thad a hoché la tête, puis s'est tourné vers moi.

— Charley, merci pour le short et la serviette. Et pour… pour ce que tu as dit. On se voit plus tard, d'accord ?

Il était de nouveau distant.

— Thad, on s'en occupe, t'inquiète. Tu n'es pas obligé de venir.

— Si, a répondu Thad, la mâchoire serrée.

Il m'a jeté un dernier regard, mais il était déjà loin, dans un endroit où je ne pouvais pas l'atteindre… si tant est que je le veuille. Puis, sans un mot, il s'est éloigné à grandes enjambées sur le chemin, seul. Miguel et Rives se sont regardés un instant avant de trottiner derrière lui. Johan les suivait quelques mètres en arrière.

Dix petits pas plus tard, le groupe avait disparu.

Les vêtements ensanglantés de Thad étaient restés au bord de l'eau. À l'aide d'un bâton, je les ai plongés dans la crique, à l'endroit où nous avions lavé ceux de Kevin. J'ai frotté et rincé, dégoûtée par le sang qui jutait du tissu, heureuse d'avoir pensé à apporter du savon. Pour finir, j'ai essoré le short et je l'ai glissé dans mon sac avec la serviette de Thad, avant de me demander quoi faire ensuite.

Étrangement, je n'avais pas envie d'avoir de la compagnie.

Je me suis dirigée vers l'ouest à travers le feuillage touffu. Au bout d'un moment, la route bifurquait vers le nord et je suis bientôt parvenue à un carrefour. Un chemin partait sur la gauche, en direction de l'océan, et l'autre légèrement à l'est. *Vers l'intérieur des terres*, je me suis dit. J'ai pensé aux rugissements préhistoriques (rugissements que je n'avais plus entendus depuis mon arrivée dans la Cité) et, sans hésitation, j'ai pris à gauche.

Je venais juste d'entrapercevoir l'océan à travers les arbres lorsque j'ai repéré un garçon. Il me tournait le dos. Il a couru vers la plage, comme un sprinteur sorti des starting-blocks. Je l'ai reconnu aussitôt.

À l'instant même où j'ai dit « Bart ? », un cri a transpercé le silence. C'était une fille qui aboyait des ordres comme un général espagnol.

Bart s'est retourné, effrayé.

— Charley ! Tu m'as fichu une de ces peurs !

Son visage a repris des couleurs et il m'a fit signe de le suivre.

— Allez, viens !

Trois ordres de plus, puis un cri. Ça ressemblait à un cri de joie.

Bart est sorti de la forêt. Moi aussi, à quelques pas de lui, et j'ai failli rentrer de plein fouet dans une fille aux cheveux sombres.

Heesham se tenait à quelques pas de moi, sur une plage de sable blanc que je ne connaissais pas. Tous deux souriaient de toutes leurs dents. En nous voyant, la fille a levé les bras en l'air en signe de triomphe. Elle agrippait un bout de ficelle dans sa main, d'où pendait la plus grosse dent de requin que j'avais jamais vue.

— Samuel ! elle a crié. Il est parti !

— Génial, j'ai répliqué en regardant Bart taper dans la main géante de Heesham. Où était la porte ?

— Près des arbres, a dit Heesham, tout sourire.

Avant même qu'il ne pointe l'index pour me montrer, j'avais deviné.

À l'endroit précis où Bart s'était caché.

Chapitre 23

THAD
Jour 280, fin de matinée

J'ai suivi les traces de sang, comme si je rembobinais la matinée. Tout ce que j'avais dit, tout ce que j'avais fait.

La voix de Charley résonnait dans ma tête. « Tu as fait tout ce que tu as pu. »

La voix de Rives. « Tu en as fait assez. »

La voix de Li. « Nil dingue. »

Li avait raison. Nil était complètement barge.

La traînée de sang s'est assombrie et épaissie, j'étais arrivé. La scène était encore fraîche dans ma tête, comme un film d'horreur de série B. Seulement, tout ce qu'il restait ici, c'était quelques entrailles éparses. La bête avait disparu. D'après les empreintes sur le sol, quelque chose avait dû l'emporter. Quelque chose de plus gros qu'elle.

Nil dingue.

— Il est parti, j'ai constaté d'une voix sans émotion. Quelque chose l'a emmené.

— Waouh, a fait Rives en marchant au bord du sentier, où de grosses marques sur le rocher prouvaient qu'on avait traîné la bête. Quelque chose qui avait très faim.

Dégainant mon couteau, j'ai marché jusqu'aux rochers noirs, d'où étaient venus les premiers couinements que j'avais entendus. J'ai vu une sorte de grotte.

— Rives, j'ai appelé. Viens voir, je crois que j'ai découvert où il vivait.

Dans l'anfractuosité, quelque chose a grogné. Rives et moi nous sommes retournés instantanément. Une petite bête était recroquevillée, ensanglantée, gémissante.

— Un phacochère, a dit Rives.

Puis, d'un geste précis et rapide, il l'a tué.

Je ne sais pas vraiment pourquoi j'y suis retourné. Peut-être pour purger mon système de ce cauchemar. Peut-être pour me rassurer, pour me convaincre que le cauchemar était bien réel. En tout cas, maintenant, je me sentais mieux. Et moins bien. Curieusement insensible à l'horreur qu'était Nil.

J'avais besoin de prendre l'air.

J'avais besoin de quitter Nil, tout de suite, et je savais comment obtenir ce soulagement.

— Allons-y, j'ai dit.

Je me suis retenu pour ne pas rentrer en courant.

Près de la Baraque, Macy et Maria se tenaient autour de Heesham, qui parlait à deux cents à l'heure, avec sa vivacité habituelle.

— … apparue juste là. Un petit sprint, vingt mètres, maxi. Samuel est passé, et terminé.

En entendant le nom de Samuel, je me suis arrêté.

— Samuel a réussi ?

— Et pas qu'un peu, s'est écrié Heesham. Pour son premier jour de Recherche. Ça, c'est du bon karma. Une belle journée sur Nil.

Il a serré Maria dans ses bras, qui l'a étreint à son tour.

Je n'ai pas répondu. Je ne pouvais pas. Poussé dans mes retranchements, j'ai couru.

J'ai nagé loin de Nil. Pendant l'heure suivante, je me suis concentré sur les vagues, les sensations, rien d'autre.

Il n'y avait pas de sang dans l'eau.

Chapitre 24

CHARLEY

Jour 14, crépuscule

L'atmosphère festive de la nuit précédente avait disparu.

Malgré le cochon qui grillait sur le feu au bord de la plage et les torches allumées, l'ambiance manquait de gaieté. Avec trois équipes de Recherche en moins, il ne restait pas grand monde, et l'humeur était sombre. Rory n'était plus là, mais on ne l'avait pas oublié.

Même si ça finira par arriver, j'ai pensé. En passant devant le Mur, je m'étais aperçue qu'il n'y avait pas gravé son nom.

J'ai scruté la plage à la recherche de Thad. Je ne l'avais pas revu depuis l'épisode de la crique et je m'étais inquiétée pour lui tout l'après-midi. De plus, je voulais lui parler de quelque chose qui n'avait rien à voir avec Rory. Malheureusement, je ne le voyais nulle part.

J'ai fait un signe de la main à Jillian et Talla, mais c'est Bart qui m'a regardée. Je lui ai fait un nouveau signe évasif, puis je me suis retournée. Bart était la dernière personne avec qui j'avais envie de parler. J'étais certaine de l'avoir surpris pile au moment où il allait courir pour piquer la porte de Samuel et j'avais l'intuition qu'il savait que je savais. Il m'a suivie tout l'après-midi comme un toutou, pour tâcher de faire bonne impression.

En pure perte.

Talla m'a hélée alors que je quittais la plage. Elle s'était fait une queue-de-cheval très serrée, ce qui mettait le bleu sur sa joue en valeur.

— Charley, tu ne manges pas ?

Talla ne perdait pas son temps en politesses.

— Je n'ai pas faim, j'ai dit en haussant les épaules.

— C'est pas grave. Il faut manger quand il y a de la nourriture, surtout quand elle est bonne. Tu évites quelqu'un ?

Directe, comme toujours, j'ai pensé.

— Peut-être.

— Eh bien, tu ferais mieux de lui en parler face à face. Ne laisse pas pourrir la situation. Pas ici, où le temps est si court.

Bart nous observait et, l'espace d'une seconde, j'ai envisagé de suivre le conseil de Talla. Puis j'ai oublié l'idée. J'avais déjà passé trop de temps avec Bart aujourd'hui, et mon instinct me soufflait qu'aller lui parler ne résoudrait rien.

Talla a poussé un soupir.

— Arrête de réfléchir et vas-y. Thad est juste là.

Elle m'a montré l'endroit où Thad parlait avec Johan dans l'ombre.

Avant que j'aie eu le temps de lui expliquer qu'elle se trompait de personne, Thad a levé la tête et nos regards se sont croisés. Nous nous sommes regardés un long moment. Puis, avec un hochement de tête, Thad a tourné les talons.

Mes joues étaient en feu. Je sentais des yeux sur moi, mais pas ceux de Thad.

— Merci, mais je suis crevée, je lui ai dit. À demain.

Talla m'a suivie.

— Charley, attends. Quoi que ce soit, il faut que tu t'en occupes maintenant, avant de te faire du mal. Ou avant que tu ne fasses du mal à quelqu'un.

Je me suis retournée d'un coup, ne sachant pas de qui elle parlait. *Bart ? Ou bien Thad ?* Au fond, quelle importance ? Dans l'immédiat, je n'avais envie de discuter avec aucun des deux. Je voulais juste m'échapper, loin d'eux, loin de cette soirée. Loin de cet endroit.

Elle m'a fixée du regard, les bras croisés, comme si elle attendait quelque chose.

— Merci pour le conseil, je lui ai dit en m'efforçant de rester polie.

J'ai réfléchi ensuite à ses paroles. Pour finir, j'ai décidé de faire selon mon idée : j'allais laisser les choses se décanter d'elles-mêmes.

C'était une affreuse erreur.

Chapitre 25

THAD
Jour 282, matin

Je ruisselais de sueur à force de déplacer des pierres.

— Je crois que c'est bon, j'ai dit à Rives en désignant le tas. On va commencer par enlever les pierres qui bougent, ensuite on s'occupera de la pâte pour coller.

Ces dernières heures, nous avions réfléchi à la manière de réparer les fondations de la dernière cabane, celle qui marquait l'angle gauche de la Cité. Le mur du fond s'était écroulé et personne ne pouvait s'y installer tant qu'il n'était pas sécurisé. Maintenant qu'on avait les pierres, il fallait juste reconstruire.

Des voix différentes résonnaient de partout, et celle de Charley ressortait ; son groupe se dirigeait vers les bosquets. Avec ses longues jambes, ses traits fins, son menton levé comme si c'était elle contre le reste du monde. Contre le monde de Nil.

Rives s'est éclairci la gorge.

— Thad.

— Oui ?

Je me suis forcé à tourner les yeux vers lui. Il avait repéré le groupe de Charley, lui aussi.

— Vas-y, mec. On finira plus tard. De toute façon, j'ai dit à Julio que je l'aiderais pour les fours.

J'ai repris ma déconstruction méthodique du mur.

— Si tu dois y aller, vas-y. Moi j'ai une tonne de trucs à faire. J'ai pas le temps d'aller me promener.

Rives restait silencieux et immobile.

— Alors, tu te décides ? j'ai demandé d'une voix étonnamment âpre.

— Je reste. Qu'on en finisse.

Nous avons travaillé en silence. Je me concentrais tant bien que mal sur les pierres.

C'est Rives qui a repris la parole le premier.

— Écoute, Thad, si tu veux en parler…

— Non.

— D'accord. Mais si tu ne veux pas m'en parler, il faut au moins que tu en parles à qui tu sais.

C'est faux, j'ai pensé. S'il y avait bien une personne à qui je ne pouvais pas parler, c'était Charley. Le problème était bien là.

J'ai senti que Rives m'observait et attendait une réponse. Mais c'est un couinement nasillard qui a brisé le silence.

— Thad !

J'ai levé les yeux et j'ai vu Bart avancer vers nous d'un pas décidé.

— Tu as vu Charley ? il a demandé, les yeux perçants.

Je n'ai pas pu m'empêcher de répliquer d'un ton sec :

— Pourquoi ?

— Ça te regarde ? il a demandé avec un sourire mielleux.

Cette conversation l'amusait beaucoup trop.

— Pas vraiment, j'ai dit avec un haussement d'épaules. C'est juste que j'aime bien savoir où en est tout le monde, niveau boulot. Et d'ailleurs, tu n'es pas censé récolter du taro en ce moment ?

— On y va cet après-midi, il a expliqué précipitamment.

— Tiens donc… En plein soleil ?

Je ne l'ai pas quitté des yeux.

— Oui. On s'est dit qu'on irait plus vite en formant une équipe. C'est pour ça que je cherche Charley.

— Pas de chance. Elle est déjà partie faire son travail. Comme à peu près tout le monde.

Bart a plissé les paupières quand il a compris l'allusion.

— Bart, mon pote, est intervenu Rives, ça serait bien que tu te souviennes de notre petite discussion, le matin après ton roupillon pendant ton tour de garde. Je le répète, personne ne te force à rester dans la Cité. Mais soit tu y es, soit tu n'y es pas. On est déjà trop peu. On ne peut pas se permettre de se trimballer un poids mort. Tu comprends ?

— T'es en train de me menacer d'expulsion ? s'est exclamé Bart, incrédule.

— Non. Mais tu n'arrêtes pas de te plaindre que personne ne te choisit pour les Recherches. Je me demande pourquoi.

Après un silence pesant, j'ai dit :

— Bart, va au taro. Réunis – ou pas – une équipe. Je croyais que Sy et Raj devaient t'aider, non ? Peut-être qu'ils t'attendent déjà dans le champ.

Bart a pris un air pincé.

— Tu adores être le Leader, hein, Thad ? Être le grand chef sur l'île, dire à chacun ce qu'il doit faire. C'est ton kif, pas vrai ?

— Si tu veux mon poste, Bart, demande-le. Mais étant donné que personne ne te choisit pour les Recherches, n'espère pas trop être élu.

— Si tu le dis.

Sur quoi Bart a tourné les talons, puis est parti flâner près du feu.

— Il est con comme un manche à balai, a marmonné Rives.

— Sauf que lui, il ne sert à rien.

— Exact. Mais il peut quand même être dangereux.

Rives fixait toujours Bart du regard.

— Seulement quand il se relâche. Autrement, il est plus énervant qu'autre chose.

Je suis retourné à mes pierres, car je n'avais pas l'intention de consacrer davantage d'énergie à Bart.

D'ailleurs, il avait disparu. Et pour moi, loin des yeux, loin du cœur. Sauf avec Charley. Moins je la voyais, plus je pensais à elle. Et plus j'essayais de ne pas penser à elle, plus elle occupait la moindre de mes pensées. C'est seulement lorsqu'elle est ressortie des bosquets (visiblement épuisée mais pas blessée) que j'ai pu me détendre. La nuit était déjà tombée. Avec Rives et Talla, j'ai aidé le groupe de Charley à vider les besaces pleines à craquer. Nous avons rempli des paniers et des étagères de fruits et de noix. Ils avaient même déniché une poule, ce qui était une nouveauté. Les œufs nous changeraient du poisson le matin. Heureusement que Rives était là pour remplir les blancs de la conversation polie que j'avais avec Charley. Lorsqu'elle s'est mise à parler avec Jillian, je me suis esquivé.

J'étais en train de vérifier qu'il n'y avait pas de trou dans la clôture du poulailler lorsque Talla est arrivée.

— Thad, qui est de garde pour la Baraque cette nuit ?

J'avais oublié de m'en occuper.

— Moi, j'ai répondu.

— Tu l'étais déjà avant-hier. Pourquoi c'est encore toi qui es de garde ?

— Parce que je n'arrive pas à dormir.

J'ai craché cette réponse honnête avant d'avoir le temps de concocter une meilleure excuse. C'était pour cette raison que j'avais pris le tour de garde la nuit de la mort de Rory. Quand je ne revivais pas l'attaque du phacochère, je pensais à Charley. Je savais qu'elle n'était qu'à quelques cabanes de là et je me demandais si elle se sentait seule ou, pire, si elle avait peur. Je ne savais plus où donner de la tête.

Talla m'a regardé un moment puis a hoché le menton.

— D'accord. Je viendrai te relever à l'aube.

Fidèle à sa parole, Talla est apparue devant la Baraque alors que les étoiles s'estompaient et que des traînées roses apparaissaient dans le ciel.

— Tu as remarqué quelque chose ?

— Rien, j'ai répondu en m'étirant. Pas un bruit. Pas un rugissement. Et aucun visiteur.

— Je ne sais pas si c'est une bonne chose ou pas. Mais tu as terminé. Va dormir un peu.

Sachant pertinemment que j'allais rester allongé à ruminer, j'ai opté pour un peu d'exercice à la place. Je suis parti sur la plage et j'ai fait une série de sprints. Je m'apprêtais à me lancer à nouveau lorsque Charley est arrivée. C'était comme si mes pensées devenaient réalité. Elle portait le short de Kevin et un bandeau autour de la poitrine. Détachés, ses longs cheveux volaient au-dessus de ses épaules, comme la première fois que je l'avais vue. J'avais envie d'aller vers elle, de tout lui dire. Mais je ne savais pas ce qui allait pouvoir sortir de ma bouche. Nil et Charley étaient toutes les deux dans mon esprit et le faisaient tourner à une allure si vertigineuse que je ne pouvais plus séparer mes pensées de mes peurs.

Alors j'ai couru. Loin de Charley… J'ai choisi la vitesse. J'ai choisi la douleur. La douleur, toujours plus de douleur, parce que si j'avais suffisamment mal, peut-être que Nil me laisserait dormir au lieu de me submerger d'émotions.

Les images se bousculaient dans ma tête et se mêlaient aux vagues : Charley portant les habits de Kevin ; les cheveux de Charley glissant entre mes doigts ; la hanche de Charley contre la mienne ; les lèvres de Charley à quelques centimètres des miennes ; la main de Charley couverte de sang ; Charley avec Rives près du feu ; le nom de Charley sur le Mur.

C'est trop tard, a chantonné Nil par-dessus le bruit de l'océan.

Mes jambes me suppliaient d'arrêter, j'avais mal à la poitrine. Un mal plus profond qu'un simple manque d'air. À cet instant, j'ai su que Nil avait raison. Il était trop tard.

Mais je ne savais toujours pas quoi faire.

Chapitre 26

CHARLEY

Jour 17, tôt le matin

J'avais ignoré le conseil de Talla, et trois jours plus tard je m'en mordais les doigts.

L'inquiétude me rongeait de l'intérieur.

Lorsque je suis sortie dans la brise matinale, ç'a été la déception : il n'y avait personne devant le Mur. Une poignée de gens étaient agglutinés autour du feu, mais Thad n'en faisait pas partie. Je ne pouvais pas m'empêcher de penser qu'il m'évitait, ou du moins, qu'il ne faisait aucun effort pour me voir, et j'ignorais pourquoi. Tout ce que je savais, c'est que j'avais perdu mon guide.

Et il me manquait.

Après avoir pris de quoi manger au coin du feu, je me suis assise seule sur le rocher noir, celui que j'avais partagé avec Natalie et Sabine. *Ça ne faisait vraiment que quatre jours ?* Natalie était partie en Recherche. Et Sabine était partie tout court. Je me suis souvenue de son visage qui avait clignoté comme un hologramme horrifié. J'espérais qu'elle était rentrée chez elle. Peut-être qu'elle était avec sa famille en ce moment, à manger des viennoiseries (je ne sais pas trop ce qu'on mange en France au petit déjeuner).

Ici, au pays de nulle part, j'avais le droit à un repas mystère enveloppé dans une feuille verte épaisse.

Je m'attendais à du poisson, alors quand je me suis aperçue que c'était de la crevette, j'ai été ravie.

En six bouchées, il ne restait plus que la feuille flétrie.

Une voix douce a dit soudain derrière moi :

— Tu sais, tu peux manger les feuilles.

J'ai levé les yeux. Rives souriait et portait une planchette débordante de rouleaux et de tranches de fruit jaune.

— C'est bon à savoir.

J'ai mordu dans la feuille et j'ai fait la grimace.

— On dirait de l'épinard.

Il a ri et s'est assis près de moi.

— C'est pas de l'épinard. J'ignore ce que c'est, mais c'est comestible. Et meilleur avec des crevettes. Tends-moi ta planchette.

Il y a déposé un peu de fruits et un autre rouleau.

— Merci.

— Il n'y a pas de quoi. Et si tu veux du lait de vache frais, demande à Jason.

Rives a levé son verre puis a continué en me souriant :

— Alors, c'est quoi, ton histoire ?

— La version courte ? J'étais sur le parking d'un supermarché à Atlanta et une porte m'a attrapée. Et puis je me suis réveillée ici, nue comme un ver.

— Et la version longue ?

— En y réfléchissant bien, il n'y a pas de version longue, j'ai répondu avec un haussement d'épaules.

— Tu as tort, il a dit en s'essuyant la bouche. Tout le monde a une version longue.

— Alors c'est quoi, la tienne ?

— La courte ou la longue ?

Les yeux clairs de Rives pétillaient d'effronterie, comme ceux des garçons certains de leur charme. Et c'était le cas de Rives. Une peau parfaite, couleur café, des dreadlocks dignes d'un mannequin et de fabuleux yeux verts.

— N'importe.

— J'ai grandi partout et nulle part à la fois, en Europe et en Asie. Mon père est américain, ma mère est franco-suisse, mais ils sont tous les deux journalistes, alors on voyage beaucoup. J'étais à Phuket quand la porte m'a frappé. Et maintenant je suis là.

Rives a enfourné une tranche de fruit.

J'ai attendu qu'il termine de mâcher.

— Tu as quel âge ? je lui ai demandé.

Rives paraissait plus âgé que tout le monde.

— Dix-sept ans.

Mon âge, j'ai pensé, surprise. *Et celui de Thad.*

— Et tu es le bras droit de Thad ?

— Le bras droit ? a répété Rives en levant un sourcil comme Thad.

— Oui, tu le soutiens et tu le remplaces, comme pour le phacochère, par exemple.

Rives a ri.

— Je suis un de ses Seconds.

— Peut-être. Mais je continue de penser que tu es son bras droit.

Rives a englouti le reste de son rouleau.

— Où il est, Thad ? j'ai essayé de demander l'air de rien.

— Il apprend à Talla comment utiliser un planeur.

Talla. Talla avec ses gros seins et son ventre plat. Talla, la fille dont Thad s'était empressé de défendre l'honneur quand Rory l'avait frappée. Je savais qu'il était très occupé, que le Leader devait jongler entre un tas de tâches différentes, mais j'avais espéré que celle de guide figurait encore en haut de sa liste. J'étais soit égoïste, soit stupide. Ou les deux.

— Allô, tu es encore là ? a fait Rives.

— Désolée, j'ai répondu avant de changer de sujet. Rives, il faut que je te parle de quelque chose. En tant que Second de Thad.

— Vas-y.

— Le jour où Rory est mort, je suis partie en exploration. J'ai marché vers le nord et, au pied des falaises, je suis tombée sur Bart. Il était accroupi à l'orée de la forêt, à la limite du sable, comme s'il se cachait. Ensuite, Samuel a attrapé sa porte. J'ai eu l'impression que Bart était sur le point de la lui voler.

Le visage de Rives s'est assombri.

— Vraiment ?

— Je sais, ça paraît dingue. Mais ça ressemblait à ça. Bart a fait comme si de rien n'était, comme si je le surprenais au moment où il s'apprêtait à fêter la réussite de Samuel. Crois-moi, Rives, c'était louche.

Rives a hoché la tête d'un air pensif.

— Je m'en occupe. Merci du tuyau, Charley.

Nous avons terminé nos rouleaux en bavardant tranquillement. Libérée du fardeau « Bart », j'ai monopolisé la conversation qui a suivi. Je voulais avoir l'avis de Rives sur les stratégies de Recherche et le timing de portes.

— Rives… j'ai commencé sans savoir comment formuler ma question. La gravure. Celle que Thad appelle l'Homme dans le labyrinthe. Tu vois de quoi je parle ?

— Oui. Celle qui est dans les Arches.

— Qu'est-ce qu'elle signifie, d'après toi ?

Rives a secoué la tête.

— Je ne sais pas trop.

— Moi non plus. Mais je pense que c'est important. Quand j'ai posé la question à Thad, il a répondu qu'on était tous des rats dans un labyrinthe. Bon, je débarque à peine, il n'empêche que je pense que ça ne s'arrête pas là et qu'il faut résoudre ce mystère, surtout s'il y a une deuxième gravure de l'autre côté de l'île.

— Peut-être. Mais à moins que ça nous indique une porte, je ne vois pas en quoi ça pourrait nous aider.

— Réfléchis-y quand même, d'accord ?

— Pas de problème. Ah, et au fait, à part la partie sur Bart, c'était sympa.

Rives a fait s'entrechoquer nos planchettes vides et a souri.

— Merci de m'avoir écoutée.

— Quand tu veux.

Il s'est levé et a fait un pas en avant, puis s'est retourné.

— Charley, à propos de Thad… Ne le laisse pas tomber, OK ?

Une nuée de papillons a voleté dans mon ventre à l'évocation de ce nom.

— OK, j'ai acquiescé, tout en pensant : *c'est l'inverse.*

Rives me dévisageait.

— Je suis sérieux. C'est quelqu'un de bien. Donne-lui une chance.

Mes sentiments étaient apparemment aussi clairs que l'eau de la crique, parce que Rives a continué :

— Écoute. Thad a fait énormément de choses pour la Cité. Depuis qu'il est Leader, personne n'a faim et personne n'a été gravement blessé. Avant Rory. Thad est très professionnel, vingt-quatre heures sur vingt-quatre et sept jours sur sept. Mais avec toi, il est différent.

Il se trompe à nouveau, j'ai pensé. *Il me traite exactement comme tout le monde. Et c'est bien ça qui fait mal.*

— Tu es un super bras droit, j'ai dit à Rives.

Pour la première fois, j'ai vu une ressemblance entre Rives et sa jumelle, Natalie. Tous les deux aimaient Thad comme un frère. Cette pensée m'a fait sourire.

— Écoute, il n'y a pas de problème entre Thad et moi, j'ai menti. Il m'a aidée à m'installer, et maintenant je cherche la meilleure façon de donner un coup de main et de ne pas perdre de temps.

Rives a hoché la tête, mais son sourire habituel avait disparu.

Une heure plus tard, Julio m'expliquait avec enthousiasme comment se servir des fours à pain, lorsque Thad et Talla sont revenus en riant côte à côte. J'ai fait semblant de m'intéresser à l'art de la boulangerie, mais à ce moment précis, je m'en fichais éperdument. Je voulais juste m'en aller, alors je l'ai coupé.

— Merci, Julio. Mais il faut que j'y aille. À plus.

Je me suis forcée à lui sourire, parce que c'était un garçon gentil et que si j'avais atterri ici à quinze ans comme lui, ça m'aurait littéralement tuée.

Talla m'a rattrapée avant le chemin menant à la plage. Thad, bien entendu, n'était plus là.

— Charley.

Sa voix était tendue, comme le bandeau plein à craquer autour de sa poitrine, comme ses abdos.

— Je ne sais pas ce qui se passe entre toi et Thad, et une partie de moi n'en a rien à faire. Mais il faut que tu lui parles, parce qu'il ne va pas bien.

Je l'ai regardée, éberluée.

— C'est moi qui dois aller lui parler ? Il m'évite, au cas où tu ne l'aurais pas remarqué.

— Ah bon ? Ce n'est pas toi qui t'es débinée quand on est arrivés ?

Son regard était intense, comme toujours. Talla avait un côté farouche, un esprit de compétition qui transparaissait même dans les moments les plus banals, comme maintenant.

— Tout ce que je dis, c'est qu'il faut que vous régliez ça tous les deux, parce que Thad est tellement à l'ouest qu'il n'aide personne, et certainement pas lui-même.

J'étais sur la défensive, et je m'en voulais pour ça.

— Talla, j'ai répondu en m'efforçant de garder un ton serein, je ne te connais pas. Et même si je pense que tes paroles partent d'un bon sentiment, c'est inutile.

Talla a penché la tête, ce qui a fait saillir les muscles de son épaule.

— Il n'y en a pas un pour rattraper l'autre. C'est franchement super.

Puis elle a soupiré.

— Bon, tout ça ne nous mène nulle part. Allons courir un peu, Jillian attend. Peut-être qu'un peu d'exercice te permettra d'y voir plus clair.

J'y vois très clair, moi, j'ai pensé. Pourtant, à ma surprise, j'ai accepté. Ça faisait du bien de sentir un peu mes jambes et de me concentrer sur la course. J'ai adopté le rythme de Talla et nous avons piqué un sprint comme si un essaim de guêpes nous poursuivait. Je me débrouillais bien, mais Talla était plus rapide.

Jillian a abandonné la première et, même si je n'ai pas voulu l'admettre, m'arrêter a été un vrai bonheur.

— Il faut que j'aille surveiller la pâte à papier, a dit Jillian en ralentissant. Pour voir comment elle sèche. À plus tard.

Elle est partie vers la Baraque avec un sourire chaleureux et un signe de la main.

— Jolie course, a dit Talla.

Sans attendre de réponse, elle est partie en trottinant, sans doute prête à démolir le prochain qui commettrait une infraction.

J'ai attrapé un panier et j'ai mis le cap vers le sud, sur un chemin que je n'avais jamais vu. Je ramassais du petit bois tout en marchant. C'était sympa d'explorer les lieux tout en étant productive. Le chemin débouchait sur la falaise. J'ai aperçu une ouverture et de la lumière à l'autre bout.

Un tunnel.

C'était plus une caverne qu'un tunnel. La lueur qui émanait de l'autre extrémité se réfléchissait sur les parois et les faisait étinceler. Arrivée à mi-chemin, j'ai ralenti, impressionnée, me rendant compte qu'elles étaient tapissées de cristaux. Il y en avait également par terre : certains opaques, d'autres limpides.

J'avais l'esprit tellement obnubilé par Thad, Talla et la grotte de cristal que je n'ai pas compris tout de suite où je venais d'émerger. Puis j'ai repéré la plage de sable noir : j'étais arrivée là où j'avais campé pendant mes premiers jours sur Nil.

Derrière moi, la grotte se fondait complètement dans la falaise. *Un raccourci.* La Cité était beaucoup plus proche de la baie Noire que je ne le pensais. J'ai apprécié l'ironie de cette proximité, aussi amusante que la minijupe que j'avais dû porter au début.

J'ai tendu l'oreille : j'entendais le grondement étouffé de l'océan, un chant d'oiseau intermittent et le bruissement du vent. J'ai pensé au crâne et j'ai frissonné. Je m'étais décidée à marcher jusqu'aux Arches lorsque je me suis souvenue des paroles de Natalie : « N'oublie pas d'aller voir Jillian, c'est une experte pour identifier les arbres à papier. »

Une idée a jailli dans mon cerveau. J'ai tourné les talons et repris le même raccourci scintillant qu'à l'aller, puis j'ai couru jusqu'à la Baraque. Jillian se tenait exactement là où je l'espérais.

— Jillian ! je me suis exclamée en regardant ses feuilles. Comment est-ce que je peux me procurer du papier ?

Chapitre 27

CHARLEY
Jour 24, fin de matinée

J'ai baissé les yeux, dégoûtée.

Mon savon ressemblait à du lait caillé. Pas franchement un truc dont on aurait envie de se tartiner le corps…

— Pas mal, m'a encouragée Macy. Il te manque juste un peu de pratique.

Elle a défait son moule d'écorce pour révéler un cube parfait.

— Euh… Je ne suis pas sûre que le savon soit mon truc.

Je ne savais pas ce que c'était, mon truc, néanmoins j'étais déterminée à le découvrir, et vite. Je travaillais sur quelque chose, quelque chose d'unique, qui n'était pour l'instant qu'à l'état d'ébauche.

En me rinçant les mains, j'ai pensé à Jillian qui retirait l'écorce des arbres à papier et à Heesham qui battait la pulpe pour en faire du tissu. J'ai pensé aux savons parfaits de Macy et au pain si appétissant de Julio. J'ai pensé aux équipes qui collectaient du petit bois, cultivaient les ignames, ramassaient des fruits, faisaient des rouleaux de poisson. J'ai pensé à Li qui confectionnait de délicats colliers de fleurs qui se fanaient aussitôt cueillies, mais surtout, je pensais à Thad.

On ne s'était pratiquement pas parlé depuis la mort de Rory. Thad était partout et pourtant, il n'était pas là. Dans l'envers du décor, sous le feu des projecteurs, Thad travaillait d'arrache-pied. Il discutait de médecine, réparait les planeurs, préparait des équipes de Recherche, planifiait leurs trajets, organisait tout ce qui concernait la nourriture (plantations, récoltes, pêche…) et j'en passe. Il parlait à tout le monde. Il était à la fois présent et distant, même avec moi.

Surtout avec moi.

Je courais seule.

J'explorais seule.

Je travaillais sur mon projet secret seule.

C'est l'éclate, j'ai pensé tristement.

Tout à coup, j'ai compris que je ne devais pas être d'une compagnie très agréable.

Alors j'ai fait un effort.

— Au fait, combien de temps les équipes de Recherche restent dehors ? j'ai demandé à Macy.

— Une semaine, en général, a-t-elle répondu. Tantôt moins, tantôt plus. Natalie devrait rentrer d'un jour à l'autre. Pareil pour Li.

J'ai hoché la tête et Macy m'a souri.

— Hé ! Allez, souris ! Ça va aller mieux.

— Merci, j'ai dit sans être parfaitement sûre de ce qui pourrait aller mieux. Qu'est-ce qui te manque le plus ? De chez toi ?

— Ma famille… Un tas de petites choses. En ce moment, la saison de football bat son plein. Je suis majorette, alors imagine ! Et je suis en train de la rater.

Elle a serré ma main dans la sienne.

— Tu vas y arriver, Charley. Il faudrait que tu te remplumes un peu plus, mais tu vas y arriver. Je crois que tout arrive pour une raison. Je crois que je suis censée être là, et je crois que je retournerai chez moi. Idem pour toi. Pour tout le monde.

J'ai pensé à Rory. Lui ne retournerait nulle part.

— Merci, j'ai répondu. Pour la leçon, et pour le discours de motivation.

— De rien, elle a répondu avec un sourire.

Elle semblait entourée d'une bulle de sérénité. Lorsqu'on a rapporté nos savons à la Baraque, l'atmosphère était apaisée, comme si je m'étais enfin remise à respirer.

Après avoir quitté Macy, je suis tombée sur Jillian et Talla. À peine mes yeux se sont-ils posés sur Talla que ma bulle a explosé.

— On va courir, a annoncé Talla. Tu veux venir ?

— Sans façon. J'ai déjà donné.

— Allez… On n'ira pas trop fort avec toi.

Son sourire, empli de défi et d'esprit de compétition, m'irritait au plus haut point. Chaque fois que je courais avec elle, j'avais l'envie irrationnelle de la battre, je poussais mes jambes au-delà de leurs limites, et ça m'énervait de perdre. D'un autre côté, quand je gagnais, elle n'était pas spécialement contente non plus. Malgré moi, je finissais par avoir pour elle un certain respect, mais je ne me sentais pas prête à l'affronter aujourd'hui. C'était à cause d'elle que, cette dernière semaine, j'avais choisi de courir seule.

— Merci, mais non.

— OK, on se voit plus tard.

Talla a fait un pas en avant puis s'est retournée vers moi, droite comme un « i ».

— Charley, ça ne va pas. Et Thad non plus. Vous devez régler ce qui ne va pas entre vous, parce que ça nous affecte tous.

— Talla… a commencé Jillian.

— Non, elle a coupé. J'en ai marre. Le monde ne tourne pas seulement autour d'eux. On en subit tous les retombées. Elle a besoin de l'entendre.

Elle m'a jeté un regard qui aurait glacé l'enfer.

— Débrouille-toi pour résoudre ça, Charley. D'une manière ou d'une autre.

Puis elle est partie au pas de course.

J'avais l'impression d'être une enfant qui venait de se faire gronder, et j'étais furieuse. Bien décidée à m'éloigner le plus possible de Talla, j'ai filé vers les rochers, là où Thad m'avait montré le rayon vert deux semaines plus tôt. L'endroit était désert. Heureuse d'être seule, j'ai grimpé sur le plus gros rocher, frustrée à cause de Thad et de Talla. L'un était distant, l'autre était amère. Et je ne comprenais ni l'un ni l'autre. Qu'est-ce que Talla avait voulu dire par « le monde ne tourne pas seulement autour d'eux » ?

J'aimerais pouvoir poser la question à Em.

Et d'un coup, ma fureur s'est éteinte.

Em me manquait. Ma maison me manquait. Ma vie me manquait, et moi je la manquais. Je n'étais qu'un énième visiteur sur Nil, à vivre une sorte de temps mort surréaliste et à perdre un temps que je ne pourrais jamais rattraper. Si je réussissais à rentrer, ce qui était loin d'être une certitude.

La voix nasillarde de Bart m'a sortie de ma séance d'autoapitoiement. Il avait des lambeaux de peau morte sur les épaules. Je n'ai pas pu m'empêcher d'avoir un mouvement de recul.

— Charley, tu veux de la compagnie ?

Surtout pas !

— Non, merci. J'ai envie d'être au calme.

— Comme tu veux.

Il portait un bandana autour de la tête, à la manière de Rives. Sauf que, sur lui, ça faisait un déguisement ridicule.

— Si tu changes d'avis, on va commencer une partie de beach-ball. C'est un peu *hard*, on mouille le maillot…

Il a frappé son torse poilu comme un gorille pâle à la peau qui pèle.

— Merci.

Avec un sourire pour contrebalancer mon manque de politesse, je me suis retournée. Chaque fois que je croisais Bart, j'avais comme une envie de me laver, même quand je sortais tout juste de la crique.

La crique. Cette eau si belle, aussi limpide que du verre, tombant en cascade dans un étang de roche noire froid comme la glace. Ces arbres aux feuilles d'un vert profond embrassant le ciel bleu… La crique était la carte postale parfaite de la beauté de Nil. Une beauté si enivrante qu'on en oublierait le danger si on n'y prenait garde. Pourtant, le danger rôdait, tapi dans l'ombre, bien réel.

J'ai fermé les yeux et mon esprit a vagabondé jusqu'à l'Homme dans le labyrinthe. J'étais allée voir les gravures cette semaine. Aucun signe d'une hyène ou de quoi que ce soit de dangereux, même si j'avais effrayé un chameau, ce qui m'avait fichu une frousse bleue à moi aussi. Lors de ma dernière visite, j'avais repéré un détail : le nombre douze gravé au centre, juste au-dessus du labyrinthe. Je ne l'avais pas vu la première fois, probablement parce qu'il était recouvert de saletés. Je n'avais aucune idée de ce qu'il pouvait signifier, et encore moins le labyrinthe. Malgré un examen approfondi, l'Homme dans le labyrinthe avait refusé de me livrer ses secrets. Et personne d'autre n'était aussi obsédé par cette sculpture que moi.

J'ai revisité ma liste de « Tout ce qui me manque ».

Ma dernière année de lycée, même si ce qui me manquait vraiment là-dedans, c'était le volley. Je me demandais comment se débrouillait mon équipe sans moi et si mes espoirs d'obtenir une bourse étaient réduits à néant. Ça me manquait de jouer, mais les devoirs et les cours sans Jen, pas du tout.

Au lieu d'être assise en classe de maths, j'étais assise au bord de la mer.

Sans nulle part où aller.

Bart était parti, me laissant seule.

Avec moi-même.

Comme une balle de ping-pong, mon esprit faisait des allers-retours à toute vitesse entre le bon et le mauvais.

Ping-pong. Depuis qu'Em était partie à l'université, je jouais avec mon père. La dernière fois que je l'avais vu, il me jetait les clefs de sa toute première voiture neuve en essayant de me remonter le moral. À cette pensée, j'ai senti ma gorge se nouer. *Est-ce que je lui ai dit au revoir ?*

— Charley.

La voix de Thad m'a fait sursauter.

— Hé, j'ai dit en me retournant.

Derrière le rocher, je le trouvais beau comme un top model sur une couverture de magazine, jusqu'à ce que je remarque ses yeux hagards.

— Ça va ? il m'a demandé.

Et toi ? j'ai pensé en voyant ces fantômes ternir le bleu de ses yeux.

— Oui, j'ai répondu. Je réfléchissais.

— À propos de quoi ?

Il a grimpé pour s'asseoir à côté de moi. Le rocher a paru plus petit tout à coup.

— De ma vie d'avant. Elle me semble si loin, c'est dingue.

J'ai enroulé une mèche de cheveux autour de mon doigt pour ne pas me mordiller la lèvre.

— Je n'arrive même pas à me souvenir de la dernière chose que j'ai dite à mon père. Un truc stupide au sujet de sa voiture neuve.

— Moi, je me suis engueulé avec le mien, a dit Thad après être resté silencieux quelques instants. J'aimerais bien ne pas me souvenir de la dernière chose que je lui ai dite.

— Quoi que ce soit, je suis sûre qu'il savait que tu ne le pensais pas.

— Oh, si, je le pensais. J'aurais juste aimé que ce ne soit pas la dernière.

— Alors, c'est une chance que tu attrapes une porte bientôt, tu pourras terminer cette conversation.

Il a levé un sourcil.

— Qu'est-ce qui t'en rend aussi certaine ?

— Si quelqu'un peut attraper une porte, c'est toi. Tu comprends Nil mieux que personne. Et quand ton heure arrivera, tu réussiras. C'est mon sentiment.

Thad a ri.

— J'aime tes sentiments, Charley « e-y ».

Une fraction de seconde, ses yeux se sont éclaircis, mais très vite, un voile s'est abattu et les fantômes sont revenus.

— Sans vouloir te contredire, je ne crois pas que ça dépende de moi. Pas vraiment. Je pense que Nil a ses propres projets.

— Qu'est-ce que tu veux dire par là ?

Thad n'a pas répondu.

— Thad, ne m'oblige pas à deviner, là.

— Désolé, a-t-il répondu en regardant l'eau s'écraser contre notre rocher. Je ne sais pas si c'est parce que je suis ici depuis si longtemps, mais j'ai l'impression de comprendre enfin Nil. Son côté sombre. Comme avec Rory. Il était si énervé, je suis sûr que c'est notre engueulade qui a attiré la bête. Comme si Nil était attirée par la haine, tu vois ?

Il a eu un rire sans joie.

— Je sais, ça paraît dingue.

— Non, cela montre plutôt que tu te sens coupable. Thad, tu n'es pas responsable de la mort de Rory. Oui, vous avez crié. Oui, maman phacochère s'est énervée, s'est sentie menacée, ou je ne sais quoi. Mais c'est Rory qui est arrivé ici amer et en colère. C'est lui qui a provoqué cette horrible journée. C'est terrible qu'il soit mort, mais ce n'était pas ta faute. Cela dit… (j'ai attendu qu'il lève les yeux vers moi)… si tu veux continuer à t'en vouloir, vas-y.

Il a esquissé un sourire, puis a baissé les yeux sur ses mains.

— C'est juste que j'en ai assez de toutes ces choses négatives. La mort, le sang. L'attente.

— Le tic-tac.

— Exactement.

Pendant quelques minutes, nous nous sommes tus. L'obscurité planait au-dessus de Thad tel un nuage, et je ne savais pas quoi dire d'autre. Nous n'avions pas parlé autant depuis près de deux semaines.

— Écoute, je sais que j'ai été préoccupé ces derniers temps, a-t-il enfin repris. Depuis la mort de Rory, j'essaie d'y voir clair dans ma tête.

Soudain, j'ai senti tout le poids de ce que Thad avait dû traverser. Pas seulement de voir un garçon mourir après l'avoir porté pendant des kilomètres, mais aussi d'avoir affaire à Nil sans relâche pendant deux cent quatre-vingt-dix jours. De voir des gens arriver, des gens partir. De voir des gens mourir. Et moi je suis là, à croire que cette distance, c'est par rapport à moi. Quelle cruche !

J'ai posé la main sur son bras.

— Ça va aller, j'ai dit. Je ne suis là que depuis vingt-quatre jours, et parfois, ça me ronge. Tiens, là, par exemple, j'étais assise à penser à tout ce qui me manquait. Puis j'ai pensé à tout ce qui ne me manquait pas et ça m'a redonné un peu le moral. Alors, tu devrais peut-être te concentrer sur le positif. Samuel a réussi, Sabine aussi. Natalie et Li sont en Recherche, et nous n'avons vu aucune porte dans les parages, peut-être qu'elles en ont attrapé une là où elles sont.

Cette fois, le sourire de Thad a gagné ses yeux. Les fantômes s'étaient envolés. Même s'il était subtil, le changement était bien là.

— Au fait, désolé d'avoir été un guide aussi nul ces derniers temps. Après Rory, je me suis rendu compte à quel point on était vulnérables. Il nous faut plus d'une personne qui sache coudre, plus d'une personne qui puisse réparer les planeurs, ce genre de choses.

Thad le tourmenté avait cédé la place à Thad le déterminé, Thad le professionnel.

— Et merci d'avoir parlé de Bart à Rives. C'est de lui qu'il faut se méfier.

C'est drôle, j'ai pensé. *Bart a dit exactement la même chose de toi.* Puis une pensée m'a traversé l'esprit :

— Tu crois que c'est le saboteur de la Baraque ?

— Peut-être. Les incidents ont cessé depuis qu'on a instauré des tours de garde, c'est tout ce qui importe. Mais pour en revenir à ce que tu as dit à Rives, je ne m'inquiéterais pas. Ça m'étonnerait que Bart ait suffisamment de cran pour voler la porte de quelqu'un.

— Je ne sais pas, j'ai répondu lentement. Je n'ai pas l'impression qu'il faille du cran pour voler une porte. C'est plutôt un acte de lâcheté.

— Possible. Au fond, il a besoin de prouver qu'il est digne d'être emmené en Recherche et c'est en partie là-dessus que je travaille. Je ne suis pas là pour faire du baby-sitting, je suis là pour organiser toutes les tâches, faire connaître aux gens les lieux où les portes sont le plus susceptibles d'apparaître, passer les informations.

J'ai répondu en choisissant bien mes mots.

— Deux choses. Premièrement, je remarque que tu t'es arraché pour aider les autres. Mais tôt ou tard, tu devras t'occuper de toi.

— Je sais. C'est pour ça que je prévois tout ça. J'ai bientôt la Priorité.

L'espace d'une seconde, Nil m'a paru grise, comme les fantômes dans les yeux de Thad. Nil sans Thad était inenvisageable.

— Tu as dit deux choses. C'est quoi, la deuxième ?

— Plus de « désolé, Charley ». Je me débrouillais très bien toute seule.

Il a souri.

— Oh, je n'en doute pas une seconde ! Serais-tu en train de me dire que tu n'as plus besoin de guide ?

Il avait dit ça sur le ton de la plaisanterie, mais j'ai décelé une note de déception. Ou peut-être que c'était ce que j'avais envie d'entendre.

— Besoin ou envie ?

— N'importe.

— Un guide ne me dérangerait pas, si c'est là ta question.

Nos regards se sont croisés et Thad s'est penché vers moi.

— Thad ! T'es prêt, mec ? a crié Heesham de la plage, faisant voler en éclats la magie de l'instant.

Thad a fermé les yeux, puis s'est tourné vers Heesham.

— Cinq minutes.

Lorsqu'il m'a regardée à nouveau, ses yeux étaient rieurs, comme le premier jour à la crique.

— Alors, Charley « e-y », qu'est-ce qui te manque le plus ? Qu'est-ce que tu souhaiterais avoir que tu n'as pas ici ?

Rien, j'ai pensé en regardant ses yeux saphir. *Absolument rien*.

— L'électricité.

— Trop vague.

J'ai réfléchi une seconde.

— Les douches chaudes. Quand j'ai pris mon bain dans la crique ce matin, je tremblais comme une feuille. Et toi ? Qu'est-ce qui te manque le plus ?

Thad a regardé l'écume blanche mousser autour de ses pieds.

— Prendre le télésiège avec mon snow accroché à un pied. Voir tout ce blanc en dessous et savoir que je suis sur le point d'y tracer mon sillon… La première descente de la journée, quand la neige est bien poudreuse et que le soleil brille si fort que ça fait mal aux yeux. Se lancer sur la montagne, si vite que rien ne peut me rattraper.

Je suis restée silencieuse. Je me sentais plus triste pour lui que pour moi. Rien de ce que j'ai pu vouloir pendant vingt-quatre jours ne faisait le poids face à deux cent quatre-vingt-dix jours de privations.

Thad a continué.

— Un cheeseburger, bien épais et bien juteux, avec du bacon. Et des frites.

J'en ai eu l'eau à la bouche.

— Une limonade, j'ai dit, avec de la glace pilée qu'on peut croquer à la fin.

— Les chips goût barbecue.

— Le pain perdu. Avec du beurre.

Thad a souri.

— Les barres chocolatées.

— Mmm, j'ai fait. Des cookies aux pépites de chocolat. Tout juste sortis du four, quand le chocolat est encore mou. Avec du lait.

Thad a gémi.

— Quand on rentrera, est-ce que je pourrai venir chez toi ? Parce que j'ai vraiment envie de goûter un de ces cookies.

« Quand on rentrera. » J'ai plongé mes yeux dans les siens. *On ?* j'ai pensé.

— Quoi ?

Pendant une seconde, personne n'a parlé. Et puis j'ai repris la parole, le sourire aux lèvres.

— Les chaussettes.

Thad a eu l'air surpris.

— Les chaussettes ?

— Les chaussettes, j'ai répété en hochant la tête. Ça me manque. J'ai les pieds gelés la nuit !

Cette conversation était si agréable que j'en oubliais presque Nil et ses dangers…

— Écoute, a dit soudain Thad. On pourrait parler de ce qui nous manque toute la journée, mais Heesham organise une partie de beach-ball et je lui ai dit que je jouerais. Tu viens ?

Il semblait anxieux, comme s'il n'était pas certain que j'allais dire oui. *Ah, les garçons.*

À la minute où nos pieds se sont posés sur le sable, Thad a eu un sourire démoniaque.

— On fait la course ? Le vainqueur fait des cookies aux pépites de chocolat à l'autre quand on sera rentrés.

— Tu cuisines ?

— J'ai des talents cachés.

J'ai ri. *J'en suis sûre, oui.*

— D'accord.

On s'est mis côte à côte, comme dans des starting-blocks invisibles.

— À vos marques… Prêts ? Partez !

Je lui ai tenu tête jusqu'au bout, mais il s'est facilement démarqué de moi.

Haletante, j'ai trottiné jusqu'à lui. Il respirait fort, les mains sur les cuisses.

— T'as abandonné ? il a demandé.

— Tu te retenais ? j'ai rétorqué.

— Non. Tu as abandonné. Ou en tout cas, tu n'as pas tout donné sur la fin.

Il a ri quand j'ai fait la grimace.

— N'importe quoi. C'est juste que tu es rapide.

— Dans ce cas, il va falloir travailler la vitesse. La rapidité, c'est important sur Nil.

Il a crispé la mâchoire malgré son sourire.

— J'avais cru comprendre.

Il a regardé derrière lui.

— Quel timing !

Sur la plage, Heesham et Rives plantaient deux poteaux en bois dans le sable, un filet tendu entre les deux. Talla tenait une balle verte, apparemment faite des mêmes feuilles que celles que j'avais utilisées pour mon pseudo-filet, sauf qu'elles étaient tissées très serré. C'était une balle parfaite.

Une balle de volley.

Heesham a mis ses mains en porte-voix :

— Le terrain est prêt ! Si tu veux jouer, c'est maintenant !

— Est-ce que c'est du volley ?

J'ai posé la question, parce qu'on ne pouvait être sûr de rien sur Nil.

— Oui, à la mode de Nil. Si tu fais équipe avec moi, je te promets de te préparer toute une fournée de cookies quand on sera chez nous.

Le sourire démoniaque était de retour.
— Marché conclu.
— Tu as déjà joué ?
— Un peu, j'ai dit avec un sourire.
— Ah oui ? Alors vas-y, déchire tout.

Chapitre 28

THAD
Jour 290, après-midi

— On joue, j'ai dit.

— Tu as une équipe ? a demandé Rives. Alors, on commence avec Charley et Thad contre Bart et Talla.

Talla a lancé un regard noir à Rives, puis a trottiné sur le sable en se décontractant les épaules.

— Hé, Charley, a dit Bart. J'irai mollo avec toi, vu que t'es nouvelle et tout.

— Pas la peine. Je suis une grande fille.

— Oh, je suis au courant. Tu fais quoi, deux mètres ?

Les joues de Charley se sont empourprées. J'imagine que sa taille doit être un sujet sensible. Je voulais lui dire que ça la rendait encore plus sexy, puis j'ai oublié.

— Tu veux servir ? je lui ai demandé.

— Elle est à toi.

Charley a fixé Bart. Cette fois, elle avait la tête haute et le regard calculateur, presque dangereux.

J'ai donné le coup d'envoi. Talla a reçu et a fait une jolie passe à Bart, qui a effectué une tape faiblarde. Le ballon tombait comme un canard blessé et Charley l'a renvoyé d'où il venait avec la force d'une Amazone. Il a atterri aux pieds de Bart, qui a poussé un cri perçant avant de s'écrouler.

Je me suis tourné vers Charley en réprimant un sourire.

— Tu joues « un peu » ?

Elle a souri et a pincé son pouce et son index.

— Un peu.

J'ai ri.

On a démoli Bart et Talla. Ils n'ont pas marqué un seul point. Sy et Jillian ont perdu aussi. Jason et Heesham se sont mieux défendus que les autres, mais on les a quand même battus à plate couture. Talla venait de demander une revanche quand soudain, le sol s'est mis à bouger. Violemment.

— Tremblement de terre ! j'ai crié en attrapant la main de Charley.

Le filet s'est effondré. Tout le monde s'est couché dans le sable ou agrippé aux rochers. Charley m'étreignait la main comme si sa vie en dépendait.

La partie est terminée, a gloussé Nil. Ce séisme était aussi subtil qu'un pavé dans la mare.

Il a cessé aussi rapidement qu'il avait commencé.

La voix de Charley s'est élevée dans le silence.

— C'est fréquent, les tremblements de terre ?

— Non. Juste quand Nil décide qu'il faut qu'on se secoue un peu.

— Très drôle, elle a répondu sans sourire.

— C'est ce que je me suis dit aussi, j'ai répondu. Heesham, va inspecter la Baraque avec Jason. Assure-toi que tout est sécurisé, puis allez en repérage autour de la crique pour voir s'il n'y aurait pas des glissements. Sy et Jillian, trouvez Julio et vérifiez que les fours sont intacts. Rives, prends Bart, Macy et Talla. Faites un tour du périmètre pour voir si tout le monde va bien. Charley et moi, on va jeter un œil aux fondations.

Rives a fait un salut et tout le monde est parti.

Charley et moi avons procédé de façon méthodique tout autour de la Cité, à scruter les fondations de chaque cabane à la recherche de fissures. La seule qui posait un problème, c'était celle qu'on avait réparée avec Rives. Tout ce qu'on avait fait s'était écroulé, c'était un désastre. Cette cabane avait besoin d'être entièrement reconstruite.

J'ai montré à Charley comment mélanger du sable humide avec de la gomme et des coquillages pilés, afin d'obtenir du mortier à la mode de Nil. *Faites que ça tienne*, j'ai pensé lorsqu'on a mis la première pierre en place. Nous n'avions pas besoin de cette cabane dans l'immédiat, mais qui savait de quoi demain serait fait. Parfois, j'avais le sentiment qu'on parvenait tout juste à faire tenir la Cité debout.

Alors que je m'apprêtais à poser la deuxième pierre, Charley a mis sa main sur la mienne, les yeux rivés sur la construction.

— Si on la reconstruit à l'identique, elle va s'écrouler à nouveau. Et si on la renforçait ?

J'ai reposé ma pierre.

— Comment ?

— J'ai une idée. Attends.

Elle a couru jusqu'à la Baraque et en est revenue avec une brassée de bambous qu'elle a étalés sur le sol pour former un quadrillage.

— Il va falloir en couper quelques-uns, mais si on les plante entre les rochers, ça soutiendra mieux le poids aux angles. Ensuite, on pourra disposer les pierres tout autour. Qu'est-ce que tu en penses ?

J'ai compris ce qu'elle faisait : une armature de fortune.

— Je pense que tu as des talents cachés. C'est génial.

— Pas génial, logique. Et puis, mon oncle est ingénieur. Il construit des ponts.

— C'est ce que je viens de dire. C'est génial.

Sous la direction de Charley, nous avons imbriqué les tiges de bambou à l'intérieur des angles, créant un lattis dans le mur. Une fois la cabane terminée, il fallait avouer que c'était bien mieux que le travail bâclé qu'on avait fait avec Rives. Cette fois, ça tiendrait.

Tandis que Charley et moi quittions les lieux, j'ai senti que la Cité glissait peu à peu dans la normalité de Nil, où la survie et la fuite étaient sur un pied d'égalité. On avait survécu à la menace du jour, ce qui nous donnait droit à poursuivre le jeu de Nil demain… ou tout de suite. Nil adorait nous régaler d'une deuxième tournée.

J'ai chassé Nil de mes pensées pour me concentrer sur le positif. Sur Charley, qui se tenait à quelques centimètres de moi. Je respirais mieux quand elle était là. Ça me permettait de la garder en sécurité.

— Alors, j'ai commencé, tandis qu'on se rinçait les mains dans l'océan, tu es une joueuse pro de beach-volley, chez toi ?

— Bah, je joue en amateur, elle a dit modestement avant de pencher la tête vers moi. Tu t'es plutôt bien défendu, toi aussi. Est-ce que le volley fait partie de tes talents cachés ?

— Peut-être.

— En tout cas, ça se voit que tu es un athlète. Je parie que tu es un super snowboarder.

Cette impression de flotter sur une étendue blanche me paraissait distante, comme si elle ne m'appartenait pas. Je me suis accroché à mes derniers souvenirs avant qu'ils se dissipent. J'étais heureux, je sentais l'air frais me mordre les joues. La neige possède une odeur bien à elle, pure et propre, sans équivalent sur la planète. Sans équivalent sur Nil.

— Je voulais passer pro, j'ai dit à voix basse.

— Tu voulais ? Plus maintenant ?

J'ai haussé les épaules. Le souvenir s'était envolé.

Charley a agité l'index sous mon nez.

— Ah, non, c'est le côté sombre qui parle, là. Tu pourrais très bien attraper une porte demain et te retrouver sur les pistes dans quarante-huit heures. Qui sait ?

« Tu pourrais très bien attraper une porte demain. »

Je ne voulais pas quitter Charley demain. Et une partie de moi, cette partie terrifiée qui m'empêchait de dormir, me susurrait à l'oreille que je ne voulais pas quitter Charley tout court.

Ce sentiment m'a secoué plus fort que le tremblement de terre. Et puis, comme une réplique du séisme, je me suis aperçu que j'avais de la chance de ne pas l'avoir encore perdue. Une porte aurait pu l'enlever hier. J'ai avalé ma salive, conscient que j'étais idiot. J'avais gaspillé mon temps, la denrée la plus précieuse sur Nil.

— Qu'est-ce qu'il y a ? a demandé Charley. Ça va ?

— Je réfléchissais. Écoute, on est un peu à la bourre pour notre visite guidée de l'île, et s'il ne me reste que quarante-huit heures, ça va faire un programme très chargé. Ça te tente ?

— Mmm, a murmuré Charley en réprimant un sourire. Tu pensais à quoi, exactement ?

Chapitre 29

CHARLEY
Jour 24, fin d'après-midi

Thad et moi, assis sur du bois flotté, attendions la marée pour pouvoir fermer les portes des bassins à poissons. Après ça, on irait pêcher. C'est ce qu'il avait dit, en tous cas. En espérant qu'on ne rentrerait pas les mains vides.

— Pourquoi tu me regardes comme ça ? je lui ai demandé en m'essuyant la joue comme si j'avais quelque chose dessus.

Il n'y avait pas de miroir sur Nil, ce qui était un réel problème.

— Je suis ton conseil à la lettre : je me focalise sur le positif.

Il a continué à me regarder puis a ri.

— Je parle de toi, au fait !

— Voilà ce qui arrive quand on vit sur une île à moitié déserte. On devient aveugle.

— Écoute, il a dit, soudain sérieux. Si quelqu'un est aveugle ici, c'est toi. Je ne sais pas si les mecs en Géorgie étaient débiles ou s'ils avaient trop peur de te demander de sortir avec eux, mais tu es la fille la plus belle que j'ai jamais vue. Plus que ça, j'ai l'impression que tout colle entre nous. La moitié du temps, tu dis ce que je pense, ou ce que j'aurais dit si mes pensées étaient un peu moins chamboulées… Tu me fais de l'effet, Charley « e-y ».

Je suis restée silencieuse. Les paroles de Natalie résonnaient étrangement dans ma tête. « Thad n'a jamais prêté attention à aucune fille ici… jusqu'à toi. »

— Quoi ? (Il s'est inquiété en fronçant les sourcils.) Là, par contre, je n'ai aucune idée de ce à quoi tu penses.

— Tu es sûr que ce n'est pas parce que tu vois le temps qui passe ? Que tu as l'impression de ne plus en avoir assez ?

J'ai marqué une pause. Je détestais ce que j'étais sur le point de dire, mais il fallait que j'écarte cette crainte qui me rongeait.

— … Que ce n'est pas quelque chose que tu ne ferais pas normalement ?

Thad a relevé mon menton et a plongé ses yeux dans les miens.

— Oh que oui, je vois le temps qui passe. C'est vrai que je n'en ai plus assez, et il est certain que je fais quelque chose que je ne ferais pas normalement.

Son aveu m'a bouleversée. J'ai fermé les yeux. « Vivez l'instant », avait dit Thad lors de la Soirée Nil. Est-ce que ça signifiait vivre sans craindre l'avenir ? Parce que s'il voulait une amourette, moi je n'en voulais pas. Pas avec le seul garçon que j'aie jamais désiré, pas avec le seul garçon que je ne pourrais peut-être pas garder. Mon esprit s'est aventuré du côté sombre et a bien failli s'y perdre.

— Ouvre les yeux, Charley, a soufflé Thad en me tenant le menton. Regarde-moi.

Ses yeux saphir ont capturé les miens.

— Chez moi, je ne t'aurais jamais dit ce que je ressentais. Pas tout de suite, en tout cas. J'aurais joué le jeu, essayé de ne pas me griller.

L'espace d'une seconde, il a paru incertain.

— En même temps, peut-être que je te l'aurais dit, parce que le risque en aurait valu la chandelle. Parce que tu es tellement incroyable.

Ses yeux bleus brillaient avec une intensité extraordinaire.

— Mais nous ne sommes pas chez moi. Nous sommes ici. Et je n'ai rien à perdre à te dire ce que je ressens, rien à part du temps. Tu as raison, Charley. Nil change notre vision des choses. Nil rend tout plus clair. Ce qui est important, ce qui en vaut la peine. Et pour moi, c'est toi. Même si ça peut paraître dingue, j'ai l'impression de t'avoir attendue. Pas simplement ici… toute ma vie.

Son beau sourire m'a coupé le souffle.

— Tu vois, je t'avais dit que ça paraîtrait dingue.

Ça paraissait effectivement dingue, parce que je ressentais exactement la même chose. Et j'étais trop troublée par ses paroles pour trouver mes mots.

— Tu la ressens, cette connexion entre nous ? a-t-il demandé en sondant mon regard. Dis-moi que tu la ressens. Dis-moi que je ne suis pas fou, ou au moins, dis-moi que je ne suis pas seul.

— Tu n'es pas seul, j'ai murmuré.

Et moi non plus.

Je me suis penchée vers lui et je l'ai embrassé.

Les lèvres de Thad étaient sucrées-salées. L'embrasser semblait être la chose la plus naturelle et la plus parfaite au monde. Il m'a attirée à lui et a plaqué ses lèvres contre les miennes, ses mains tenant tendrement mon visage, ses pouces caressant mes joues. Puis ses doigts ont glissé dans ma chevelure et il n'y avait plus de doute possible : c'était bien lui qui m'embrassait. Mais ce n'était pas suffisant. Il a couvert de baisers mon cou et mes épaules, puis ses lèvres ont retrouvé les miennes.

Plusieurs baisers plus tard, Thad m'a dit d'une voix rauque :

— J'attends ça depuis si longtemps.

Il a caressé mes pommettes, mon cou, ma clavicule. Ma peau frissonnait sous ses doigts.

— Moi aussi. J'en avais assez d'attendre.

— Ça me fait plaisir. J'aime les filles entreprenantes. Est-ce que je t'ai déjà dit que j'aimais tout chez toi ?

— Tu ne sais pas tout sur moi, j'ai répondu pour le taquiner.

— Alors vas-y, apprends-moi un truc croustillant.

Thad traçait de petits cercles sur mon épaule, ce qui me faisait fondre.

— Du genre ?

— Je ne sais pas… Surprends-moi.

Je faisais de mon mieux pour réfléchir lorsque le visage de Thad s'est assombri.

D'un mouvement fluide, il m'a remise sur mes pieds, m'a placée derrière lui, a dégainé son couteau et s'est dressé face aux arbres. Une seconde plus tard, l'écureuil le plus décharné qu'on puisse imaginer est apparu. Sa queue était encore plus pitoyable qu'un sapin sur le trottoir après Noël. J'ai senti Thad se détendre lorsque la bestiole a grimpé dans un arbre.

— Ah, ces écureuils, quelle plaie ! Merci de m'avoir protégée.

— Très drôle, a répondu Thad en m'embrassant sur le front. Quelque chose a emporté le phacochère, et ce n'était sûrement pas un écureuil.

— Je vois. Les lions, les tigres et les écureuils, oh ! là là !

— Et tu oublies encore ce pauvre zèbre. L'ennui, c'est qu'il y a beaucoup plus d'animaux sur Nil que d'humains. Des lapins, des souris, des écureuils, tout ce que tu veux. Plein de petites bêtes. Mais ce sont plutôt les grosses qui m'inquiètent.

J'ai frissonné.

— Comme le tigre. Mais personne ne l'a vu ni entendu, ces derniers temps. Rives pense qu'il est parti.

— Peut-être. Sinon, le bon côté des choses, c'est que tant qu'on reste loin de lui, tout ira bien. Les tigres évitent les humains. Ils s'en prennent aux animaux sauvages en priorité et il y en a un paquet ici. C'est juste que les tremblements de terre terrifient les animaux, et des animaux terrifiés peuvent être effrayants.

Thad a manifestement bien interprété mon expression, parce qu'il m'a embrassée fort et m'a serrée contre lui.

— Ne t'inquiète pas. Allons chercher le dîner et rentrons.

Avec aisance, Thad a fait tomber les portes en roseau puis a lancé un filet. Quand il l'a sorti de l'eau, il était rempli d'une masse grouillante. Le corps argenté des poissons reflétait la lumière du soleil couchant. En deux minutes, les trois filets étaient pleins.

— Waouh, j'ai dit en voyant la prise de Thad. Tu n'imagines pas combien de temps je suis restée assise dans l'eau à essayer d'attraper un poisson. Je n'en ai jamais eu un seul. Et crois-moi, j'ai essayé.

— Qu'est-ce que tu utilisais comme appât ?

— Moi. J'essayais de les attraper avec mes mains. Je sais, ça paraît stupide.

— Non, ça paraît difficile. La seule personne que j'ai déjà vue attraper un poisson à mains nues, c'est Talla. C'était une nageuse de compétition avant qu'elle atterrisse ici. Je te jure, elle est à moitié poisson.

Talla. La fille que Thad est parti venger. La fille qui s'inquiétait de voir Thad aller mal. La fille qui était plus que l'amie de Thad, si j'en croyais les insinuations de Bart.

Thad me tendait la main, tout sourire. J'ai hésité, puis je l'ai saisie.

— Tu as changé d'avis ?

— Non, c'est juste…

Je l'ai regardé droit dans les yeux et je lui ai demandé :

— Et Talla ?

— Talla ? a répété Thad, perplexe. Comment ça, « et Talla » ?

— Bart m'a dit que toi et Talla, vous avez été ensemble. Je veux juste savoir s'il y a un passé entre vous. Ça m'est égal, je veux juste savoir.

— Un, n'écoute jamais Bart. Deux, il n'y a rien entre Talla et moi. Il n'y a jamais rien eu et il n'y aura jamais rien.

J'ai haussé les sourcils, déçue de ne pas savoir n'en lever qu'un.

Thad semblait exaspéré.

— Écoute, je suis sérieux. Talla est… (il a agité les bras) Talla. Une amie. Rien de plus. Je ne rêve pas d'elle. Je ne pense pas à elle vingt-quatre heures sur vingt-quatre. Je ne pense qu'à une seule fille, et c'est toi.

— Je te crois, j'ai répondu. Mais une partie de moi me dit que ce n'est pas possible. Comme si quelqu'un était allé voir dans ma tête pour trouver le garçon dont je rêvais, et c'est toi. C'est trop parfait. C'est trop beau pour être vrai.

L'émotion brillait dans les yeux de Thad et il a eu un rire étouffé.

— Tu ne comprends pas, Charley ? Ça fait partie du jeu de Nil. C'est aussi pour ça qu'il fallait que je fasse le point ces derniers jours. Le fait que j'aie rencontré la fille parfaite, ici, dans le seul endroit où il n'y a pas d'avenir. Où la seule donnée, c'est qu'on ne peut pas rester. C'est pour ça que je me suis tenu à l'écart, en espérant que ça me passerait. Mais non. Je ne pensais qu'à toi. Je savais toujours où tu étais, j'entendais ta voix dans ma tête. Je ne dormais presque pas. Et puis j'ai décidé que même si Nil m'arrachait le cœur pour l'écraser, je préférais passer mes dernières heures avec toi plutôt que sans. Avec la fille qui a survécu douze jours en solitaire dans la maison hantée qu'est Nil, avec la fille qui me fait oublier, même une minute, que je porte une date de péremption. C'est toi, Charley. Et c'est pour ça que je me suis tué à faire en sorte que la Cité puisse tourner sans moi…

Il a avalé sa salive.

— … Parce que je veux passer mes derniers jours ici avec toi.

J'ai compris, derrière les mots, qu'il avait choisi d'espérer même si ça faisait mal. J'ai posé la main sur son torse, à l'endroit du cœur.

— Je te l'ai déjà dit, j'ai toujours voulu avoir mon guide personnel de l'île.

Thad a eu ce sourire désinvolte qui me faisait fondre et il s'est penché pour m'embrasser – un baiser tendre et doux, mêlé de tant de douleur que j'en ai eu le cœur serré. Parce que, comme il l'avait dit, si nous avions un avenir, il n'était pas ici.

Chapitre 30

THAD

Jour 290, crépuscule

Charley a insisté pour porter un des filets. J'ai porté les deux autres. J'avais envie de crier, à sentir comme sa main allait bien dans la mienne – ça et le goût de ses lèvres.

J'ai posé mes filets et je l'ai embrassée à nouveau en enveloppant son visage dans le creux de mes mains. J'avais beau savoir qu'il fallait rentrer, c'était presque impossible d'arrêter. Elle avait l'air aussi sidérée que moi.

— Waouh, elle a soufflé en ouvrant lentement les yeux. Je pourrais y prendre goût.

— Moi aussi.

Mes lèvres étaient à quelques centimètres des siennes, je caressais ses joues.

— Clairement, être guide, ça a ses avantages. Je vais rajouter beaucoup de ça (mes lèvres ont effleuré les siennes) dans notre programme.

— Je croyais que notre programme était complet. Est-ce que tu passes à la formule supérieure ?

— C'est plutôt un ajustement. Comme je l'ai déjà dit, c'est ma première fois en tant que guide. Votre satisfaction est ma première priorité.

— Dans ce cas, je vous en prie. Encore des baisers.

Elle a rougi, ce qui m'a fait rire. Je l'ai embrassée de nouveau. Doucement, puis avec fougue, complètement absorbé par cette intensité. Par mes sentiments, par elle, par ce moment.

J'ai dû arrêter à contrecœur.

— Il faut qu'on y aille.

Nous nous sommes remis à marcher, main dans la main, et j'ai pensé que Charley comprenait enfin ce que je ressentais pour elle. Toutefois, je devinais qu'elle n'avait pas encore saisi à quel point Nil était retorse. Le yin et le yang. Pour chaque bonne chose, il y en avait une mauvaise. Nous n'étions que des pions dans le jeu de Nil. Nil m'avait donné Charley, il y aurait certainement un prix à payer. Seulement, je ne savais pas encore lequel.

J'ai prié pour que ce ne soit pas à Charley de le payer.

Jason s'est approché de nous avant notre arrivée.

— Content de te revoir, j'ai dit. Alors ?

Dis-moi que Nat a réussi, qu'elle est partie.

— Nat fait un réapprovisionnement. On a vu une double, mais elle était trop loin.

Jason avait l'air contrarié.

Merde, j'ai pensé. Je lui ai agrippé l'épaule.

— Ne t'inquiète pas. Elle a le temps.

Jason a secoué la tête.

— Ce n'est pas Nat. C'est Li. Elle a déserté.

D'un seul coup, le feu ravivé par Charley s'est étouffé. C'était un dur retour à la réalité, avec le timing impeccable caractéristique de Nil.

— Qu'est-ce que tu veux dire par « elle a déserté » ? a demandé Charley. Elle est partie où ?

Jason a passé la main dans sa chevelure bouclée.

— Elle est partie pendant que son équipe dormait. Elle a laissé derrière elle sa couverture pliée avec une fleur posée dessus. Comme un adieu.

— Pourquoi ? s'est inquiétée Charley, le visage pâle. Pourquoi est-ce qu'elle partirait ?

— Parfois, certaines personnes veulent passer leurs derniers jours seuls, j'ai murmuré.

— Comme Kevin, a dit Charley en me regardant droit dans les yeux.

— Comme Kevin.

Pendant une seconde, il n'y avait plus que moi, Charley et cet horrible tic-tac dans ma tête.

Jason a fait irruption dans notre monde.

— Quan est tellement affecté qu'il n'a pas parlé pendant tout le chemin du retour. Je suis inquiet. Et s'il quittait la Cité, maintenant que Li n'est plus là ?

— Quan ? a répété Charley. Qui est Quan ?

— L'ombre de Li, j'ai expliqué. Le problème, c'est que Quan ne parle pas un mot d'anglais et qu'il n'y voit rien.

— Li s'exprimait pour lui, a ajouté Jason.

— Et il a une mauvaise vue ?

Charley était horrifiée.

— Oui, a répliqué Jason. Il est rapide, mais complètement miro. Un jour, il a failli tomber dans un ravin. Tout ça, c'est parce que les lunettes ne passent pas les portes.

— Alors, à cause du départ de Li, a repris Charley, Quan risque de ne pas réussir non plus ? Il lui reste combien de temps ?

— Je ne sais pas exactement, j'ai répondu. Il est arrivé quelques mois après moi. Où est Nat ?

— Là-bas.

Jason a indiqué le feu au-dessus duquel doraient deux lapins. De l'autre côté de la fumée, Natalie discutait avec Jillian et Talla. Ses mains bougeaient si rapidement qu'elles en devenaient floues.

Il y avait de l'électricité dans l'air. Les gens changeaient, mais pas l'atmosphère, jamais. Elle était revenue en force, poisseuse, avec le retour de la dernière équipe de Recherche, celle qui était rentrée avec un membre en moins, sans avoir vu la moindre trace d'une porte. La Cité était sur le fil du rasoir. Dans l'attente de nouvelles de Li, dans l'attente de voir partir d'autres équipes… dans l'attente du changement. Car c'était la seule constante sur Nil. Ça, et le fait que personne ne pouvait fêter l'anniversaire de son arrivée.

Je me suis tourné vers Jason en serrant fort la main de Charley.

— Parle-moi des Recherches.

L'heure suivante a filé à toute vitesse : il fallait faire le maximum avant que la lumière du jour ne s'estompe complètement. J'ai débriefé les équipes une à une pour lister tout ce qu'elles avaient vu et entendu. J'étais heureux que le séisme ait été léger et que personne n'ait été blessé. J'ai discuté avec tous ceux qui avaient la Priorité pour essayer d'étayer leurs choix. Quand j'ai eu la certitude que les nouvelles équipes étaient équilibrées et bien préparées, j'ai sifflé.

Les conversations se sont arrêtées comme si une porte tombait du ciel. Toutes les têtes se sont tournées vers moi.

— Bon, alors voilà où on en est. Nat est de retour, prête à repartir demain. Elle a encore le temps.

Il y a eu des hochements de tête silencieux, des visages farouches. J'ai observé le groupe stoïque.

— Comme vous l'avez peut-être entendu, Li est partie. C'était son dernier jour. Alors tournons toutes nos pensées vers elle.

Le temps était au recueillement. Après un moment intense et lourd, je me suis éclairci la gorge.

— OK, passons aux dernières infos. Jason a dit que Nil abritait à présent une autruche et il a ramené une seconde chèvre. (J'ai pointé du doigt l'enclos dans lequel deux chèvres tenaient compagnie à une vache.) L'équipe de Li a repéré trois chevaux sauvages. Personne n'a aperçu le rhino. Il y a aussi les deux hippos. En général, ils élisent domicile dans les bancs de boue. J'en ai vu un là-bas le mois dernier, alors il se pourrait qu'on en ait trois. Ouvrez bien l'œil. Je ne suis pas un expert en hippopotames, mais comme tous les animaux, ils peuvent devenir méchants s'ils se sentent menacés.

— Ça, c'est sûr, a dit Bart.

Je l'ai ignoré.

— Et enfin, nous ne savons pas si le tigre rôde toujours dans les parages. Restez sur vos gardes, veillez les uns sur les autres.

J'ai bu une gorgée d'eau.

— Ensuite : les équipes. Les nouvelles partent demain. Le matin ou l'après-midi, ce sera aux chefs de prendre leur décision. Voici la liste : Elia est chef, avec Johan comme Guetteur, Cassie et Julio en soutien. Miguel, avec Jillian comme Guetteuse, Sy et Macy en soutien. Nat, avec Jason comme Guetteur,

Charley et moi en soutien. Je désigne Rives comme Leader pendant mon absence. Levez la main si vous êtes d'accord.

Une dizaine de mains se sont levées immédiatement. Sy avait l'air de se sentir coupable en levant la sienne. À côté de lui, Bart a gardé les bras croisés, furieux.

— Très bien, j'ai dit. Au travail, et que la chance soit avec nous !

Le bourdonnement a repris. Il était même monté d'un cran.

J'ai cherché Charley des yeux. Je me suis demandé ce qu'elle préparait, mais avant que je puisse le découvrir, Talla est venue m'interroger sur les planeurs. Ensuite, Jillian m'a fait part de ses inquiétudes au sujet des provisions, puis Johan m'a rendu compte des difficultés qu'il rencontrait avec l'une des cultures. Des questions et des problèmes, des réponses et des suppositions. Bart s'est approché à grands pas lorsque Johan est parti. *Emmerdes à l'horizon*, j'ai pensé en voyant son visage fermé.

— T'as dit à Miguel de ne pas me prendre ?

— Non, Bart, j'ai répondu d'un ton égal pour souligner sa grossièreté. Je lui ai demandé de constituer son équipe. C'est ce qu'il a fait.

La voix de Bart est partie dans les aigus comme s'il avait aspiré de l'hélium.

— Oui, eh ben, je l'ai aidé à trouver du bois à tailler, et il m'a promis qu'il me prendrait.

Un gamin grognon… et horripilant.

— Écoute, ça, c'est entre toi et Miguel. Tout ce que je sais, c'est qu'il m'a donné les noms des membres de son équipe, et que tu n'en faisais pas partie.

Même si je n'avais dit que la vérité, je regrettais déjà ma franchise. Alors j'ai voulu le rassurer, de façon un peu maladroite :

— La prochaine fois, peut-être…

Il s'est lancé dans une nouvelle tirade, en mode geignard. Puis, comme si quelqu'un avait appuyé sur un bouton, il a cessé de pleurnicher d'un coup.

— Eh ben, il a déclaré, je serai peut-être pas dans cette Recherche, mais moi, j'ai plus de temps que toi.

Son sourire satisfait a effacé les dernières traces de compassion que je pouvais avoir pour lui.

— Beaucoup plus, il a continué. Comme Charley. Réfléchis un peu à ça.

J'ai résisté à l'envie de lui envoyer mon poing à la figure. Au lieu de ça, je lui ai retourné son sourire.

— C'est vrai. Mais si quelqu'un te choisit, n'oublie pas que c'est en soutien. C'est la règle de Priorité. Sinon, tu te débrouilles tout seul.

— Les gens en ont marre de toi et de tes règles, s'est récrié Bart. Tu verras.

— Ce ne sont pas mes règles. Ce sont les règles de la Cité. Si ça ne te plaît pas, tu peux partir.

Sans attendre de réponse, je l'ai planté là et je suis allé voir Rives pour évacuer ma frustration estampillée « Bart ».

— Est-ce que quelqu'un a déjà été banni pour être une feignasse ? a demandé Rives à voix basse.

— Pour autant que je le sache, personne n'a jamais été banni. Mais s'il ne se retrousse pas un peu ses manches, il ne sera jamais choisi, et il se met dans la merde tout seul. Les portes n'apparaissent pas très souvent dans la Cité.

Rives a hoché la tête. Nous avons changé de sujet, et quand Rives est parti, la main de Charley s'est glissée dans la mienne.

— Tu as été bien occupé. Est-ce qu'il y a ne serait-ce qu'une personne à qui tu n'aies pas parlé ?

— Toi.

Pendant un moment, nous sommes restés là à nous regarder en silence, ce qui aurait dû être gênant, mais ce n'était pas le cas.

Lentement, en savourant chaque seconde, j'ai baissé la tête pour l'embrasser longuement, avec douceur. Je ressentais cette chaleur et il m'en fallait plus. Au prix d'un effort surhumain, je me suis détaché d'elle.

J'ai regardé la flamme du feu danser dans ses yeux, puis j'ai demandé :

— Je peux te raccompagner ?

— Volontiers. Surtout avec tous ces écureuils qui traînent en liberté.

— Protection contre les rongeurs allumés, à votre service, j'ai répondu en souriant.

— Alors, on part le matin ?

— À l'aube. L'aventure nous attend.

Charley a souri, puis a eu un drôle de rire.

— Tu sais quoi ? Mon rêve, c'était de voyager. Chez moi, j'avais une énorme carte du monde sur un mur. Je m'asseyais sur mon lit, je la scrutais et je rêvais de tous les endroits exotiques où je pourrais aller.

— Laisse-moi deviner. Nil n'y figurait pas.

— Je crois que Nil n'est sur la carte de personne.

— C'est vrai.

J'ai pensé à cette île, non existante et pourtant bien réelle, et à Li, qui était là, dehors, seule.

— Mais question exotisme, je suis servie ! Alors, on se dirige vers où demain ?

— Le champ de lave noir, celui qui est au sud.

— Il y en a deux ?

— Oui. Ils prennent en tenaille la coulée rouge, là où tu as trouvé tes vêtements. Couleurs différentes égalent coulées différentes.

— Il y a combien de points chauds, au juste ? D'endroits où les portes apparaissent le plus fréquemment ?

— On ne sait pas trop. Le logiciel de Nil commence à dater un peu. En ce moment, on dirait qu'on a plus de chances dans les champs de lave et au pied de la montagne. J'ajouterais la baie Noire à la liste, aussi. C'est une cible en mouvement, mais c'est tout ce qu'on a.

Ma frustration me donnait un ton sec. Cependant, ce n'est pas contre Charley que j'en avais, c'était contre Nil. Contre tout ce théâtre de marionnettes.

Trois secondes plus tard, la cabane se dressait devant nous. C'était un déchirement de devoir quitter Charley. La simple pensée de me réveiller en la tenant dans les bras me transportait. Toutefois, je devinais que Nat avait plus besoin de sa compagnie que moi.

Un autre jour, je me suis promis. *J'ai le temps. Ha ! Ha !*

Devant sa cabane, je l'ai tenue serrée contre moi.

— Ça me fait mal de devoir te dire bonne nuit, mais il ne faut pas que Nat reste seule. Cela dit (j'ai ramené une mèche de ses cheveux derrière son oreille), en tant que guide, je pense que ce moment exige un baiser de bonne nuit. C'est compris dans le forfait.

— Alors, profitons-en !

Elle m'a enlacée et je l'ai embrassée en plongeant mes doigts dans sa chevelure, et j'ai perdu le fil de mes pensées.

— Bonne nuit, monsieur le guide.

Charley a fait un pas, puis elle s'est arrêtée, une expression de surprise sur le visage.

— Je viens juste de m'apercevoir de quelque chose.

— Quoi ?

— Comment se fait-il que j'aie l'impression de te connaître mieux qu'aucun des garçons que j'ai rencontrés, alors que je ne connais même pas ton nom de famille ?

— Parce que ça n'a pas d'importance. Mais puisque tu es curieuse, c'est Blake. Thaddeus Blake. Et toi ?

— Crowder.

— Charley Crowder, j'ai dit en faisant rouler chaque syllabe. J'aime bien.

Elle a ri et secoué la tête.

— Tu ne sais plus ce que tu dis.

— Seulement avec toi, j'ai répondu en balayant une mèche de cheveux de ses yeux.

Elle m'a pressé la main.

— Clairement, tu ne sais plus ce que tu dis, même si ça me fait craquer. Tu ferais mieux d'aller dormir. Une longue route t'attend demain, Thaddeus Blake.

Quand je me suis étendu sur mon lit, la bouffée d'adrénaline était si forte que j'avais la sensation d'avoir gagné la finale haut la main. Les sentiments de Charley faisaient écho aux miens, et ces sentiments transcendaient les frontières de Nil.

Si Nil n'y faisait pas obstacle.

J'ai respiré un grand coup. Cette peur que je combattais depuis des jours est revenue, plus vive que jamais. La remarque de Bart avait touché un point sensible. Il avait raison. Mon temps était compté.

Les yeux grands ouverts, je suis resté allongé dans le noir, conscient que mon destin suivait celui de Kevin, un garçon qui patientait de l'autre côté, le cœur aussi rempli d'espoir que le mien. Et ça, c'est si j'étais chanceux. Après deux cent quatre-vingt-dix jours passés ici, personne n'allait m'apprendre que la chance était aussi rare sur Nil que les portes.

Chapitre 31

CHARLEY
Jour 24, après la tombée de la nuit

À la seconde où je suis entrée dans la hutte, Natalie s'est assise dans son lit.

— Je suis si heureuse que tu aies suivi mon conseil et que tu l'aies embrassé.

— Comment tu sais que je l'ai embrassé ?

— Je pense que tout le monde t'a vu l'embrasser au coin du feu. Et il était temps !

Elle a souri en tirant sur son drap. Puis elle a repris doucement :

— Même si ça fait un peu vieux jeu : ne perds pas une minute. Pas une. Le temps file ici, plus vite que tu ne le crois. Pas de regrets, OK ?

— OK.

— Alors si tu veux passer la nuit avec Thad, pas de problème.

Je me sentais bête, car je venais de comprendre que Thad avait envisagé cette éventualité, puis l'avait écartée.

— Ça ne m'avait même pas traversé l'esprit.

— En tout cas, ne te sens pas obligée de me tenir compagnie. Ça ne me fera pas de peine, je te promets.

— C'est bon, ne t'inquiète pas, j'ai répondu tout sourire en me blottissant dans le lit à côté du sien.

J'étais sincère. J'avais envie d'être avec Thad, mais j'avais aussi besoin d'une pause pour reprendre mes esprits. De plus, Thad avait senti que Natalie aurait besoin de compagnie.

— Tu es sûre ?

— Sûre et certaine. Je sais combien on peut se sentir seule dans cette hutte. Je déteste être seule, surtout la nuit.

— Tu as pourtant survécu onze nuits toute seule dans le pire endroit du monde.

— C'était limite, j'ai déclaré en frissonnant. Au bout d'un moment, j'ai perdu les pédales. J'ai braillé comme un bébé.

Parfois, je me disais que j'avais un problème, parce que je pleurais rarement. Je n'avais pas versé une larme à l'enterrement de mon grand-père, alors qu'on était très proches et qu'il me manquait terriblement. Or j'avais pleuré ici, quand je m'étais aperçue que j'étais abandonnée de tous.

Natalie me fixait du regard.

— Ma chérie, moi j'ai perdu la boule à la minute où je me suis réveillée. Et pendant les semaines qui ont suivi, j'étais obsédée par des conneries, du genre les cours que je manquais, à quel point j'allais être en retard quand je rentrerais. Et puis j'ai compris que j'aurais de la chance si je rentrais. N'aie pas honte d'avoir un peu dérapé. Nil sait comment atteindre n'importe qui, tôt ou tard.

Elle a secoué la tête. Je ne comprenais pas trop ce qu'elle voulait dire.

— Alors du coup, toi et Thad, hein ? a repris Natalie avec un sourire malicieux digne d'Em. C'est super.

— Je trouve aussi. Imagine… je ne connaissais même pas son nom de famille avant ce soir.

— C'est quoi ?

— Quoi ?

— Le nom de famille de Thad ? C'est quoi ?

— Blake, j'ai dit, surprise.

— Celui de Kevin, c'est Radford. Et moi, Bourdean. Natalie Bourdean.

— Charley Crowder.

— Ravie de faire ta connaissance, Charley Crowder.

Sous son rire, j'ai perçu sa lassitude.

— Je suis contente et pas contente que tu sois revenue. Tu vois ce que je veux dire ?

— Oui, elle a murmuré d'une petite voix. Très bien.

— Vous avez vu combien de portes en tout ? Jason a dit qu'une porte était apparue près de la jungle, mais qu'elle était trop loin.

— Tellement loin que je ne l'ai même pas vue, mais Jason a juré qu'elle avait été là. Ça n'a pas d'importance. Je ne l'ai pas attrapée.

— Ça veut juste dire que cette porte n'était pas la tienne, rien de plus. Tu en auras une, Natalie. Tu vas y arriver.

— Je l'espère.

Moi aussi, j'ai pensé. Mais au lieu de ça, j'ai dit :

— Vous en avez vu d'autres ?

— Une, le premier jour, près des collines. Un oiseau est passé à travers et elle s'est effondrée.

— Aucune entrante ?

— Non.

J'ai hoché la tête en prenant bonne note de tout ça.

— Natalie, la sculpture, près des Arches, celle que Thad appelle l'Homme dans le labyrinthe. Il a dit qu'il y en avait une identique de l'autre côté de l'île, sauf qu'il s'agit d'une fille.

— Effectivement.

— Mais qu'est-ce qu'elles signifient ?

Natalie a bâillé.

— Mystère… Peut-être que quelqu'un cherchait à tuer le temps.

— Mais les gravures sont si précises, elles ne sont pas là par hasard, j'ai insisté. Peut-être que quelqu'un a voulu nous laisser un indice. Peut-être que Nil est le labyrinthe, et que les sculptures nous indiquent comment nous échapper.

— C'est une chouette idée, a déclaré Natalie, pensive. Sauf que je ne vois pas comment.

— Moi non plus, mais je sens que ces gravures sont importantes.

Quelque chose m'échappe… quoi ?

La brise nocturne m'a fait frissonner. Ça me manquait, d'avoir chaud la nuit. Ce qui m'a fait penser à Thad et à notre baiser près du feu. Rien ne me manquait, alors.

— Et quand tu vas rentrer chez toi, qu'est-ce qui va te manquer le plus de Nil ?

— Rien, a répondu Natalie platement.

— Vraiment ? Rien ? Et les couchers de soleil, et les plages de sable noir ? Le savon à la noix de coco ?

— Non. J'ai dépassé ça. Le stress, la course. Tout le petit manège autour de midi. J'ai vu trop de morts. Tout ce qui me manquera, ce sont les gens. Mais si on y réfléchit, ce n'est pas vraiment Nil.

— Tu as raison.

Mais je mentais. Parce que, pour moi, les gens étaient Nil. Je me suis aperçue que même si je partageais ma hutte avec elle, Natalie était ailleurs. À un endroit où j'espérais fortement ne jamais me trouver.

Nous avons cessé de parler et Natalie s'est endormie. Je me suis pelotonnée sous mon drap pour tenter de me réchauffer. Malgré le clair de lune, l'obscurité régnait en maître. Mais c'était l'obscurité dans ma tête qui était le plus difficile à écarter. Pour la première fois, elle avait un nom. C'était le décompte des jours.

Thad n'avait plus que soixante-quinze jours.

Chapitre 32

CHARLEY
Jour 25, aube

La lumière s'est immiscée dans la hutte en un parfait rayon doré. Ma première pensée a été pour Thad.

Il ne lui restait plus que soixante-quinze jours. Soixante-quinze midis, très exactement.

Puis j'ai pensé à Natalie, qui en avait encore moins. Son lit était vide. J'ai eu un flash étrange, dans lequel j'ai vu ma chambre et le lit vide d'Em contre le mur. Mais si Em était sans doute sortie, cherchant un moyen de tricher sur son âge, Natalie, elle, traquait des portes.

Et j'étais censée être avec elle.

J'ai enfilé mes sandales en vitesse, attrapé mon sac et j'ai foncé dehors. Le feu n'était pas mort, il y avait des braises sous la cendre. Deux bûches attendaient à côté. Et comme lors de ma première matinée ici, Thad se tenait devant le Mur et parcourait les entailles du bout des doigts. À présent, je savais que c'étaient des noms. Sa main est passée sur le mien, et il a tracé le « e-y ».

Je l'ai embrassé dans le cou.

— Bonjour, monsieur Blake.

— Bonjour, marmotte.

Il s'est retourné et a posé ses lèvres sur mon front.

— Pourquoi est-ce que tu ne m'as pas réveillée ?

— Parce que tu avais besoin de te reposer. Allez, on se prépare et on y va.

Talla s'est approchée à grands pas lorsque nous avons rejoint Natalie et Jason près de la Baraque.

— Ça fait plaisir de revoir notre Leader, elle a dit en me lançant un regard acéré. Bonne chance, Nat ! Cours vite !

Elle a serré rapidement Natalie dans ses bras, puis nous a adressé un hochement de tête.

— Faites attention à elle, d'accord ? À bientôt.

En la regardant repartir, le dos bien droit, trottinant avec une intensité à peine contenue, j'ai enfin compris. « Talla est Talla », avait dit Thad. C'était une battante. Elle n'était pas animée par l'esprit de compétition. Elle était déterminée à gagner, à battre l'île et elle avait besoin d'un Leader fort pour ça. Et ce Leader, c'était Thad.

Rives a pris Thad à part, près des cabanes. Thad l'a écouté attentivement et, après lui avoir pressé l'épaule, il est revenu vers nous en scrutant le périmètre de la Cité.

— On remballe et on décolle, il a dit en soulevant son sac.

— En espérant voir midi à notre porte, ou notre porte à midi, a dit Jason.

Armé d'une lance, il s'est mis à suivre Natalie, qui donnait le rythme. Nous leur avons emboîté le pas, cap au sud.

— De quoi parlait Rives ? j'ai demandé à Thad.

— On a perdu la vache cette nuit. Quelque chose a forcé l'enclos. La hyène la terminait ce matin, mais ce n'est sans doute pas elle qui l'a tuée.

— Qui était de garde ?

— Sy, a répondu Thad, frustré. Apparemment, il n'a rien vu.

— Intéressant.

— Oui. J'aurais aimé qu'on garde la vache. Les chèvres sont parties aussi, mais elles reviendront. D'ici là, c'est retour au régime lait de coco.

Il m'a adressé un sourire en coin.

— Chic, j'ai dit avec une grimace.

Il a ri. Ses yeux, cependant, sont restés durs.

Nous avons traversé des territoires familiers, puis nous les avons dépassés. En fin de matinée, nous étions arrivés à destination : un champ de lave noire, différent de celui dont je me souvenais, plus ancien, plus sec, plus gris, avec davantage de fissures et de crevasses. Du rouge luisait au nord.

Nous avons posé nos sacs pour faire une pause. Les casse-croûte du jour étaient frais, nos gourdes étaient pleines. D'après Thad, ce n'était pas toujours le cas, surtout vers la fin des Recherches. Tandis qu'il faisait ses étirements, j'ai travaillé silencieusement à mon projet secret.

— C'est quoi ? a demandé Thad.

— Du papier que Jillian m'a donné.

J'y ai inscrit un dernier trait, puis je l'ai rangé.

— Je le vois bien, a répondu Thad. Est-ce que tu m'écris une lettre d'amour ?

— Un poème, en fait. Un alexandrin sur Nil, quoi de plus normal ?

Puis j'ai hésité.

— Non, en fait, c'est une carte. J'ai un bon sens de l'orientation, alors j'ai commencé à tracer une carte de l'île. Tu n'étais pas le seul à te tenir occupé le temps d'avoir les idées claires.

Il a attrapé le morceau de papier.

— Cool. Ça a l'air bien.

Il a étudié mon croquis. J'utilisais des morceaux de charbon pour dessiner, soigneusement emballés avec des feuilles et de la ficelle.

— Tu utilises quoi, comme unité de mesure ?

— Mes grands pieds. Je marque les distances en marchant.

— Ils ne sont pas grands, ils sont parfaits, a répondu Thad mécaniquement avant de pointer du doigt trois cercles noirs. Et ça, c'est quoi ? Des portes ?

— Oui. J'ai indiqué les portes d'entrée et de sortie dans ce périmètre (j'ai tracé un arc de cercle). Les entrées sont des ronds pleins, les sorties des cercles. Et si elles ne sont pas encore toutes sur la carte, elles ne vont pas tarder à y être. J'ai un autre morceau de papier où je note toutes les entrées et les sorties. Une fois que j'aurai cartographié l'ensemble de l'île, je pourrai y transférer les infos sur les portes.

Thad étudiait la carte en silence, alors j'ai continué de parler.

— Je ne suis pas très douée pour fabriquer du savon, alors j'ai choisi de dessiner des cartes. C'est ma contribution.

Thad a levé des yeux pleins d'espoir et a appelé Natalie et Jason.

— Jason ! Nat ! Venez ! Il faut que vous regardiez ça !

— Attends, j'ai dit, embarrassée. Elle ne ressemble à rien, pour l'instant.

— Détrompe-toi, elle ressemble à de l'espoir.

J'ai présenté mon projet à Jason et Natalie. Ils ont été aussi emballés que Thad.

— Ah, et il y a encore autre chose, j'ai dit. Vous n'arrêtez pas de parler de points chauds. Comme le Champ fleuri, la baie Noire, les champs de lave, la prairie au pied du mont Nil, là où Thad a atterri. Toutes sont des zones dégagées, et je pense que la connexion est là. Il n'y a peut-être pas plus de portes à ces endroits, mais elles sont plus faciles à voir.

— Et à attraper, a renchéri Jason.

— Oui. Cela étant, il y a peut-être de vrais points chauds, des endroits où les portes ont statistiquement plus de chances d'apparaître. Surtout les portes de sortie. Et si on les répertorie toutes sur une carte, peut-être qu'on verra quelque chose. Quelque chose qui augmenterait les chances de tout le monde de s'échapper de Nil.

— Tu remontes jusqu'à quand pour tes infos sur les portes ? a demandé Natalie. Ça ne va pas fausser la carte ?

— Je ne sais pas. J'y ai pensé, je me suis demandé si je devais commencer il y a deux semaines, ou même un mois. Mais je crois qu'il faut y mettre toutes les informations possibles, de tout le monde. Le plus important, c'est de savoir où les gens attrapent des portes de sortie, ou au moins où ils en ont vu, et pour ça, autant aller le plus loin possible. Pour voir s'il y a une constante.

Natalie a hoché la tête.

— Il faudrait qu'on aille au Mur et qu'on te montre où ceux que l'on connaît ont attrapé leur porte.

— Euh, je suis désolé d'interrompre votre discussion au sommet, a dit Jason, mais la pause est finie. Si Nil nous envoie une porte, elle n'attendra pas. Il faut s'activer.

Thad était déjà sur ses deux pieds.

— Jason a raison. Il faut s'éloigner de la lisière du bois et se mettre à découvert.

— On ouvre grand les mirettes et on trotte, a dit Jason avec un sourire.

— Facile à dire, pour toi, a rétorqué Natalie, qui souriait aussi.

Nous avons marché plus ou moins en ligne droite. C'était curieux d'observer et d'espérer, d'attendre quelque chose qui pourrait bien ne jamais se produire. Je m'interrogeais toujours sur ce qui arrivait le dernier jour, dans le cas où on ratait la porte. J'ai prié pour ne jamais le savoir.

Ça n'aide pas Natalie. J'ai chassé ces idées noires et j'ai scruté l'horizon. Aucun signe de chatoiement.

C'était insoutenable.

Au bout d'une éternité, Jason a dit, la voix empreinte de déception :

— C'est terminé. J'étais si sûr qu'elle allait apparaître à cet endroit aujourd'hui. Désolé, Nat. C'était une mauvaise idée. Tu n'aurais pas dû m'écouter.

— Comment tu sais que midi est passé ? j'ai demandé.

— On le sait, c'est tout, il a répliqué la mâchoire serrée. Le soleil, pour commencer. Et l'instinct.

Natalie a hoché la tête, mais Jason avait l'air de s'en vouloir. J'ai hésité avant de dire :

— Jason, je ne crois pas que tu aies eu tort. Je crois que tu es en avance.

Tout le monde s'est tourné vers moi.

— J'ai une théorie. J'ai bien regardé mes relevés, où j'ai listé tous les sites confirmés d'entrée et de sortie, même les portes que les gens ont vues sans les attraper. Nous savons que les entrantes apparaissent n'importe où, n'importe quand. Il n'y a pas de motif, et à mon avis, c'est parce que le motif est déterminé de l'autre côté : chez nous. Mais si on regarde les portes de sortie… (J'ai pris ma carte grossière et seulement les portes en partance.) Je pense qu'elles forment une vague constante en direction du nord. Chaque jour, elles passent à une latitude différente, mais toujours au nord de la précédente, jusqu'à ce que l'île entière soit traversée. Je n'ai aucune idée d'où démarre la vague, ni si c'est un lieu fixe. Mais nous savons que les portes n'apparaissent jamais au même endroit deux jours de suite et je pense que c'est parce qu'elles suivent une séquence, du sud vers le nord. Si on se base sur la porte de Samuel il y a dix jours, sur la plage Blanche, au nord, on peut en conclure qu'on ne verra pas de porte ici avant un jour ou deux.

J'ai haussé les épaules.

— C'est une supposition. Mais si on prend en compte la porte qu'a manquée Jason le jour où je vous ai rencontrés, celle de Sabine, et toutes les portes qu'ont vues les autres, eh bien, ça se tient.

Ils avaient tous les yeux rivés sur la carte.

— Pourquoi est-ce qu'on n'a jamais remarqué ça ? s'est indigné Thad.

— Parce qu'on n'a jamais essayé de relever le timing, a répondu Natalie. Nous savions juste qu'elles allaient vers le nord.

Thad a regardé la carte avec les portes.

— Charley, c'est génial !

— Je n'irais pas jusque-là, je me suis empressée de dire. Je vous le répète, ce n'est qu'une théorie. Et avant qu'on s'enflamme, il y a aussi des portes qui ne collent pas ; elles n'apparaissent pas dans le bon ordre. Comme celle que Jason a vue à l'orée de la forêt, à peu près au moment où Samuel a attrapé la sienne sur la plage Blanche. Pourtant, si j'ai bien compris, la forêt est au sud de la plage Blanche. Du coup, soit l'une d'elles était une exception, soit ma théorie est nulle.

— Une vague scélérate, a murmuré Thad.

— Une quoi ? a dit Natalie en fronçant les sourcils.

— Une vague qui s'échoue plus loin que toutes les autres. On appelle ça une vague scélérate.

— Peut-être, j'ai dit. Ou peut-être que j'essaie juste de forcer une théorie qui ne tient pas la route.

— C'est mieux que rien, a dit Jason. Et rien, c'est ce qu'on avait jusque-là. À mon avis, il faut tester la théorie de Charley et voir si ça nous aide. Alors, on va où ?

J'étais choquée que les trois vétérans se tournent vers moi comme si j'avais la moindre idée de ce qu'il fallait faire.

— Euh, je ne sais pas. Je pense que la prochaine porte arrivera de cette direction (j'ai pointé le sud). Alors, elle sera peut-être ici demain, ou après-demain.

Ou peut-être pas du tout.

— Alors soit on reste ici, soit on marche vers le nord, a dit Natalie, pensive. On traverse l'étendue rouge, pour atteindre la noire d'après.

— Non, pas si loin.

Tous les trois m'ont regardée et j'ai haussé les épaules.

— Ou peut-être que si. Je ne sais pas. Je ne fais que des suppositions.

— On reste ou on bouge ? a demandé Jason.

— On reste.

C'était la voix de Natalie. Le choix de Natalie.

— Alors on reste, a confirmé Jason.

— D'accord, a acquiescé Thad. Dans ce cas, on a vingt-quatre heures pour explorer. Autant aider Charley à compléter sa carte. On avance tranquillement vers le nord, en direction du champ de lave rouge. Ça vous va ?

Une fois le plan adopté, nous avons arpenté le sol noir. À chacun de mes pas, des souvenirs de mon premier jour sur l'île me revenaient. Je me suis demandé ce qui était arrivé au zèbre.

Jason, en tête du groupe, scrutait inlassablement l'horizon. Il était à l'affût d'une porte. Une porte entrante, le genre qui ramène des créatures à sang chaud, comme nous. Je me suis souvenue de Rory, tombé du ciel, rouge comme une tomate, puis de Rory, inerte, rouge de sang.

J'ai frémi. À côté de moi, Natalie a inspiré bruyamment.

— Ne regarde pas, m'a prévenue Thad abruptement.

Trop tard.

Pour la deuxième fois en quinze jours, j'ai vu un cadavre gisant sur le sol. Seulement, celui-ci arborait un long collier.

Chapitre 33

THAD
Jour 291, après-midi

— C'est Li, a dit Natalie dans un souffle. Elle n'a pas réussi.

— Elle m'a offert un collier de fleurs, un jour, a dit Jason sans s'adresser à quelqu'un en particulier.

Charley avait pâli, mais elle n'a pas ouvert la bouche.

J'étais le seul à ne pas fixer Li du regard.

Je cherchais désespérément à contrecarrer le mauvais karma que nous valait la découverte d'un corps le premier jour de nos Recherches.

— Recueillons-nous, j'ai dit.

Nous avons formé un cercle en nous tenant par la main et sommes restés en silence de longues minutes, incapables de bouger.

— Bien, j'ai dit en lâchant la main de Jason, puis celle de Charley. À présent, enterrons-la.

Jason a froncé les sourcils.

— Comment ? La roche est plus dure que de l'asphalte.

Je l'ai regardé.

— Qui a dit qu'on allait creuser ?

Dix minutes plus tard, j'ai soigneusement déposé le corps de Li dans un creux. Elle était entièrement vêtue. Ses vêtements avaient beau avoir de la valeur, je n'allais pas, à la manière de Sy, déshabiller un cadavre. Nous l'avons recouverte de pierres, formant ainsi une tombe de roche noire. Quand les autres se sont écartés, j'ai sorti de mon sac une poignée de corail délavé et j'ai dessiné une croix. Blanc sur noir.

— Repose en paix, Li, j'ai murmuré.

Natalie a étouffé une exclamation.

— Nat ? Ça va ?

— Je viens de me rappeler un truc, elle a susurré, les yeux rivés sur la croix de corail. Cette horrible chanson que chantait Ramia pendant sa dernière Soirée Nil.

Nat a adopté l'étrange cadence de Ramia et récité :

— « Sur Nil nous venons, de Nil certains s'en vont, d'autres comme moi resteront. L'horloge ne s'arrête pas, notre temps s'écoule à grands pas, et Nil fera ce qu'il lui plaira. »

Natalia a levé les yeux vers moi et s'est mise à trembler.

— Si on remplace « moi » par « Li », ça correspond. Pourquoi est-ce qu'il faut que je me souvienne de ça maintenant ?

Parce que Ramia savait, j'ai pensé. *J'ignore comment, mais Ramia savait toujours.*

NON. Mon cerveau rechignait à y croire. *Ses prédictions ne veulent rien dire. Absolument rien.*

Déchiré par cette contradiction, je me suis figé. Charley a pris la parole.

— Natalie, ça va, tu as encore tout ton temps. Des semaines. En plus, tu nous as, nous.

La voix de Charley était pleine de confiance. Natalie lui a étreint les mains si fort que ses articulations étaient blanches. Vidées de leur sang, comme le visage de Li.

D'autres comme moi resteront.

— Natalie, regarde-moi, a dit Charley d'une voix vibrante, qui m'a sorti de ma torpeur. Tu n'es pas Li. Tu es Na-ta-lie, et nous allons te ramener chez toi. Alors, s'il te plaît, ne craque pas, d'accord ?

Natalie a hoché la tête. Elle a pris une grande inspiration et s'est tournée vers la tombe de pierre.

— Au revoir, mon amie. Merci pour la beauté que tu as apportée dans ma vie. Je ne t'oublierai jamais. Repose en paix.

— Où allons-nous ? j'ai demandé à Natalie.

— N'importe où.

Malgré la chaleur du soleil, elle claquait des dents.

J'ai réfléchi à toute vitesse, puis j'ai ramassé mon sac en me gardant bien de m'approcher de Charley. Je ne voulais pas la toucher alors que je venais de prendre un cadavre dans mes bras.

— Je sais. Aux tubes.

— Aux tubes, a répété Jason.

Nous avons marché en silence. Je me sentais mal après ces funérailles.

Encore une mort sous ma responsabilité.

Ç'a été un véritable soulagement d'apercevoir les tubes. Au sud des Arches, un réseau de tunnels creusé dans d'anciennes coulées de lave se déployait à ciel ouvert. Scintillants d'eau fraîche et réchauffés chaque jour par le soleil, les tubes étaient perpétuellement chauds. Pas autant que les douches dont rêvait Charley, mais tout de même bien plus que la crique glacée.

Encore mieux, la plage du Sud était juste de l'autre côté. C'était une large plage noire qui s'étendait de la côte ouest jusqu'à la pointe sud. Quelqu'un avant nous l'avait baptisée ainsi et le nom lui était resté. En voyant notre installation pour le soir, je me suis détendu. Pas totalement, assez toutefois pour demeurer sain d'esprit encore une journée, assez pour pouvoir espérer dormir. Camper près de la mer valait toujours mieux que de s'arrêter au beau milieu de l'île. Ça faisait un côté de moins à surveiller.

Je me suis tourné vers Charley.

— Tu vas aimer. C'est la version Nil d'un bain chaud.

Pendant les quelques heures qui ont suivi, nous nous sommes prélassés dans les tubes. Cependant, je n'oubliais pas qu'on était sur Nil. Et à voir son expression, Nat non plus. La mort planait au-dessus de nous.

Quand l'air s'est rafraîchi, nous sommes allés chercher à manger. J'ai pêché, Charley a cueilli des fruits rouges, Jason et Nat ont ramassé du petit bois. C'était peut-être une première pour Charley, mais notre équipe brillait par son efficacité. Ça dissipait l'aura de mort. L'action était toujours le meilleur antidote sur Nil, ce que j'avais perdu de vue après l'enterrement de Li. Tandis que Natalie préparait le poisson, j'ai montré à Charley comment faire du feu avec mon arc. On frotte et on souffle, on cajole la fine volute de fumée pour qu'elle se transforme en flamme. Les petites brindilles se sont embrasées en quelques minutes. Cette flambée n'était pas seulement destinée à nous réchauffer : elle nous protégeait des animaux sauvages.

Alors que le feu brûlait et que le soleil se couchait, j'ai pris le premier tour de garde.

Natalie avait déjà fermé les yeux, endormie ou perdue dans ses pensées. Jason dormait à côté d'elle. Charley était allongée dans mes bras, près du feu, le dos contre ma poitrine, le visage tourné vers le ciel clair. Même avec la journée pourrie qu'on venait d'avoir, j'étais heureux, et je m'en sentais coupable. J'avais enterré une fille aujourd'hui, et à présent, je tenais la fille parfaite dans mes bras. C'était le yin et le yang de Nil, et c'était pervers.

Charley était silencieuse depuis longtemps. Mon instinct me disait qu'elle ne pensait donc pas aux étoiles.

— Tu penses à Li ?

— Je n'arrive pas à croire qu'elle n'ait pas réussi, a répondu Charley d'une voix feutrée. Une chose est sûre, je ne regarderai plus jamais la roche noire de la même manière. J'en ai parcouru des amas et des amas pendant mon premier jour ici, et si ça se trouve, je marchais sur des cadavres.

Elle a tremblé.

— Eh bien, je n'ai jamais enterré personne sous des pierres noires jusque-là, si ça peut te rassurer.

— Pas vraiment. Parce que toi et moi, nous ne sommes que les dernières recrues. Regarde le Mur. Il est recouvert de noms. Il y en a des centaines.

— Je sais.

Le visage de Charley était toujours tourné vers les étoiles.

— Tu crois qu'on est sur Nil pour une raison précise ?

— Je ne sais pas, j'ai dit avant de lui embrasser la main. Mais en ce moment, il n'y a aucun autre endroit où je voudrais être.

— Pareil, a-t-elle répondu en me regardant droit dans les yeux. Qui est Ramia ?

— Ramia ? j'ai répété, pris de court.

— Natalie a mentionné Ramia, et ce nom me semble familier. Qui c'est ?

— Une fille. Elle est partie quelques semaines après mon arrivée.

Les yeux de Charley sont restés plongés dans les miens.

— Elle n'a pas survécu, hein ?

— Non.

— Et c'est elle qui a confectionné le bracelet en os dont j'ai entendu parler ?

— Oui.

« C'est de l'os, avait dit Ramia en caressant le bracelet comme s'il était surnaturel. L'os d'un animal qui n'est jamais parti. L'os d'un animal que j'ai choisi de ne pas manger. Bientôt, ce sera de l'os sur de l'os. » Elle s'était interrompue, les yeux rivés sur son bracelet. « Je ne partirai pas, Thad. Mon voyage s'arrête là. » Puis elle avait posé sur moi son regard perçant, un étrange sourire aux lèvres. « Tout comme le tien. Tu guideras, mais tu ne partiras jamais. Parce que tu ne vois pas. Au royaume des aveugles, les borgnes sont rois », avait-elle ricané.

Puis elle avait écarquillé les yeux. « Ou peut-être pas ? avait-elle chantonné en scrutant mon visage. Si tu veux vivre, tu dois abandonner ce que tu désires le plus. Ouvre les yeux, Thad. Vas-tu ouvrir les yeux ? » Elle s'était balancée tout en caressant son bracelet, puis avait répété en boucle « ouvre les yeux » et marmonné que les borgnes étaient rois.

« Tu ne partiras jamais. »

Je n'avais jamais parlé à personne de sa prédiction à mon sujet. *Parce que ça n'a pas d'importance*, je me disais. *Ça ne veut rien dire.*

Mais sa prédiction me hantait et m'avait changé. C'était le moment où j'avais décidé que les vacances étaient finies et que je ferais tout pour quitter Nil, quoi qu'ait pu prédire cette folle. J'allais partir.

Jusqu'à ce que Charley apparaisse.

Maintenant, Nil devrait m'arracher à elle.

— En parlant de choses horribles, a repris Charley, est-ce que tu as vu le collier de Li ? Il était fait de cailloux noirs, comme si elle savait qu'elle allait échouer.

Charley s'est tournée vers moi, le regard inquisiteur.

— Tu portais un collier avec une pierre noire, avant. Mais, maintenant, c'est un coquillage.

Elle a pointé du doigt mon cou, où un coquillage lisse et aussi doré que ses yeux était suspendu à un bout de ficelle.

— Vous être très observatrice, mademoiselle Crowder.

Pendant des mois, j'avais porté cette pierre noire. C'était ma façon à moi de narguer Nil. Mais le jour où j'ai rencontré Charley, je suis tombé sur ce coquillage et j'ai jeté la pierre.

En fait, j'en avais trouvé deux.

J'ai sorti un collier de ma poche. Avec la même ficelle, mais un coquillage différent. Il était doré aussi, et piqueté de bleu, comme l'océan qui contenait l'obscurité de Nil. J'attendais l'occasion de le lui donner. Peut-être que c'était le bon moment. Ça lui ferait du bien.

— J'ai découvert ce coquillage en même temps que le mien. Au cas où tu aies envie de porter du bling-bling version Nil.

— Il est beau, s'est enthousiasmée Charley en se le passant autour du cou avant que j'aie pu l'aider. Merci !

Elle a touché le coquillage.

— Je l'adore, elle a dit.

Je t'adore.

L'émotion m'a subjugué au point que les mots sont restés coincés dans ma gorge.

Incapable de parler, à peine capable de respirer, j'ai plongé les doigts dans ses cheveux et attiré sa bouche vers la mienne.

Chapitre 34

CHARLEY
Jour 26, fin de matinée

Midi approchait, et nous étions de retour sur la lave noire. Je me sentais mal, car le matin, tout le monde avait regardé mes plans comme s'ils avaient un sens, alors qu'ils n'en avaient peut-être aucun. Je voulais qu'ils en aient un, parce que ça signifierait qu'une porte se matérialiserait pour Natalie.

— C'est l'heure, a dit Jason en balayant des yeux la plaine noire.

Même sans l'avertissement de Jason, je sentais que midi approchait. C'était comme si, chaque jour, je comprenais un peu mieux l'île. Ou peut-être que c'était ce que j'avais envie de croire, parce qu'il y avait tant d'inconnues. J'ai cessé de penser à tout ce que je ne savais pas, car mes plans faisaient partie de cette catégorie. Et pourtant, nous étions là, transportés par l'espoir qu'ils offraient. Ça me stressait, et pas qu'un peu.

On pouvait lire l'anxiété sur le visage de Natalie, ce qui m'a fait tout oublier.

Je lui ai serré la main.

— Cours vite, mon amie.

Se dire au revoir semblait si définitif… et j'avais peur de lui porter la poisse. Comme si faire ses adieux pouvait empêcher la porte d'apparaître.

Les arbres se dressaient à notre droite, une étendue noire se déployait devant nous, et les rochers rouges à notre gauche suivaient une courbe irrégulière. Nous avons tous scruté le sol, pétris d'attente et de désir ; il y avait de l'électricité dans l'air. L'intensité me donnait des frissons. Quand je me suis aperçue que tout le monde regardait au sud, j'ai frissonné de plus belle.

Au moment précis où j'ai senti la tension se relâcher, j'ai entendu Jason crier.

— Là !

Il montrait du doigt la droite. Près des arbres, le sol s'est mis à onduler, puis s'est étiré pour former un mur chatoyant qui s'élevait vers le ciel. Les bords sont devenus plus sombres, plus nets. L'air à l'intérieur se tordait, translucide, puis incolore. La porte avait terminé de se lever. À présent, elle avançait. Vers le nord, comme prévu.

Natalie courait déjà. Nous sommes restés en retrait pour lui laisser suffisamment d'espace. Elle était à une cinquantaine de mètres et sprintait. Thad et moi sommes restés silencieux tandis que Jason lui hurlait des indications.

Réussis, s'il te plaît, j'ai prié en regardant Natalie faire la course contre le midi. *Attrape cette porte, s'il te plaît. Fais que ce soit ton dernier midi ici.*

Plus que trente mètres.

Soudain, comme dans un film de série B, deux silhouettes ont surgi des arbres. Deux filles, nues et paniquées, couraient côte à côte droit sur la porte. La porte de Natalie.

— Mauvais, a murmuré Thad.

— Cours, Natalie ! j'ai braillé.

Mais je savais que c'était terminé. Elle était trop loin, la compétition était trop rude. La trajectoire des filles allait intercepter celle de la porte bien avant Natalie.

Les filles nues volaient au-dessus du sol noir, leurs quatre jambes paraissant n'en être que deux alors qu'elles convergeaient vers la porte. Natalie était seule, bien trop loin. Elle était encore à une quinzaine de mètres quand les deux filles ont atteint la porte.

Il y a eu un éclair aveuglant, comme un miroir reflétant le soleil. Instinctivement, je me suis protégé les yeux. Quand j'ai retiré ma main, la porte avait disparu. L'air était limpide, bleu. La brise était de retour. L'une des filles gisait au sol, immobile.

L'autre était partie.

— Vous avez vu ça ? s'est écrié Jason tandis que nous piquions un sprint. Elle a rebondi, comme si elle avait été électrocutée.

— Ou repoussée, a dit Thad, le visage fermé.

— Vous avez déjà vu ça ? j'ai demandé.

— Jamais, a déclaré Thad. Mais je n'ai jamais vu deux personnes essayer d'attraper la même porte non plus.

Nous avons rejoint Natalie alors qu'elle s'agenouillait près de la fille. D'un geste sûr, elle lui a pris le pouls.

— Est-ce qu'elle respire ? a demandé Thad.

— Faiblement. Je ne sais pas ce qui lui est arrivé.

— Moi non plus, a dit Jason. Mais c'est très clair : deux personnes ne doivent pas tenter d'attraper la même porte.

Il a regardé la fille, qui avait l'air d'être indienne ou pakistanaise. Elle était très maigre.

— Je ne pensais pas dire ça un jour, il a continué, mais j'en ai ma claque de voir des filles nues.

— Et moi des cadavres, a ajouté Thad gravement. Elle n'est pas morte, elle. Il faut la secourir.

Il a fouillé dans sa boîte et en a sorti quelques objets.

— Exact, a acquiescé Natalie en recouvrant la fille d'un tissu. Même si elle a un peu gâché ma fête.

Elle était étonnamment enjouée, ce qui était bizarre compte tenu des circonstances.

— Ça va ? je lui ai demandé. Je veux dire, pour la porte. Tu aurais pu y arriver.

— Ce n'était pas ma porte. Et, contrairement à elle, je vais bien.

— Je suis heureuse que tu ne sois pas trop contrariée.

Elle a ri.

— Contrariée ? Je ne suis pas contrariée, en tout cas pas pour la porte. Tu ne comprends pas ? Tes plans fonctionnent, Charley ! La porte était pile là où tu pensais qu'elle serait !

Ses compliments m'ont mise mal à l'aise.

— Natalie, c'est peut-être un coup de chance. Il ne faut pas trop s'emballer, hein ?

— Non, elle a rétorqué, tout sourire. Ça marche. Parce que la chance, ça n'existe pas sur Nil.

Chapitre 35

THAD
Jour 292, après-midi

Une nouvelle journée sur Nil, et un nouveau corps inconscient à transporter jusqu'à la Cité.

J'ai regardé la fille allongée sur le brancard fait de bric et de broc, en espérant qu'elle s'en tire mieux que Rory. Mais il fallait bien avouer que ça paraissait mal engagé. On marchait depuis des heures et la fille n'avait pas ouvert les yeux ni émis un son. *Qui que tu sois, ne meurs pas, s'il te plaît*, j'ai pensé. J'en avais marre des morts et des enterrements.

Charley marchait à côté de moi, le regard fixé droit devant elle. Elle était silencieuse depuis que Natalie avait manqué sa porte. Quelque chose l'avait heurtée, j'ignorais quoi. *Le fait que Nat rate sa cible ? Cette fille sur la civière, la nouvelle concurrente sur Nil ? Ou la mort de Li, qui nous obsède tous ?*

Un peu de tout ça, peut-être. Ou peut-être qu'elle n'arrivait pas à en placer une à côté de Natalie qui n'arrêtait pas de déblatérer. Une heure plus tôt, elle avait commencé à enchaîner les syllabes à une cadence infernale, à parler d'équipes, de timing, de stratégies et de vagues de portes. J'aimais beaucoup Natalie, mais là, j'aurais vraiment souhaité qu'elle se taise. Elle frisait la démence.

— Nat, calme-toi, d'accord ?

— S'il te plaît, a marmonné Jason.

— D'accord. Désolée. Mais je suis si excitée par les relevés de Charley et cette idée de vagues de portes ! Je n'avais jamais pensé à l'ordre et à l'espace entre chaque porte, ou chaque volée de portes. Elles se pointent toujours à midi, mais je n'avais jamais réfléchi au temps qu'il y avait entre deux portes à un même endroit, comme celles dans la baie Noire et…

— Nat, je l'ai coupée en me demandant comment elle pouvait respirer. S'il te plaît !

— D'accord. Mais tu dois bien admettre que la théorie de Charley est fantastique.

Nat s'est enfin tue et personne n'a cherché à meubler le silence. Charley avait les yeux rivés au sol.

— Crowder, j'ai dit. Ça va ?

— Oui.

Non, je ne crois pas, j'ai pensé en observant son visage. Cependant, ce n'était pas le moment d'insister. Pas en public, pas avec une fille qui s'accrochait à la vie sur son brancard.

— Tiens bon, j'ai dit.

Pendant une seconde, je me suis demandé à qui je m'adressais. À Charley, à la fille, à moi. Ou à tout le monde. Puis je me suis concentré sur notre marche en faisant attention de ne pas lâcher la fille. Les jambes me brûlaient, mes bras tremblaient, mais je me refusais à faire une pause.

À l'approche de la Cité, la fumée dérivait dans le ciel sombre, comme un signal. J'ai envoyé Jason en éclaireur. Tandis que nous atteignions le camp, Rives est accouru.

Je lui ai tout expliqué à propos de la fille.

— Où est-ce qu'on la met ? a-t-il demandé.

— Avec moi, a répondu Nat. On va être un peu serrées, mais ça ira. Au pire, Charley, tu peux toujours aller ailleurs. Je connais quelqu'un qui n'a plus de camarade de chambre.

Natalie m'a adressé un clin d'œil avant de se retourner vers Charley pour lui lancer une nouvelle salve de questions au sujet de ses plans.

Alors que Natalie monopolisait Charley, je me suis glissé dans la cabane de Nat et j'ai délicatement déposé la fille sur un lit. Nat avait l'une des deux maisons les plus petites, j'avais l'autre. Les plus grandes pouvaient abriter jusqu'à six personnes ; notre maximum, à nous, c'était deux.

Je suis ressorti pour voir Rives, et je n'ai pas tourné autour du pot.

— On a trouvé Li. Elle n'a pas réussi.

— Merde, a dit Rives avec un immense soupir. Tu sais, c'est la première personne que j'ai rencontrée sur Nil. Elle était où ?

— Dans la plaine noire, près des tubes. On s'est occupés d'elle. Je lui ai fait une croix en corail.

Rives a hoché la tête, puis a regardé le Mur.

— J'irai graver pour elle. Et je vais le dire à Quan.

— Tu es sûr ?

— Certain.

Dans la nuit noire, son visage résolu semblait touché par les démons de Nil.

— Tu t'occupes de nous depuis longtemps, mon frère, a-t-il continué. Maintenant, occupe-toi de toi. OK ?

J'ai acquiescé avant de demander :

— Où est Jason ?

— Parti se coucher. Il a dit qu'il avait pris le deuxième tour de garde la nuit dernière. Je parie qu'il s'est déjà endormi.

— Bien.

J'ai posé la main sur l'épaule de Rives puis je suis allé chercher Charley. La Cité était silencieuse, comme toujours lorsqu'un grand groupe partait en Recherche. Assise seule près du feu, Charley regardait les flammes. Elle n'a pas levé les yeux jusqu'au moment où je me suis assis à côté d'elle.

— Où est Nat ?

— Partie chercher du matériel pour la fille… et parler à Talla de mes relevés.

Charley paraissait bien peu enthousiaste.

— Hé, j'ai dit en prenant sa main gelée dans la mienne. Tu as à peine dit trois mots de tout l'après-midi. Qu'est-ce qui ne va pas ?

— Je crois que j'ai commis une erreur en exposant ma théorie. Je n'aurais rien dû dire tant que je n'étais sûre de rien. Enfin, je suis là depuis à peine trois semaines, et vous me regardez tous comme si j'avais les réponses de l'exam, tu vois ?

Charley a essayé de sourire, sans succès, avant de reprendre :

— Mais c'est faux. Si j'ai mentionné ma théorie des portes en séquence, c'est parce que Jason avait l'air énervé quand aucune porte n'est apparue. Et je voulais que Natalie ait un peu d'espoir. Or elle a pris ça pour argent comptant, comme si c'était plus qu'une simple théorie.

— Ça, c'est du Nat tout craché. Elle a tendance à s'emballer.

— Justement. Maintenant, j'ai l'impression de lui avoir donné de faux espoirs. À elle et à tout le monde. Thad, mes cartes sont approximatives et mon idée de vagues, ce n'est qu'une supposition. Et si Natalie manquait sa porte à cause de moi ?

Elle s'est mordu la lèvre.

— Écoute, personne n'attend que tu sauves miraculeusement toute la Cité. Tes cartes sont super, et ta théorie aussi. Oui, c'est juste une idée. Mais c'est un point de départ et ça nous donne une base. Pour prouver qu'elle est juste ou fausse. Mets-toi à notre place : ton idée de vagues est bien plus convaincante que notre approche « roulette russe ». Ton idée ne peut pas être pire.

Puis je lui ai adressé un clin d'œil.

— Mais bon, si tu veux continuer à t'en vouloir, vas-y.

Charley a levé les yeux au ciel ; elle est restée silencieuse. J'ai compris qu'elle n'avait pas entièrement tort.

— Bon, alors, écoute, j'ai dit. Au cours des prochains jours, on va tester ta théorie et rassembler un maximum d'informations sur les portes. Il faut que ça se transforme en projet de la Cité, pas que ça reste le projet de Charley. Ça te soulagerait ?

— Oui, a-t-elle répondu en soupirant.

À contrecœur, elle a déroulé sa carte principale et a posé des pierres aux angles pour la maintenir.

Le contour grossier de l'île ressemblait à un gros diamant. Puis elle s'est enfin mise à parler.

— Rives m'a décrit la côte est, pour me donner un point de départ. Ce n'est pas encore à l'échelle, loin de là. Je sais qu'il y a un volcan en activité dans la partie sud-est, derrière le mont Nil. La lave n'explose pas dans les airs, elle se déverse dans l'océan et coupe la côte en deux. Rives m'a dit que c'était comme du goudron épais avec une couche de feu. En plus, il y a de la vapeur et des cheminées qui crachent. Du coup, le coin sud-est est hors limites.

J'ai hoché la tête et elle a continué.

— D'après mes informations, la pointe au nord est constituée de falaises et de rochers. Pas de sable. Difficile d'y courir. Si on part vers l'est, qu'on traverse les collines, on trouve la jungle. C'est super pour ramasser des lianes et d'autres trucs, mais ça serait compliqué d'y voir une porte avec toute la végétation. Sans parler du fait qu'il faudrait y être un jour où il fait beau et qu'une porte est prévue, ce qui réduit encore les chances. Le soleil brille toujours quand une porte apparaît, n'est-ce pas ?

— Pour autant que je le sache, oui.

— Par conséquent, je pense que la meilleure zone pour trouver une porte tout en continuant à manger, c'est là.

Charley a tracé un large cercle autour de la Cité.

— La côte ouest : la plage Blanche au-dessus de la Cité, la baie Noire au sud, la plage du Sud sous les Arches, jusqu'aux falaises, puis l'intérieur des terres : les champs de lave, la prairie, les collines, et peut-être les bosquets. En gros, c'est ce que vous faites déjà. Partir pour la jungle au nord-est, ça représente une randonnée de trois jours. Et je ne suis pas sûre que ça en vaille la peine. En plus, Jason dit que le littoral est très étroit. Ce n'est pas idéal pour courir.

— Je veux bien te croire, mais des gens ont déjà attrapé des portes près de la jungle. Ce n'est pas impossible.

— Pas impossible, juste plus difficile. Encore une fois, ce n'est qu'une supposition.

Nous avons continué à étudier la carte.

— Je me demande combien de temps met la vague de portes pour traverser l'île de bout en bout, j'ai dit.

— Je me demandais la même chose. Et est-ce qu'elle traverse toute l'île chaque fois, ou est-ce qu'elle n'en balaie qu'une partie ? La seule donnée, c'est qu'une fois qu'une porte apparaît, elle suit les lignes longitudinales, toujours vers le nord. Nous savons que les portes n'apparaissent jamais exactement au même endroit deux jours de suite, et je pense qu'elles n'apparaissent jamais à la même latitude deux jours de suite. D'où l'idée de la vague. Mais combien de jour avant que la latitude soit répétée ? Ça pourrait être trois semaines, deux, quatre. Ou plus. Et quel est l'espacement entre deux latitudes différentes ? Prenons la plage, dans la baie Noire. Deux portes, à un jour d'intervalle. La même plage, mais des latitudes différentes. Est-ce que c'était la même ligne longitudinale, ou bien est-ce que ça change chaque jour, ça aussi ? Rives a dit qu'il n'y avait pas eu de porte dans la baie Noire pendant des mois, mais ça veut seulement dire que personne ne l'a vue, ou en tout cas personne qu'on connaisse. Et puis, après que Jason a manqué sa porte, la vague a fait un bond vers le nord, au-delà des Arches, pour se retrouver sur la plage de la Cité, là où Sabine l'a attrapée.

Elle a soupiré.

— Je ne sais pas non plus quel écart il y a entre les portes individuelles d'un même midi. Je crois que ça varie, mais je ne sais pas pourquoi. Est-ce que ça a un lien avec la vitesse des portes ? Ou autre chose ?

Elle s'est mordu la lèvre à nouveau.

— Mon petit doigt me dit que ça prend environ deux semaines pour traverser l'île avant qu'une nouvelle vague ne se déclenche. Mais dans ce laps de temps, il peut y avoir des regroupements, des scélérates, et tout ça pourrait affecter le timing de l'ensemble.

Elle avait l'air frustrée.

— Tu ne comprends pas ? elle a insisté. Je ne sais rien du tout. J'essaie d'emboîter les pièces du puzzle, alors qu'il m'en manque. Et peut-être qu'elles ne s'emboîteront jamais. Alors ma théorie sera bonne pour la poubelle.

— Dans ce cas, on va résoudre ce mystère.

Elle m'a regardé.

— On va arpenter Nil, on va la cartographier et faire des relevés des portes. On va les chronométrer pour tester ta théorie. Ça sera utile à tout le monde, nous compris.

J'ai pointé du doigt les pierres éparpillées aux quatre coins de la carte et j'ai souri.

— Jolis cailloux.

— Merci. Je les ai trouvés dans la Caverne, sur le chemin de la baie Noire.

Elle m'en a montré un qui ressemblait à un glaçon un peu sale.

— C'est mon préféré. Il me rappelle l'île. Il est trouble, comme si quelque chose de mystérieux se cachait à l'intérieur, alors que les autres sont transparents. On dirait presque des diamants.

J'ai ri en observant les minéraux à la lueur du feu.

— Ce n'est pas qu'on dirait presque, Charley. Ce sont bel et bien des diamants. Bruts et non taillés. Mais contrairement à nous, ils ne bougeront pas d'ici.

Chapitre 36

CHARLEY
Jour 26, nuit

Thad était comme un radiateur atomique. Ça faisait des semaines que je n'avais pas eu aussi chaud. Blottie contre lui, je me sentais détendue, maintenant qu'il avait cessé de parler de ma théorie des vagues et qu'il entortillait mes cheveux.

Nous étions allongés sur le lit, entièrement habillés, ou en tout cas, autant qu'on puisse l'être sur Nil, ce qui voulait dire que j'avais le bras posé sur son torse nu. C'était une première pour moi, d'être couchée près d'un garçon. De sentir son corps contre le mien, le mien contre le sien, de me sentir en sécurité et désirée. C'était à la fois réconfortant et excitant, ou peut-être que c'était juste Thad. Ça m'a fait songer à son passé, dont j'ignorais tout.

— Est-ce que tu as déjà eu une petite amie sérieuse ?

— Une, il a répondu avant de marquer une pause. Mallory. Notre histoire était terminée avant que j'arrive ici.

— Qu'est-ce qui s'est passé ?

— Elle n'était pas celle que je croyais.

Il n'a rien ajouté de plus à cette phrase plutôt vague, alors j'ai insisté.

— Qu'est-ce que ça veut dire ? Elle t'a menti ?

— Aussi, oui. Elle m'a trompé avec mon meilleur ami, puis a menti.

— Aïe. C'est horrible. On dirait que tu as besoin d'un nouveau meilleur ami.

Thad a souri, il était d'une beauté à couper le souffle.

— Ça, c'est déjà fait, je m'en suis occupé.

Il a écarté mes cheveux de mes épaules, ce qui m'a fait frissonner, puis a passé le doigt sur ma clavicule.

— Et toi ? Tu as déjà eu un petit copain sérieux ?

— Juste un.

— Oh ?

Le doigt de Thad s'est arrêté une seconde.

— Oui. Mais ça n'a pas duré.

— Tu lui as brisé le cœur ?

— J'en doute. On était en sixième. Jack Rodgers m'a fait passer un mot pour me demander de sortir avec lui. Il y avait deux cases. J'ai coché « non ».

— Tu as anéanti ce garçon jusqu'à la fin de ses jours !

— Mais non… C'est juste que je n'étais pas prête.

— Et maintenant ?

— Si Jack Rodgers me faisait passer un mot aujourd'hui, je cocherais toujours « non ». Mais si c'était toi, eh bien, ce serait une autre histoire.

Il m'a embrassée, d'abord doucement, puis avec insistance. Il s'est arrêté d'un coup.

— Qu'est-ce qui ne va pas ?

— Rien, a-t-il répondu d'une voix éraillée. Absolument rien.

J'ai touché la cicatrice au-dessus de son sourcil gauche, celle qui ressemblait à une montagne minuscule. Il a fermé les yeux, et à cet instant il a eu l'air insouciant d'un garçon de son âge.

— Comment tu t'es fait ça ? En faisant du surf ?

— Non, du skate. Je suis tombé d'une rampe.

— Tu n'as jamais peur de tomber ?

— Jamais.

Il a gardé les yeux fermés.

— Tu n'as peur de rien, pas vrai, ô grand Leader sans peur et sans reproche ?

Thad a soudain rouvert les yeux. Il m'a regardée, et l'adolescent insouciant était parti.

— Si, de te perdre. Avant qu'on ait eu la moindre chance. C'est ça, ma plus grande peur.

— Tu n'as rien à craindre. Tu vas y arriver. Et moi aussi. Nous avons le temps.

Puis je l'ai embrassé, avec la même fougue que lui plus tôt, et à cet instant, j'ai goûté à la peur de Thad. Elle était puissante, réelle, et pour la première fois le doute s'est immiscé en moi.

« Nous avons le temps », j'avais dit. *Mais est-ce que ce sera suffisant ?*

Chapitre 37

THAD
Jour 293, aube

La lumière du soleil s'introduisait dans la cabane et Charley était dans mes bras. C'était mon plus beau matin sur Nil. Pour la première fois depuis des semaines, j'avais dormi. Pas de rêves, pas de cauchemars. J'avais juste dormi.

Comme Charley maintenant. J'ai repensé à ma plus grande peur, celle que je lui avais révélée la veille. J'avais cru aimer Mallory, mais je m'étais trompé.

L'idée de perdre Charley m'était insupportable.

« Tu vas y arriver, avait dit Charley avec fougue. Et moi aussi. Nous avons le temps. »

J'espérais qu'elle avait raison.

Et que Ramia avait tort. Surgie de nulle part, cette pensée m'a fait faire un mouvement qui a réveillé Charley.

— Bonjour, j'ai dit en lui embrassant le front. Tu as bien dormi ?

— Super, elle a répondu en souriant avant de se retourner pour bâiller. Ma plus belle nuit.

— Tes chaussettes t'ont manqué ?

— Mes chaussettes ?

— Tu m'as dit que tes chaussettes te manquaient. Que tu avais les pieds gelés la nuit. Alors je te demande si tes chaussettes t'ont manqué.

Charley a posé la main sur mon cœur.

— Rien ne me manquait. Rien du tout.

— Ça fait plaisir à entendre.

J'ai de nouveau embrassé son front. J'étais tiraillé entre l'envie d'avoir Charley plus près de moi et le besoin d'espace, car je ne voulais pas perdre le contrôle.

— On ferait mieux d'y aller avant de louper le petit déjeuner.

Natalie était assise avec Talla près du feu, un bol d'ananas posé entre elles.

— Bonjour, les filles. Quelqu'un a mis une option sur l'ananas ?

— Non, vas-y, a répondu Talla. Il y a plein de rouleaux de poisson. Ils sont bons, en plus. Avec du citron vert et du sel de mer. Tu peux remercier Rives et Jason.

J'ai pris deux rouleaux et j'en ai donné un à Charley.

— Il y a aussi du lait de coco frais, a dit Talla.

Charley a fait la grimace en s'asseyant.

— Non, merci, je préfère de l'eau.

— Où est la petite chipeuse de porte ? j'ai demandé.

— Six pieds sous terre, a répondu Talla.

— Quoi ? s'est exclamée Charley. Elle est morte ?

— On l'a enterrée dans la nuit, a confirmé Natalie d'une voix éteinte. Rives, Talla et moi.

Puis elle m'a regardé, le visage rongé de culpabilité.

— Et tout est ma faute !

— Quoi ? Pourquoi ça ?

— Je t'ai laissé l'installer sur mon lit ! a gémi Natalie. Je ne t'ai pas accompagné, et quand je suis rentrée dans la hutte pour la voir, elle était morte.

— Qu'est-ce que ton lit a à voir là-dedans ? j'ai demandé, perplexe.

La réponse de Natalie était emplie d'angoisse.

— Ramia. Elle m'avait avertie, et j'avais oublié ! J'étais tellement obsédée par les relevés de Charley que j'ai complètement zappé. Et maintenant, cette fille est morte. Ramia m'avait prévenue, Thad. Et j'ai tout fait foirer.

— Non, j'ai déclaré avec autorité. Je ne sais pas ce qu'elle t'a dit, mais c'était n'importe quoi. Ramia était barge, Nat. Tu le sais.

— Vraiment ? Elle s'est assise près de moi, Thad, devant le feu, la veille de son départ. Je lui ai souhaité bonne chance pour sa Recherche, je l'ai prise dans mes bras, et quand je l'ai relâchée, elle m'a regardée comme si elle voyait en moi. « Garde ta chance, elle m'a dit. Tu en auras besoin. Tu vas perdre celui que tu aimes, et quand tu essaieras d'en sauver une autre, elle mourra dans ton lit. »

Natalie a frissonné tout en se tordant les mains.

— « Elle mourra dans ton lit », elle m'a dit, en caressant ce bracelet d'os à la con ! Et maintenant, cette fille est morte ! Et elle est morte dans mon lit !

Natalie était au bord de l'hystérie.

La voix chantante de Ramia résonnait dans ma tête. « Morte dans ton lit. Ouvre les yeux, Thad. Au royaume des aveugles, les borgnes sont rois. Vas-tu ouvrir les yeux ? »

— Nat… j'ai bredouillé sans savoir quoi répondre.

Charley m'a regardé un moment, puis a pris les mains de Natalie.

— Natalie, je n'ai pas connu cette Ramia, mais d'après ce que j'ai pu entendre, elle avait l'air complètement timbrée. Ma mamie disait toujours que quand on cherche, on trouve. Et sans vouloir t'offenser, je pense que là, tu cherches le bizarre. Tu cherches quelque chose qui pourrait correspondre à ses prédictions ridicules, et si tu cherches assez bien, je te garantis que tu trouveras. Mais ça ne veut pas dire que c'est vrai. Ni que tu es responsable de la mort de cette fille. En plus, ce n'était pas ton lit.

Natalie a relevé la tête brusquement.

— Tu ne fais que l'emprunter, a précisé Charley. C'est temporaire, comme tout le reste sur Nil. Comme ta séparation d'avec Kevin. Tu n'es qu'un hôte parmi d'autres sur cette île, tu vis un temps mort loin de chez toi. Rien ici n'est à toi. Ni ta cabane, ni ton lit. Alors si j'étais toi, je laisserais tomber.

Natalie s'est jetée dans les bras de Charley.

— Je t'ai déjà dit que j'étais heureuse que ce soit toi qui aies retrouvé les vêtements de Kevin ?

Moi aussi, j'ai pensé en regardant Charley réconforter Natalie. J'en ai eu la gorge nouée. *Je suis heureux d'avoir pu trouver Charley. Et qu'elle m'ait trouvé, même la partie de moi qui s'était égarée.*

À la limite de mon champ visuel, une boule de poils noirs est apparue. Lorsque j'ai vu ses pattes, j'ai souri. Burton.

Il s'est dandiné suffisamment près de moi pour me lancer un regard maléfique typiquement félin.

— Content de te voir moi aussi, mon petit gars, j'ai dit en lui refilant mon dernier morceau de poisson. Je croyais que tu t'étais transformé en croquettes pour chien.

Burton a craché, mais à peine. Il a gobé mon cadeau sans hésiter.

— Est-ce que tu nourris toujours les chats errants ? m'a demandé Charley.

Natalie s'est essuyé les yeux et m'a regardé avec curiosité.

— Seulement Burton.

— Burton ? a répété Charley.

— Oui. Il traîne dans les parages depuis suffisamment longtemps pour que je lui aie donné un nom. Ça le rend moins pitoyable, d'une certaine manière.

J'ai regardé Burton se lécher les babines.

— Ça m'étonnerait qu'il lui reste beaucoup de vies, sur ses neuf.

— Mmm-hmm, a fait Charley d'un ton qui voulait dire « je vois bien que tu dis n'importe quoi, mais je ne vais rien dire ». Il a tout d'un survivant.

Elle lui a aussi lancé un morceau de poisson.

Burton a craché si fort que Charley a fait un bond en arrière.

J'ai souri.

— Je crois qu'il t'aime bien. Mais on ne peut pas en être sûr tant qu'il ne t'aura pas rapporté quelque chose de mort.

Chapitre 38

CHARLEY
Jour 27, matin

À bout de souffle, les mains posées sur les cuisses, j'ai jeté un regard noir à Thad.

— Tu m'as laissée gagner ? Parce que j'ai l'impression que tu as ralenti. Et que tu as fait exprès.

Thad a eu l'air choqué.

— Non. Tu avais plus de réserves que moi, c'est tout.

J'ai étudié son expression.

— Vraiment. Je t'ai battu. À la course.

— Sérieusement, oui ! Je crois que je n'aurais pas dû manger deux rouleaux de poisson ce matin. Ni en donner autant à Burton.

Il a souri, mais c'était un sourire fatigué, comme lui.

À bien y réfléchir, Thad était l'image même du garçon épuisé. Il avait les yeux ternes et cernés de noir. *Ce n'était pas étonnant.* Il avait transporté une fille pendant des kilomètres la veille, en plus de son sac. On avait tous aidé, ou en tout cas on avait essayé, mais il était évident que c'était lui qui avait fait le plus gros. C'est lui tout craché d'aider tout le monde, y compris les chats grincheux. Le cœur lourd, je me suis aperçue qu'il était comme ça depuis la mort de Rory.

— Bon, j'ai dit en lui prenant la main. Allons chercher quelque chose à manger.

L'équipe de Johan était de retour, avec une nouvelle recrue. Un garçon grand, mince, couvert de tatouages. Il avait des trous de la taille d'une pièce de monnaie dans ses lobes d'oreilles : j'imagine qu'il devait avoir des piercings. On aurait dit un chanteur de rock, il ne lui manquait que le mascara et le jean moulant. Au lieu de ça, il portait un pagne. Il s'est assis près du feu, dans une position qui semblait inconfortable. Sa peau était très pâle aux rares endroits où il n'était pas tatoué et son visage blême était figé en une seule émotion : le choc.

Heesham nous a rattrapés à mi-chemin du feu.

— Ça va, les gars ? Charley, est-ce que je peux te piquer ton homme un moment ?

Heesham souriait, et, pendant une seconde, j'ai pensé à Sabine. Avec un peu de chance, il la retrouverait bientôt, de l'autre côté d'une porte. S'ils avaient réussi à se trouver ici, ils pourraient sûrement se retrouver chez eux.

Je me suis aperçue que les deux garçons me regardaient et attendaient ma réponse.

— Allez-y, j'ai dit avec un sourire. Pour info, Thad a faim. Il m'a laissée le battre à la course, alors je sais qu'il a besoin de manger.

Thad a protesté. Heesham a ri.

— Je vais bien m'occuper de lui, promis.

Il a tiré Thad vers lui et a commencé à lui parler à voix basse.

Près du feu, le garçon pâle était seul, toujours aussi pitoyable. Le souvenir de mes premiers jours m'a poussée à aller le voir.

— Salut. Je m'appelle Charley.

Il a levé les yeux vers moi, perplexe.

— Moi, c'est Dex.

Je me suis assise près de lui.

— Ça va, tu tiens le coup ?

Il n'a pas répondu. À en juger par son expression, il n'avait pas l'air de le savoir lui-même. J'ai tenté une autre approche.

— Tu étais où quand la porte a surgi ?

— Je sortais de chez un pote à Manchester. J'avais laissé des trucs dans la voiture, je voulais les récupérer. Et puis je me suis fait frire comme une chips.

Il m'a regardée, surpris, comme s'il me voyait pour la première fois.

— Je suis en plein trip ? Ou je suis devenu cinglé ?

— Tu es en plein trip, c'est sûr, j'ai dit en tâchant de me montrer rassurante. Mais ce n'est pas une hallucination, si c'est là ta question. C'est bien réel. Enfin, aussi réel que peut l'être une sorte d'île dans une dimension parallèle.

Dex me regardait comme si j'étais dingue. Je dois l'admettre : j'en avais l'air.

— Écoute, j'ai dit en adoptant le ton à la fois doux et ferme de Natalie, j'ignore ce qu'est cet endroit. Personne ne le sait, en tout cas personne parmi ceux qui sont ici. Et peu importe.

— Peu importe ? il a répété, la mine ahurie.

— Oui. On n'a pas le temps de s'en soucier. Tout ce qui compte, c'est la survie et l'évasion.

Et le nombre de jours qu'il te reste, j'ai pensé. En observant son regard dénué d'expression, je me suis demandé s'il avait la moindre idée de la date de son arrivée sur l'île.

— Dex, quand les membres de l'équipe t'ont trouvé, est-ce qu'ils t'ont demandé depuis combien de temps tu étais là ?

— Oui. Une semaine, je crois. Je ne suis pas sûr du jour qu'on était quand je suis parti, ça faisait un certain temps qu'on était complètement pétés. Quel merdier.

Il a soupiré.

— Dans ce cas, pars sur une base de dix jours, par précaution.

— Nickel, s'est-il exclamé en riant à moitié. Le mec balaise m'a tout bien expliqué. J'ai un an pour appeler une porte, sinon je resterai là à triper pour de bon.

— Euh, tu ne peux pas les « appeler ». Les portes, je veux dire. Elles apparaissent toujours à midi, comme une machine bien huilée, quelque part sur l'île. On n'a pas compris selon quel schéma. Pas encore, en tout cas. On cherche. Par contre, on sait que si on en voit une, il faut courir comme un dératé, parce que si tu l'attrapes, tu pars d'ici.

— Fantastique, a marmonné Dex piteusement. Alors, je suis foutu. Je ne sais même pas à quoi ressemble une porte. J'en ai jamais vu, je l'ai juste sentie. J'ai cru que j'avais une vieille remontée, mais c'était la porte, pas l'héro, hein ?

— Oui.

— Elles ressemblent à quoi, ces portes ?

Je l'ai regardé et je me suis souvenue de mes premiers jours dans la Cité. Je me suis souvenue du choc de l'arrivée, tous ces visages qui se brouillaient, l'impression de rejoindre le groupe un jour trop tard. Je me suis rappelée l'horrible instant où j'ai appris que mes jours étaient comptés. À présent, en tenir le compte était devenu normal.

Soudain, j'ai eu l'impression d'être une ancienne, ce qui était fou.

Dex me dévisageait avec un mélange d'espoir et de déni.

— Écoute, j'ai dit en parlant aussi doucement qu'Em, je sais que tu dois flipper. Comme tout le monde au début. Et pour répondre à ta question, ça ressemble à de l'air chatoyant qui s'élève au-dessus du sol. Mais ne t'inquiète pas, si tu restes, tu en verras. Et tu auras du soutien.

— Du soutien, a répété Dex d'une voix monocorde. De l'air chatoyant. Courir. Mort. Pigé.

Il a fermé les yeux.

— Vois le bon côté des choses. Au moins, tu n'es plus à poil !

Dex a relevé la tête si brutalement que j'ai eu peur qu'il se fasse le coup du lapin.

Avant qu'il ne puisse parler, Thad lui a tendu la main.

— Salut. Moi, c'est Thad.

Dex a regardé la main de Thad avant de la serrer.

— Dex.

— Bienvenue à la Cité de Nil.

— Merci.

— Tiens bon, mec, a dit Thad. Mange un morceau, tu te sentiras mieux. Tu aimes le poisson ?

Dex a hoché la tête machinalement.

— Parfait. Voilà un rouleau. Tu peux manger les feuilles autour.

Thad s'est tourné vers moi. J'ai remarqué qu'il avait deux rouleaux dans la main, ainsi qu'une mangue.

— Prête ?

J'ai hoché la tête. Alors que nous nous éloignions, Thad a souri.

— Tu cherchais à le mettre en état de choc permanent, ce pauvre garçon ? Quand tu lui as souri, j'ai bien cru qu'il allait avoir une crise cardiaque.

— Très drôle, j'ai répliqué en lui donnant un coup dans l'épaule.

— Aïe !

Il a ri tout en se massant le bras.

— Je me sens mal pour lui. Il est complètement flippé.

— La plupart des nouveaux le sont. Sauf toi.

J'ai secoué la tête.

— Tu ne m'as pas vue pendant ma cinquième nuit.

— J'ai vu ton abri dans la baie. Tu ne flippais pas. Tu te battais pour survivre. Maintenant, mange.

Il m'a tendu un rouleau. Nous sortions des arbres.

La plage bourdonnait d'activité à cause des préparatifs de la Soirée Nil. J'ai aperçu quelqu'un qui n'aurait pas dû être là.

— Miguel est rentré ? j'ai demandé à Thad. Je croyais qu'il était en Recherche.

— Oui, mais Jillian s'est foulé la cheville, ils sont rentrés plus tôt. Elle va bien. Ce n'est qu'une entorse. Et Miguel a le temps.

Cette dernière phrase m'était-elle destinée ou voulait-il se rassurer lui-même ?

— Qu'est-ce qu'ils font cuire ? je l'ai interrogé en humant l'air. Ça sent bizarre.

— Du lapin et de l'autruche. Heesham en a tué une grosse sur le chemin du retour.

— De l'autruche ? j'ai fait en grimaçant. Ça se mange ?

— Jason dit que ça a le même goût que le bœuf. Et après deux cent quatre-vingt-douze jours de poisson, je peux te dire que l'autruche me met l'eau à la bouche.

Deux cent quatre-vingt-douze jours.

Plus que soixante-treize midi.

Est-ce que ça commence comme ça ? j'ai songé. Le décompte s'immisce dans la vie de tous les jours ?

— Qu'est-ce qu'il y a ? a demandé Thad.

— Rien.

Il a chuchoté dans mon oreille.

— On a le temps, tu te souviens ?

Il m'a embrassée sur la tempe.

Rives est arrivé et a parlé à Thad à voix basse. J'ai tout entendu.

— La Baraque a encore été forcée hier soir, pendant qu'on s'occupait de la fille. Cette fois, aucune chance que ce soit un animal.

Rives a marqué une pause.

— Tous les couteaux en métal ont disparu.

Chapitre 39

CHARLEY
Jour 27, crépuscule

Thad était comme possédé.

La nouvelle que lui avait annoncée Rives l'avait rendu fou de rage. Peut-être parce qu'il y avait des chances qu'il y ait un traître dans la Cité, peut-être parce que des vols s'étaient produits malgré tous ses efforts pour les empêcher. Quoi qu'il en soit, Thad était dans tous ses états. Avec Rives, il a examiné la zone autour de la Baraque. Il n'y avait pas de doute sur ce qu'ils cherchaient. Tandis qu'ils s'affairaient dans les bois, j'ai repéré Jason en train de s'introduire dans la hutte de Bart, certainement pour récupérer discrètement les couteaux. Mais il en est ressorti bredouille, comme Thad et Rives. Les couteaux avaient bel et bien disparu.

Comme le midi d'aujourd'hui.

Il était passé sans un bruit, sans une porte. Ça ne voulait rien dire, du moins pour mes relevés et ma théorie. Ça signifiait simplement que personne dans la Cité n'en avait attrapé une.

Après midi, certains d'entre nous sont partis surfer. J'ai réussi à tenir debout sur ma planche pendant plus de deux secondes sans tomber. Talla et Rives ont applaudi, tout comme Jason et Natalie. Thad s'est contenté de sourire, comme s'il avait su que j'en étais capable. Moi, ce que je préférais, c'était flotter sur l'eau. Ça contrastait bien avec le stress du midi.

Et maintenant, la nuit tombait.

C'était une Soirée Nil. Ma deuxième, sauf que celle-ci était très différente de la première. C'était Dex le nouveau, pas moi. Et une ancienne, Li, était morte. Enterrée sous des rochers noirs. Ce soir, j'étais escortée non pas par Thad, mais par Natalie. Ou peut-être que c'était l'inverse. Depuis l'enterrement de la fille mystérieuse, Talla et moi avions fait en sorte que Natalie ne soit jamais seule. Natalie avait accepté de dormir avec Talla, ce qui était un immense soulagement, puisqu'elle n'avait pas mis les pieds dans sa cabane depuis que Rives avait enlevé le cadavre. Je savais que Natalie n'arriverait pas à fermer l'œil. « Une bonne nuit de sommeil est synonyme d'une bonne journée de Recherche ». Ce n'était peut-être qu'un dicton sur Nil, mais si ça pouvait aider Natalie, alors pourquoi pas.

Talla et moi nous étions donc mises d'accord. Je lui avais promis de veiller sur Nat pendant les Recherches si elle s'occupait d'elle cette nuit. « Elle aura son vigile personnel, m'avait promis Talla. Je passerai une nuit blanche si ça peut la faire se sentir en sécurité. » Comme d'habitude, la réponse de Talla avait été extrême, mais ça m'avait rassurée. En regardant Natalie, cette fille si gentille, qui m'avait prise sous son aile dès ma première nuit dans la Cité, et qui n'avait bientôt plus de temps, j'espérais très sincèrement réussir à honorer ma part du contrat.

Lorsque nous avons émergé des bois, le crépuscule tombait. Le soleil était bas, brillant, orange. Les torches dans le sable brillaient moins fort, mais suffisamment pour projeter des ombres sur le sol. Le décor était exactement comme dans mon souvenir, ce qui a créé une étrange impression de déjà-vu. Je me suis rappelé Rory, tapi dans l'ombre, méfiant et observateur. J'ai jeté un coup d'œil en direction des arbres, m'attendant à moitié à voir son fantôme. Au lieu de ça, j'ai vu Rives flirter avec une fille aux cheveux blonds qui tombaient dans le dos et que je ne connaissais pas. Avec un sursaut, je me suis aperçue que c'était Talla. *Merde*, j'ai pensé, surprise. Je ne l'avais pas vue venir, celle-là. En même temps, ce n'était peut-être rien de sérieux.

Près de la table, Thad était en pleine conversation avec Miguel. Derrière eux, un groupe de musiciens jouaient sur des instruments à cordes faits maison, des flûtes en roseau et des maracas confectionnées à partir de gourdes. Et, aussi incroyable que ça puisse paraître, ça ne sonnait pas si mal. Les deux gros tambours étaient silencieux. Il m'a fallu une minute pour me souvenir que le batteur manquant était Samuel. Samuel, qui avait attrapé une porte et nous donnait l'occasion de faire la fête. Seulement, il y avait moins de colliers de fleurs ce soir, parce que Li était partie.

Jillian était assise au coin du feu, toute raide à cause de sa cheville. Près d'elle, Dex avait la peau aussi pâle que son bandage – excepté les tatouages. Il me faisait penser à un chiot égaré. Bon, un chiot de plus d'un mètre quatre-vingts, mais malgré son look de zombie et ses piercings, il semblait étrangement vulnérable.

Quand elle nous a vues, Jillian nous a fait un signe de la main. Je l'ai prise dans mes bras.

— Salut, Jillian. Désolée pour ta cheville.

— Oui, moi aussi. Je suis quand même contente de ne pas l'avoir cassée.

Elle a eu un frisson et nos regards se sont croisés. *Parce que autrement tu ne peux plus courir,* j'ai pensé.

— Salut, Dex, comment ça va ? j'ai demandé.

— On va dire que ça va.

Son manque d'enthousiasme n'était pas de l'impolitesse. C'était comme parler à la victime d'un traumatisme. Sauf qu'à présent il fixait des yeux les tambours, pas le feu.

— Tu joues ? j'ai demandé.

— Ouais. J'ai un groupe avec des potes.

— Si tu as envie de jouer, vas-y.

— C'est vrai ? Je croyais qu'il y avait des règles. Le grand balaise a parlé d'un contrat.

— Une Convention, a corrigé Natalie. Ça signifie juste que si tu restes dans la Cité, tu acceptes de soutenir les équipes de Recherche et de mettre la main à la pâte. Tu peux chasser les portes seul, mais c'est plus facile avec une équipe.

— Complètement, a renchéri Jillian. Qu'est-ce qui se serait passé si j'avais été seule quand je suis tombée ? Sy m'a pratiquement portée sur tout le chemin du retour. Ça peut vite mal tourner, ici.

Dex scrutait le feu.

— Ouais. En parlant de ça, euh, je ne suis pas tout à fait sûr parce que j'étais défoncé, mais… le jour où je suis arrivé, j'ai vu un gros félin, avec des taches. Genre un léopard. Je ne sais pas s'il était réel, mais si c'est le cas, ça fout les jetons. Y a des léopards en liberté ?

— Aucune idée, j'ai dit. Et même s'il y en avait, il n'y a aucune garantie qu'ils soient toujours là. Les animaux vont et viennent, comme nous. Si ça peut te rassurer, il n'y a pas de serpents.

Dex a eu l'air abasourdi, comme s'il n'avait pas pensé aux reptiles.

Thad a sifflé pour attirer l'attention de tout le monde et a levé sa coupe.

— Tout d'abord, à Li. Je vous demande une minute de silence en sa mémoire.

Pendant une longue minute, toutes les têtes sont restées baissées et on n'a entendu que l'océan.

— Et maintenant, à Samuel.

Des cris de joie ont fendu l'air.

— Tu as réussi. Bravo !

Thad a levé sa coupe et tout le monde en a fait de même, sauf Dex.

— Nous avons un nouveau, a continué Thad en se tournant vers nous. Dex, bienvenue sur Nil. Nous sommes contents que tu sois là, même si nous en sommes désolés.

Dex a fait un vague signe de la main.

— Venons-en aux affaires pressantes, a repris Thad. Les Recherches pour commencer. Trois équipes partent à l'aube. Elia partira avec Johan comme Guetteur, Raj en soutien. Miguel avec Bart comme Guetteur, Talla et Heesham comme soutien. Et Nat partira avec Jason comme Guetteur, Charley et moi comme soutien.

Avec une assurance proche de l'arrogance, Bart a tapé dans la main de Sy.

Le visage de Thad s'est assombri. Le changement était évident malgré l'obscurité.

— Deuxièmement, la Baraque a été visitée la nuit dernière et tous les couteaux en métal ont disparu.

Il a parcouru la foule du regard, puis a continué.

— Les animaux ne volent pas d'armes. Si c'est l'un de nous, alors stop. Qu'il remette les couteaux à leur place, c'est tout ce qui importe. Et si ce n'est pas l'un de nous, alors la personne qui montera la garde ce soir ne devra surtout pas fermer l'œil. Nous ne pouvons pas nous permettre de perdre plus de matériel.

Il a jeté un regard noir à Bart, qui n'a pas flanché, puis a pris une profonde inspiration.

— Une dernière chose. Je quitte mon poste de Leader. Je nomme Rives pour me remplacer. Il a été un Second parfait. D'autres nominations ?

Bart a levé la main.

— Sy.

Thad a hoché la tête.

— Quelqu'un d'autre ?

Le feu crépitait dans le silence ambiant.

— Bon, a dit Thad. Tous ceux qui sont en faveur de Rives comme Leader, levez la main.

Plus d'une dizaine de mains se sont dressées.

— Baissez la main. Tous ceux qui sont pour Sy, levez la main.

Bart a levé la main, Sy a timidement suivi.

— Baissez la main. C'est bon.

Thad a brandi son verre en direction de Rives.

— À toi, mon frère. Qui est-ce que tu choisis comme Seconds ?

Rives s'est mis debout.

— Heesham et Talla. Et Sy.

Sy a eu l'air choqué, Bart confus.

— D'accord, a acquiescé Thad. Prenez soin les uns des autres. Concentrez-vous sur le positif, vivez l'instant présent. Buvons au présent !

Tout le monde a levé sa coupe et fait écho aux dernières paroles de Thad.

Alors que la Cité poussait des hourras, je me suis aperçu que Thad n'avait pas mentionné la fille sans nom, celle que Rives et Natalie avaient enterrée pendant la nuit. Cette omission la rendait encore plus anonyme. Aucune reconnaissance ici, et aucun retour possible chez elle. J'ai frissonné.

— En parlant du présent, Macy a préparé un petit quelque chose, juste pour ce soir, a dit Thad. C'est quand tu veux !

— Merci ! a répondu Macy, rayonnante. Alors, je vous préviens, c'est un essai. Si j'étais vous, je reculerais.

Tout le monde a fait un pas en arrière et j'ai senti les bras de Thad se glisser autour de ma taille.

Macy a fait un signe de la tête à Heesham, qui lui a lancé un bâton d'environ un mètre de long. Chaque extrémité était enrobée de quelque chose d'épais, comme de la liane. Elle a plongé chaque bout dans le feu puis a fait tournoyer le bâton comme si elle faisait du twirling. Les flammes dansaient dans l'obscurité et formaient un cercle de lumière. Elle a jeté le bâton en l'air, l'a rattrapé, puis l'a fait tournoyer jusqu'à ce que les flammes viennent lui lécher les mains. Au dernier moment, elle l'a lancé dans le feu. Tout le monde a applaudi et l'a acclamée. Elle a salué son public en riant.

Plus tard, alors que Thad et moi quittions la plage, je me suis rappelé le numéro de Macy : un cercle de feu tournoyant sur fond de nuit noire. On aurait dit une porte, une cible mouvante et brûlante que tout le monde mourait d'envie d'attraper.

Comme Thad, qui n'avait plus que soixante-douze jours pour se sauver.

Et comme Natalie, qui en avait encore moins.

Si je devais les aider, je n'avais plus beaucoup de temps. Mes relevés étaient bourrés de trous et de suppositions, et je ne pouvais pas m'empêcher de penser que quelque chose m'échappait. Nous échappait à tous.

Comment trouver cette pièce manquante ? Et en étais-je au moins capable ?

Chapitre 40

THAD
Jour 294, aube

La Cité était en ébullition.

Les gens couraient, préparaient leurs affaires.

J'ai aperçu Heesham en train d'empaqueter des provisions et me suis dirigé vers lui.

— Sham, tu as une minute ?

— Oui, qu'est-ce qu'il y a ?

— La nuit dernière, Dex a dit à Charley qu'il avait vu une espèce de gros félin, avec des taches. Il était défoncé quand il est arrivé, alors les détails sont un peu flous… Il n'est même pas sûr qu'il ait été réel. Mais c'est Nil, alors je voulais t'avertir avant qu'on parte.

— J'apprécie, mec. Tu le dis à Johan ?

— Pas de problème. Fais attention à toi.

— J'ai de quoi me protéger.

Il a tapoté son épais couteau en bois. Miguel l'avait sculpté pour lui et, comme le garçon qui le portait, ce couteau était un monstre.

— Prends soin de toi aussi.

— T'inquiète.

Heesham est allé voir Miguel et lui a mis une claque dans le dos. Bart était à côté de Miguel, anxieux. *Quelle surprise.* Bart n'était pas parti en Recherche depuis des semaines, et maintenant que quelqu'un le choisissait enfin, il avait l'air d'avoir les nerfs en pelote. Heureusement que Miguel pouvait compter sur Heesham et Talla pour rattraper les bourdes de Bart. À dire vrai, Bart avait beau m'horripiler, il avait des yeux de lynx. Il pouvait repérer une porte à des centaines de mètres de distance, ce qui était l'idée. *Secoue-toi*, j'ai pensé quand le regard de Bart a croisé le mien. *Pour Miguel.*

Talla était en pleine conversation avec Charley. Les deux filles se sont serré la main comme des conspiratrices. Tandis que Charley encourageait Heesham, Talla m'a adressé un mouvement de tête farouche. Puis elle a regardé derrière moi et son visage s'est adouci. Deux secondes plus tard, Rives la prenait dans ses bras et la faisait tourner. Pour finir, il l'a embrassée avec force et l'a gardée contre lui. À ma plus grande surprise, Talla l'a laissé faire.

Ça me fait plaisir pour toi, mec.

Heesham a sifflé. Il a tracé un petit cercle du bout du doigt et a fait un signe de tête à Miguel. Talla a quitté Rives. Bart a suivi Heesham comme un petit chien. L'équipe d'Elia s'était formée en trente secondes chrono.

Les trois équipes se sont élancées, chacune dans une direction différente. Tandis que nos chemins se séparaient, j'ai eu le pressentiment qu'aucune équipe ne reviendrait au complet. En espérant que ce soit bon signe. Les équipes étaient équilibrées, ce qui était un plus. Et les trois Guetteurs avaient une vue excellente, ce qui était encore mieux.

Mais comme je l'avais dit à Heesham, c'était Nil, et on ne pouvait jamais savoir.

Chapitre 41

CHARLEY

Jour 33, fin de matinée

— C'est là que je me suis réveillée le premier jour, j'ai dit à Thad.

Nous contemplions la mer rouge depuis l'un des pics les plus élevés. J'ai été frappée de constater que les rochers étaient exactement de le même couleur que l'argile de Géorgie. Mon rocher champignon était là, plus petit que dans mon souvenir. Il y avait aussi les rochers gros comme des autobus, et il y avait mon sang. Il se fondait dans la couleur des pierres, mais je savais qu'il était là. Je me souvenais de la douleur. J'ai également vu ma cachette, là où je m'étais réfugiée, apeurée. Et enfin, le chemin que j'avais emprunté quand j'avais choisi de courir. À la poursuite du dernier chatoiement. Échec.

Je n'avais jamais été aussi heureuse d'avoir échoué.

— À quoi tu penses ? a demandé Thad.

— À la chance que j'ai eue de ne pas avoir attrapé cette porte le premier jour. Parce que sinon, je ne t'aurais jamais rencontré.

— C'est le destin, il a répondu en glissant une mèche de cheveux derrière mon oreille. Alors, c'est par où ?

— Vers l'est.

Il a hoché la tête, mis les mains en porte-voix et crié : « Est ! » Puis il a pointé du doigt la direction. Natalie et Jason, en dessous de nous, ont levé le pouce. Nous sommes redescendus du promontoire pour reprendre notre marche en équipe.

— Alors c'est là que tu as trouvé les vêtements de Kevin, a commenté Natalie.

— Oui, j'ai répondu en souriant. Se réveiller ici était vraiment flippant.

— Je veux bien te croire.

Un détail horrible m'est venu à l'esprit.

— Alors, on va se réveiller nus de l'autre côté ? Dans notre monde, je ne sais où ?

— Il y a des chances, a répondu Natalie.

— Génial, j'ai grommelé. Ça va me rappeler de bons souvenirs.

À côté de moi, Thad a ri.

Jason était silencieux. L'heure H était trop proche pour qu'il bavarde. Le soleil était haut dans le ciel, j'ai deviné qu'il était bientôt midi.

J'avais eu six jours pour affiner cette sensation. Quand nous avons quitté la Cité, nous nous sommes dirigés vers le sud-ouest, dans l'espoir d'intercepter une porte. Nous nous basions sur la supposition que les portes apparaissaient le long de lignes latitudinales puis filaient vers le nord sur une ligne longitudinale. La veille, nous en avions enfin repéré une dans le champ de lave noire : une simple, trop loin pour être attrapée. C'était la première que nous voyions.

Alors nous avons décidé de changer de tactique et de direction. Maintenant, on pourchassait les portes. Nous étions partis vers le nord, espérant tomber sur la prochaine latitude, et finalement, on s'était installés ici, dans le champ de lave rouge, un point chaud totalement à découvert, où il serait facile de repérer une porte si toutefois elle daignait apparaître.

— Tes sandales sont bien accrochées ? j'ai demandé à Natalie.

— Attachées et prêtes, elle a répondu en souriant.

— Fais attention.

J'avais l'impression de parler à Em. Les mots se bousculaient pour sortir.

— C'est la galère de courir sur cette roche. Ça bouge sous tes pieds, surtout les petits morceaux. Attention aux fissures. Vise les endroits plats, OK ?

Elle m'a serrée fort, sans un mot.

Je l'ai serrée à mon tour. Il fallait qu'elle attrape une porte aujourd'hui, parce que aujourd'hui, c'était le dernier jour de cette Recherche. Nos provisions diminuaient à vue d'œil, alors quoi qu'il arrive, après midi, nous retournerions à la Cité.

Jason s'est arrêté. Tout était étrangement silencieux, comme dans mon souvenir. L'air était immobile.

— Là ! a crié Jason. À cinquante mètres, vers la gauche ! VAS-Y !

Natalie courait déjà. Le mur d'air tourbillonnant chatoyait sous le soleil de Nil.

— Allez, Natalie ! je l'ai encouragée.

Mais je n'ai pas crié. C'était Jason son guide, pas moi.

Plus que dix mètres.

Natalie a sprinté en évitant les fissures. Puis elle a glissé. Elle a basculé en avant, a heurté le sol violemment et a atterri entre deux rochers en dents de scie.

— Je suis coincée ! elle a hurlé en tirant sur sa jambe.

Le temps qu'on la rejoigne, elle avait dégagé son pied. Il était écorché et en sang. À quelques mètres de là, la porte s'est effondrée.

Elle avait disparu.

— Ça craint, elle a dit. Ma sandale est en lambeaux.

Ses yeux se sont embués.

— Prends la mienne, j'ai dit en me dépêchant de la retirer. Elle est grande, mais c'est mieux que rien.

Elle m'a regardée, comme paralysée.

Ses cheveux tombaient le long de son visage. Il n'y avait pas la moindre brise pour les faire voleter.

— Dépêche-toi ! je lui ai crié en me penchant pour l'aider. Cette porte était trop lente pour être une simple ! Allez !

Ce sentiment d'urgence me faisait trembler.

Tandis que Natalie se ruait sur sa sandale, Jason a hurlé :

— Porte à neuf heures, vers la gauche ! Quarante mètres !

Natalie a bondi et a couru maladroitement, comme moi quand j'étais nue. Le passé se mêlait au présent. Elle a foncé de façon erratique au-dessus des rochers, visant les zones planes. L'écart entre elle et la porte se réduisait.

Et puis elle a été assez proche pour que le chatoiement illumine son visage. Elle a souri et des larmes ont brillé sur ses joues. Elle nous a fait un signe de la main, puis a franchi la porte. Le mur iridescent l'a engloutie aussi rapidement que la porte avait avalé Sabine. La silhouette de Natalie a vacillé et s'est estompée. La porte s'est effondrée.

Natalie était partie.

Tout ce qui restait d'elle, c'était un tas de vêtements et deux sandales. L'une des sandales était la sienne, l'autre la mienne, comme les deux moitiés d'un porte-bonheur qu'on offre à sa meilleure amie. Car c'était ma meilleure amie sur l'île, et elle allait me manquer. Mais j'avais toujours Thad.

Thad.

Ses cheveux volaient sur ses épaules : le vent était de retour, doux, à peine perceptible. Et moi, je venais de me rendre compte que si une autre porte apparaissait maintenant, elle serait pour Thad. Et même si j'avais très envie qu'il en attrape une, perdre Natalie et Thad le même jour serait à la fois génial et terrible. Je n'avais pas envisagé qu'il puisse nous rester seulement quelques minutes ensemble.

Le vent est resté constant.

Je ne pouvais plus respirer.

La voix de Jason a brisé cet instant d'horreur.

— C'est fini. Elle était tellement lente que j'ai cru que c'était une triple, mais non.

J'ai frissonné. De soulagement, de culpabilité, de bonheur, de tristesse, de trop d'émotions à la fois. Je me tenais là, les yeux clos, les poings serrés. Je m'en voulais de ne pas m'être préparée à ce moment. Je ne pouvais pas m'arrêter de trembler.

— Bravo, j'ai entendu Thad dire à Jason.

Et puis ses bras se sont enroulés autour de moi.

— Hé, tout va bien. Natalie a réussi grâce à toi.

— Non. Ce n'était pas grâce à moi. C'était de la chance. Mais…

Je me suis mordu la lèvre, furieuse de ne pas être prête à faire mes adieux à Thad.

— … Non, rien.

J'ai respiré un grand coup et je l'ai serré fort contre moi.

Thad m'a regardée, les sourcils froncés.

— Tu as tort. Tes relevés étaient justes. Ta théorie fonctionne.

J'étais trop secouée pour protester.

Thad m'a tendu la main.

— Allons récupérer les affaires de Natalie.

— Je m'en occupe, j'ai dit.

Sans attendre, j'ai suivi les pas invisibles de Natalie jusqu'à ses vêtements. Lorsque j'ai soulevé ma sandale, un objet est tombé sur le sol. C'était le bracelet en coquillage de Natalie, celui qu'elle ne quittait jamais.

Je l'ai ramassé et je me suis souvenue de Natalie en train de le triturer et me demandant : « Tu n'aurais rien trouvé d'autre avec les vêtements, par hasard ? »

À présent, je comprenais ce qu'elle avait espéré que je retrouve. Quand j'avais pris le short de Kevin, quelque chose de brillant s'était envolé. Quelque chose d'aussi lumineux et fragile que le bracelet dans ma main.

— Kevin l'avait fait pour elle, a dit Thad en s'approchant.

— Et il en avait un aussi. C'est comme les colliers que tu nous as faits.

J'ai avalé ma salive, consciente qu'un jour je ramasserais le collier de Thad par terre et le garderais sur moi jusqu'à ce que je puisse le retrouver de l'autre côté.

Et ç'aurait pu être aujourd'hui.

J'ai fait un effort pour que mes mains ne tremblent pas et j'ai glissé le bracelet de Natalie dans mon sac. Puis j'ai rassemblé ses vêtements, je les ai rangés à côté de mes cartes et je me suis tournée vers Thad. J'avais encore une chose à faire. Une dernière chose pour tenir ma promesse à Talla, car c'est ce que Natalie aurait voulu.

— Je suis prête, j'ai annoncé. Je peux choisir le chemin ?

— Vas-y, a répondu Thad en me faisant signe de passer devant.

J'ai retracé la route que j'avais empruntée trente-trois jours auparavant.

Trente-trois jours.

Trente-trois jours, ce n'était rien, et pourtant, ça me semblait une éternité. Thad avait encore soixante-six jours, mais ça paraissait insignifiant. On aurait de la chance d'avoir encore soixante-six jours.

Peut-être qu'il ne nous restait plus que vingt-quatre heures ensemble.

Chapitre 42

THAD
Jour 299, après-midi

Voir Nat attraper cette porte a eu un effet très étrange sur Charley. Je la connaissais assez pour distinguer un silence décontracté d'un silence angoissé, et celui-là était bel et bien angoissé. Je me suis dit qu'elle allait ruminer tout ça jusqu'à ce qu'on soit seuls pour en parler.

Charley nous a conduits à travers le paysage rouge. Ce n'était pas une partie de plaisir de crapahuter dans ces décombres et j'avais hâte de regagner la plaine noire.

Elle s'est arrêtée devant une énorme crevasse.

— C'est là que j'ai trouvé les vêtements de Kevin.

Elle a sorti le bracelet de Natalie de son sac, l'a serré, puis l'a lâché dans la crevasse.

— Quand j'ai récupéré les vêtements de Kevin, son bracelet est tombé là-dedans. Je crois qu'il fallait que les bracelets soient ensemble, n'est-ce pas ? Maintenant, c'est chose faite.

La simple bienveillance de son geste m'a surpris. Sa justesse également. Je me suis rendu compte que

Charley comprenait mieux Nil que je ne le pensais, même sa partie sombre.

En particulier sa partie sombre.

J'ai glissé ma main dans la sienne.

— Allons-y.

Elle n'a pas bougé.

— Charley ?

— Thad… elle a commencé lentement, comme si elle réfléchissait à voix haute. Tu as dit que le jumeau de l'Homme dans le labyrinthe se trouvait près de la jungle. Est-ce qu'il était gravé dans la roche noire ?

— Oui.

— Et toi, tu as atterri au pied de cette montagne ?

— Oui.

Je me demandais où elle voulait en venir.

— Est-ce que tu as vu des gravures, là-bas ?

— Non.

Elle paraissait pensive.

— Mais tu n'en cherchais pas non plus.

— Pas vraiment, non.

— J'ai envie d'y aller. De remonter le champ de lave noire jusqu'à la montagne pour compléter mes cartes et inspecter chaque formation rocheuse suffisamment importante pour pouvoir abriter des gravures. Si on se rationne, on a assez de nourriture pour plus d'une journée et largement assez d'eau. Qu'est-ce que vous en pensez ?

Son expression me mettait au défi de refuser. De son côté, Jason semblait curieux.

— D'accord. Il y a une grotte à environ dix mètres du pied de la montagne, qui surplombe la prairie. Elle est petite, mais on y sera en sécurité. On peut y dormir cette nuit. Si on ne trouve pas de nourriture, il faudra qu'on reparte demain matin.

Charley a hoché la tête. Mon intuition me soufflait que cette randonnée impromptue n'avait pas pour seul but la cartographie ou la recherche d'une gravure. Quelque chose la dévorait de l'intérieur.

Nous avons viré au sud-est jusqu'à rattraper la coulée noire du sud, puis nous nous sommes enfoncés à l'intérieur des terres en direction de la montagne. Plus on allait vers l'est, plus la nature était sauvage. Les massifs d'arbres étaient plus nombreux et plus hauts. Un taillis abritait même une girafe. Deux chiens sauvages ont effrayé un lapin que j'aurais bien aimé capturer pour le dîner. Le bon côté des choses, c'est que les chiens nous ont laissés tranquilles.

Toutes les formations rocheuses devant lesquelles nous sommes passés n'étaient rien de plus que ça : des tas de pierre. Pas de gravure, pas d'indice. Si Charley était déçue de ne rien trouver d'autre que des cailloux, elle le cachait bien. Mais notre petite tournée nous avait ralentis, et lorsque la lumière du jour s'est mise à décliner, nous étions encore bien loin de la grotte.

— Il est temps de s'arrêter, j'ai dit à contrecœur. On a besoin de petit bois et d'un endroit sécurisé, parce qu'on n'arrivera jamais à la grotte avant la tombée de la nuit.

Jason a froncé les sourcils tandis que je regardais le dernier amoncellement de pierres noires. À peu près à hauteur d'épaule et formant une sorte de demi-cercle, ces rochers offraient une protection toute relative contre le vent et les animaux sauvages. Ce n'était pas idéal, mais c'était mieux que rien.

— Là, j'ai décidé.

La montagne se dressait devant nous. On a préparé le campement pour la nuit. On a ramassé du bois, fait un feu, puis on a partagé un maigre repas à base de fruits secs et de noix. Les étoiles ont commencé à apparaître. Jason a pris le premier tour de garde.

Charley et moi étions assis près du feu, hors de portée de ses oreilles.

— Tu es restée silencieuse toute la journée. Je sais que Natalie te manque, mais elle a réussi, non ?

— Ce n'est pas ça.

Le regard perdu dans le feu, Charley tripotait son collier. Je n'ai pas insisté, et après un long moment, elle a repris d'une voix étranglée.

— Pendant une seconde, j'ai cru que c'était une porte triple. J'ai cru qu'une troisième porte allait apparaître, après celle de Natalie. Et ç'aurait été la tienne. Ça ne m'était pas venu à l'esprit que je pourrais avoir à te dire au revoir à ce moment-là. Que ça pouvait être une question de minutes, pas de mois.

Elle m'a regardé avec intensité.

— Je n'étais pas prête. Pas encore. Mais je te promets que le prochain midi, je le serai.

« De minutes, pas de mois. »

J'ai regardé Charley tout en assimilant ses paroles. Des mois, ce n'était pas suffisant. Des minutes, c'était une blague.

— Oh, mon Dieu ! elle s'est exclamée en me regardant avec des yeux ronds. Tu n'y avais pas pensé non plus ! Tu ne t'es jamais dit que si Nil nous envoyait une triple, la troisième porte serait pour toi, monsieur le Leader qui a la Priorité ?

— Pas vraiment.

Pas du tout. Et je n'arrivais pas à croire que je n'y avais jamais pensé.

Elle a hoché la tête et a baissé les yeux vers nos mains entrelacées.

— C'est juste… je veux qu'on puisse vraiment se dire au revoir. Je veux…

Charley s'est arrêtée et a secoué la tête.

— Pas de regrets, j'ai chuchoté pour combler le silence. Pas de non-dits.

Elle a levé les yeux vers moi.

— Pas de regrets.

Nous sommes restés main dans la main, blottis l'un contre l'autre, enveloppés dans l'obscurité. C'était Charley et moi contre la montre. Durant cet instant de calme, je savais exactement où j'allais, il fallait juste que je détermine le meilleur itinéraire pour y arriver.

— On s'est disputés, mon père et moi, j'ai raconté. Pendant ma dernière matinée à Whistler. Après le petit déjeuner, quand je lui ai dit que j'arrêtais mes études.

J'ai fermé les yeux pour mieux me souvenir. Mon père avait confisqué mon casque pour me forcer à écouter. « Arrêter tes études ? Pour ça ? il avait grondé en secouant le casque sous mes yeux. Tu veux bousiller ton avenir POUR ÇA ? »

J'avais récupéré mon casque et je l'avais brandi bien haut. « C'est ÇA, mon avenir. Pas un bureau sans fenêtres où je gratterais du papier, à me dire tous les jours : "Qu'est-ce qui se serait passé si ?" » Puis je lui avais tourné le dos, j'avais pris ma planche et j'étais parti en trombe, trop furieux pour essayer de défendre ma décision. Plutôt que de dire à mon père que mon avenir, c'était le snowboard, que je le construisais sur les bases d'un entraînement personnel quotidien, je m'étais contenté de paroles de haine et d'un coup bas. Je savais que je devais m'excuser, mais j'étais trop énervé pour y retourner. Je m'étais dit que j'arrangerais les choses plus tard, que je me laissais le temps de décompresser, que je lui laissais le temps de changer d'avis.

Mais il n'y avait pas eu de plus tard. Les regrets étaient des salauds. Et je vivais avec depuis ce jour-là.

— Et ? a insisté Charley.

— J'ai fait n'importe quoi. Le truc, c'est que mon père a quitté le circuit pro de ski pour ses études, quand ma mère est tombée enceinte de moi. Il est comptable et il déteste ça. C'était son rêve de passer professionnel, je sais qu'il regrette d'avoir abandonné. Mais je ne suis pas comme lui. J'avais tout prévu. J'avais déjà un tuteur, j'allais obtenir mon diplôme en avance, mais il ne m'a pas laissé le temps de lui dire. En plus, j'avais prévu d'aller à l'université pendant la saison morte. Mais après dix mois de décompression, je me rends compte que c'est moi qui ai quitté la pièce. J'avais l'occasion de lui expliquer mon projet et je ne l'ai pas fait.

— Mais… a commencé Charley.

J'ai posé un doigt sur ses lèvres.

— Ce que je veux dire, c'est que j'attendais le moment propice pour lui dévoiler mon projet, et que je l'ai manqué. J'ai trop attendu. Je ne ferai pas la même erreur avec toi. Je pars du principe que tu sais ce que je ressens, même si je ne le dis pas. Il n'y a pas de moment parfait, surtout pas ici, où chaque instant peut être le dernier.

J'ai souri, toujours aussi impressionné par cette fille qui m'avait fait me sentir plus vivant que je ne le croyais possible, en particulier dans un endroit où la mort était reine.

— Je t'aime, Charley. Plus que je n'ai jamais aimé qui que ce soit. Je t'aime depuis le jour où je t'ai rencontrée, quand tu as déboulé sur la plage. Tu avais l'air de mourir de faim, mais tu déchirais. Tu t'inquiétais pour ta chèvre alors que tu aurais dû t'inquiéter pour toi. Je t'aime depuis des semaines. Ça m'a juste pris du temps pour m'en rendre compte.

Ma voix était rauque.

— Voilà, tu sais, maintenant…

Charley a souri. Elle a posé le pouce sur la cicatrice au-dessus de mon sourcil.

— Je le savais déjà. Tu m'as montré un million de fois combien tu m'aimais, à me protéger constamment de tout ça (elle a balayé le paysage de la main). Quand tu étais occupé à être le meilleur guide du monde, avec tous tes services de protection de Nil, moi je te protégeais ici.

Elle a placé la main sur mon cœur.

— Parce que je t'aime aussi. Plus que je n'ai jamais aimé qui que ce soit. Je t'aime depuis le jour où je t'ai rencontré, quand je t'ai vu marcher sur ma plage, défendant Jason contre le danger, en l'occurrence moi.

Elle a eu ce sourire en coin qui me faisait penser qu'on pourrait y arriver, finalement.

— Et quitte à s'entraîner à se faire des adieux, autant s'embrasser, non ?

— Si tu insistes, j'ai répondu en souriant.

Alors que j'approchais mes lèvres des siennes, un énorme rugissement a retenti.

J'ai bondi sur mes pieds en même temps que Charley.

— On est foutus ! a crié Jason. On est une cible trop facile !

À quelques mètres de nous, il se tenait droit, la lance dressée, et scrutait l'obscurité.

— Charley, j'ai dit. Assure-toi que le feu ne s'éteint pas.

Personne n'a dormi. La nuit était tour à tour bruyante et silencieuse. Nous étions pris au piège dans notre prison de pierre noire. *Des rats dans un labyrinthe*, j'ai pensé. Une hyène a ricané, des chiens ont aboyé, des yeux ont lui dans l'obscurité. Dos au feu, Jason et moi lancions des cailloux dans leur direction avec des lance-pierres de fortune. Charley nous fournissait des munitions. Au bout d'un moment, une pierre a touché sa cible. D'après les gémissements, un chien sauvage avait été atteint. Les cris d'agonie et les rugissements intermittents nous mettaient les nerfs à vif.

Les yeux ont disparu, mais les bruits ont continué. Quand on ne jetait pas de cailloux, on agitait nos torches face à la gueule béante de la nuit. C'était comme essayer d'arrêter une avalanche avec un parapluie.

L'aube s'est finalement levée.

— Eh ben, c'était sympa, a dit Jason en s'étirant.

— Désolée de vous avoir amenés là.

Charley avait l'air mal en point, mais c'était probablement notre cas à tous après cette horrible nuit.

— C'était une erreur, elle a continué. Accordez-moi une seconde pour faire ce que j'ai à faire, et je suis prête à repartir.

Elle a marché vers un gros rocher solitaire en bordure de la forêt, comme un repère : un colosse noir avec une couverture verte. Le flanc de la montagne débutait à un jet de pierre de là.

J'ai suivi Charley, couteau dégainé, car je ne voulais pas la quitter des yeux. Quand elle s'est approchée du rocher, j'ai scruté le périmètre. RAS.

— Thad ! Viens voir !

La voix de Charley m'a fait reprendre mes esprits.

Elle était en train d'arracher frénétiquement le lierre de la roche et j'ai vite compris ce qui la poussait à le faire. Sur sa surface lisse, le roc arborait une autre gravure. Le même labyrinthe, avec le même *12* au sommet. Sauf que sur cette gravure, deux lignes sectionnaient le labyrinthe, plaçant l'homme en plein cœur de la cible. *Dans le mille*, j'ai pensé.

Charley rayonnait.

— C'était ce que j'espérais trouver ! Une autre gravure !

Elle a sorti une feuille de papier de son sac et l'a placée par-dessus la gravure. Le papier était presque transparent, rien à voir avec l'épaisseur de nos vêtements. Ça m'a fait prendre conscience de l'incroyable talent qu'avait Jillian avec les arbres à papier. Charley a frotté le papier avec du charbon de bois jusqu'à ce qu'il soit noir et que le relief du labyrinthe ressorte en blanc.

Quelque chose a cogné ma cheville. Avant que mon cerveau ait eu le temps de me dire stop, j'avais pivoté pour protéger Charley.

Un chaton noir titubait près de ma jambe. J'ai pensé à Burton et je me suis demandé comment il s'en sortait dans un monde rempli de hyènes et de chiens sauvages. *Peut-être qu'il est rentré chez lui*, j'ai pensé, *même si je ne sais pas où c'est. Le Canada, peut-être ?* L'idée de voir Burton sur la neige m'a fait sourire.

Charley a mal interprété mon expression.

— Je sais, c'est trop cool !

Elle a enroulé son calque et l'a rangé avec ses cartes.

— Allons-y. J'ai envie de rentrer avant la nuit et, si j'ai le temps, d'aller voir les Arches.

C'est tout juste si Jason a jeté un coup d'œil à la gravure.

— Je suis d'accord avec Charley, il faut partir. J'ai trouvé une carcasse de chien et je n'ai pas envie de servir de déjeuner.

Nous avons pris le chemin le plus court pour rentrer. La journée avançait et plus personne ne parlait d'un détour par les Arches. Peut-être que Charley avait changé d'avis, peut-être qu'elle savait que j'allais refuser. Tout ce que je voulais, c'était de la nourriture et un lit, et il n'y avait ni l'un ni l'autre aux Arches.

Nous sommes arrivés dans la Cité après la tombée de la nuit. Charley a tenu une torche pendant que je gravais une encoche pour Natalie. *Pour que la Cité se réveille avec une bonne nouvelle*, j'ai pensé.

Puis, complètement épuisés, nous nous sommes écroulés dans notre lit.

J'ai enlacé Charley ; elle avait posé sa tête sur mon torse. Nous étions enveloppés dans la semi-sécurité de la cabane. Je ne sais pas lequel d'entre nous s'est endormi le premier.

Chapitre 43

THAD
Jour 300, aube

Mes rêves étaient tordus, remplis de labyrinthes et de cris, de grands félins et de chasseurs sans visage. Je me suis réveillé à l'aube, à cran. À cause de mes rêves, mais aussi à cause de la réalité du jour.

Aujourd'hui, c'était mon Jour 300.

C'était un point décisif.

Je suis sorti en faisant bien attention à ne pas réveiller Charley. Première chose à faire : aller voir Rives. Je n'avais pas l'intention de mentionner la dernière découverte de Charley ni sa fascination pour les gravures. Ce qu'on avait trouvé hier ne faisait que confirmer ce que je pensais déjà : nous avions tous une cible dans le dos et c'est Nil qui tenait le fusil.

Rives mangeait une mangue sur la plage.

— C'est super pour Nat, il a dit en me donnant un petit coup de poing sur l'épaule.

— C'est clair. Alors, c'est quoi le bilan ?

— L'équipe de Johan est rentrée il y a deux jours. Ils n'ont pas vu une seule porte. Raj a aperçu un tigre au cours de la deuxième nuit, et le troisième jour leur camp a été attaqué. Leur nourriture, leurs armes aussi. Même leurs vêtements de rechange. Envolés.

Les animaux ne volent pas des armes. Ce sont les gens nus qui volent des vêtements.

— Est-ce qu'ils ont vu qui c'était ?

— Deux garçons. Maigres, jeunes.

— Mais personne n'a été blessé.

C'était une affirmation autant qu'une question.

— Non.

— C'est une bonne nouvelle.

Je me demandais si les voleurs savaient pour les portes et la limite de temps. Et aussi si c'étaient eux qui avaient attaqué la Baraque.

— Attends, ce n'est même pas ça, la bonne nouvelle, a dit Rives avec un sourire. La bonne nouvelle, c'est que Quan n'a pas déserté, que les couteaux sont réapparus et qu'on a un petit nouveau, Sergio. Il est italien, et tiens-toi bien : son père était charpentier, il peut construire n'importe quoi. Avec des clous en bois !

— Ça peut servir.

Mais je pensais encore aux couteaux. Leur retour signifiait que ce n'était pas l'œuvre de voleurs. Ça sentait le sabotage interne à plein nez. *Tout ce qui importe, c'est que les couteaux soient revenus*, j'ai essayé de me convaincre.

Rives était à fond.

— Je pensais à des pièges pour animaux. Peut-être un nouveau planeur. On pourrait fabriquer des rames, consolider la cabane de Julio…

Rives parlait aussi vite que Natalie, sa jumelle disparue.

Je lui ai mis une claque dans le dos. Sa liste me paraissait étrangement lointaine.

— On dirait que tu gères. On va courir ?

Rives m'a regardé.

— Oui, allons-y.

Il n'a plus mentionné ses projets.

J'ai couru aussi longtemps que j'ai pu, mais j'avais les jambes en compote à cause de toute la marche de la veille et j'ai dû abandonner un peu vite. En plus, je mourais de faim. Et Charley me manquait.

Près du feu, Jillian lui faisait deux grandes tresses.

Je les ai saluées, j'ai pris un rouleau tout chaud et je me suis assis à côté de Charley. Ses épaules étaient détendues, elle avait la tête légèrement penchée, tandis que Jillian lui enroulait les cheveux en chignon.

— Ne bouge pas, Charley, a dit Jillia en attrapant un bout de ficelle.

Comme si elle allait bouger, je me suis dit en souriant. Charley adorait qu'on la coiffe. J'étais un peu jaloux de Jillian.

— Pour info, Jillian, c'est à moi de faire ça, normalement.

J'ai souri à Charley, et Jillian a ri.

— Tu es coiffeur, maintenant ?

— Il a des talents cachés, a répondu Charley très sérieusement.

— Oh ! là là ! Vous voulez que je vous laisse seuls ?

Elle a changé d'appui et a grimacé.

— Comment va ta cheville ? j'ai demandé.

— Mieux. Elle est encore un peu raide. D'après moi, je pourrai courir d'ici une semaine.

Julio et un nouveau sont passés, les bras chargés de feuilles vertes, celles qu'on utilise pour les rouleaux. J'ai supposé que le nouveau était Sergio, mais j'ai sursauté quand je me suis aperçu que c'était Dex. Dex, celui qui ressemblait à un vampire shooté à son arrivée. Maintenant, il avait l'air d'avoir bu du sang frais, ou peut-être d'avoir profité d'une bonne dose de soleil. Il n'avait plus la peau blafarde. Il avait l'air vivant. Ses oreilles, elles, étaient toujours aussi étranges.

— Eh bien… j'ai fait.

— Quoi ? a demandé Charley.

— Dex. On dirait qu'il a rejoint le monde des vivants. Fini les vampires et les cimetières, pour lui.

— Ça lui a pris deux jours pour émerger de sa torpeur, a dit Jillian, mais c'est quelqu'un de bien, en fait. Et de débrouillard. Dex vit seul depuis ses quinze ans, alors il sait cuisiner. Et contrairement à certains nouveaux, il a été suffisamment malin pour ne pas rôtir dès sa première semaine ici.

J'ai hoché la tête. Plus d'un concurrent s'était retrouvé avec de graves coups de soleil et ce n'était jamais beau à voir. Le pire ces derniers temps avait été Bart.

Bart. En ce moment, il était en Recherche et soutenait Miguel.

— Tu as entendu ça ? a demandé Charley en tournant la tête.

J'ai tendu l'oreille et essayé de faire abstraction de l'océan. Alors j'ai entendu. Un hurlement suraigu, faible, humain. J'ai bondi sur mes pieds derrière Charley. Jillian s'est relevée et sa cheville a immédiatement flanché.

— Reste là, je lui ai dit. Non, encore mieux, va chercher Rives.

Charley courait déjà en direction du cri. Je me suis lancé à sa suite, puis j'ai entendu crier à nouveau. Cette fois, c'était un nom. Je n'ai pas reconnu la voix, mais j'ai reconnu le mot.

Rives.

Chapitre 44

CHARLEY

Jour 34, matin

— Rives !

C'était une voix féminine où perçait la panique. Les pauses entre les cris étaient plus terrifiantes encore que les cris eux-mêmes.

Thad m'a rattrapée au moment où le chemin s'élargissait. Nos jambes bougeaient à l'unisson et je savais que si on continuait, on finirait par atteindre la vallée, juste avant la jungle. Je savais aussi qu'on n'irait jamais aussi loin, que nous trouverions quelque chose avant. Ou quelqu'un.

Une fille est sortie des bois en titubant. Non, deux. L'une était asiatique, avec des cheveux noirs et lisses. Petite comme Li, mais plus jeune, les yeux emplis d'effroi. L'autre fille, c'était Talla. Elle était en sang, inconsciente, et sa tête pendait comme celle d'une poupée de chiffon. L'autre fille la portait tant bien que mal en appelant désespérément Rives.

À l'instant où elle nous a vus, elle s'est écroulée et a déposé Talla sur le sol.

— Tu veux que j'aille aider à trouver Rives ? j'ai demandé alors qu'on s'approchait des filles.

— Non, reste, a répondu Thad d'un ton sec.

Talla avait les bras et le visage lacérés. Une plaie sanguinolente traversait son avant-bras et s'enroulait autour de son coude : on voyait l'os. Son bras droit pendait de façon bizarre.

La fille gémissante semblait avoir rétréci. Son visage poupin ruisselant de larmes, elle a bougé Talla.

— Est-ce que tu parles notre langue ? a demandé Thad avec douceur.

Elle a hoché la tête.

— Je m'appelle Thad. Et toi ?

— Mi-Miya.

Elle expulsait ses mots entre deux respirations.

— Très bien, Miya. Est-ce que tu sais ce qui s'est passé ?

— Un loup. Elle m'a sauvée d'un loup.

Où est Miguel ? Et Heesham ? Et Bart ? Où est son équipe ?

Thad pensait certainement la même chose, puisqu'il a posé la question à Miya :

— Est-ce que tu as vu d'autres personnes avec elle ? Des garçons ?

Elle a secoué la tête.

Rives est arrivé en courant, Jillian boitillait derrière lui. Apparemment, la mère de Jillian était kinésithérapeute. Cela faisait donc de Jillian notre nouvelle médecin-chef.

— J'y connais rien, elle a dit, la voix tremblante. Mais à mon avis, elle s'est déboîté l'épaule.

Les traits tirés, Rives a soulevé Talla avec douceur.

De retour dans la Cité, Thad et Rives ont remis en place l'épaule de Talla. Après un hurlement à glacer le sang, elle s'est évanouie, ce qui valait probablement mieux. Jillian a pris le relais de Thad. Rives refusait de quitter Talla.

Je me sentais inutile, alors je lui ai apporté une assiette d'ananas.

— Rives, il faut que tu manges.

J'ai posé l'assiette sur une table basse.

— Tu veux que je te rapporte autre chose ?

— De la mortelle. On n'en a plus.

Il n'a pas un instant quitté Talla du regard.

— Où est-ce que je peux en trouver ?

— Le plus proche, c'est près des bosquets.

Il s'est tourné vers moi et, l'espace d'une seconde, la résolution a remplacé le désespoir.

— Ça fait une trotte, tu sais. N'y va pas seule. Emmène Thad ou Jason. Et ne touche pas les feuilles.

— Pourquoi ?

— Parce que tes mains s'engourdiraient, a répondu Jillian. Les feuilles sécrètent un lait blanc : c'est un anesthésiant instantané. C'est Sabine qui nous a appris tout ça. Les feuilles broyées, on en fait des compresses pour les anesthésies locales. Et il ne faut pas manger les fruits, ils sont toxiques. Je doute que tu en aies envie, ils puent atrocement.

— Une odeur de vomi ?

— Oui, a confirmé Jillian en fronçant le nez.

Rives était concentré sur Talla. Il lui tenait la main et regardait ses yeux fermés.

— Et les feuilles sont vertes et très brillantes ?

— Oui.

— Je crois savoir où il y en a. Je me dépêche.

En sortant de la hutte, j'ai interpellé Jason et je lui ai parlé du buisson à l'extrémité de la baie Noire, celui que je suspectais être de la mortelle. Effectivement, c'était bien le cas. Un buisson orphelin. D'après Jason, ils poussaient en général en massifs, à l'est de l'île.

Les feuilles exhalaient une odeur d'herbe lorsqu'on les coupait et, comme l'avait dit Jillian, il en suintait une sorte de lait, ce qui les rendait difficiles à manipuler. Les fruits dégageaient en effet une horrible puanteur. J'étais à deux doigts de suffoquer.

Je n'arrêtais pas d'avaler ma salive pendant que Jason emballait un fruit dans un sac.

— Je croyais que le fruit était toxique, j'ai dit.

— Oui, il l'est, il a répondu en parlant du nez. Peut-être qu'on peut utiliser les défenses de l'île à notre avantage. C'est une idée de Thad. On va essayer de semer quelques graines autour de la Cité. On verra ce que ça donne.

Une fois nos sacs pleins, nous sommes rentrés. C'était frustrant de se savoir si proche des Arches et de ne pas pouvoir y aller, mais Talla était la priorité.

Elle était toujours inconsciente.

Après avoir lavé nos sacs avec l'aide de Thad, on les a accrochés dans la Baraque pour les faire sécher.

— J'ai un mauvais pressentiment à propos de l'équipe de Talla, a dit Jason. Une attaque de loup, c'est jamais bon signe.

— Et se retrouver séparé de son équipe, c'est encore pire, a rajouté Thad.

Un bruit fracassant a retenti dans les arbres.

Thad a pivoté et a brandi son couteau, Jason a levé sa lance. Moi, je suis restée là, désarmée. Qu'est-ce que je pouvais faire ? Jeter une sandale dans la gueule du loup ?

Un long moment plus tard, Heesham s'est extirpé des fourrés. Il avait de la terre plein le visage, les bras et les vêtements. Et il jurait. D'un coup, j'ai compris que ce n'était pas de la terre, mais du sang séché.

— Talla, il a haleté en courant vers nous. Elle est là ?

— Oui, a répondu Thad, au plus grand soulagement de Heesham. Qu'est-ce qui s'est passé ? J'ai cru comprendre que c'était une attaque de loup. C'était une meute ? Où sont Miguel et Bart ?

J'ai serré le bras de Thad.

— Heesham, allons te chercher quelque chose à boire, après on pourra parler.

Heesham était visiblement près de s'écrouler, physiquement et mentalement. Je ne l'avais jamais vu comme ça.

— Heesham, tu es blessé ? je lui ai demandé.

— Non. Ce n'est pas mon sang.

Il semblait encore plus enragé.

Je lui ai tendu une gourde, qu'il a vidée d'un trait. Nous avons marché jusqu'à la clairière et il s'est affalé sur un roc. Celui où s'était assise Sabine le premier matin que j'étais là.

Puis il s'est penché en avant, les poings serrés.

— Talla et moi, on ramassait du bois pour le feu. Miguel et Bart chassaient un lapin. On ne s'était pas bien débrouillés niveau temps : on était toujours près de la jungle, et non à l'endroit où j'avais prévu d'être ce jour-là. Alors on a fait tout ce qu'on a pu pour compléter nos réserves de fruits et de gibier, histoire d'être prêts à repartir le lendemain matin. Et d'un coup, Bart s'est précipité vers nous en nous hurlant de courir. Il a dit qu'un singe géant avec une tête de fantôme avait sauté d'un arbre sur les épaules de Miguel, que d'autres avaient suivi et l'avaient tué.

Heesham a avalé sa salive.

— Je n'ai pas gobé son histoire de troupeau de singes. Aucun animal ne vit en groupe sur Nil, à part nous. Je l'ai obligé à nous conduire jusqu'au lieu où Miguel avait été attaqué, mais Miguel n'était pas là. Et puis Bart a changé de refrain, disant que si on ne pouvait pas trouver Miguel, c'était parce qu'il était parti. Il a dit qu'une porte était apparue et avait emporté Miguel et le singe, en nous expliquant qu'il n'avait rien dit parce qu'il pensait qu'on ne le croirait pas, étant donné que les portes apparaissent rarement dans la jungle.

— Alors il a menti, j'ai dit.

Tout le monde a tourné la tête vers moi.

— Désolée, j'ai dit à Heesham, consciente de ma brutalité, mais deux choses ne peuvent pas traverser la même porte. Tu te souviens de cette fille ? Celle qui est morte électrocutée par une porte ?

— Deux personnes ne peuvent pas passer, mais une personne et un animal, on n'en sait rien, a répondu Thad.

— Non, il a menti, a confirmé Heesham. On a commencé à chasser en cercle, en se dispersant et en s'appelant régulièrement pour rester à portée. Et puis Bart a cessé de répondre. Talla et moi, on s'est retrouvés, mais Bart avait disparu. Avec notre nourriture et nos cartes.

Tout le monde écoutait en silence. Même le vent s'était calmé.

— Il n'y avait plus que Talla et moi. On a continué de chercher, et finalement, on a trouvé un singe mort. Un gros, avec du blanc autour des yeux et du nez. Il avait été poignardé.

Heesham a levé les yeux vers nous.

— L'espèce de singe au visage blanc qui était censé avoir emmené Miguel à travers une porte était mort, le couteau de Miguel planté dans le ventre. Alors on a su que Miguel ne devait pas être loin. On l'a appelé, on a essayé de suivre les traces de sang, mais on avait marché si longtemps qu'on n'en pouvait plus, et la nuit tombait. Si ça se trouve, Miguel tournait en rond lui aussi, et on ne faisait que se rater. Alors on s'est arrêtés. Cette nuit-là, on n'a pas bougé Talla et moi, et on a alterné les tours de garde. Le lendemain matin, on a ratissé le périmètre. On l'a retrouvé allongé contre un rocher, plus mort que vif. Son visage était salement amoché, il avait perdu un œil. Le babouin ne l'avait pas loupé.

Heesham a regardé Thad, furieux.

— Bart l'avait laissé là, mec. Bart était là pour soutenir Miguel, et quand Miguel a eu besoin de lui, il s'est cassé.

Thad a serré la mâchoire.

— Miguel ne pouvait pas marcher, il était vraiment mal. Alors je l'ai porté et nous sommes repartis vers la Cité. On marchait depuis peut-être une heure quand on a entendu une fille crier. Une petite fille, tu vois ? Au début, j'ai cru que c'était un autre singe, ou que j'hallucinais. Et puis on a vu une fille qui courait nue. Elle était super rapide, elle filait comme le vent. Et puis on a vu le loup. Il avait l'air galeux et il la pourchassait. Ça s'est passé si vite ! J'avais Miguel. Les mains de Talla étaient libres. Elle a pris ma lame et s'est précipitée. Je ne savais pas quoi faire. Je n'avais pas envie de laisser Miguel, il était incapable de se protéger. Et je ne savais pas si Talla pourrait s'occuper du loup. Il était trop tard pour que je la suive.

Heesham a inspiré à fond. Il prenait sur lui pour ne pas craquer.

— Alors je suis reparti vers la Cité tout seul. J'ai porté Miguel pendant des heures en m'efforçant de le faire parler. Et puis, comme par magie, une porte en partance est apparue à quatre mètres de là. J'ai couru et j'y ai lancé Miguel. Il est parti.

Tout le monde est resté silencieux.

L'instant était surréaliste.

Le ciel bleu, sans un nuage. La brise légère qui faisait chanter les arbres. Le rugissement de l'océan, le crépitement du feu. Le poisson qui cuisait. Talla, en sang et inconsciente. Heesham, en sang et bouillonnant. Miya, petit oiseau blessé, recroquevillée près du feu, en sang et fragile. Miguel, en sang et parti. Et Bart, disparu.

Julio est arrivé de la plage, trempé.

— Miguel a réussi ?

— Oui, a répondu Heesham d'une voix blanche.

Julio a brandi son poing en l'air et a crié quelque chose en espagnol. Toujours avec le sourire, il a demandé :

— Et Talla est rentrée ?

Heesham a hoché la tête. Julio a regardé le groupe en fronçant les sourcils.

— Où est Bart ?

— Je n'en sais rien, a dit Heesham. Mais si on le retrouve, je veux être le premier à le démolir.

— Il va falloir faire la queue, a vociféré Rives, qui nous rejoignait. Talla est brûlante de fièvre.

Chapitre 45

CHARLEY
Jour 35, crépuscule

Faites que la fièvre de Talla tombe cette nuit.

Je n'avais jamais pensé à ce que ça pouvait être, de tomber malade sur Nil. Talla était au plus mal. Elle flottait entre conscience et inconscience, la peau plus brûlante qu'une porte.

Les deux derniers jours avaient été horribles. Jillian a soigné la blessure de Talla avec de la mortelle, mais le sommeil de notre camarade était toujours aussi agité, et aucun d'entre nous ne savait préparer l'infusion de Sabine pour calmer la douleur. Trop concentré, ça pouvait la tuer. C'était un risque que personne n'était prêt à courir. La perte de Sabine n'avait jamais semblé aussi importante. Rives et Jillian s'occupaient de leur mieux de Talla. Mais la frustration était évidente chez Rives.

« On a besoin d'un docteur, il a dit à Thad après le dîner. Un vrai docteur, avec de vrais médicaments. »

Thad l'a pris par les épaules. « On fait tout ce qu'on peut. Et elle t'a, toi, ainsi que toutes nos pensées. Le reste dépend d'elle. Talla est forte, Rives. Ne l'oublie pas. »

Les mots de Thad m'ont réconfortée. Si quelqu'un pouvait combattre cette fièvre, c'était bien Talla. Après tout, elle avait survécu à Rory, elle s'était battue contre un loup et elle avait sauvé Miya.

Désormais, elle devait se sauver elle-même.

Chapitre 46

THAD
Jour 303, tôt dans la matinée

Talla est morte cette nuit.

Elle ne s'est pas réveillée.

Bart. Je voulais tabasser ce lâche, le faire payer pour la mort de Talla. Mais il n'était pas revenu. Peut-être que le traître avait trop peur de se montrer, qu'il n'avait pas le courage d'assumer les conséquences de ses actes. Peut-être qu'il avait attrapé une porte. Peut-être que quelque chose l'avait attaqué.

Je ne pouvais pas m'empêcher de penser que s'il n'avait pas laissé tomber Miguel, Talla serait encore en vie. Miguel n'aurait peut-être jamais été blessé et Heesham aurait pu aider Talla. Une dizaine de choix et de résultats différents. Mais comme l'avait dit Charley quelques semaines auparavant, jouer à « Et si… » ne menait nulle part.

J'en avais tellement marre de ces jeux. Des jeux de Nil, des jeux d'esprit.

Ces jeux de mort.

— Prêt ? a demandé Charley.

— Non, j'ai dit en prenant sa main.

Nous sommes partis. Le cimetière se trouvait en bordure du Champ fleuri. Le groupe a marché en silence. Tout le monde portait les mêmes vêtements blancs défraîchis : notre tenue de deuil était notre tenue de tous les jours, de toutes les nuits. On ne pouvait pas leur échapper, sauf si Nil nous envoyait une porte et un peu de chance.

Talla avait épuisé sa réserve de chance.

Vêtue de blanc, elle reposait dans les bras de Rives, les yeux fermés à jamais. Rives était à la fois vide et plein de rage, comme s'il avait perdu une chose qu'il venait juste de trouver.

Une fois tous réunis, Rives a adressé un signe de tête à Jillian, qui pleurait déjà. Elle a mis un collier de fleurs autour du cou de Talla.

— Dors bien, mon amie. Tu vas me manquer.

Elle s'est écartée et Rives a embrassé le front de Talla, puis il a levé les yeux vers Johan. Les larmes coulaient sur son visage. En voyant la douleur de Rives, j'ai failli craquer moi aussi.

Délicatement, Rives a couché Talla dans sa tombe. Heesham, Jason et moi avons commencé à la recouvrir de terre. Alors que le sol noir de Nil avalait Talla à tout jamais, des images de mes précédents enterrements m'ont rempli la tête.

Celui d'aujourd'hui était de loin le pire.

Ce n'est pas juste ! j'ai eu envie de hurler. La mort de Talla était injuste. C'est elle qui aurait dû me dire au revoir, pas l'inverse. Talla était partie alors qu'il lui restait neuf mois. Elle appartiendrait à Nil pour toujours.

La tombe était plate, comme une blessure à vif sur l'île. Quan avait sculpté une belle croix en bois, ce qui m'a fait penser qu'il avait choisi de rester. C'est Rives qui l'a placée sur la tombe.

Je m'accrochais à ce qui subsistait de lumineux dans mon monde : la main de Charley. Elle n'avait rien à voir avec les ténèbres de Nil, car Nil était maléfique. C'était le destin qui avait amené Charley ici, mais c'est Nil qui me l'arracherait.

J'ai regardé Rives s'agenouiller dans la terre fraîche au bord de la tombe de Talla. Alors qu'il baissait la tête, mon sang s'est glacé. *Est-ce que Charley allait devoir m'enterrer ? Pitié, non !* J'ai prié pour ne pas avoir à l'enterrer non plus. Je n'y survivrais pas.

J'ai prié pour réussir.

Et pour qu'elle réussisse.

Et pour qu'on parvienne à vivre heureux de l'autre côté.

Mais les contes de fées étaient bons pour les petites filles, pas pour les garçons de dix-sept ans qui s'autorisaient un peu d'espoir. Nil n'était pas une fée, c'était certain. Pourtant, j'espérais. Parce qu'il le fallait.

À mes côtés, Jillian sanglotait doucement. Rives est resté à genoux.

Charley a lâché ma main.

— Je reviens, elle m'a soufflé.

Elle a marché jusque Rives et a posé la main sur son épaule.

— Viens, elle lui a chuchoté. Je ne suis pas ta jumelle, ni ta Talla, mais je déteste te voir comme ça. Elle nous manque à tous.

Rives s'est tourné vers elle.

— Je venais juste de comprendre qui elle était, il a dit, le regard inexpressif. C'était comme si on jouait sans cesse l'un avec l'autre, tu comprends ? Mais elle m'avait enfin laissé voir en elle. Je la connaissais, Charley. Talla était la femme de ma vie. Je n'arrive pas à croire que ce soit elle, là.

Il a pointé du doigt la tombe fraîche.

— Ce n'est pas elle, a dit Charley en s'accroupissant. Elle est là…

Charley a touché le torse de Rives, puis son front.

— … et là. Et tu es toujours avec nous. Prends une minute pour faire tes adieux. Puis rejoins-nous, d'accord ?

Rives a regardé la tombe. Il a lentement levé les doigts jusqu'à ses lèvres, puis a tendu la main pour toucher la croix.

J'avais le cœur si serré que j'arrivais tout juste à respirer. J'avais du chagrin pour Rives, j'avais peur pour moi et pour Charley, et tout ça se transformait en une terreur gigantesque. Les ténèbres de la mort n'avaient jamais été aussi glacées. Ni si proches.

— Merci, j'ai dit à Charley quand j'ai enfin pu parler.

— Pour quoi ?

— Pour ce que tu as dit à Rives. C'est quelqu'un de bien.

Elle a glissé sa main dans la mienne.

— Il m'a dit la même chose de toi, une fois.

En hommage à Talla, la fille qui aimait l'eau plus que tout et rêvait de remporter la médaille d'or aux jeux Olympiques, nous avons pris nos planches et nous sommes partis sur l'océan. *Je suis désolé, Talla*, j'ai pensé. *Tu méritais plus de temps.*

Comme nous tous, ont murmuré les vagues. *Comme nous tous.*

La houle a fait dresser l'océan comme une montagne. J'ai sauté sur ma planche et j'ai foncé au sommet de la vague. Je voulais m'éloigner des ténèbres de la mort. L'eau filait sous ma planche et très vite, c'était terminé. La vague s'est refermée. Alors que l'écume bouillonnait, j'ai cru, l'espace d'une seconde, être sur de la neige.

Puis un vent de travers s'est levé, nous poussant vers la plage. Très vite, la mer s'est mise à ressembler à une machine à laver, comme si l'eau aussi protestait contre la mort de Talla.

— Ça commence à craindre, dit Rives. Je rentre.

— Je te suis, j'ai dit en regardant à ma droite.

Charley était assise sur sa planche. Elle s'était améliorée, mais elle n'arrivait à rien avec ces remous.

— Laisse tomber, Charley. Ça devient chaud.

À la minute où je suis sorti de l'eau, Sy m'a adressé un signe.

— Thad, tu as une seconde ?

Pas vraiment.

— Bien sûr.

Il dansait d'un pied sur l'autre.

— Écoute… Je sais que tu n'es plus Leader, mais il faut que je te dise un truc. C'était moi ! C'est moi qui ai fouiné dans la Baraque et qui ai pris les couteaux. C'était l'idée de Bart. Il pensait que si les gens doutaient de toi comme Leader, on nommerait quelqu'un d'autre.

Sy avait l'air de se sentir vraiment mal.

— Je suis désolé. Ce n'était pas juste. Je les ai rendus, mais je voulais que tu saches.

— Merci pour ta franchise. Ça demande un certain cran. Mais à partir de maintenant, je la jouerais collectif si j'étais toi, et pas qu'un peu.

Sy a hoché la tête comme s'il avait un cou en caoutchouc.

Lorsqu'il est parti, j'ai mesuré toute la portée de sa confession. Il n'était pas Bart, il valait mieux que lui. Il était plus jeune, plus honnête. Il allait peut-être y arriver, après tout.

— Tout va bien ? a demandé Charley.

— Oui, j'ai répondu en regardant Sy s'éloigner. Je crois.

Nous avons retrouvé Rives et Jason devant la Baraque et nous avons rangé nos planches en silence. Le seul son provenait de l'intérieur de la Baraque, où Heesham soupesait les couteaux restants et ronchonnait à propos des manches trop courts.

Puis une brindille a craqué, fort et distinctement, à l'endroit exact où Heesham était apparu il y a deux jours.

Le loup, j'ai tout de suite pensé. *Il a suivi la piste ensanglantée de Heesham.*

Armé d'une lance, Rives s'est posté à ma droite. Jason et Charley me couvraient.

Alors que je levais mon couteau, le garçon le plus grand et le plus noir que j'aie jamais vu est sorti de derrière un arbre. Il portait des feuilles autour de la taille et tenait une lance faite maison avec la pointe en roche noire. Il nous a vus et s'est arrêté.

— Oh, il a dit en reculant d'un pas.

J'ai calculé nos chances, tout comme lui, j'en suis sûr. *Quatre contre un.*

— Je m'appelle Thad. N'aie pas peur.

J'ai levé les mains en l'air et j'ai écarté les doigts, même si je tenais toujours mon couteau. Après coup, j'ai eu une autre pensée.

— Est-ce que tu parles notre langue ?

— Oui. Je m'appelle Ahmad, il a déclaré en baissant sa lance. Je suis où ?

— La Cité de Nil, j'ai dit.

— Tu es sur l'île de Nil. C'est une espèce de dimension parallèle, a ajouté Charley avec un signe amical de la main.

Ensuite, elle a retiré le couteau de ma main et l'a glissé dans son fourreau autour de ma taille.

— Je m'appelle Charley.

Ahmad l'a regardée fixement. Choqué, comme Dex, mais avec un regard moins vide.

Rives s'est présenté avec un hochement de tête. Heesham, ensuite, qui arrivait de la Baraque.

— Tu viens d'où ? j'ai demandé à Ahmad.

— Du Soudan. Mais j'habite dans le Minnesota.

Heesham et lui se sont toisés du regard. Ahmad n'avait rien à envier à notre camarade. Il était plus grand, moins épais, avec des bras et des jambes plus longs.

— Tu étais où quand la porte a frappé ? j'ai demandé.

— La porte ?

— Le mur d'air ondulant, a expliqué Charley. Celui qui brûle et qui a dû t'assommer.

— Ah. Au Soudan. On rendait visite à de la famille.

Je lui ai demandé la date, et j'ai appris qu'il avait atterri sur la plage au nord. Il était là depuis vingt-huit jours. Sans plus attendre, je lui ai dit que les portes étaient sa seule chance de rentrer.

— Tu veux dire que ces portes, elles nous ramènent chez nous ?

— Oui. C'est même la seule façon de s'enfuir.

Ahmad a ri à gorge déployée.

— Ça fait des semaines que je les fuis ! Je croyais qu'elles étaient mauvaises, mec. Comme le diable.

Non, ça c'est Nil, j'ai pensé.

— Super, ta lance, l'a complimenté Heesham.

Et c'est comme ça que nous avons accueilli notre cinquième recrue en deux semaines. Record battu.

Chapitre 47

CHARLEY

Jour 37, après midi

Quand j'avais dix ans, mes parents m'ont emmenée voir la patrouille des Blue Angels faire une démonstration de vol au-dessus de Jacksonville. Au début du spectacle, six avions ont décollé, puis l'un d'eux s'est éloigné, laissant un trou dans la formation. Mon père m'avait dit que cette manœuvre avait pour but d'honorer la mémoire d'un pilote mort la veille : son appareil s'était crashé lors d'un entraînement de routine. Il appelait ça la formation de l'homme manquant.

C'est à ça que je pensais quand nous sommes partis surfer après les funérailles de Talla et qu'il y avait un trou dans notre groupe, ou quand nous avons déjeuné et que la place à côté de Rives était vide. La présence de Talla avait toujours été écrasante et son absence l'était tout autant. C'était notre homme manquant.

Pas seulement manquant, il fallait que je me rappelle constamment. *Partie. Pour toujours.* La battante de Nil était morte.

Le temps ne m'a jamais paru aussi fragile.

Avec rien d'autre à perdre que quelques minutes, je suis allée chercher mes calques et partie retrouver Rives. Ça lui ferait du bien de se changer les idées.

Il était avec Jason et Thad sur les rochers noirs où ils taillaient des lances en bois. *Parfait*, j'ai pensé. Exactement les trois que je voulais voir.

— Salut, tout le monde, j'ai besoin de vos cerveaux. Surtout du tien, Rives, parce que tu auras un regard neuf.

— À ton service.

Rives n'a pas souri, mais au moins, il a répondu.

J'ai déplié les calques et je les ai étalés.

— Rives, tu reconnais probablement celui-là (j'ai pointé du doigt l'Homme dans le labyrinthe), mais je doute que tu aies déjà vu celui-ci.

Je lui ai montré le labyrinthe traversé de deux lignes croisées.

— On l'a trouvé près de la coulée de lave au sud. Thad l'appelle « la Cible ».

— C'est vrai que ça y ressemble, a commenté Rives en examinant le papier.

— Mais je ne crois pas que ça en soit une, j'ai poursuivi. Thad m'a dit un jour que ces gravures lui évoquaient des rats dans un labyrinthe. Et, à mon avis, il a en partie raison.

— On est des rats ? a demandé Jason.

— Non. Pas des rats. Mais le labyrinthe doit représenter l'île. Et, dans la cible, les lignes sont en relation avec l'île, pas avec l'homme. Comme si elle était séparée en quatre quartiers. Il doit y avoir une quatrième gravure quelque part.

— Pourquoi ? m'a interrogée Thad.

— Parce que l'Homme dans le labyrinthe est à l'ouest, son équivalent féminin à l'est, et que la Cible se trouve au sud. Alors il serait logique qu'il y ait un autre dessin au nord.

— Encore une fois, pourquoi ?

Avant que je puisse répondre à Thad, la voix d'Ahmad a retenti derrière moi.

— C'est vrai, il y a une quatrième gravure. J'ai campé à côté pendant une semaine. Elle était presque enterrée sous un glissement de terrain.

— À quoi est-ce qu'elle ressemble ?

— À la Cible, a répondu Ahmad en pointant le calque du doigt. Sauf qu'il y avait des chiffres en haut et en bas, et que l'homme était à l'extérieur du labyrinthe, pas au centre.

— Est-ce que tu te souviens des nombres ? Est-ce que tu pourrais le redessiner ?

— Je peux essayer.

Je lui ai donné ma dernière feuille de papier vierge et un morceau de charbon. Il a dessiné un cercle, deux lignes croisées et un bonhomme bâton dans le coin inférieur droit, à l'extérieur des lignes. Au sommet du labyrinthe, juste en dehors du cercle, il a ajouté le nombre douze, puis il a transformé le bout de la ligne verticale en une double flèche pointant vers le douze. Sous le dessin, il a écrit d'une main assurée « 3-2-1-4 ».

— Trois, deux, un, quatre, a lu Thad à voix haute. Comme un compte à rebours ? Trois, deux, un, boum ? Trois, deux, un, mort ? Pourquoi quatre ?

— Quatre quadrants, quatre saisons, a proposé Rives. Peut-être que le compte à rebours symbolise notre année. On a quatre saisons pour partir, ou c'est terminé.

— Et les flèches pointent vers le douze, j'ai ajouté. Midi, j'imagine. L'heure la plus importante sur Nil.

— Qu'est-ce que vous regardez ? a interrogé Macy, qui était apparue avec Dex aux côtés d'Ahmad.

— Les labyrinthes de l'île.

Macy a regardé par-dessus mon épaule.

— Ah, ce sont des labyrinthes unicursaux.

— Uni quoi ? a demandé Thad.

— Unicursaux, a répété Macy. Il y a plusieurs sortes de labyrinthes : il y a les maniéristes, où on trouve des impasses et des fausses pistes, et il y a les unicursaux, où on doit simplement suivre le chemin. Il n'y a qu'une entrée et qu'une sortie.

— Comme sur Nil, j'ai dit.

— Mais les unicursaux ne se limitent pas à ça, a continué Macy. Mon oncle en a parcouru un, au Texas. Certains sont célèbres, comme celui avec le Minotaure, et il y en a aussi dans les églises, parce qu'un labyrinthe, c'est un voyage spirituel. Aller et retour. Certains pensent que ça nous rapproche de Dieu. D'autre disent que c'est un voyage pour apprendre à se connaître soi-même. Quoi qu'il en soit, c'est quelque chose de personnel.

— Alors être ici, c'est faire un voyage spirituel ? s'est exclamé Thad en levant un sourcil. On est là pour trouver notre moi profond ?

Il y avait une pointe de moquerie dans sa voix.

Macy n'a pas bronché.

— Ça, je ne peux pas y répondre. Personne ne le peut. À mon avis, chacun devra le découvrir par lui-même.

Thad a pouffé et Macy a pointé du doigt mes feuilles de papier.

— Ça vient d'où ?

Je lui ai expliqué brièvement.

— Macy, un jour tu m'as dit que tu croyais qu'on était tous là pour une raison. Tu crois que cette raison a un lien avec les labyrinthes ?

Je me suis aperçue que c'était presque la même question que celle de Thad.

— Peut-être, a dit Macy, pensive. C'est vrai que je crois être ici pour une raison. Et je crois que c'est notre cas à tous. Mais je ne suis pas sûre qu'on soit tous là pour la même raison. Vous comprenez ce que je veux dire ?

— Tout à fait, j'ai dit en sentant un début de compréhension éclore dans ma tête.

— Non, a coupé Thad d'un ton sec. On est là parce qu'une porte nous y a balancés, c'est tout. Et on le sait déjà, qu'il n'y a qu'une entrée et qu'une sortie : les portes. Si on en attrape une à midi, on est parti. C'est ça que nous disent ces gravures. Rien de plus.

— Peut-être, a rétorqué Macy. Et peut-être pas.

Rives a tapoté le dessin d'Ahmad.

— Et ces nombres, alors ?

— Tic-tac, a marmonné Thad en croisant les bras.

— Je pense qu'ils ont un lien avec les lignes, a fini par dire Macy. Tout va par quatre. Les lignes divisent le labyrinthe en quatre parties égales, il y a quatre nombres espacés de la même manière, et le quatre se trouve être le dernier. Trois représente toujours la Trinité, c'est un nombre divin. Là, c'est le premier de la séquence, il a la priorité. Je ne suis pas sûre de ce que représente le deux, mais le un, ça peut être nous. L'individu. Celui ou celle qui doit entrer dans le labyrinthe, parce que sur le dessin, le bonhomme est près de l'entrée, comme s'il s'apprêtait à y aller.

Effectivement, le bonhomme sur le dessin d'Ahmad était posté à l'extérieur du labyrinthe, dans le coin inférieur droit. Pas directement devant l'ouverture, mais légèrement au-dessus. Sa position était particulière et quelque chose me disait que ce n'était pas un hasard.

J'ai fixé le dessin d'Ahmad, cet homme en dehors du labyrinthe. Et d'un coup, j'ai compris.

— Ça y est ! je me suis écriée. C'est ça qu'il me manquait ! Le point de départ de la vague de portes ! Elle démarre toujours dans le quart inférieur droit, à l'est. Comment je n'ai pas pu le voir avant ?

J'ai posé le doigt sur l'entrée, ce point de départ que j'avais toujours considéré comme étant symbolique. Mais tout, sur ces dessins, avait de l'importance. J'en étais pleinement consciente, maintenant.

— Et les chiffres, j'ai continué en parlant à toute vitesse, peut-être qu'ils ont un lien avec le nombre de portes par apparition ? Une triple, puis une double, puis une simple, et de temps en temps, une quadruple ? Ce n'est qu'une supposition, mais ces nombres ont forcément un lien avec les portes.

Rives paraissait songeur.

— Les quadruples sont tellement rares, ça m'étonnerait que le quatre soit une référence à elles.

— Le quatre représente souvent l'équilibre, a précisé Macy. Quatre saisons, quatre éléments, quatre points cardinaux, quatre cavités dans le cœur. Il représente aussi souvent la Terre, l'équilibre du divin.

Ces deux lignes qui se coupent sont le symbole du quatre, et le quatre est le dernier dans cette séquence, après le un, ce qui fait de lui le nombre le plus puissant du groupe, comme s'il en était la somme.

— Comme si c'était le but. La destination finale, a dit Jillian.

Sa voix douce nous a donné à réfléchir.

Tout le monde a regardé fixement les feuilles de papier.

C'est finalement Thad qui a brisé le silence.

— Je pense que c'est n'importe quoi. Moi, je dis que trois, deux, un représente un compte à rebours qui s'égrène jusqu'à ce qu'on rentre chez nous. Vers notre Terre, notre dimension.

— Peut-être, j'ai dit en employant le même ton que Macy. Pourtant, je crois que ça va plus loin. Ces dessins nous donnent le vrai point de départ des portes. Ensuite, elles vont vers le nord, comme nous l'indique la double flèche. Ces dessins pourraient nous aider à mieux nous coordonner avec elles.

Nous avons consacré l'heure qui a suivi à discuter des portes, de leur chronométrage et des quadrants. Ahmad a proposé de former une équipe pour aller décalquer la gravure au nord, que tout le monde appelait « le Compte à rebours » à cause de Thad.

Nous n'avions pas oublié Talla, mais les labyrinthes étaient une distraction bienvenue. Thad a emmené Jason faire des rondes avec lui, pour surveiller la zone depuis les airs. Il ne fallait pas avoir fait dix ans d'études pour comprendre qu'il évitait la Cité et les labyrinthes.

Il n'a pas mentionné les dessins jusqu'à ce qu'on aille se coucher.

— Tu as encore réussi, il a dit. Tu as donné de l'espoir à la Cité, ou en tout cas, matière à réflexion. Ça change de la mort.

— J'essaie seulement d'emboîter les pièces du puzzle. Si ça peut nous donner une meilleure chance… tu comprends ?

— Je comprends. Mais comme tu l'as dit à Natalie, tu trouveras toujours ce que tu cherches. On peut regarder ces labyrinthes des jours entiers et y voir ce qu'on a envie de voir : des symboles, du karma, des révélations cosmiques ou je ne sais quoi. Mais on ferait mieux de se concentrer sur tes relevés et sur tes cartes. Du concret, qui puisse nous aider à quitter ce caillou. Pas les labyrinthes. Ils ne mènent nulle part ailleurs qu'ici.

J'ai posé la main sur sa cicatrice.

— Tu as peut-être raison. Mais je ne peux pas m'empêcher de penser qu'ils ont un sens et qu'il faut le décrypter. Peut-être qu'ils sont là pour nous expliquer comment attraper une porte, et, comme tu l'as dit à Ahmad, les portes sont notre ticket de sortie. Et s'ils nous dévoilaient tout le parcours des portes ? Peut-être qu'ils indiquent quelque chose de plus important. Je ne voudrais pas passer à côté.

— J'y veillerai, il a chuchoté.

Puis il a pris ma main et a embrassé chacun de mes doigts, l'un après l'autre. C'était doux et ça rendait impossible toute concentration.

— Avant que j'oublie, il a soufflé. On part à l'aube. Jillian s'est portée volontaire comme soutien, et Jason aussi.

D'autres baisers.

Recherche. Soutien. Jillian et Jason. Les mots de Thad ont enfin fait tilt : c'était notre dernière nuit seuls avant des jours.

Thad a tapoté le bout de mon nez.

— La Terre appelle Charley. À quoi tu penses ? À mon corps à moitié nu ?

J'ai ri, même s'il avait en partie raison.

— Je réfléchissais.

— À quoi ?

À toi. À nous. À notre dernière nuit seuls.

On s'était beaucoup embrassés, mais on n'était jamais allés plus loin. La mort de Talla avait été un douloureux rappel : nous avions peu de temps. Je n'avais jamais été aussi décidée à ce que chaque instant compte. Peut-être que cette nuit était la bonne.

Thad a soulevé mon menton et a sondé mon regard.

— Charley ? Qu'est-ce qui se passe dans ta tête ?

— Je pensais à nous et je me demandais si ce soir était le bon.

J'ai rougi.

— Le bon ? il a répété sans comprendre.

— Oui. Le soir où on… tu sais…

Je me suis tue, gênée.

Thad a soupiré.

— Charley, j'aimerais. Tu n'imagines même pas à quel point j'en ai envie. Mais on ne peut pas.

— Pourquoi ? j'ai rétorqué, blessée.

— Parce que. On ne peut pas, c'est tout.

— Il va falloir que tu me donnes une meilleure raison. On dirait un truc que diraient nos parents.

— Très bien : parce que ça risquerait de mal se terminer. Parce qu'on ne peut pas se protéger ici.

Parce qu'il te reste encore dix mois sur l'île. Qu'est-ce qui se passerait si tu tombais enceinte ? Et s'il t'arrivait un pépin pendant l'accouchement ? On n'a pas de docteurs, pas d'hôpitaux. En plus, je ne serais pas là pour t'aider. Et si le bébé naissait sans problème, n'oublie pas qu'une seule personne peut traverser la porte. Une seule. Toi ou le bébé. Pas les deux.

J'ai mesuré toute l'horreur de la situation.

— Et si tu étais enceinte au moment d'attraper la porte ? a continué Thad. Est-ce que vous pourriez traverser tous les deux ?

Il a passé la main dans ses cheveux et, à cet instant, j'ai compris qu'il avait réfléchi à tous ces scénarios cauchemardesques sûrement plus d'une fois.

— Admettons, il a repris, que vous traversiez tous les deux et que tu accouches de ton bébé chez toi… Et après ? Si je ne réussis pas, de mon côté ? Tu te retrouves seule avec un enfant ? À dix-sept ans ?

— Arrête ! je l'ai coupé, la gorge serrée. C'est ton côté sombre qui parle, là. Tu n'échoueras pas.

J'ai posé la tête contre son torse et je me suis laissé bercer par les battements de son cœur.

— Ne dis pas des choses pareilles, j'ai fini par murmurer. Tu n'as pas le droit d'avoir des pensées aussi négatives.

— Écoute, je vais y arriver, j'y crois… a répondu Thad.

Sa voix laissait transparaître le mensonge, et ça m'a fait mal.

— Mais ce n'est pas le cas de tout le monde. Il y a une chance pour que je ne réussisse pas. Alors il faut en tenir compte. Être un peu prévoyant, tu vois ?

La colère et la frustration m'ont fait craquer.

— Non. Ce n'est pas prévoir. C'est abandonner. C'est toi, un jour, qui as eu l'air horrifié à l'idée que je puisse laisser tomber. Alors tu n'as pas intérêt à m'abandonner maintenant, Thaddeus Blake. Pas quand il te reste soixante-deux jours et autant de chances.

Je l'ai mis au défi de riposter, mais il est resté silencieux, ce qui était pire encore.

— Demain, on part en Recherche, j'ai continué, bien décidée à lui faire entendre raison. On va terminer de cartographier l'île et on complétera les relevés. On va utiliser les labyrinthes, on va suivre nos prévisions, et si on voit une porte, tu vas te défoncer pour l'attraper, compris ?

— Cinq sur cinq, a répondu Thad en souriant. Je t'aime, Charley.

— Je t'aime encore plus.

Et puis je l'ai embrassé, plus farouchement qu'il ne m'avait jamais embrassée. Parce qu'il pouvait partir demain et qu'il serait certainement parti dans soixante-deux jours.

Je n'avais pas besoin de labyrinthes pour le savoir.

Chapitre 48

THAD

Jour 311, juste avant l'aube

Charley était endormie. Ce n'était pas surprenant, il faisait encore nuit.

C'était mon tour de garde. J'étais adossé à un rocher, lame à la main. Jusque-là, aucun signe de voleurs ou de gros félins au cours de cette Recherche, ce qui était une bonne chose.

Par contre, il n'y avait eu qu'une seule porte…

On était partis depuis sept jours. En sept midis, on n'avait vu qu'une porte de sortie. Une simple, bien trop loin pour être attrapée. Tout aussi surprenant, c'était Miya qui l'avait repérée. Elle était officiellement la plus jeune recrue de Nil et ne quittait plus Jason d'une semelle depuis la mort de Talla. C'est comme ça que notre équipe avait gagné un membre.

Et moi, j'étais toujours là.

Et je n'avais plus que cinquante-quatre jours.

Les paroles de Charley me trottaient dans la tête depuis une semaine. « Tu n'as pas intérêt à m'abandonner maintenant, Thaddeus Blake… Pas quand il te reste soixante-deux jours et autant de chances… »

Mais elle avait tort. En faisant une moyenne, on pouvait s'estimer heureux d'apercevoir une porte par semaine. En un peu moins de huit semaines, j'avais peut-être encore huit chances. Douze, à tout casser. Ce n'était pas le côté obscur qui parlait : c'était la réalité de Nil.

Plus que six heures avant midi.

Tic-tac.

Chapitre 49

CHARLEY
Jour 64, aube

Je me suis réveillée, seule.

À côté de moi, le lit était froid et, l'espace d'une terrifiante seconde, j'ai cru que Thad était parti. On était rentrés la veille, après deux semaines de Recherche infructueuses.

La voix de Thad a résonné sur le pas de la porte.

— Les vagues sont super. Tu veux venir ?

La lumière du soleil levant m'empêchait de voir ses yeux, et je n'aimais pas ça.

— Je ne te mets pas la pression. Si tu veux dormir un peu plus, dis-le-moi.

— Non, j'ai dit en me levant d'un bond. Je suis réveillée.

Il y avait deux planches par terre devant notre cabane. Près du feu, Dex taillait une lance, dos au Mur.

Sergio gravait la carte de l'île dans le bois, juste à côté du Mur des Noms. Une fois terminée, cette Carte continuerait d'exister bien après la désintégration des cartes en papier, et bien après le départ de ceux qui les avaient faites.

Comme moi, et comme Thad.

Lorsqu'on est passés devant le Mur, l'espace vide à côté du nom de Thad ressortait comme une verrue. Les autres vides avaient plus de sens que jamais. Jillian. Rives. Jason. Macy. Tous ces espaces attendaient d'être comblés, et tous appartenaient à des personnes bien réelles que je connaissais et qui comptaient pour moi.

Il y avait un blanc à côté du nom de Bart et il se pourrait qu'il reste ainsi. On pensait tous qu'il avait attrapé une porte ou qu'il avait eu un problème. Personne ne le croyait capable de survivre seul et nul ne semblait s'en soucier.

Il y avait un nouveau nom : Naomi. Son accent me rappelait celui de Sabine, en moins enjoué. Elle était là depuis six jours.

Et moi soixante-quatre.

Et Thad, trois cent trente.

Je me suis efforcée de ne pas perdre les pédales si tôt dans la matinée et je me suis concentrée sur l'aube. Le soleil levant embrassait l'eau. La promesse de cette nouvelle journée était si fraîche, si pure, que ça m'a redonné de l'espoir.

Nous avons glissé au fil du canal, le vent nous poussait. Je me suis arrêtée sur ma planche et, à cet instant, les paroles de Natalie me sont revenues. « Le temps file ici, plus vite que tu ne le crois. »

Elle avait raison. Ces dernières semaines avaient passé bien trop vite pour que je les compte. Et pourtant, on comptait. Vingt-six jours, vingt-six midis. Quatorze jours sans une seule porte. Trois entrantes :

l'une a ramené un cerf, l'autre une poule. La troisième était vide. Cinq sortantes. Deux simples, mais partant dans la mauvaise direction et trop rapides pour être attrapées. Deux doubles. L'une a frôlé Thad, au point qu'il en a senti la chaleur, mais elle s'est effondrée avant qu'il ne l'atteigne, pratiquement au-dessus de la Femme dans le labyrinthe, que j'avais évidemment décalquée pour l'ajouter à ma collection. L'autre double était apparue tellement loin qu'elle avait peut-être été le fruit de notre imagination. Et il y a deux jours, on a vu une triple, suffisamment près pour l'identifier, trop loin pour en profiter. Ç'a été le pire midi. Manquer trois occasions, c'était un terrible échec, à cause de la rareté des triples.

Je commençais à avoir des doutes au sujet de mes relevés. La vague de portes a démarré dans le quadrant inférieur droit de l'île. Jusque-là, ça se tenait. Ça correspondait aux relevés et aux labyrinthes. Mais après ça, les portes se sont matérialisées sans suivre de schéma particulier. Comme je l'avais déjà compris, elles n'émergeaient jamais au même endroit deux jours de suite, ni sur la même latitude. Elles sautaient d'un endroit à l'autre, et il pouvait s'écouler des jours sans qu'on en voie une.

Quelque chose m'échappait. Nous échappait à tous.

Maintenant que j'avais vu de mes yeux la Femme dans le labyrinthe, j'étais plus convaincue que jamais que ces gravures fournissaient non seulement le point de départ de la vague de portes, mais aussi quelque chose de plus essentiel, de plus personnel. Quelque chose que chacun devait comprendre avant de partir. Cette partie-là de ma réflexion, je ne la partageais pas avec Thad. En ce qui concernait les labyrinthes, il avait l'esprit fermé.

Il flottait à mes côtés et scrutait l'horizon. J'ai gravé chaque détail de son visage dans ma mémoire.

— Je t'aime complètement très beaucoup, je lui ai dit.

— Et je t'aime complètement très beaucoup aussi, il a répondu en souriant et en levant un sourcil. Qu'est-ce qui me vaut ce plaisir ?

— Pas de regrets.

— Pas de regrets.

Ses yeux bleus étincelaient. Puis il a tendu l'index.

— Vas-y, Charley. Sinon, tu vas rater ta vague.

Je n'ai pas bougé.

— Tu n'en veux pas ?

Son sourire me mettait au défi.

Non, je veux autre chose.

— Il faut que je te demande quelque chose.

Chapitre 50

THAD
Jour 330, matin

Pendant un moment, Charley et moi avons eu l'océan pour nous tout seuls, puis les vagues légères ont ramené de la compagnie : Rives, Jason, Miya. Contrairement à Heesham, Miya était légère comme une plume. Je savais qu'elle resterait sur la planche si elle se mettait debout. Ce qu'elle a fait.

L'eau était fraîche, écumeuse, et pendant quelques minutes dopées à l'adrénaline j'ai cessé de penser au décompte des jours.

Il ne m'en restait plus que trente-cinq.

Ç'avait été dur, de se réveiller dans la Cité ce matin. Les enjeux étaient élevés. C'était mon horloge interne de Nil qui m'avait réveillé. Le tic-tac, le sentiment d'urgence. La sensation que je ferais mieux d'attraper une porte, et vite. Les relevés de Charley étaient cohérents et je savais qu'ils augmentaient mes chances. Mais, au bout du compte, c'était à Nil de fixer les règles du jeu.

Quand je suis passé devant le Mur ce matin, mon espace vide m'a hurlé au visage. Coincé entre deux croix, il me suppliait d'obtenir une encoche, comme Kevin. *Je fais ce que je peux*, j'ai pensé. Je faisais de mon mieux.

La triple provocation que Nil avait envoyée deux jours auparavant… encore un acte de cruauté. Trois portes, trois sprints… Échec sur toute la ligne.

J'ai chassé ce souvenir et j'ai cligné des yeux pour vider mon esprit, avant de chercher Charley du regard. Elle s'en allait. L'eau passait sur sa planche et caressait sa peau comme je rêvais de le faire chaque seconde de chaque jour.

J'ai repensé aux paroles qu'elle avait prononcées plus tôt, et qui m'avaient fait l'effet d'une gifle.

« Thad, ce dont on a parlé, avant de partir en Recherche. Je t'ai demandé quelque chose, et tu as dit non. Tu te souviens ? »

J'étais resté assis, pétrifié, en m'efforçant de ne pas vomir.

« Je m'en souviens », je lui avais répondu. Comment j'aurais pu oublier ?

J'y pensais tout le temps, même si elle l'ignorait. J'y pensais le jour, quand elle souriait et que mon cœur s'emballait. J'y pensais la nuit, quand être allongé près d'elle était une torture exquise. Je rêvais au bonheur que ce serait d'être avec elle, parce que c'était Charley. Pourtant, c'était précisément parce que c'était Charley que ça n'arriverait pas. On ne pouvait pas. Pas ici, pour toutes les raisons que je lui avais énumérées.

« Je voudrais que tu reviennes sur ta décision », elle avait dit, ses yeux dorés pleins de détermination.

« Pourquoi ? » je lui avais demandé, lui en voulant de me mettre à l'épreuve, comme si je n'avais pas mesuré le risque un million de fois et abouti toujours à la même réponse cruelle : non.

« Parce que je ne veux pas avoir de regrets, elle avait répliqué. Je veux que tu sois mon premier. »

Je l'avais regardée, abasourdi. À quel moment avait-elle décidé que notre « ils vécurent heureux » n'était plus envisageable ?

« Alors tu ne penses pas qu'on réussira tous les deux », j'avais déclaré d'un ton cassant.

« NON ! avait-elle protesté, choquée, ce qui m'avait surpris. C'est juste… je veux… » Elle avait regardé au loin. « Laisse tomber. Oublie ce que j'ai dit. ».

« Charley, regarde-moi. » Je m'étais forcé à ne pas l'implorer.

Elle s'était retournée, et le désespoir dans ses yeux m'avait achevé.

« Je t'aime, je lui avais dit. Plus que tu ne peux le concevoir. Plus que je n'ai jamais aimé qui que ce soit. Et j'adorerais te donner ce que tu demandes… mon Dieu, tu n'imagines pas à quel point j'en ai envie… mais on ne peut pas. »

Ses lèvres s'étaient ouvertes, comme si elle s'apprêtait à dire quelque chose, puis s'étaient refermées.

« Charley, j'avais dit, plus doucement, en la regardant droit dans les yeux, si tu crois vraiment en nous, si tu crois vraiment qu'on va y arriver tous les deux, ça n'a pas d'importance si on attend. »

Elle m'avait dévisagé en silence.

Ne me laisse pas tomber, Charley, j'avais pensé. *Je tiens à peine debout. J'ai tellement envie qu'on y arrive tous les deux ! Quand je sens la chaleur des portes dans mes rêves, je sais que seul l'un de nous peut en attraper une. Je rêve de toi, des portes, d'être avec toi ailleurs que dans ce paradis artificiel, et c'est parfois tout ce que j'ai pour survivre un jour de plus. Ne me laisse pas tomber !*

Autrement, je ne crois pas que je serais assez fort pour nous deux.

« Charley ? » j'avais soufflé.

« Tu as raison, elle avait répondu en se forçant à sourire. Ça n'a pas d'importance si on attend. »

Menteuse, j'avais pensé en voyant la lueur dans ses yeux dorés. Je la devinais aussi effrayée que moi, je pressentais que le dénouement de conte de fées qu'on voulait si désespérément nous échapperait à jamais si on révélait nos peurs profondes. Comme si Nil s'en nourrissait pour les rendre réelles.

Alors je n'ai rien dit. Charley non plus.

— Hé, Thad ! m'a appelé Charley en me ramenant au présent. Tu as vu ça ? J'ai fait ton *cutback* machin et je ne suis même pas tombée !

En la regardant jubiler, j'ai failli craquer. La douleur dans ma poitrine était si forte, mon désir d'elle si violent, que j'avais le souffle coupé. En me forçant à respirer, je me suis concentré sur la dernière victoire de Charley, qui avait tout à voir avec elle et absolument rien avec Nil.

— Tu déchires, Charley. Je savais que tu avais ça dans le sang.

Elle s'est rapprochée de moi et je me suis dit : *Faites que j'arrive à dormir cette nuit. Pas pour toujours, juste pour une nuit. J'en ai vraiment besoin, avant que je perde la boule pour de bon.*

Quand on est sortis de l'eau, j'étais toujours épuisé, mais encore sain d'esprit. J'ai considéré ça comme une victoire.

Heesham et Rives mettaient en place le filet de volley et ils avaient du public. Un cocker courait sur la plage et aboyait contre les vagues. Je me suis demandé à quel moment il était arrivé sur Nil. Les animaux n'avaient pas leur place sur le Mur.

— Je prends Charley ! s'est exclamé Heesham lorsqu'il nous a vus.

— Trop tard, j'ai répondu en souriant. Elle est prise.

— Je prends Ahmad ! a dit Jillian.

Il lui a tapé dans la main. Avec ses longs bras, il pouvait faire un adversaire redoutable.

De nouvelles équipes, une nouvelle journée, mais une constante : Charley a été égale à elle-même. Elle a marqué le point final en plaçant une frappe juste entre Ahmad et Jillian. Tous les deux avaient plongé pour rattraper la balle mais l'avaient manquée. Puis elle s'est tournée vers moi et m'a fait un clin d'œil.

— Pas de regrets.

— Pas de regrets, j'ai répété avant de l'embrasser sur le front.

Pendant qu'elle plaisantait avec Jillian, j'ai observé l'assistance. Des visages familiers avaient disparu, des visages inconnus étaient apparus. Certains avaient vieilli.

Soudain, je me suis senti dépassé.

— Ça va ? a demandé Charley en me donnant une petite tape sur le bras. On dirait que tu es dans la lune.

— Oui, j'ai répondu en souriant. Je suis juste fatigué.

Elle m'a bien scruté, comme si elle voyait clair dans mon jeu. *Merci, Charley, d'être toi*. Je l'ai embrassée à nouveau.

— Allons manger, a dit Jillian.

— Et changeons un peu les équipes, a ajouté Rives en faisant un clin d'œil à Charley. Charley, aie pitié de moi, juste pour une partie ! Et pendant que j'y pense, j'ai besoin d'un autre Second. Avec tes cartes et tes relevés, tu ferais bien l'affaire. Ça te tente ?

Sa requête m'a frappé. *Talla*. C'était la Seconde manquante. Il ne l'avait toujours pas remplacée, et Charley serait parfaite. Mais pour je ne sais quelle raison, je voulais qu'elle réponde non.

Elle a accepté.

— J'en serai honorée, elle a répondu de façon solennelle avant de serrer le bras de Rives. Elle me manque aussi. La dernière fois qu'on a couru, Talla m'a battue à plates coutures. Je lui dois toujours une limonade.

Rives a hoché la tête. Il a mis un moment avant de reprendre la parole :

— Merci.

On s'est assis en rond et on a discuté. Ahmad était le centre d'attention. Il était drôle, on ne pouvait pas le nier. Un vrai comique de stand-up, même assis : c'est ça, d'être très grand. Après quelques semaines dans la Cité de Nil, il avait même pris un peu de poids.

Mais le plus gros changement, c'était Dex. Hâlé, musclé, les tatouages impressionnants. Son regard était vif, il avait enfin l'air humain – à part les oreilles. Il avait fait passer dans les trous des anneaux tressés auxquels il avait suspendu des dents de requin.

Jillian s'est levée et a mis la main en visière pour regarder la mer.

— Les amis, vous avez vu ça ? Il y a quelque chose dans l'eau.

— L'océan ne ramène jamais rien sur Nil, a murmuré Charley.

Elle a brièvement plissé les paupières pour mieux voir, puis s'est tournée vers moi.

— Ce n'est pas ce que tu m'as dit à mon arrivée ici ?

— Si. C'est une première.

Jillian avait raison. Quelque chose flottait sur l'eau. Quelque chose qui n'avait rien à faire là.

Un corps.

Chapitre 51

CHARLEY
Jour 64, fin de matinée

— Bart, a dit Rives. Ou ce qu'il en reste.

Même si je n'avais pas de sympathie pour lui, c'était horrible de le voir comme ça : pâle, boursouflé, avec une main en moins. Je me suis demandé comment il avait atterri dans l'eau, comment le courant avait pu le ramener ici, et ce qui avait bien pu le tuer. Encore un mystère de Nil.

Les garçons ont repêché le cadavre et l'ont traîné sur la plage. Il n'y avait pas de sang, ce qui paraissait étrange. Jillian se tenait à côté de moi, le nez froncé, comme si ça sentait mauvais. Dieu merci, tout ce que je sentais, c'était l'océan.

— La dernière fois que j'ai vu Bart, il parlait avec Talla, a dit Jillian avant de marquer une pause. Bizarre.

— Très bizarre, j'ai acquiescé.

Bart était mort. Talla était morte. Et puis il y avait Miguel, dont nous ignorions le sort. L'expédition de Recherche de Heesham avait été une catastrophe et le seul dont on soit sûr qu'il était encore debout, c'était Heesham, penché sur le corps de Bart.

— Je me demande ce qu'il essayait de fuir, cette fois, il a marmonné.

— Comment ça ? a fait Rives d'un ton sec.

— Tu as vu les traces sur son dos ? Quelque chose l'a coupé en rondelles, mec. Quelque chose avec des griffes. Bart était en train de battre en retraite quand il s'est fait prendre.

— Et maintenant ? a demandé Dex.

— Maintenant, on l'enterre, a répondu Thad.

— Euh, peut-être qu'on devrait l'immerger en mer ? est intervenu Sy.

Devenu soudain le point de mire, Sy a pris la tête de quelqu'un qui vient de croquer un fruit pas mûr et qui se retient de ne pas le recracher.

— Tu veux dire qu'il faudrait le donner en pâture aux poissons ? a demandé Rives avec un léger sourire. En faire un appât à requin ?

Thad a jeté à Sy un regard glacial. Rives était peut-être Leader, mais c'était toujours Thad qui commandait.

— Non, il a tranché. On l'enterre. Ce que Bart a fait ne doit pas nous empêcher de traiter son corps avec respect.

— Mais pas près de Talla, a dit Rives.

La discussion s'est arrêtée là.

Il n'y avait pratiquement personne à l'enterrement, qui s'est déroulé en dehors des limites de la Cité. Bart a eu droit à deux croix : une sur sa tombe, une sur le Mur.

Ce n'est que plus tard que je me suis aperçue qu'il était arrivé à midi. Si une porte était apparue, ce n'était pas par ici. Ou alors, on avait été trop occupés à regarder la mer pour s'en apercevoir.

Thad n'avait plus que trente-quatre occasions.

— Charley !

C'était Jillian. J'étais restée devant le Mur depuis que Sy avait gravé la croix de Bart. Je me suis tournée vers elle.

— Qu'est-ce qu'il y a ?

— Ça va ? Tu n'as pas bougé d'ici depuis genre une heure.

Je me suis efforcée de parler calmement pour ne pas avoir l'air d'une dingue comme Ramia :

— Jillian, Thad est certain que les labyrinthes ne signifient qu'une chose : qu'il n'y a qu'une seule façon d'entrer et de sortir de l'île, une porte. Et qu'attraper une porte, c'est comme trouver son chemin dans le labyrinthe. Pourtant, je ne peux pas m'empêcher de penser que les labyrinthes signifient quelque chose de plus personnel. Que nous sommes ici pour une raison, et que c'est à nous de la découvrir.

J'ai pris une inspiration, prête à tester ma nouvelle théorie.

— Parfois, je pense que le nombre de portes qui apparaissent en même temps est directement lié à notre voyage personnel au sein du labyrinthe, comme si on détenait tous la clé en nous.

Je n'ai pas mentionné que j'avais vu une quadruple quelques minutes après mon arrivée sur Nil. Je n'avais aucune idée de ce que ça signifiait.

— Qu'est-ce que tu en penses ?

Jillian a mis un long moment avant de répondre.

— Je crois que nous cherchons tous. Qu'être ici nous a tous changés. D'ailleurs, le contraire serait étonnant. Mais… est-ce qu'il y a une raison profonde à notre présence ici ? Et est-ce que la découvrir nous aidera à retourner chez nous ? Désolée, ça me paraît un peu tiré par les cheveux. Chez nous, des gens disparaissent tout le temps et ne sont jamais retrouvés. Ce sont les disparitions de masse qui éveillent l'attention, comme les bateaux ou les avions dans le triangle des Bermudes, ou quand des familles entières s'évanouissent dans la nature. Je pense que des endroits aussi étranges que Nil existent, sans qu'il faille voir derrière un sens caché. Talla a tenté par tous les moyens de rentrer. Et elle n'a pas réussi. Pareil pour Li. Ça voudrait dire qu'elles n'ont pas compris ? Navrée, Charley, mais je suis d'accord avec Thad. On est là parce que chacun d'entre nous a été enlevé par une tempête invisible. On était au mauvais endroit, au mauvais moment. Tout ce qu'il nous reste à faire, c'est attraper une porte pour rentrer.

J'ai regardé Jillian tout en assimilant ses paroles.

— Qu'est-ce qu'il y a ? J'ai dit une bêtise ?

La tête me tournait.

— Non, j'ai répondu. Au contraire. Jillian, tu es un génie !

Je l'ai serrée dans mes bras, puis j'ai couru jusque ma hutte pour récupérer mes quatre dessins. Je les ai étalés avec précaution sur le sol devant ma hutte et je les ai regardés. Bientôt, je me suis retrouvée avec un public. Jillian, Rives, Thad, Dex, Jason, Macy et Ahmad sont tous venus jeter un coup d'œil pardessus mon épaule.

— Alors voilà. Nous savons que les portes vont vers le nord en suivant les lignes longitudinales et qu'elles n'apparaissent jamais deux jours de suite au même endroit, ni à la même latitude. Et nous savons que la séquence commence ici. Je suis sûre que c'est le Quadrant Un.

J'ai pointé du doigt le quadrant inférieur droit, là où l'homme se tenait à l'extérieur du labyrinthe sur la gravure qu'avait trouvée Ahmad, celle que Thad appelait « le Compte à rebours ».

— Ça ne peut vouloir dire que ça. Je partais du principe que c'était une vague de portes qui traversait l'île, or c'est là que je me trompais.

Lentement, j'ai superposé les dessins, en utilisant le nombre douze tout en haut comme repère constant. L'Homme dans le labyrinthe était tout en bas ; le Compte à rebours, sur le dessus. Les deux autres étaient pris en sandwich au milieu. Tous les nombres douze étaient soigneusement alignés, leurs bordures étaient nettes. J'ai reculé d'un pas et, comme un dessin caché qui saute aux yeux après un examen attentif, j'ai vu précisément ce que je cherchais : les lignes droites à l'intérieur du labyrinthe se sont estompées et les gravures circulaires ont occupé le devant de la scène. Des lignes tourbillonnaient autour de l'épicentre, le centre de chaque labyrinthe. Pris séparément, ces dessins étaient des labyrinthes. Ensemble, ils étaient un guide.

Derrière moi, Rives a inspiré bruyamment.

— Ce n'est pas une vague, j'ai dit. C'est une tempête, une tornade invisible. Ou un ouragan qui tourne autour de l'île en imitant le chemin circulaire d'un labyrinthe. Il part du Quadrant Un, puis se déplace à gauche, dans le sens des aiguilles d'une montre, et frappe dans chaque quadrant tour à tour, pas plus de quatre fois.

J'ai levé les yeux.

— C'est ça que je n'avais pas compris. Le côté circulaire. J'avais besoin de mettre ensemble les quatre gravures pour le voir.

Je parlais à mesure que mes pensées se formaient.

— On voit rarement les premières portes, parce qu'une énorme partie du sud-est est occultée par les volcans. En général, on attrape la tempête dans le Quadrant Deux, le sud-ouest. À mon avis, les portes solitaires qui ne rentrent pas tout à fait dans ce schéma sont comme les couches extérieures d'une tempête, pas tout à fait à la bonne latitude, mais toujours dans le même quadrant.

J'ai marqué une pause.

— Qu'est-ce que vous en dites ?

Dex a été le premier à parler.

— C'est un truc de fou.

— Je crois que tu es une sacrée Seconde, a dit Rives, tout sourire. Je suis heureux que tu sois là, même si j'en suis désolé.

Il a regardé Thad, qui était silencieux, puis s'est de nouveau tourné vers moi.

— Alors, vous allez vers le Quadrant Deux, demain ?

— Il faut que je voie ça avec mon guide, j'ai dit. Mais je vous tiendrai au courant. J'ai entendu dire qu'une tempête se préparait.

J'ai souri et j'ai croisé les doigts. Je ne pouvais pas m'en empêcher.

Faites que ma dernière théorie soit la bonne.

Chapitre 52

CHARLEY
Jour 84, nuit

Le lendemain de ma découverte de la théorie de la tempête, nous étions à fond. Ce midi, on avait vu une porte, une simple magnifique. Elle avait traversé la plaine noire du sud à toute vitesse. Aucune chance que Thad l'attrape, mais ce qui comptait, c'est qu'elle ait été là.

Voilà comment la traque a commencé.

Nous avons chassé les portes, chassé les midis, et plus on courait vite, plus le temps filait. Les minutes s'égrenaient comme du sable à travers un tamis.

Le jour 331 s'est transformé en 332. Le 332 s'est changé en 333. Le soleil s'est levé, s'est couché. 334, 335.

Trois cent quarante.

Trois cent cinquante.

Chaque matin, le soleil se levait plus tôt que la veille. Chaque midi arrivait plus vite encore. « Stop ! » je voulais crier. Mais on ne pouvait pas arrêter le chronomètre. On ne pouvait qu'espérer le battre. Le temps ne ralentissait qu'à une seule occasion : quand on comprenait que midi était passé et que Thad était toujours là. Ces moments atrocement longs duraient une éternité, jusqu'à ce qu'un mélange de culpabilité, de regret et d'inquiétude les fasse se dissoudre. Et puis le temps s'élançait à nouveau, comme si la pression accumulée faisait que les minutes passaient encore plus vite.

J'ai essayé de me détendre en me concentrant sur l'océan. D'habitude, le son des vagues, tranquille et régulier, m'apaise. Mais pas ce soir.

On campait sur le rivage nord. Les nuits étaient éreintantes, plus effrayantes qu'à proximité de la Cité. À l'est, les nuages cachaient les étoiles : la nuit était donc saturée de noir. Le ciel, mais aussi la mer. L'océan invisible s'écrasait contre les rochers, sans jamais s'arrêter, furieux et impatient.

Je suis retournée à mes relevés pour passer en revue mes dernières notes. Grâce à la théorie de la tempête, nous avions vu plus de portes, c'était certain. Mais ce n'était toujours pas suffisant. Je le savais, parce que Thad était toujours là.

Il aurait déjà dû être parti.

Au lieu de ça, il était allongé près de moi, un bras posé autour de ma taille, les yeux fermés, la mâchoire relâchée. Le sommeil gommait la tension toujours présente. Pendant un nombre incalculable de minutes, je l'ai regardé dormir. J'ai tout fait pour ralentir le temps et pour ne pas paniquer.

Il m'avait mise au défi, il y a quelques semaines. « Si tu crois vraiment en nous, si tu crois vraiment qu'on va y arriver tous les deux, ça n'a pas d'importance si on attend. »

Je n'avais plus parlé de faire l'amour, et lui non plus. Mais je repensais à ses paroles, plus souvent qu'il ne s'en doutait, parce qu'elles allaient tellement plus loin que le simple aspect physique. Attendre de faire l'amour, attendre de rêver. Attendre de faire des projets. Attendre de parler d'avenir, parce que ces derniers temps, ça faisait trop mal.

Il aurait déjà dû être parti.

Cette pensée investissait mon esprit, obsédante, déroutante.

Qu'est-ce qui t'échappe, Charley ? Trouver une porte était une chose. L'attraper en était une autre.

— On fait tout comme il faut, non ? j'ai chuchoté.

Le silence m'a répondu, ponctué par les vagues qui frappaient la roche. Aussi percutantes que ma peur.

Non ?

Chapitre 53

THAD
Jour 351, aube

Avec un couteau en bois, Charley a épluché puis coupé une mangue en tranches.

— Répète, elle a dit en se léchant les doigts. La meilleure façon de retenir quelque chose, c'est de le répéter avant de s'endormir, puis au réveil.

Je n'avais pas besoin de le répéter, j'avais appris son adresse par cœur. Mais je savais qu'elle avait besoin de l'entendre.

— Charley Crowder. 18, Mountain Laurel Drive, Roswell, Géorgie.

— Encore.

J'ai ri et j'ai répété son adresse.

— À toi.

Charley a récité mon adresse, puis m'a tendu une tranche de mangue.

— Je t'appelle dès que j'attrape une porte, promis.

On savait tous les deux que nos portables n'existaient plus. Perdus, résiliés, ou les deux. Mais les familles, elles, ne bougeaient pas, pas quand un enfant avait disparu.

— J'ai toujours rêvé d'aller au Canada. J'ai épinglé Vancouver sur ma carte. Il faut juste que je déplace ça d'un poil pour arriver chez toi.

— En parlant de cartes, tu as pris les tiennes ?

Elle a tapoté son sac.

— Elles sont là.

— Allez, on remballe et on décolle.

— En priant pour voir midi à notre porte, ou notre porte à midi, elle a répliqué avec un sourire.

Une boule s'est formée dans mon estomac. Charley avait échangé l'espoir contre les prières, ce qui était révélateur du désespoir qui se cachait derrière ses mots.

J'ai lâché mon sac et je l'ai serrée dans mes bras.

— Ne t'inquiète pas. Je vais réussir.

— Je sais. Il le faut.

Pendant un long moment, nous sommes restés silencieux. Je ne voulais pas lâcher Charley, mais nous n'avions que quatre heures environ avant midi et deux bonnes heures de marche pour arriver jusqu'à la prairie, au-delà des coulées de lave, au-delà de la gravure de la Cible. C'était la prairie dans laquelle je m'étais réveillé il y avait exactement trois cent cinquante et un jours. D'après les relevés de Charley, il devrait y avoir une porte à cette latitude. La prairie étant une vaste zone à découvert, ça en faisait l'endroit idéal pour intercepter la tempête. Revers de la médaille, les herbes hautes nous empêchaient de voir la porte se lever avant qu'elle ne dépasse les feuilles. Mais ensuite, on avait toute la place qu'on voulait pour courir. Et même si je n'en avais pas parlé à Charley, ce lieu semblait fait pour moi. J'avais été enlevé d'une montagne, j'avais atterri au pied d'une autre : il était donc normal que Nil m'envoie une porte ici, à l'ombre d'une montagne couronnée de neige que je n'avais jamais pu escalader. Si elle daignait me laisser partir…

— Allons-y.

J'ai déposé un baiser sur son front, tant que je le pouvais encore.

Pendant notre marche, la délicate Miya était restée aussi silencieuse que Nil. Elle flottait au-dessus du sol et parlait rarement, sauf à Jason. À en juger par la façon qu'avait celui-ci de lui sourire, il ne lui en voulait pas.

Je n'étais retourné que deux fois dans la prairie depuis mon arrivée, en comptant la nuit blanche qui avait précédé la découverte de la Cible. J'avais passé tout mon temps dans la Cité, ou dans le périmètre que Charley avait identifié comme offrant le maximum de chances. La prairie avait beau se trouver en dehors de ce périmètre, elle me semblait prête. Aujourd'hui, on allait voir comment Nil comptait la jouer.

La marche avait été plus longue que prévu. Alors qu'on approchait de la prairie, j'étais à cran et Jason avait l'air inquiet. D'après la position du soleil, il serait bientôt midi. De son côté, Charley avait l'air déterminée.

La prairie s'étendait devant nous, avec ses longues herbes qui dansaient dans le vent. Les arbres étaient éparpillés sur la gauche, le mont Nil se dressait sur la droite, le reste était entièrement plat.

— Ouvrez l'œil à hauteur d'herbe, a dit Jason, déjà occupé à scruter les environs.

— Regardez ! a crié Charley.

Pendant une seconde, j'ai cru qu'elle avait battu Jason et repéré la porte, puis je me suis aperçu qu'elle montrait de l'index deux chevaux. Ils couraient avec un synchronisme parfait, leur robe brune luisait tandis que leurs sabots foulaient l'herbe. Le son n'était qu'un écho lointain : ils étaient trop loin. Étrangement ordinaire, cette vision était apaisante.

Miya a soudain pris la parole.

— Quelque chose bouge dans l'herbe. Là.

J'ai suivi son doigt. À une trentaine de mètres, l'herbe ondulait en direction des chevaux, comme les rides sur la mer quand un requin nage sous la surface.

— Il faut qu'on aille là-bas, a dit Charley en indiquant l'autre côté de la prairie. Tout au fond.

Elle a fait un pas ; j'ai levé le bras pour l'arrêter.

— Non. Il y a quelque chose dans la prairie.

Charley a haussé les épaules.

— Une hyène, probablement, qui traque les chevaux. Allons-y. On peut rester sur le bord.

Elle a avancé dans l'herbe épaisse. J'ai bondi pour lui attraper le coude. Au même instant, un énorme tigre s'est envolé au-dessus de l'herbe. Il s'est accroché à la gorge d'un des chevaux et l'a tué net. Les sabots du cheval ont balayé l'air, puis ont disparu. Sans même ralentir, son compagnon s'est éloigné au triple galop.

— On dirait que le tigre est encore là, a dit Jason.

— Non, tu crois ? j'ai répliqué.

Dans la prairie, le fauve s'est jeté voracement sur son repas.

Je me suis retourné.

— D'accord. Plan B. On ne va pas rôder autour d'un tigre en train de festoyer. Il pourrait croire qu'on essaie de lui voler son encas, et on n'a pas envie de lui servir de dîner. Filons.

Charley m'a arrêté.

— Non, elle a dit d'une voix impérieuse. Il faut aller là-bas (elle a pointé du doigt le fond de la prairie). Je le sais.

— Charley, on ne peut pas, j'ai répondu avec le même ton d'autorité.

— Si, on peut. On peut longer la prairie. On ne se rapprochera pas du tigre. Il faut y aller. Maintenant !

Son dernier mot était sans appel.

Je l'ai regardée, cherchant un moyen de la dissuader.

— Non, a tranché Jason. Regardez !

— Quoi ? a demandé Charley.

— Tout là-bas, en direction du nord. Elle trace, en plus. Une simple.

J'ai observé le champ sans rien voir. Puis j'ai repéré un éclat iridescent filant à toute vitesse. Jason avait raison.

— On est arrivés trop tard, a dit Charley d'une voix lugubre.

Quand elle m'a regardé, je me suis senti mal. C'était la même expression que depuis deux semaines, lorsque midi passait. Du soulagement, puis de la culpabilité, le tout mêlé d'inquiétude et de peur. Tout ça tourbillonnait dans ses yeux, qui paraissaient moins dorés. Et j'ai haï Nil pour ça aussi.

Midi commençait sérieusement à être une heure de merde.

Chapitre 54

CHARLEY
Jour 85, après midi

Natalie a dit un jour que la chance n'existait pas sur Nil.

Elle se trompait.

La chance, c'est quelque chose de personnel. On a tous la nôtre, même si elle revêt parfois l'apparence de la malchance. Ça fait partie de nous et ça nous suit où qu'on aille. Même sur Nil. La chance pouvait tourner, car comme le disait ma mamie, la chance, c'est un état d'esprit.

Mais les chances, pile ou face, c'est autre chose. C'est une question de probabilité. Mes relevés, s'ils avaient augmenté les chances de Thad, cependant n'avaient pas affecté sa chance.

Et je n'arrivais pas à comprendre pourquoi.

Alors qu'on quittait la prairie, j'ai songé à la chance et aux chances, aux labyrinthes et aux voyages personnels, aux gravures et à l'éternelle question : *Pourquoi sommes-nous là ?*

Mais je songeais surtout à la question la plus perturbante de toutes : *Pourquoi est-ce que Thad est toujours là ?*

Le matin suivant, je me suis réveillée avant lui, ce qui était rare.

Miya, assise près du feu, cousait un short. Ses doigts agiles maniaient l'aiguille sans effort. Ses épaules étaient détendues. J'étais frappée par son changement d'attitude. Elle n'était plus ce frêle petit moineau recroquevillé. La personne la plus fragile de Nil avait été sauvée par l'une des plus fortes et, à présent, Miya dégageait une force tranquille qui rappelait la confiance de Talla. Je me demandais ce que l'avenir lui réserverait une fois qu'elle se serait échappée. Son talent pour repérer les portes rivalisait avec celui de Jason et mon intuition me disait qu'elle allait s'en sortir. La bravoure de Talla avait assuré le futur de Miya, mais le prix avait été terrible. Est-ce que la croix de Talla obsédait Miya ou est-ce qu'elle l'inspirait ? C'était une question que je ne poserais jamais.

Plus loin, Rives était assis près du Mur, comme s'il méditait les yeux ouverts. Ces derniers temps, il était devenu aussi obsédé par le Mur que Thad. Mais si Thad traçait le contour des noms avec les doigts, Rives se contentait de regarder fixement le Mur, jamais deux fois au même endroit.

— Du nouveau ? j'ai dit pour rire en m'approchant de lui.

— Figure-toi que oui, il a répondu avec un sourire trop large pour un début de matinée. Qu'est-ce que tu vois quand tu regardes le Mur ?

— C'est une question piège ?

Instantanément, j'étais agacée. Ce n'était pas le moment de jouer aux devinettes, pas quand il ne restait plus que treize jours à Thad.

— Je vois des noms.

— Exactement. Des milliers de noms, si on compte les deux côtés. C'est ce que j'ai fait.

Rives s'est mis à faire les cents pas.

— Nous savons que les portes n'apparaissent qu'une fois par jour, à midi. Si on suppose que c'est la même chose de l'autre côté, ça donne trois cent soixante-cinq chances qu'une personne débarque par an. Or nous savons que certaines portes n'amènent rien, que d'autres se contentent de ramasser ce qui traîne par là, que ce soit un écureuil, un guépard ou un être humain. Alors je pense qu'au pire il y a une personne enlevée par semaine. Ce qui fait grosso modo une cinquantaine par an. Maintenant, si on fait le calcul, ça voudrait dire que ce Mur a été érigé approximativement en 1859.

Rives a levé un sourcil.

— D'accord… j'ai dit en m'exhortant à la patience. Il ne date pas d'hier. Et alors ?

Rives a secoué la tête.

— Est-ce que tu sais ce qui est arrivé en 1859 ? Non ? La plus grosse éruption solaire de l'histoire. L'éruption a balancé tout un tas de truc vers la Terre, ce qui a causé la plus violente tempête électromagnétique jamais enregistrée. Je le sais, on l'a étudiée l'année dernière. Des trucs dingues se sont produits ensuite : des télégraphes ont pris feu, d'autres continuaient de transmettre alors qu'ils étaient débranchés. Et, tiens-toi bien…

Rives a marqué une pause théâtrale.

— … d'après les astronomes britanniques qui l'ont observée, cette éruption a eu lieu juste avant midi.

De façon légèrement moins dramatique, il a continué :

— Bien sûr, il n'était pas midi partout, mais les deux seules personnes à avoir remarqué l'éruption l'ont l'une et l'autre vue à midi. C'est dément, non ? Deux scientifiques, sans aucun lien entre eux, travaillant dans des observatoires différents dans le même fuseau horaire, et tous les deux l'ont notée à midi. Comme il y a des quadrants ici, il y a différents fuseaux horaires chez nous, et la tempête de portes a bien dû commencer quelque part, pas vrai ? Je me souviens que tu as demandé à Macy pourquoi on était ici. Eh bien, il se peut que ce soit à cause de cette éruption solaire massive. Peut-être qu'il est arrivé quelque chose à l'époque, qu'un machin cosmique a créé cet endroit et y a ouvert des portes. Et c'est ta théorie de la tempête de portes qui m'en a donné l'idée.

Rives a attendu ma réaction avec un grand sourire.

J'avais envie de hurler.

C'est peut-être le pourquoi de la présence de l'île, mais ça n'explique pas pourquoi nous y sommes, nous. C'était des questions différentes, avec des réponses différentes. Et la réponse de Rives n'avait aucune importance, car elle ne changeait rien pour Thad. Comme je l'avais dit à Dex voilà des semaines, tout ce qui comptait, c'était la survie et l'évasion. Pour Thad, le temps commençait à manquer.

— C'est une idée très séduisante, j'ai dit en m'efforçant de ne pas être sèche. Mais comme tu l'as dit toi-même un jour, ça ne nous aide pas à rentrer chez nous.

Le visage de Rives s'est adouci.

— Je sais. Mais ça rend l'endroit moins étrange, en tout cas pour moi.

Il s'est approché de moi et m'a prise dans ses bras comme il le faisait avec Natalie.

— Aie confiance, il a soufflé. Thad va réussir.

Il le faut, j'ai pensé en me mordant la lèvre. *Pour nous deux.*

Chapitre 55

THAD
Jour 355, presque midi

Aujourd'hui, c'était mon jour.

Je l'ai senti. Quand je me suis réveillé, quand on a choisi le Champ fleuri comme point chaud du jour, quand Charley a serré ma main une seconde plus tôt… Aujourd'hui me semblait le bon jour. Ou peut-être que j'avais juste envie que ça le soit. Mes envies et mes besoins s'entremêlaient dans le grand flou du désespoir, me prenaient à la gorge, si bien que j'étais incapable de séparer les deux.

La voix de Charley m'a sorti de ce trou noir.

— Scrute le champ, elle a dit. Je m'occupe de la partie nord.

Tic-tac. Des secondes se sont écoulées, puis des minutes. Je sentais midi s'éloigner quand Charley a crié :

— Là !

À quelques mètres, un mur ondulant a chuchoté mon nom tout en se levant. *Viens, Thad. Cours.*

— Cours ! a hurlé Charley.

Je me suis lancé avec elle, sa main serrée dans la mienne. La porte, superbe, était une invitation au départ. Soudain, j'ai eu un moment de clairvoyance, aussi limpide que le ciel sans nuages de Nil : je ne pouvais pas gagner. Parce que même si j'attrapais une porte, je perdrais.

Je perdrais Charley.

Contente-toi de courir, je me suis dit.

Les foulées de Charley étaient synchrones avec les miennes.

La porte a filé à toute vitesse en longeant la bordure nord du Champ fleuri. C'était un bolide, une simple. Trois mètres plus loin, l'air scintillait comme la neige sous l'éclat du soleil.

J'ai regardé Charley, certain que j'allais m'écrouler avant même de pouvoir sentir la chaleur de la porte.

— Je t'aime.

— Je t'aime. Pas de regrets. On se voit de l'autre côté !

Puis elle m'a lâché.

Du coin de l'œil, je l'ai vue se mettre hors de portée.

La porte dégageait une forte chaleur. C'était comme s'approcher d'un four, et j'étais sur le point de me jeter dedans. Alors que je me préparais à subir la brûlure, un chat roux plutôt mal en point a foncé à travers le champ, m'a effleuré la cheville et a bondi vers la porte.

Charley a hurlé quand l'animal s'est mis à chatoyer. J'ai fait l'impossible pour m'arrêter en moulinant des bras avant que la porte ne me tue d'une décharge. À quelques millimètres de mon nez, elle s'est refermée en crachant comme le chat qu'elle venait d'engloutir.

Elle était partie. Et le chat aussi.

Moi j'étais toujours là.

— Ça, on peut dire que ça craint, j'ai lâché.

J'ai posé les mains sur mes cuisses pour reprendre mon souffle.

Charley s'est jetée sur moi.

— Si tu avais touché cette porte…

Elle a secoué la tête en me serrant fort et j'ai posé mon front contre le sien.

— Mais je ne l'ai pas fait.

Pendant un long moment, nous sommes restés comme ça. Je n'avais aucune idée de qui tenait qui, mais ça n'avait pas d'importance. Nous étions ensemble. Et j'étais toujours en vie.

— Merde, à la fin ! s'est énervée Charley, qui respirait presque normalement. Cette porte était la tienne. Tu y étais. Et un pauvre chat miteux te l'a volée et a failli te tuer par la même occasion. C'est quoi, leur problème, à tous ces chats ?

— Tu sais à quel point Nil aime jouer avec ses chatons. Les portes agissent comme de l'herbe-aux-chats. C'est bizarre.

— C'est horrible, oui.

Elle est partie s'asseoir sur un rocher. Son expression était un mélange de choc et de furie.

— Se la faire voler si près du but par une créature venue de nulle part. Et qui avait l'air à moitié morte, en plus.

— Ça, c'est bien Nil, d'essayer de sauver un chat qui a déjà un pied dans la tombe.

J'étais amer. Forçant un sourire, je me suis assis à côté de Charley et lui ai pris la main.

— Non, a dit Charley. Ce n'était pas Nil. C'était le hasard. Les chats sont des électrons libres.

Tout à coup, je me suis aperçu que Charley ne comprenait pas Nil. Peut-être que Nil n'avait pas encore trouvé la faille dans l'armure de bonté de Charley. Peut-être que Charley n'en avait pas. Nil n'était pas dans sa tête. En tout cas, pas encore, et j'espérais qu'elle n'y serait jamais.

Parce que moi, je savais.

Ici, on était sur le terrain de jeux de Nil. Nil observait, ricanait et contrôlait tout. Elle savait que ce chat aussi était prêt à foncer. Nil faisait apparaître des portes là où ça lui chantait et les utilisait pour changer la donne, en sortant de son chapeau de nouveaux concurrents ou de nouvelles menaces pour ajouter à son plaisir. Dans l'immédiat, elle s'amusait beaucoup trop avec nous pour daigner me laisser partir. Elle nous regardait espérer, elle nous regardait lutter. La porte d'aujourd'hui était un geste calculé de sa part. *Allez, mon chaton*, elle avait roucoulé en recourbant l'index. *Cours et je te laisse partir. Mais toi, Thad, tu restes.*

J'ai pensé à Ramia et j'ai frissonné.

Charley a froncé les sourcils, alors j'ai fini par répondre.

— Peut-être que tu as raison.

Je n'avais pas envie de lui dire qu'elle se trompait. Je refusais de donner le moindre avantage à Nil, pas quand ça concernait Charley. La chaleur de sa main était la force qui me faisait garder les pieds sur terre. Un rappel de ce qui était vrai et de ce qui comptait.

Charley a contemplé nos mains entrelacées.

— Je déteste ça. Je veux dire, je suis si contente de t'avoir encore un jour, mais… ce chat t'a volé ta chance.

Puis sa voix s'est faite plus monocorde.

— J'étais prête. J'étais prête à te dire au revoir. J'appréhendais, mais j'étais prête. Et tu t'es fait voler.

— Je sais, j'ai dit en lui caressant la paume. Je sais.

Pendant une minute, on est restés assis là en se tenant la main, sans un mot.

— Tu as vu le film *Un jour sans fin* ? elle a demandé.

J'ai secoué la tête.

— C'est l'histoire d'un type qui revit le même jour en boucle. Le midi, c'est la même chose pour moi. On se dit au revoir, encore et encore. Et après ça, quand midi passe et que tu es toujours là, c'est génial, mais c'est aussi horrible. Et c'est bien pire que ce film débile, parce que quand on se réveille, on n'est plus le même jour. On a un jour de moins.

J'ai regardé fixement la main de Charley.

— Pour moi, midi, c'est comme ce moment où je suis en montagne, derrière la ligne de départ, juste avant le signal. Je retrace tout le parcours dans ma tête. Je suis à bloc, je suis prêt. J'ai fait le vide dans mon cerveau… et puis quelqu'un annule la course. Sans prévenir, on me dit : « Pas aujourd'hui. Revenez demain. » Et puis je dois tout recommencer, je dois me préparer à courir, à partir… et à dire au revoir.

Elle a hoché la tête, puis a eu un rire qui sonnait creux.

— Ce mot : *au revoir*. Ça veut dire qu'on va se voir à nouveau de l'autre côté. On n'envisage même pas de ne pas se revoir. Mais c'est quand même un adieu.

Charley a fait une pause.

— Ce qui est fou, c'est que quand midi passe, je le prends comme un cadeau. Encore vingt-trois heures ensemble, garanti, personne ne peut nous les enlever.

Elle m'a regardé, le visage rongé par la culpabilité.

— Je sais que je ne devrais pas te dire ça… mais je suis terrorisée à l'idée qu'on se dise au revoir.

C'est un euphémisme, j'ai pensé. Charley n'imaginait pas à quel point j'étais moi aussi terrorisé à l'idée de l'abandonner. J'avais peut-être débuté en étant son guide, mais, au fur et à mesure, j'étais devenu son bouclier, sa protection contre les ténèbres de Nil. J'avais peur que, sans moi, elle ne soit vulnérable. Seulement, le choix ne m'appartenait pas. C'était celui de Nil. Ce chat en avait été la preuve cruelle.

— Moi aussi, j'ai dit en étreignant sa main. Mais c'est temporaire. On a le temps, tu te souviens ?

Le désespoir a assombri ses traits. J'en ai eu le cœur serré. Son esprit avait une longueur d'avance et avait fait le calcul.

Moins de vingt-quatre heures avant demain midi.

Chapitre 56

CHARLEY
Jour 89, nuit

J'ai menti à Thad aujourd'hui.

Bon, d'accord, je ne lui ai pas réellement menti, mais je n'ai pas été tout à fait honnête non plus.

Je ne mentais pas en disant que je me sentais coupable quand midi passait et que lui était toujours là, parce que c'était vrai, c'était comme un cadeau, un cadeau totalement égoïste. Mais aujourd'hui, c'était différent. Aujourd'hui, quand midi est passé, je ne ressentais pas la présence de Thad comme un cadeau. Je la ressentais comme quelque chose d'anormal. C'était ça, la vérité que je n'avais pas partagée avec lui.

Plus j'y pensais, plus j'avais l'impression que ce qui s'était passé aujourd'hui était une erreur, un grain de sable dans la machine du destin. Aujourd'hui, c'était le jour de Thad, la porte de Thad – on n'avait jamais été aussi près du but. Mais ce chat stupide la lui avait volée et maintenant il ne restait plus que dix jours à Thad.

Plus vite nous nous dirions au revoir, mieux ce serait. Même si cette idée me terrifiait.

Et pourtant, je ne pouvais pas réprimer le sentiment qu'il nous manquait quelque chose. Qu'il manquait quelque chose à Thad, et que c'était ce qui avait grippé la machine.

« On est tous là pour une raison, avait dit Macy. Mais pas pour la même raison. »

J'ai regardé les paupières de Thad qui palpitaient dans son sommeil. *Est-ce que tu sais pourquoi tu es là ? Est-ce que tu l'as compris ?*

Sa respiration était régulière, aussi rassurante que lui. *Peut-être qu'il sait déjà.* Et si ce n'était pas le cas, je voulais qu'il fouille au plus profond de lui-même, et sans attendre. S'il avait raison et que le ratage d'aujourd'hui n'était pas seulement dû au hasard, alors il ne lui restait que dix jours, pas un de plus, pour faire tourner sa chance.

Et mes relevés ne pouvaient pas l'aider pour ça.

Chapitre 57

THAD
Jour 356, aube

Le Mur des Noms semblait différent maintenant.

Avec de nouveaux noms, appartenant à des visages que je ne connaissais pas. Des espaces remplis par des mains qui n'étaient pas les miennes, des jours où je n'étais pas là. Quan avait une encoche. Ça rééquilibrait la balance. Heesham en avait une toute fraîche aussi, ce qui était mieux que bien. Malheureusement, Elia avait une croix. Sergio aussi. Je me suis demandé pourquoi, car il lui restait beaucoup de temps. Plus maintenant.

Un espace n'avait pas changé : le mien. Ni croix, ni encoche. Les croix autour de moi avaient un air sinistre, comme si elles conspiraient pour en faire apparaître une à côté de mon nom. Nil faisait tout pour gagner sa version tordue du morpion.

Non, j'ai pensé en regardant intensément l'espace à côté de mon nom. *Tu ne gagneras pas.* Une partie de moi avait l'envie perverse de cocher mon nom tout de suite, mais ça ne servirait à rien. Ça n'amènerait pas une porte. Ça ne garantirait pas ma survie.

Puis mon regard s'est posé sur le nom de Ramia. Le soleil levant a touché sa croix et l'a embrasée. J'ai cligné des paupières et l'illusion a disparu. Mais je n'arrivais pas à en détourner les yeux.

— Viens, a dit Charley en me tirant doucement le bras. Tout le monde est prêt.

Derrière elle, à côté de Miya, Jason a levé le pouce. Rives discutait avec Dex, son nouveau Second.

J'ai marché vers le groupe avec Charley.

Dex m'a tendu la main. Ses tatouages recouvraient son torse et ses bras comme un tee-shirt à manches longues, sombre et tribal. Une croix massive en flammes ornait un de ses avant-bras.

— Bonne chance, il a dit. Cours vite.

J'ai fixé un moment sa croix et je lui ai serré la main.

— Pas de problème.

Consumé par le feu, la peur, des portes enflammées, des croix en feu et par la nature infernale des prédictions de Ramia, mon cerveau était sur le point d'imploser.

La poigne de Dex m'a ramené à la réalité.

— Je suis sérieux, mec. Cours vite. Rentre chez toi. Fais-le pour toi, et pour nous tous.

Il a lâché ma main et s'est tourné vers Charley.

— Fais attention, Charley. Protège-le, mais surveille tes arrières aussi. Ça peut vite mal tourner, tu sais ?

— Je sais, elle a répondu en souriant. À bientôt, Dex. Restez en alerte et prenez soin les uns des autres.

Je me suis rendu compte qu'elle ferait un formidable Leader, si Nil ne se l'appropriait pas d'abord, comme Talla. Ou Sergio. La tempête de feu dans ma tête a redoublé d'intensité.

Jillian a posé la main sur mon bras.

— Tu vas y arriver, Thad. Je crois en toi.

— Merci.

Mais ça ne dépend pas de moi. Ce n'était pas mon jeu, ce n'étaient pas mes choix. Ma destinée ne m'appartenait pas, et je détestais ça.

J'étais si remonté que je craignais de céder, puis de voler en éclats. En des millions de bouts d'os, condamnés à rester ici à jamais. Je savais que c'était ce que voulait Nil, alors je m'y refusais.

Je ne céderais pas.

Et pourtant, une partie de moi-même se demandait si ce n'était pas déjà le cas, ne serait-ce qu'un peu. Nil jouait avec moi, comme elle le faisait depuis presque un an. Hier, elle avait creusé un peu plus profond et avait touché un autre point sensible. Dans le Champ fleuri, pendant une minute, elle m'avait laissé croire que j'allais m'échapper. J'étais resté éveillé la moitié de la nuit à me demander si elle passerait les dix prochains jours à se servir de moi comme d'un jouet, pour au final, obtenir la victoire.

Charley avait tort en ce qui concernait les gravures, ou, du moins, leurs lignes. La cible était sur mon torse, en plein centre, et je ne m'étais jamais senti à ce point une proie. Après tout, c'était pour ça que Nil nous ramenait ici. On était son gibier, son divertissement. C'était aussi simple que ça.

Nous avons préparé notre matériel, puis j'ai lancé un dernier regard en direction du Mur. Ces espaces vides me provoquaient, comme des pierres tombales qui attendaient leur date finale.

« Tu vas y arriver », m'avait dit Jillian.

Le regard perdu dans ces espaces vacants, j'ai espéré qu'on y arrive tous. Mais je savais que ce ne serait pas le cas. Le Mur en était la preuve.

En plus, Nil grouillait de ces abominables chats.

Chapitre 58

CHARLEY
Jour 90, après la tombée de la nuit

La nuit était calme. Thad était allongé à côté de moi ; j'espérais qu'il dorme et qu'on n'ait pas à retourner à la Cité.

C'est tout juste si j'avais pu l'arracher à ce satané Mur. Il restait planté devant, à parcourir du doigt les différents tracés, sauf que, cette fois, il se concentrait sur les croix. Je n'avais pas envie de lui demander ce qui lui trottait dans la tête. J'avais trop peur de le savoir.

Après avoir quitté la Cité, nous nous sommes dirigés vers le nord, pour essayer d'aller au-devant des portes. Thad n'avait plus beaucoup de temps et j'étais morte de peur. Ou plutôt, j'avais peur de la mort, de la mort de Thad. S'il mourait, ça nous tuerait tous les deux.

Il ne lui restait plus que neuf jours.

Comment est-ce que la fin a pu arriver aussi vite ? Je n'en revenais pas de cette effrayante accélération du temps. Plus je voulais qu'il ralentisse, plus il accélérait.

L'île tout entière était cartographiée à présent. Nous avions laissé de côté la montagne, car, de toute façon, personne n'avait les vêtements qu'il fallait pour y grimper, alors à quoi bon ? Nous avions établi un planning des portes en nous basant sur les quadrants et nous avions indiqué tous les points chauds. Les sources de nourriture aussi, ce qui était l'idée de Thad. Les manguiers, les goyaviers, les bassins à poissons, les coins à crevettes… tout ça était inscrit sur une carte à part. L'idée, c'était de donner aux futurs visiteurs toutes les chances de survivre suffisamment longtemps pour rentrer chez eux. Dans la Cité, la Carte principale était presque finie. Dex a repris là où Sergio s'était arrêté pour s'assurer que son héritage perdure.

Pauvre Sergio, j'ai pensé. Nil n'était pas un endroit pour se faire piquer par une méduse. Jillian m'avait dit qu'il était mort en quelques minutes.

D'un autre côté, midi nous tuait à petit feu.

Thad et moi n'arrêtions pas de nous dire au revoir, encore et encore, et j'avais peur que le jour où j'oublierais de le faire soit justement le jour de son départ.

Mais ce ne serait qu'un au revoir.

Chapitre 59

THAD
Jour 363, milieu de la nuit

Ces sept derniers jours ont passé si vite qu'ils se mélangent dans ma tête telles des cartes battues si rapidement que l'œil a tout juste le temps de les distinguer avant qu'elles ne se fondent dans la pile. Voilà à quoi ressemblaient mes derniers jours sur Nil. Je n'en voyais que les contours, j'étais incapable de ralentir le temps. Je n'étais pas sûr de le vouloir, de toute façon.

C'était Nil qui avait les cartes en main et j'en avais tellement marre de jouer. Pour que le jeu soit encore plus amusant, j'étais devenu insomniaque.

Il n'y avait pas de réveil sur Nil, mais je savais exactement combien de temps il me restait.

Deux jours.

Deux midis.

Deux chances.

Laissez-moi dormir, s'il vous plaît !

Deux jours, a ricané Nil dans la brise de minuit. *Dans deux jours, tu pourras dormir autant que tu veux.*

Incapable d'extirper Nil de ma tête, je me suis concentré sur Charley. Sur tout ce qui était bon dans mon monde. Blottie contre moi, elle était ce qui me donnait le plus envie de vivre. Et pourtant, je ne pouvais pas m'arrêter de penser à la fin. Ma fin. Elle me tombait dessus comme une avalanche. Ou peut-être que c'était moi qui me jetais sur elle.

Cette idée de vitesse a fait resurgir un vieux souvenir. J'avais sept ans. J'adorais skier, plus ça allait vite, mieux c'était. Je pointais mes skis bien parallèles vers le bas de la montagne, mon seul but étant d'y arriver le plus rapidement possible. Préoccupé par mon apparent manque de prudence, mon père m'avait acheté un snowboard. Il s'était dit que s'il fallait que j'avance en oblique, je ralentirais. C'est comme ça que j'avais découvert le cross et la course.

Et maintenant, je courais vers la mort.

Les images des victimes de Nil défilaient devant mes yeux comme un montage cruel. Li. Talla. Bart. Des visions plus lointaines. Thomas et Sara. Uta.

Ramia.

« Tu guideras, elle m'avait susurré, le regard vif, les doigts pianotant sur son immonde bracelet d'os, mais tu ne partiras jamais. »

Tu n'en sais rien, j'ai pensé, féroce. *Ça dépend de Nil, pas de toi.*

Merde, maintenant je parle à une morte...

Je ne devais pas perdre complètement les pédales, alors je me suis convaincu que Ramia était une bizarrerie, une anomalie de Nil. Elle avait prédit sa propre mort et celle de quelques autres. Et alors ? Ma destinée était entre les mains de Nil.

La vie ou la mort. La porte numéro Un ou la porte numéro Deux.

Je ne l'avais jamais dit à personne (en partie parce que je m'en fichais, en partie parce que je refusais d'alimenter la théorie du labyrinthe), mais pour moi, le nombre deux sur le dessin d'Ahmad représentait un choix. La vie ou la mort. Deux options, le choix ultime. Sauf que le choix appartenait à Nil. Car les portes seraient toujours sa volonté.

Des gens mouraient ici, c'était une certitude. Mais si Nil choisissait la mort, sa manière de le faire n'était pas claire. Une autre surprise. *Est-ce que je vais juste m'estomper ? Me ratatiner comme un légume ? Est-ce que je vais avoir mal ? Est-ce que ça va brûler comme les flammes de l'enfer ? Ou est-ce que ce sera un voyage fantastique ?*

Je ne pouvais pas enrayer la déferlante dans ma tête.

Charley dormait depuis au moins une heure. Pendant tout ce temps, j'avais étudié la courbe de ses épaules, de sa mâchoire, de ses lèvres. La cruauté de Nil était très au point. Elle m'avait donné un aperçu d'une vie parfaite, juste pour pouvoir me l'arracher.

Je ne pouvais pas m'imaginer un monde sans Charley. C'était pire qu'un monde sans neige.

Au bout d'un moment, j'ai dû m'endormir, parce que la douce voix de Charley m'a réveillé.

— Thad, tu dors ?

Elle était allongée près de moi, la tête appuyée sur sa main. Ses cheveux retombaient en pluie sur ses épaules.

J'ai cligné des yeux à cause de la lumière de l'aube et j'ai essayé de sourire, mais tout ce qui est sorti, c'est un bâillement.

— Ouais.

— Désolée, elle a dit d'un air coupable. Tu as remué et j'ai cru…

— Ce n'est pas grave. Je suis content que tu m'aies réveillé.

Maintenant que j'y voyais plus clair, j'ai remarqué que Charley était alerte. Ses yeux étaient limpides… et inquiets.

— Tu es réveillée depuis combien de temps ? je lui ai demandé.

— Un moment, elle a répondu avec un sourire qui s'est vite effacé. J'étais terrifiée à l'idée de penser que ce matin, au réveil, tu puisses ne plus être là. Promets-moi de ne pas nous abandonner, pas comme Kevin a abandonné Natalie. Promets-moi que tu ne vas pas déserter.

J'ai hoché la tête.

Je ne l'ai pas admis, mais j'y avais pensé. Pas à abandonner Charley, mais au choix qu'avait fait Kevin de quitter Nat. Je comprenais enfin. Je n'étais toujours pas d'accord avec lui, mais maintenant, je comprenais. Le choix de Kevin n'était pas le mien. Je refusais de laisser Charley tant que Nil ne nous avait pas séparés de force. De plus, j'avais les relevés de Charley, une chance de gagner que Kevin n'avait pas eue.

Charley fronçait les sourcils.

Je lui ai glissé une mèche de cheveux derrière l'oreille.

— Je t'en donne ma parole : je ne t'abandonnerai pas.

Elle a acquiescé, puis s'est tortillé nerveusement les pointes.

— Thad, je n'arrête pas d'y penser. À ces gravures et à ces labyrinthes. Pour toi, je le sais, l'idée de voyage personnel dont Macy a parlé n'est qu'un ramassis de bêtises, mais…

Elle a fait une pause, sans me regarder.

— … Peut-être que tu y as déjà pensé, peut-être que tu as déjà compris. Mais, si ce n'est pas le cas, je voudrais que tu y réfléchisses. Que tu y réfléchisses vraiment. À pourquoi tu es là. Parce que je suis d'accord avec Macy, on est tous là pour une raison, mais cette raison est différente pour chacun.

C'est faux, j'ai pensé. *Nous sommes ici exactement pour la même raison : Nil avait besoin de nouveaux concurrents. Fin de l'histoire.*

— Dans ce cas, pourquoi est-ce que tu es là ? j'ai demandé d'un ton amer.

— Pour te rencontrer, elle a dit avec une certitude absolue.

— Alors, je suis là pour toi.

Elle m'a regardé dans les yeux, comme si elle creusait plus profondément, à la recherche de la vérité. *Tu me connais*, j'ai pensé en sentant mon cœur se serrer, sensation qui était devenue familière. *Mieux que personne.*

Elle a souri, mais sa tristesse a été comme un coup dans l'estomac.

— Il faut qu'on y aille si on veut atteindre la plage du Sud, elle a murmuré.

Elle se levait déjà.

— On remballe et on décolle.

Les mots sont sortis comme une réponse automatique. *Bonne journée. Bonne chance. Que la force soit avec toi.* Appris par cœur, creux.

Rives s'est étiré. Il avait l'air étrangement détendu pour quelqu'un qui avait dormi adossé à un rocher. Peu de gens arrivent à dormir assis, mais Rives m'avait dit un jour qu'il pouvait dormir n'importe où, n'importe quand. Quelle chance.

Je les ai regardés : Miya qui ouvrait les yeux sur Jason, Jason qui tendait des fruits secs à Charley, Charley qui riait avec Rives, Rives qui lisait les relevés de Charley. Ils prendraient soin les uns des autres lorsque je serais parti. Cette pensée me réconfortait. Charley ne serait pas seule.

Nous avons atteint la plage du Sud en milieu de matinée. Après avoir traqué les portes vers le nord, nous les avons suivies au sud, dans le Quadrant Deux. La tempête de portes devrait frapper ici bientôt. À moins que nous l'ayons déjà manquée. On ne le saurait pas avant midi.

Je me sentais remonté à bloc, comme toujours à l'approche de midi.

Jason et Rives marchaient à la lisière des bois, au pas, comme des soldats. Miya voguait à côté de Jason. Avec ses yeux de faucon, c'était une future grande Guetteuse. Et, bien sûr, Charley marchait près de moi, la main bien calée dans la mienne, le menton haut. Elle défiait Nil.

Comme je t'aime, j'ai pensé en regardant son visage. J'ai serré sa main et juste au moment où elle s'est tournée vers moi, la voix de Jason a retenti :

— Une porte ! À onze heures !

Je me suis retourné d'un bloc et j'ai aperçu une ombre ondoyer sur le sable charbonneux. À cinquante mètres, tout au plus.

D'un même mouvement, nous avons tous couru comme des dératés vers la porte, comme si nos vies en dépendaient. Ce qui était le cas pour moi, évidemment. Le sable est retombé, l'air s'est levé, et par un agréable coup du destin, la porte a commencé à avancer vers nous.

— À fond, Thad ! a crié Rives. VAS-Y !

Jason, Miya et Rives se sont arrêtés. Mes doigts broyant les siens, je refusais de lâcher la main de Charley.

— Je t'aime, j'ai articulé.

— Je t'aime aussi.

Elle souriait, mais ses yeux chatoyaient, comme la porte que je mourais d'envie d'attraper.

Ne pleure pas, s'il te plaît, j'ai pensé en luttant pour courir. *Parce que je vais m'écrouler, sinon, c'est sûr.*

Elle n'a pas pleuré.

— T'y es presque.

Ses yeux étaient maintenant posés sur la porte. Elle a relâché sa poigne. Ce n'était qu'un avant-goût de ce qui m'attendait : la douleur.

Mais la douleur infligée par la porte ne serait rien comparé à celle de quitter Charley.

La porte fonçait vers nous. C'était une simple. Obligé, vu qu'elle traçait comme une fusée. L'air scintillait, reflétait des arcs-en-ciel et la lumière comme un million de prismes, chacun d'entre eux ayant hâte de me déchirer en morceaux. Elle était plus brillante et remuante que toutes les portes que j'avais pu voir, ou peut-être que j'en sentais déjà la chaleur. Elle était aveuglante. Chaque fibre de mon être me faisait souffrir tandis que mon cerveau me hurlait de lâcher Charley. À quelques mètres de la porte, je l'ai poussée pour qu'elle reste hors de portée.

La luminescence s'est amoindrie.

Derrière moi, Jason a crié :

— Thad ! Il y a un truc bizarre ! La porte est trouble.

— Je vois ça !

J'ai freiné si fort que j'ai créé une vague de sable noir qui s'est déversée dans la porte et y a disparu, pareille à de la fumée. Puis le sable est réapparu.

Le noir du sable. Le noir de la fumée. La noirceur de l'air.

— Reculez ! j'ai crié en faisant demi-tour et en patinant dans le sable mou.

J'ai couru, j'ai attrapé Charley et je l'ai tirée de là.

— C'est une entrante !

Deux portes, une entrée et une sortie, se matérialisaient au même endroit, chose que je n'avais jamais vue et que je ne croyais même pas possible. Ma porte était bloquée.

Nous avons piqué un sprint pour nous éloigner, puis je me suis retourné à temps pour voir la porte entrante devenir complètement noire. À sa gauche, la bordure de la sortante chatoyait. Pendant un instant, deux cercles concentriques sont apparus nettement : l'un était noir comme la nuit, l'autre semblait fait d'un cristal magique et iridescent. La noire a scintillé comme du charbon brillant, ce qui a confirmé ma peur : cette entrante transportait quelqu'un.

Personne, chose ou animal.

Une respiration plus tard, un énorme tas de fourrure brune est tombé du ciel.

Animal.

Ma porte a continué d'avancer et a manqué la créature de quelques centimètres. Elle se dirigeait toujours vers nous. Sur le sable noir, l'animal était immobile.

— Il faut que tu y retournes ! s'est écriée Charley. Tu peux y arriver !

Elle a dégagé sa main et s'est précipitée vers Rives.

— Cours !

— Charley…

La créature s'est éveillée, a levé la tête et a montré les dents.

— COURS ! a hurlé Charley.

Je me suis retourné et j'ai de nouveau piqué un sprint vers la porte. J'avais l'impression de jouer à la version Nil de Jacques a dit. *Nil a dit attrape la porte. Nil a dit enfuis-toi. Retournes-y.*

L'animal s'est remis debout tant bien que mal. Il grognait et vacillait comme un ivrogne. C'était un grizzly géant, et je lui fonçais droit dessus. À moins de deux mètres de moi, la porte m'appelait. Et à moins de trois, il y avait le grizzly. Ça risquait d'être compliqué.

Mince, je n'ai pas dit Nil a dit…

La porte s'est effondrée et s'est dissoute en un point noir chatoyant.

Il n'y avait plus que moi, Charley, Jason, Miya, Rives et un ours bien mal léché.

Nil a dit enfuis-toi.

— Allez ! j'ai crié en me retournant encore une fois.

Cinq pas plus loin, la main de Charley était dans la mienne et je l'entraînais, je courais, je sprintais, je la tenais fort. C'était incroyable que je ne lui aie pas encore cassé un doigt.

Le grizzly a rugi : nous avions toute son attention maintenant.

On a déguerpi comme un seul homme. On a dépassé les tubes : l'écart se creusait à chaque foulée. On connaissait Nil, ce qui n'était pas le cas de l'ours. Le sable lui posait également un problème, ou peut-être qu'il était un peu désorienté après sa traversée.

On a atteint la forêt, Rives en tête. L'ours nous suivait, se cognait dans les arbres, rugissait de dépit et faisait suffisamment de boucan pour qu'on ne risque pas d'oublier où il était. On a continué de courir et de slalomer entre les arbres, en direction des champs de lave.

On a fini par semer le grizzly grincheux. Au bout de quelques heures sans rugissement, je me suis senti plus en sécurité. Nous avons établi un camp, puis j'ai pris Jason à part.

— Tu as toujours ta lance ?

Il a hoché la tête.

— OK. Prends Miya et retourne à la Cité. Préviens-les pour le grizzly. Tout le monde doit savoir que Nil a un nouveau jouet. Et va faire un tour du côté des planeurs. Vérifie bien qu'ils sont renforcés avant de t'envoler, OK ? Vérifie chaque fois. Mais n'oublie pas de parler du grizzly.

Jason m'a regardé, puis a mis un coup de pied dans un coquillage imaginaire.

— C'est dégueulasse.

— C'est Nil, c'est comme ça. Mais bon, sans Nil, je n'aurais jamais pu t'apprendre à bien retomber sur l'eau après un *frontside air*.

— C'est sûr, mec, c'est sûr. Hé, une fois rentré à la maison, je viendrai te chercher. Tu pourras m'apprendre à faire du snowboard, et moi je… je… te laisserai conduire le tracteur.

J'ai souri de toutes mes dents.

— Ça m'a l'air prometteur !

— Kidde, il a dit soudain. Avec deux « d » et un « e ». C'est mon nom de famille.

— Blake. Thad Blake. Whistler, en Colombie-Britannique. Près de Vancouver.

Il a hoché la tête, et j'ai posé la main sur son épaule.

— Tu es le meilleur Guetteur que j'aie jamais rencontré. Tu vas y arriver.

— Toi aussi.

Sa voix vibrait toujours d'intensité, sauf qu'à présent il paraissait désespéré.

— Hé ! je lui ai crié lorsqu'il s'est retourné. N'oublie pas le grizzly.

Il s'est éloigné et a décroché sa lance de sa ceinture. Il a dit quelque chose à Miya, qui s'est tournée vers moi. Elle a incliné la tête légèrement et a levé la main en signe d'adieu. Puis ils ont disparu tous les deux dans les arbres.

Rives ramassait du petit bois. Dix mètres plus loin, Charley préparait le repas. J'ai regardé nos maigres restes : il n'y avait pas assez de nourriture pour trois. Mais cette Recherche prenait fin demain, et quelle que soit son issue, il y aurait une bouche de moins dans l'équipe demain soir.

La mienne.

— Rives, j'ai dit à voix basse pour que Charley n'entende pas.

— Oui, mon frère ?

J'ai avalé ma salive.

— Écoute, j'ai renvoyé Jason et Miya à la Cité.

Rives s'est relevé, le visage résolu.

— Tu veux que je m'arrache ?

— Non.

J'ai secoué la tête, puis j'ai regardé Charley qui coupait des fruits rouges. Ses cheveux masquaient son visage.

— Je veux que tu restes, Rives. Mais j'ai une faveur à te demander. Deux, en fait.

Chapitre 60

CHARLEY
Jour 98, nuit

N'abandonne pas, s'il te plaît. N'abandonne pas, s'il te plaît. N'abandonne pas, s'il te plaît. J'avais peur que ce soit déjà le cas.

Une seconde j'étais prise de panique, l'autre je devenais folle, puis désespérée, puis amère. C'était une boucle sans fin et j'étais coincée dedans, seule. Car j'avais beau être blottie contre Thad, il paraissait si loin. Un secret s'était installé entre nous, et je détestais ça.

J'ai repensé à sa conversation avec Rives que j'avais entendue. Thad parlait à voix basse, mais ma mère m'a toujours dit que j'entendais comme Superman, et elle ne plaisantait pas. Sans voir leurs visages, j'avais entendu chaque mot.

« J'ai une faveur à te demander. Deux, en fait », avait dit Thad.

Rives n'avait pas hésité. « Tout ce que tu veux. »

« Cool. » Thad avait marqué une pause. « Demain, je veux que tu restes avec nous, mais en retrait. Que tu nous laisses un peu d'espace. »

« Pas de problème, avait répondu Rives. Je suis ton bras droit. » J'avais perçu comme un sourire dans sa voix. « Et la deuxième ? »

« Si je… » Thad avait bafouillé à ce moment-là. « Si demain ne se passe pas comme je l'espère, je voudrais que tu t'occupes de Charley. Je ne veux pas qu'elle m'enterre. » *Non !* J'avais eu envie de me jeter sur lui et de le secouer en hurlant : *N'abandonne pas !* Mais j'étais restée pétrifiée sur mon rocher. Le jus du fruit coulait le long de ma lame aussi rouge que du sang. « J'ai besoin de savoir que quelqu'un prendra soin d'elle après mon départ. »

La voix de Rives était retombée. J'avais eu du mal à discerner ses mots. « Tu sais que je le ferais, mon frère. Mais on ne va pas t'enterrer. Tu vas y arriver. »

« Promets-moi que tu t'occuperas d'elle, Rives. » Le ton de Thad était inflexible. « J'ai besoin que tu me le promettes. »

« Je te le promets, avait fini par dire Rives, presque à contrecœur. Comme je viens de te le dire, je suis ton bras droit. Je suis derrière toi. »

« Pas derrière moi. Derrière Charley. Promets-moi que tu seras derrière Charley. »

« Je te le promets. (Rives avait l'air résigné.) Je reste derrière Charley. »

Thad n'avait pas évoqué cette conversation avec Rives, et moi non plus. C'était le premier secret qu'il y avait eu entre nous depuis mon Jour 13, quand il avait attendu pour me parler de la limite des trois cent soixante-cinq jours. Ce secret était bien pire. Parce que maintenant, non seulement j'entendais ses paroles, mais j'entendais également sa voix, pleine de douleur. Pire, de défaite.

« Je ne veux pas qu'elle m'enterre. »

Et il ne sait pas que je sais, j'ai pensé, mal à l'aise. Un autre secret qui ajoutait à la distance.

Les cils noirs de Thad battaient et cachaient des yeux que je savais de la couleur des eaux profondes de Nil. J'ai scruté son visage, j'en ai mémorisé chaque ligne et, alors que se mêlaient douceur et amertume, j'ai été reconnaissante envers Nil. Où, ailleurs que sur Nil, aurais-je pu rencontrer ce garçon extraordinaire ?

J'étais heureuse qu'il dorme. C'était plus difficile de sprinter quand on était fatigué, et Nil allait lui donner une raison de courir demain, j'y croyais dur comme fer.

Je croyais que nous étions ici pour une raison, et je croyais que j'étais ici pour rencontrer Thad. Peut-être qu'il était là pour me rencontrer, peut-être pas. Peut-être qu'il avait déjà compris pourquoi il était là et qu'il ne voulait pas me le révéler, encore un secret qu'il aurait choisi de garder. Mais ça n'avait pas d'importance que je le sache ou pas. L'important, c'était que Thad le sache.

Mais est-ce que savoir suffit ?

J'ai pensé à Talla et à Li, à Sergio et à Rory. Des personnes qui resteraient à tout jamais dans le labyrinthe de Nil. Avaient-ils compris pourquoi ils étaient là ? Et est-ce que la connaissance (ou l'ignorance) avait altéré leur destin ? Peut-être que savoir n'était pas suffisant, mais que ne pas savoir était un arrêt de mort.

Peut-être que certains ne sont pas destinés à partir.

À cette pensée, j'ai eu le souffle coupé. Alors que la panique me gagnait, je me suis raccrochée à un fait irréfutable : cette dingue de Nil nous avait offerts l'un à l'autre, et le seul avenir qu'on pouvait avoir ne se trouvait pas ici. Thad allait réussir, il le fallait.

Il ne lui restait plus qu'un midi.

N'abandonne pas, s'il te plaît.

Drapée dans l'obscurité et les secrets, je me suis allongée près de Thad en espérant voir surgir une dernière porte. Alors que mes paupières devenaient aussi lourdes que mon cœur, j'ai formé des vœux pour qu'il soit encore là à mon réveil.

Chapitre 61

THAD
Jour 364, nuit

Je vais mourir demain.

Une extraordinaire sensation de calme accompagnait cette pensée. Chaque minute s'écoulait en formant le décompte avant l'inévitable conclusion : la mort.

C'était écrit sur le Mur.

Est-ce la fatalité de la mort qui provoque ce calme ? j'ai songé. *Est-ce que tous ceux qui regardent droit dans le canon du fusil ressentent la paix à ce moment-là ? Ou est-ce que ce calme irréel provient de l'acceptation de son destin ?* J'avais enfin cessé de vouloir contrôler ce sur quoi je n'avais aucune prise. Mon destin n'était plus entre mes mains, et je ne me suis jamais senti aussi bien après avoir abandonné quelque chose.

Plaqué contre moi, le corps de Charley épousait parfaitement le mien, comme si elle était l'extension naturelle de ma personne. J'ai étudié sa silhouette et je l'ai gravée dans ma mémoire. Ses yeux fermés, ses cils noirs, une main sous sa joue, l'autre posée avec douceur sur mon torse.

Je savais qu'elle était enfin endormie. Elle avait fait semblant pendant un moment. Moi aussi, d'ailleurs. Les mots étaient trop douloureux. Nous nous étions dit au revoir encore et encore et, à ce stade-là, il n'y avait plus rien à dire. La réalité était nulle. Elle était ce qu'elle était. La vérité n'était pas belle à voir. Comme Nil.

Je n'ai plus qu'un midi.

Une chance.

Un dernier lancer de dés.

C'était l'ultime jeu de Nil. Pendant trois cent soixante-cinq jours, on avait tenté notre chance : courir jusqu'à midi, au grand air de Nil, en espérant qu'un éclair tombe. Certains étaient chanceux, comme Natalie et Kevin. D'autres avaient beau lancer les dés, ils ne gagnaient jamais, comme Ramia et Li. Et d'autres, comme Rory, n'avaient même pas le temps de jouer.

Et puis, il y avait aujourd'hui. La porte entrante avait lâché une bombe en forme d'ours et changé la donne. Elle avait ruiné mes chances.

Peut-être ma dernière chance.

Nos destins étaient livrés au hasard, mais c'est Nil qui définissait les règles. Même avec les relevés de Charley, les choses tournaient en faveur de Nil. C'était son show, ses règles. Une porte. Une personne. Un midi. Un an.

Et comme j'en avais pris conscience dès le premier jour, ses règles étaient horribles.

Mais là, je les ai enfin comprises. Le message d'aujourd'hui était on ne peut plus clair.

J'ai serré Charley contre moi, sachant que le lendemain je serais complètement crevé. J'allais devoir me lever et miser tout ce qui me restait sur le midi suivant. Et cette fois, je serais prêt. Prêt à courir, prêt à mourir. Quelles que soient les cartes que distribuerait Nil, j'étais paré à les affronter selon mes termes. Tout ce que j'espérais, c'était avoir une chance de gagner.

Focalise-toi sur ta respiration, focalise-toi sur ton esprit. Pour la première fois, l'astuce de mon entraîneur a fonctionné. Mon esprit était clair.

Car je m'étais concentré sur la respiration de Charley, pas sur la mienne.

Respire.

Chapitre 62

CHARLEY
Jour 99, matin

J'ai ouvert les yeux et je les ai refermés à moitié. Des traits de lumière couronnaient la cime des arbres. Thad était allongé sur le flanc et me regardait.

— Bonjour, marmotte.

— Je n'arrive pas à croire que j'ai dormi.

J'étais tellement en colère contre moi que j'avais l'air renfrogné.

— Courir pour échapper à un grizzly, ça peut avoir ce genre de conséquences, il a dit en souriant de plus belle.

— Mais j'ai perdu de mon temps avec toi ! Pourquoi tu ne m'as pas réveillée ?

— Parce que j'aime te regarder dormir. Tu es si belle, Charley.

La voix de Thad trahissait son épuisement. Ses yeux ont scruté mon visage. Des yeux lourds de fatigue, de tristesse et de défaite. Et ça m'effrayait : il n'avait pas dormi. Pas assez, peut-être pas du tout.

— Tu n'as pas dormi, j'ai dit. Tu as besoin de dormir.

Je me suis mordu la lèvre, car je me refusais à pleurer.

Thad n'a fait que sourire. Il a passé le doigt sur mes sourcils, mes joues, mon cou. J'ai fermé les yeux quand j'ai senti son doigt s'approcher de ma clavicule. C'était une caresse si douce, et pourtant elle faisait mal, elle réveillait une douleur si profonde qu'elle aurait pu me faire m'effondrer.

Son doigt s'est égaré plus bas et j'ai frissonné.

— Où est Rives ? j'ai demandé lorsque je me suis souvenue que nous n'étions pas seuls.

— Il nous laisse un peu d'espace.

Sa conversation secrète d'hier m'est revenue aussitôt en mémoire. Je me suis mordu la lèvre plus fort.

— Je veux passer mes dernières heures avec toi, a chuchoté Thad. Juste toi.

— Pas tes dernières heures. Tes dernières heures ici.

— Oui.

— Tu n'as pas intérêt à baisser les bras, j'ai dit en soutenant son regard.

— Je ne te laisserai jamais tomber. Jamais.

Ses yeux bleus étaient à vif. J'avais mal pour lui.

— Pas moi, j'ai répliqué. Toi. Ne te laisse pas tomber.

— Charley…

Les émotions passaient sur son visage comme les couleurs iridescentes d'un chatoiement, trop à la fois, trop changeantes pour que je puisse les décrypter.

— Je suis juste réaliste.

L'ours, j'ai pensé. La journée d'hier avait tout changé, je le savais. « Je ne veux pas qu'elle m'enterre », il avait dit.

— Non, je l'ai coupé. Ne fais pas ça. N'abandonne pas.

— Même pas en rêve.

Il s'est approché et m'a embrassé la lèvre inférieure, celle que je mordais.

Il a levé un sourcil en me faisant son plus beau sourire coquin.

— J'ai bien une idée pour passer le temps ce matin. Une chose que tu voulais et que je t'ai refusée.

— Tu veux qu'on se fasse des câlins ? j'ai demandé, incrédule. Mais…

J'ai essayé de comprendre ce soudain revirement de situation.

Et puis il a de nouveau changé d'avis.

— Désolé. Tu as raison. On ne peut pas. C'est égoïste de ma part. C'est juste… Je n'aurais rien dû dire. Il n'y a pas de filtre entre mes pensées et ma bouche, aujourd'hui.

Il a souri, mais une ombre restait tapie dans ses yeux et en obscurcissait le bleu. Quelque chose que je ne pouvais pas lire, même si je le voulais.

J'ai posé le doigt sur sa cicatrice, cette petite montagne au-dessus du sourcil.

— Dis-moi à quoi tu penses, j'ai dit avec douceur. S'il te plaît.

Il a fermé les yeux. Sa voix était éraillée.

— Charley, j'ai réfléchi à ce que tu as dit hier. À propos de la raison pour laquelle je suis là.

Un rugissement a fendu les airs, trop proche à mon goût. Les yeux de Thad se sont rouverts immédiatement et il a scruté la zone autour de nous.

— Le grizzly fou, j'ai dit.

— Oui, il a répondu en se levant. On remballe et on décolle.

À l'évidence, la discussion était close. Je me suis contentée de hocher la tête.

Nous avons marché vers l'intérieur des terres. Rives nous suivait comme une ombre silencieuse, suffisamment à l'écart pour que j'aie l'impression de n'être qu'avec Thad.

Je n'avais pas dit à Thad que j'avais déjà tout planifié. Je prendrais sa lame de vingt centimètres, celle qu'il portait à la ceinture. Je prendrais aussi son collier, que je mettrais autour du cou avec le mien. J'avais déjà son arc, celui que j'avais utilisé pour faire du feu. Je savais comment m'en servir. Thad m'avais appris tant de choses, des compétences que j'utiliserais pour survivre jusqu'à ce que ce soit mon tour. Je rentrerais avec Rives, en empruntant une route différente pour éviter le grizzly. Tout ça, c'étaient mes secrets, que je ne partageais pas avec lui.

Ses secrets, mes secrets. Les secrets de Nil. Ils formaient un gouffre invisible entre nous et je détestais ça.

— On y est presque, a dit Thad.

C'étaient ses premiers mots en une heure. Ils semblaient forcés.

Nos pieds ont foulé la roche noire. Le rouge luisait à notre droite. Nous avions décidé la nuit dernière de nous diriger vers les champs de lave plus récents, ceux que j'avais découverts lors de ma première journée sur Nil. Deux coulées différentes, deux époques différentes. L'une rouge, l'autre noire, à cheval entre les Quadrants Trois et Quatre.

À la jonction entre les deux coulées, nous nous sommes arrêtés.

— Rouge ou noir ? j'ai demandé.

C'était à Thad de prendre la décision : il était presque l'heure.

— Je parie sur le noir, il a dit avec l'esquisse d'un sourire. Une petite roulette russe à la mode de Nil.

— Ce n'est pas drôle. Ce n'est pas un jeu.

Thad a tiqué.

— OK.

— Tu vas y arriver. Il le faut. Je t'interdis de laisser tomber.

Ma voix est descendue de deux octaves, les yeux me piquaient.

— Ne. Laisse. Pas. Tomber. OK ?

Il a souri. Ses yeux brûlaient comme un feu bleuté. Puis il m'a embrassée. Avec intensité et douceur. Son baiser était si chargé d'émotion que j'ai failli pleurer.

— Il faut qu'on bouge, j'ai dit en m'arrachant à lui. La porte arrivera du sud, alors restons proches du rouge.

J'ai visualisé mes relevés dans ma tête.

La porte d'hier était apparue au sud-ouest de l'endroit où l'on se trouvait actuellement, mais tout de même proche, niveau latitude. Elles pouvaient apparaître rapidement l'une après l'autre deux jours de suite. Ma quadruple et la porte de Kevin en étaient la preuve ; pareil pour celles dans la baie Noire. Ces portes m'ont fait penser à quelque chose. Quelque chose de terrible.

J'ai saisi le bras de Thad.

— Thad, il faut repartir ! Vers la plage ! Tu te souviens que la porte de Kevin et ma quadruple sont arrivées à une journée d'écart ? Les portes étaient toutes les deux sur le champ rouge. Celle qu'a manquée Jason dans la baie Noire est apparue un jour après que j'ai vu une porte sur la même plage. Et si les portes qui apparaissent à un jour d'intervalle apparaissaient sur la même ligne longitudinale ? Dans le même quadrant ? C'est peut-être ça, que représente le nombre deux ! Et si j'ai raison, alors la porte d'aujourd'hui sera sur la plage du Sud, pas ici ! On n'a pas beaucoup de temps. Il faut…

— Stop.

Thad a posé un doigt sur mes lèvres.

— Stop, il a répété dans un murmure. On en a déjà parlé la nuit dernière. On a pris notre temps, on y a bien réfléchi. On a choisi une latitude au nord de la porte d'hier, dans le quadrant suivant sur la piste de la tempête. Et on a choisi les deux points chauds les plus probables, les plus à découvert. C'est ici.

Il a effleuré ma joue et m'a regardée, les yeux pleins d'assurance, d'amour et de tout ce qui faisait Thad.

— Gardons notre plan de jeu.

— Tu as raison, j'ai dit, ébranlée. C'est juste que… Non, tu as raison. Gardons notre plan.

Mais ce n'est pas un jeu. Ça ne l'a jamais été.

Thad m'a tendu la main et, ensemble, nous sommes entrés dans la mer noire. Même avec l'assurance de Thad, une partie de moi voulait rebrousser chemin jusqu'à la plage. Mais j'ai continué de marcher en tenant la main de Thad.

Le sol était noir comme du goudron, aussi noir que ce parking de supermarché qui me paraissait à des millions de kilomètres. Un monde différent, un moi différent.

Nous avons guetté le moindre mouvement. Je respirais à peine. Midi, c'était maintenant.

Le vent s'est calmé.

À cinquante mètres, le sol a tremblé, s'est levé, puis est retombé pour laisser place à une luminescence ondoyante, scintillante de vie.

— Porte à trois heures, j'ai crié. Vas-y !

Thad est resté pétrifié. C'est moi qu'il regardait, pas la porte.

— Vas-y, j'ai hurlé en le secouant. Cours !

— Cours avec moi, Charley, il m'a dit en me tendant la main. Une dernière fois. S'il te plaît.

J'ai pris sa main et j'ai couru. Si ça pouvait le faire bouger ! Nous avons filé sur le sol noir, nos mouvements parfaitement synchronisés. Nous avons couru ensemble une dernière fois. La porte se contorsionnait à trois mètres de là, en direction du nord.

Bientôt, nous avons été assez proches pour voir les prismes de lumière refléter le ciel, le sol, nous. Dans le reflet, nous étions des silhouettes déformées et, à cet instant, j'ai su.

Thad vivrait.

C'était la seule chose qui comptait. J'ai serré sa main et je me suis écartée de lui.

— Charley, je…

Son visage était torturé et lorsqu'il a levé la main, la porte s'est effondrée. Pendant une longue et horrible seconde, un minuscule trou noir a flotté à quelques centimètres de son épaule. Puis la poussière a disparu.

La porte de Thad était partie. Le vent s'était levé de nouveau.

Et Thad était toujours là.

Horrifiée, j'ai suffoqué. Je m'attendais à moitié à le voir s'écrouler raide mort d'une seconde à l'autre. Pourtant il était là, debout, abasourdi mais bien vivant. Nos regards choqués se sont croisés.

Puis le vent est retombé.

J'ai senti l'immobilité avant même de voir le scintillement. Derrière Thad, une porte s'étirait de manière langoureuse vers le ciel, à moins de trois mètres. C'était une seconde chance. Une dernière chance, et cette fois l'évasion de Thad était garantie. La porte s'est avancée vers nous, il n'avait même pas à courir. Il devait en être ainsi, comme pour notre amour. La chance de Thad avait enfin tourné, et Nil nous donnait l'occasion de nous dire au revoir.

Je me suis jetée dans ses bras, submergée par une profonde sensation de paix.

— Je t'aime. Si fort.

Thad me serrait contre lui, sans un mot.

— Je dirai au zèbre que tu lui passes le bonjour, j'ai soufflé avant de reculer. Et je m'occuperai de Burton. Vas-y.

La porte flottait à moins d'un mètre.

— Charley…

La voix de Thad se fissurait. Il a ravalé sa salive et a secoué la tête.

— Ça ira, j'ai dit. J'ai encore le temps. Je te retrouverai. Je t'aime, Thaddeus Blake. Maintenant, vas-y.

La tornade d'émotions était si puissante dans ses yeux que des larmes coulaient sur ses joues.

— Vas-y, j'ai murmuré avec insistance.

La porte n'était qu'à quelques pas de là, si proche que notre reflet ne faisait qu'un.

— C'est ton heure. On se voit de l'autre côté. Je t'aime.

La perte à venir me broyait le cœur, mais c'était une douleur agréable. J'ai souri, car ça y est, c'était bon.

C'était notre au revoir.

Le contour principal de la porte projetait des arcs-en-ciel sur le visage de Thad. Ses yeux n'avaient jamais paru si bleus.

— Je t'aime aussi, il a dit d'une voix étranglée. Plus que tout.

Et puis Thad a commis l'impensable.

Il s'est jeté en avant, m'a attrapé le bras et m'a fait basculer à l'intérieur de la porte. Je me suis tortillée tout en tombant, en essayant de retrouver mon équilibre pour sortir de là. Je sentais déjà la chaleur incandescente.

— Non !

Le hurlement m'a déchiré le corps, mais la chaleur m'a saisie à la gorge. L'air bouillonnant m'a enveloppée comme de la vase et m'a entraînée plus profondément. J'étais prise au piège.

Je brûlais, comme dans les flammes de l'enfer.

Les ténèbres m'ont léché le coin des yeux. Nil a vacillé et s'est effacé. Tout a commencé à rétrécir, comme si je regardais du mauvais côté d'une paire de jumelles. Ma dernière vision claire, c'était Thad, qui se contorsionnait pour se mettre hors de portée, les yeux plongés dans les miens.

— Je te retrouverai, Charley ! il a crié d'une voix brisée. Je te le promets ! Je…

Puis il s'est évanoui.

Les ténèbres se sont refermées sur moi comme le couvercle d'un cercueil, l'obscurité est devenue totale.

La chaleur s'est volatilisée et l'obscurité s'est changée en glace. Le froid a forcé son chemin jusqu'à mon âme et l'a mise en lambeaux.

Et puis, plus rien.

Plus de lumière. Plus d'air.

Plus de Thad.

Chapitre 63

THAD
Jour 365, midi

Charley était partie.

Je l'avais perdue, et pourtant j'avais gagné.

— Je t'ai battue ! j'ai crié à Nil.

Le feu en moi s'est ravivé, comme si je venais de faire un parcours sans faute. Sauf que c'était Charley qui avait été happée par la fournaise. C'était Charley qui avait attrapé la porte. C'était Charley qui allait vivre… et c'est bien ça qui me mettait dans un tel état d'excitation. J'ai embrassé ma destinée : j'avais protégé Charley jusqu'à la fin. J'avais lancé les dés, et j'avais gagné.

Moi, pas Nil.

J'ai ri et j'ai brandi un poing rageur vers le ciel. L'étendue sans fin de roche noire m'a renvoyé l'écho de mon rire : c'était Nil qui me riait au nez.

C'est là que je me suis rendu compte. *Je devrais être mort.*

Je n'avais jamais été avec quelqu'un pendant son dernier jour. Je partais du principe qu'une fois la porte passée (si elle était passée) on s'inclinait. Échec et mat. Terminé.

Or j'étais encore debout. J'ai eu la nausée quand j'ai enfin compris comment ça allait se passer : il me faudrait attendre minuit, à souffrir sans Charley. Il me faudrait endurer seul le crépuscule du jour de ma mort, chaque minute me rappelant ce que j'avais perdu. Et ce que je ne pourrais jamais avoir.

— Pourquoi ? j'ai crié, empli d'amertume.

J'ai lutté de toutes mes forces pour conserver intacte la sensation grisante que me procurait la réussite de Charley. Au loin, j'ai entendu Rives crier mon nom, mais j'étais trop absorbé par la haine que j'avais envers Nil pour répondre. J'ai levé la tête vers le ciel, j'ai étranglé l'air de Nil dans mes poings.

— POURQUOI ? j'ai hurlé. Dis-moi !

Le grizzly a rugi, le sol a tremblé, et puis j'ai su. *Parce que c'est Nil, et qu'elle est cruelle. Et parce qu'elle n'a pas tout à fait terminé de jouer avec moi.*

Puis elle m'a susurré : *COURS.*

Chapitre 64

CHARLEY
Jour 1, heure inconnue

La peau me piquait. Non, elle me brûlait. Non, elle était gelée.

Je me suis réveillée, secouée de spasmes incontrôlables. À cause du froid, de la douleur et d'une horrible sensation de perte. C'était la seule chose qui m'avait accompagnée à travers la porte.

Lorsque j'ai ouvert les yeux, des types en anorak étaient penchés sur moi. Ils avaient des casques sur la tête et une expression perplexe. Comme un cruel pied de nez du destin, le paysage autour de moi était d'un blanc brillant et arctique. Complètement nue, j'étais étendue sur un sol poudreux qui me brûlait comme du feu.

J'étais allongée sur la neige de Thad.

Thad ! Chaque cellule de mon corps a crié son nom, mais il n'y avait pas de réponse, seulement des échos lointains. « Je te retrouverai, Charley ! Je te le promets ! »

Mais tu ne peux pas, a gémi mon cœur. *Parce que j'ai pris ta porte, ta chance de t'enfuir. Et maintenant tu es condamné à rester sur Nil pour toujours.*

Les gens parlaient rapidement, dans une langue étrangère que je n'ai pas cherché à comprendre. Je me fichais de ce qui pouvait m'arriver. J'étais brisée, incomplète. Et il n'y avait aucun moyen de me réparer, parce que la partie de moi qui appartenait à Thad avait disparu, brutalement arrachée lorsque j'ai traversé la porte.

J'ai fermé les yeux, en priant pour que les gens autour de moi s'en aillent. *Partez*, j'ai pleuré en silence. *Laissez-moi là, sur la neige de Thad. C'est lui qui devrait être là, pas moi.*

Partez… s'il vous plaît.

Mais ils ne sont pas partis.

Des mains m'ont soulevée et ont glissé mes bras dans des manches douces pleines de chaleur. J'ai entendu le bruit d'une fermeture Éclair, et la chaleur s'est répandue à travers ma poitrine. Des chaussettes se sont glissées sur mes pieds, suivies d'un pantalon le long de mes jambes. On me manipulait comme si j'étais de la porcelaine fragile.

Ils ne savaient pas que j'étais déjà en miettes.

Chapitre 65

CHARLEY
Jour 4, milieu de matinée

Finalement, j'étais en France. Au Mont-Blanc, très exactement. On m'a découverte dans une zone hors piste – des skieurs professionnels qui avaient « accidentellement » dévié pour trouver de la poudreuse vierge.

Tout le monde n'arrêtait pas de me répéter que j'avais de la chance d'être en vie.

C'est faux, je pensais. *Si j'avais de la chance, Thad serait là, pas moi. Si j'avais de la chance, je serais sur Nil, avec de bonnes chances d'attraper une porte et de revoir Thad. Si j'avais de la chance, on m'aurait laissée pour morte. Ç'aurait été plus charitable.*

Mais au lieu de ça, on m'a hospitalisée.

Jusque-là, j'avais prononcé trois mots : « américaine », « Charley », « Crowder ». Le reste du temps, soit je hochais la tête, soit je la secouais. Et encore, quand je prêtais attention à la présence des médecins. En général, je gardais les yeux fermés.

Lorsque maman, papa et Em ont déboulé dans la salle, ils m'ont paru aussi étrangers que les infirmières.

À la minute où ils m'ont vue, leurs paroles se sont déversées comme des larmes.

Ma mère :

— Charley ! Oh, mon Dieu, c'est vraiment toi ! Mon pauvre bébé, je n'imagine pas ce que tu as dû traverser.

Non, tu n'imagines pas.

Mon père :

— Ma puce, on a cru qu'on t'avait perdue.

Moi aussi.

Em :

— Charley, tu m'as tellement manqué ! Quand on a reçu le coup de fil nous disant que tu avais été retrouvée, ç'a été le plus beau jour de ma vie.

Et l'un des pires jours de la mienne.

Réunis autour de mon lit, ils m'ont raconté les événements. Ils pensaient que j'avais été kidnappée. On avait découvert mes vêtements sur le parking du supermarché et la Volvo de mon père dans la banlieue d'Atlanta, vandalisée. On n'avait pas remis la main sur mon portefeuille et mon sac. Personne ne comprenait comment j'avais atterri en France, mais peu importait. Tous étaient trop heureux de me voir en vie.

J'ai fermé les écoutilles. Je ne pouvais pas leur dire la vérité, personne ne me croirait. Alors j'ai fait ce qu'il y avait de mieux à faire.

J'ai feint l'amnésie.

Chapitre 66

CHARLEY

Jour 10, fin d'après-midi

Retrouver ma chambre était une expérience surréaliste. C'était comme une capsule temporelle provenant d'une autre époque, de la vie d'une autre personne.

Le lit d'Em était fait, vide, exactement comme dans mon souvenir. Il y avait encore une journée de cours avant les vacances de Thanksgiving : Em était donc à l'université, comme le jour où j'étais partie. Mon lit était fait, lui aussi. Sur les draps, juste à côté de mon oreiller, il y avait mon iPod, là où je l'avais laissé une centaine de jours plus tôt. Le livre que je lisais m'attendait à côté de mon lit.

Rien n'avait changé… à part moi.

J'ai posé mon sac et j'ai allumé mon ordinateur.

Sur Google, j'ai tapé « Thad Blake, snowboarder ». Il y avait des tonnes de résultats, qui parlaient tous d'un snowboarder canadien prometteur qui avait disparu après avoir été sélectionné dans l'équipe nationale. Dans l'un des articles, il y avait une photo de Thad. Les mêmes cheveux blonds, plus courts que dans mon souvenir, les mêmes yeux de saphir, le même sourire nonchalant.

J'ai touché la joue de Thad. Elle était plate et sans vie, en deux dimensions, froide.

Maintenant que Thad me souriait, j'ai lu l'article. Et puis un autre. Je les ai tous dévorés. Tous disaient la même chose : il s'était perdu en montagne. Son corps n'avait jamais été retrouvé. Un autre article évoquait la thèse du suicide, à la suite d'une rupture dévastatrice avec sa petite amie, mais sa famille et ses amis rejetaient cette hypothèse.

« Thad ne se suiciderait jamais, avait déclaré sa mère. Il aime la vie plus que quiconque dans ce monde. »

Peut-être dans ce monde, j'ai pensé en luttant contre ce vide à l'intérieur. Mais Thad n'était plus dans ce monde, plus depuis un an. Il était sur Nil, là où on vit comme on meurt. Et même s'il avait sacrifié sa chance de vivre, ce n'était pas un suicide. « Suicide » était un mot horrible. Un choix égoïste. Ce que Thad avait fait, c'était l'exact opposé. Mais le résultat était le même : il était mort. Pour moi.

Thad m'a souri derrière l'écran. *Je t'aime, Charley.*

Je t'aime aussi. De toute mon âme.

J'aurais aimé que ce soit ça, mon message d'au revoir. Soudain, sa photo a disparu, remplacée par mon stupide écran de veille qui, comble d'ironie, était une plage tropicale. J'ai remué la souris pour faire réapparaître Thad.

Si seulement c'était si facile.

Je ne voulais pas perdre son sourire, alors j'ai imprimé l'image. Une larme est tombée et a flouté le visage de Thad : j'ai dû en imprimer une autre. Puis j'ai gagné mon lit en serrant Thad contre moi.

Le sel sur mes joues, le sel sur mes lèvres… un goût de Nil. C'est tout ce qui me restait. Les larmes ont trempé mon oreiller, mais je suis restée allongée là, accablée de douleur, souhaitant désespérément qu'Em soit là, et profondément soulagée qu'elle ne le soit pas.

Cette nuit-là, j'ai compris qu'il y avait des choses bien pires que la solitude.

Chapitre 67

CHARLEY

Jour 19, après la tombée de la nuit

Je n'avais eu aucune nouvelle, aucun appel. Dix-neuf jours de silence complet de la part de Thad. Je comptais toujours, je ne pouvais pas m'en empêcher. La nuit dernière, j'avais rêvé du Mur. Cette fois, le vide à côté du nom de Thad était rempli… avec une croix. Et c'est moi qui tenais le couteau.

J'avais volé sa porte. Il m'avait poussée, mais j'étais la voleuse.

Je me suis frotté les yeux et j'ai réduit Firefox. Même le logo du navigateur semblait se moquer de moi. Un renard au sang chaud qui encerclait le globe, enflammé comme une porte, insaisissable comme Nil. Dissimulés, ses yeux ne laissaient rien transparaître.

J'avais passé les quatre dernières heures à parcourir des sites d'information. Je ne consultais même plus le journal d'Atlanta. J'ai commencé avec des journaux canadiens, puis j'ai étendu ma recherche à l'international, à la quête de la moindre information sur

Thad. Toutes mes requêtes précises me renvoyaient aux articles que j'avais lus des milliers de fois, et mes mots clés plus vagues ne donnaient rien. Aucune trace d'un Canadien porté disparu ayant refait surface où que ce soit, rien sur un garçon nu qui aurait fait irruption dans un endroit étrange. La seule histoire inhabituelle que j'ai trouvée, c'était dans l'édition d'hier du *Daily Mail*. Intitulé « Un rhino féroce à Helsinki », l'article parlait de la capture d'un rhinocéros noir très rare qui chargeait tout sur son passage dans les rues d'Helsinki. Les zoos locaux avaient nié toute responsabilité, affirmant qu'aucun de leurs animaux ne manquait à l'appel. L'incident avait provoqué un tollé national, les habitants exigeant d'enquêter sur le commerce d'animaux exotiques.

J'ai regardé le renard de feu et je me suis demandé quel angle d'attaque je n'avais pas encore utilisé. Puis une idée a germé. J'ai ouvert un nouvel onglet et j'ai tapé *Nil*.

Une multitude de résultats sont apparus. La plupart étaient des définitions provenant de dictionnaires en ligne ou d'encyclopédies, des références au fleuve, suivies de quelques entreprises qui, pour une raison inexplicable, avaient choisi de s'appeler Nil. Mais un blog a attiré mon attention : *Cauchemars de Nil*, tenu par un Sud-Africain pas loin de la trentaine, détaillait l'histoire étrangement familière de son séjour de onze mois sur Nil. Il postait des liens vers un groupe de soutien réservé aux survivants de Nil, différents sites recensant des personnes portées disparues, et même quelques théoriciens fêlés parlant de trou de ver. Les commentaires étaient durs. Certains remettaient en question la santé mentale de l'auteur, d'autres lui conseillaient de se faire aider, d'autres encore réclamaient plus de détails pour pouvoir se rendre sur Nil. Cela m'a confortée dans ma décision de simuler l'amnésie. Mieux valait passer pour quelqu'un qui a perdu la mémoire que pour une folle.

Il ne me restait plus rien à chercher, alors j'ai éteint mon ordinateur et j'ai grimpé dans mon lit.

Même si tout me portait à croire que Thad était mort, je refusais de l'accepter. Je n'arrêtais pas de me dire qu'il avait peut-être mal compté ses jours, ou que Nil lui avait offert du temps supplémentaire. J'espérais toujours le voir apparaître à ma porte avec son beau sourire. Mais chaque jour, mon espoir s'amenuisait.

Quelqu'un a frappé doucement à ma chambre et m'a tirée de ma rêverie.

— Charley ?

C'était la voix d'Em.

— Téléphone.

Je me suis rassise d'un bond.

— Qui ça ?

— Une fille, elle a répondu.

Cela a suffi pour que mon dernier espoir s'évanouisse. Instantanément, douloureusement. Irrévocablement.

— Elle jure qu'elle n'est pas journaliste et que tu la connais… Elle s'appelle Natalie.

Chapitre 68

CHARLEY
Jour 35, crépuscule

Au cours des quinze derniers jours, j'ai vu un neurologue, un psychiatre et une psychologue de renom, spécialiste des traumatismes violents. Elle avait appelé chez nous après avoir lu un article sur moi dans le journal. Apparemment, ce n'était pas tous les jours qu'une Américaine de dix-sept ans, issue de la classe moyenne, sur le point de décrocher une bourse grâce au volley et dont le passé ne révélait aucun accès de folie, disparaissait pendant des mois avant d'être retrouvée nue dans un pays étranger.

Il fallait vraiment que je m'intéresse un peu plus à l'actualité.

Mais ç'aurait été synonyme d'espoir, chose que je ne pouvais plus supporter. J'ai arrêté mes rendez-vous avec Internet et j'ai refusé d'écumer les sites d'actualités pour un article que je ne trouverais jamais. J'ai aussi arrêté de voir d'autres psys. Ils arrivaient tous à la même conclusion : ce qui m'était arrivé avait été si traumatisant que mon esprit avait occulté tout souvenir de l'incident pour me protéger.

Mais je me souvenais. Ces souvenirs avaient beau être douloureux, j'aurais préféré mourir qu'oublier.

Le seul effort que je faisais, c'était d'aller courir. Mes parents étaient heureux de me voir sortir de ma chambre, voire de mon lit. Je courais des heures, perdue dans mes souvenirs. *Thad qui courait à côté de moi, sa main enroulée autour de la mienne… Thad qui me mettait un collier de fleurs autour du cou, ses yeux de saphir brûlants posés sur moi… Les lèvres de Thad sur les miennes, chaudes et douces, affamées.* J'ai passé au crible chaque moment, en savourant les joies et les peines. Je courais jusqu'à ce que mon esprit soit embrumé par l'épuisement physique. Ce matin, j'ai couru vingt-cinq kilomètres, et je suis rentrée seulement parce que la bruine s'était transformée en déluge.

Puis, me sentant d'humeur courageuse, j'ai accompagné Em à l'épicerie. En attendant à la caisse, j'ai aperçu du coin de l'œil un mur de photocopies : des photos granuleuses en noir et blanc d'enfants disparus, des adolescents pour la plupart. Attirée par ces visages, je me suis rapprochée. Il y avait des garçons et des filles, la plupart arborant un sourire éclatant, avec leur date de naissance imprimée en noir. Tous étaient portés disparus. Peut-être étaient-ils sur Nil. Au bout d'un moment, je me suis mise à pleurer. Em a dû me traîner jusqu'à la maison.

C'était il y a deux heures.

Je ne pleurais plus. J'étais assise à la fenêtre, à regarder la pluie tomber.

Des gouttes d'argent constellaient le carreau, chacune d'entre elles était un prisme éblouissant qui attaquait le verre. Je les ai regardées briller et tomber, comme si toutes ces gouttes, en s'unissant, pouvaient former une porte. Un mur chatoyant capable de me ramener sur Nil. Mais une par une, les gouttelettes ont glissé loin de ma fenêtre, hors de ma vue, parties pour toujours. Comme Nil.

Pendant un instant miraculeusement ininterrompu, j'ai regardé la pluie. J'avais tant besoin de Thad, tant envie de le retrouver. Seulement, même si je pouvais trouver une porte dans l'énorme meule de foin qu'était la Terre, ça ne servirait à rien. Thad ne serait plus sur Nil, et Nil ne serait rien sans lui. Mon monde était ici. Un monde plein de grisaille et de pluie.

Le tonnerre a grondé, effrayant. Comme un séisme.

Un éclair a illuminé le ciel quand quelqu'un a frappé à ma porte. Mon père a passé la tête dans l'ouverture.

— Hé, ma chérie. On peut entrer ?

— Bien sûr.

Il a posé un verre sur ma table de nuit. Ma mère s'est assise au bord de mon lit.

— Je t'ai apporté une limonade. Avec de la glace pilée, comme tu aimes.

— Merci, j'ai répondu en forçant un sourire.

— Ça fait plaisir de te voir sourire, ma puce, a dit mon père.

Il s'est assis à côté de ma mère, l'air aussi perdu qu'elle.

— Charley, je ne peux pas imaginer comment tu as survécu à ce que tu as traversé. Mais tu es forte. Tu l'as toujours été. Tu vas t'en sortir, mon cœur, je te le promets.

Une promesse ne signifie rien, j'ai pensé. *C'est l'affirmation d'une envie présente, pas d'une réalité future.*

— Ta mère et moi sommes derrière toi, à cent dix pour cent. On a vérifié avec l'école : avec tous tes points d'avance, tu peux entrer à l'université. Tu peux prendre un semestre de vacances, si tu veux. Passer tes examens avant la date. Voyager. Tout ce que tu veux.

Je veux Thad.

Il m'a tapoté la jambe.

— Réfléchis-y, mon cœur. Réfléchis à ce que tu veux. Si on peut t'aider à le réaliser, on le fera.

— Tu n'es pas obligée de nous le dire aujourd'hui, a ajouté ma mère d'un ton apaisant avant de citer le mantra de notre dernier conseiller. Prends ton temps. Il n'y a pas le feu. Tu as tout ton temps.

Tout mon temps.

Ce choix malheureux de mots m'a blessée comme peu de phrases le pouvaient, et la douleur m'a poussée à agir. J'ai pris une inspiration, j'ai imaginé Thad en train de me sourire, et j'ai regardé mes parents.

— Il y a une chose que je voudrais.

J'étais fière de pouvoir parler sans sangloter. *Pas de regrets.* Avec la voix de Thad qui résonnait dans ma tête, j'ai dévoilé mon plan.

Cinq minutes plus tard, ma mère me dévisageait comme si je venais de lui dire que je voulais un tatouage sur l'intégralité de ma peau.

— L'université de Washington, elle a répété. Tu veux jouer au volley à l'université de Washington. À Seattle.

— Seattle, j'ai dit en hochant la tête. Terre des Huskies.

Ma mère a jeté un coup d'œil par la fenêtre et son visage s'est éclairé. Elle a utilisé son ton « soyons raisonnables, je sais ce qui est le mieux pour toi ».

— Mon cœur, réfléchis bien. Il pleut tout le temps à Seattle. Et quand il ne pleut pas, le temps est couvert. Les gens deviennent fous là-bas parce qu'ils ne voient pas le soleil.

Elle m'a regardée, persuadée qu'elle avait l'argument qui allait me faire changer d'avis.

— Réfléchis-y, Charley. Tu adores le soleil.

Je me suis contentée de la fixer, et elle a froncé les sourcils.

— Charley ? Réfléchis bien.

— C'est déjà fait.

Pas de soleil, pas de chatoiements. Fini de faire semblant.

Ma mère a jeté un regard suppliant à mon père, qui s'est éclairci la gorge.

— Euh, mon cœur, Seattle est tellement loin. Qu'est-ce qui ne va pas avec l'université de Géorgie ? C'est dans une super ville universitaire, il y a des matchs tous les samedis. Tu pourrais emménager avec Em.

Une fille a disparu à l'ouest d'Athens le mois dernier. On n'a retrouvé que ses vêtements. J'aimais beaucoup mon père, mais j'étais décidée.

— Seattle, j'ai dit d'une voix assurée. Je veux aller à Seattle.

La voix de ma mère était devenue un cri désespéré.

— Seattle ! C'est quasiment au Canada !

Exactement.

Mon père m'a fait un clin d'œil puis a conduit ma mère, qui protestait toujours, hors de ma chambre.

Quelques secondes après leur départ, Em a débarqué sur le pas de la porte, avec son jean délavé et sa confiance en elle typique des étudiants. Tout ça lui allait à merveille.

— Devine qui est de retour ? elle a demandé, tout sourire.

Pendant une minute, j'ai cru qu'elle parlait de moi. Et puis Jen a déboulé dans la chambre. Ses cheveux noirs étaient coupés court dans un style très italien.

— Charley !

Jen m'a serrée dans ses bras comme si elle ne m'avait pas vue depuis très longtemps, ce qui était le cas. Elle s'est mise à pleurer et m'a serrée encore plus fort.

Les cris de ma mère ont atteint un volume terrible.

— Waouh, a dit Jen en s'essuyant les yeux. Ta mère pète un câble.

— C'est vrai que ça fait loin, cinq mille kilomètres.

— Elle s'en remettra, a dit Em. Elle a juste besoin d'un peu de temps. Il ne faut pas oublier qu'elle vient tout juste de te retrouver.

Sa voix a frémi.

J'étais envahie par l'émotion, mais je n'ai pas pleuré. Parce que je n'avais pas l'impression d'être rentrée. J'avais l'impression d'être prise au piège dans un endroit sans nom, coincé entre Nil et ici, et je n'avais pas encore trouvé comment m'en extirper.

Jen a pressé ma main, et comme au bon vieux temps on s'est assises toutes les trois sur mon lit. Em m'a pris l'autre main.

— Charley, elle a demandé d'une voix timide, est-ce que tu te souviens de quelque chose, maintenant ? Ce n'est pas grave si ce n'est pas le cas. C'est juste… tu es partie si longtemps…

Ses yeux me suppliaient de l'aider à comprendre. J'ai tourné la tête, car je savais que Jen était en proie aux mêmes émotions : curiosité, inquiétude, peur, espoir. C'était cet espoir qui me faisait le plus mal, parce que je savais qu'une fois perdu, c'était définitif et dévastateur.

J'ai respiré un grand coup pour me donner du courage.

— Il y avait un garçon, j'ai dit doucement. Il m'a sauvée.

Je me suis arrêtée là pour lutter contre le vide à l'intérieur de moi.

— Il s'appelait Thad.

C'était la première fois que je prononçais son nom à voix haute depuis mon retour.

— Et ? a fait Jen. Qu'est-ce qui s'est passé ?

Plus aucun mot ne voulait venir. Ils étaient bloqués dans cette antichambre de solitude. Peut-être qu'un jour je révélerais toute l'histoire à Em et à Jen, mais pas maintenant, pas tout de suite. Pas tant que je ne l'aurais pas digérée moi-même. Pour le moment, j'avais besoin de la seule chose que ce monde offrait – et pas Nil – : du temps.

Si irrationnel que ça puisse paraître, l'une des raisons pour lesquelles je n'étais pas prête à raconter mon histoire, c'était que je ne voulais pas admettre qu'elle était entièrement écrite. Que la fin, la fin de Thad, était définitive. Mon cœur refusait de l'accepter.

J'ai regardé le visage plein d'espoir de Jen et j'ai secoué la tête. *Pas tout de suite*, j'ai pensé. *Pas tout de suite*.

Chapitre 69

CHARLEY

Jour 51, fin de matinée

Quand les feux arrière de la voiture de ma mère ont disparu dans la pluie et la brume, je me suis affaissée contre la fenêtre, soulagée.

J'étais enfin seule.

Être seule signifiait être libre de me souvenir. Je pouvais cesser de feindre d'aller bien et de ne me souvenir de rien. De feindre d'être entière. Car cinquante et un jours après, mon cœur réclamait toujours Thad. J'avais besoin de temps pour faire mon deuil et guérir. Seule la distance pouvait me le procurer.

Cela avait pesé énormément dans ma décision de partir pour l'université de Washington, un établissement aussi étranger pour mes parents que Nil pour moi. Mon père avait essayé de me faire changer d'avis, mais j'étais résolue, et j'avais gagné. Je songeais aussi à rejoindre l'équipe de cross, parce que je ne me sentais vivante que lorsque je courais. Alors je courais beaucoup, et je suis devenue plutôt bonne. En tout cas quoi que je fasse à Seattle, je n'aurais pas à faire semblant. Et je me sentirais proche de Thad, même s'il était parti.

Aujourd'hui, il faisait un temps de janvier, gris, frais et humide. Ce n'était pas la tempête, juste une douce bruine argentée.

Je l'ai regardée tomber, étrangement apaisée par cette absence de couleur de l'autre côté de ma fenêtre. Et comme je le faisais toujours quand j'étais seule, j'ai pensé à Thad. Je me suis souvenue de nous.

Alors que je revivais notre dernier instant ensemble, j'ai été prise d'une colère fulgurante et douloureuse. Puis l'émotion s'est dissoute aussi vite qu'elle était venue. Ces derniers temps, la fureur remplaçait peu à peu la torpeur et me servait de carburant quand je courais. J'étais furieuse contre Nil, contre le destin, ou peut-être les deux. Le destin m'avait rapprochée de Thad dans le seul but de pouvoir me l'arracher – ou peut-être que c'était Nil. Je n'arrivais pas à dire où finissait l'un et où commençait l'autre. Et je ne comprenais pas pourquoi. *Pourquoi me laisser rencontrer l'âme sœur, si c'est pour me l'enlever ? Est-ce que ma raison d'être sur Nil, c'était simplement de résoudre le mystère des gravures, de redécouvrir un savoir qui avait été perdu ? Dans ce cas, pourquoi m'avoir prise en premier, alors que mon travail sur Nil n'était pas terminé ?*

J'avais été si sûre que j'allais finir par comprendre le schéma des portes, et j'étais heureuse d'avoir pu partager ma théorie de la tempête avec tout le monde dans la Cité. Mais je n'avais jamais vraiment compris les chiffres.

Peut-être que je n'étais pas destinée à savoir, j'ai pensé en posant la tête contre le carreau froid. *Peut-être que les nombres sont un mystère que quelqu'un d'autre devra résoudre.* Un peu comme Sabine, qui avait partagé ses connaissances sur la mortelle mais était partie sans apprendre à quiconque comment la préparer en infusion.

Peut-être que je n'avais pas été sur Nil pour rencontrer Thad.

Chaque cellule de mon corps me criait le contraire et, à cet instant, j'étais furieuse contre Thad. J'avais volé sa porte, mais il m'avait jetée dedans. Son acte avait été altruiste, mais pour moi c'était l'équivalent d'un abandon. Il m'avait abandonnée, moi, il nous avait abandonnés. Pourtant, son geste était tellement du Thad tout craché que ma colère ne durait pas, parce que je ne pouvais pas en vouloir à Thad d'être Thad. Parfois, je m'énervais contre moi-même, en me demandant comment je ne l'avais pas vu venir.

« Tu n'as pas intérêt à m'abandonner », je lui avais dit. « Jamais », il m'avait promis, une flamme dans ses yeux bleus.

Je l'avais mal interprété.

J'ai tapé ma tête contre la vitre, puis j'ai laissé tomber. Je ne voulais pas rejouer à « Et si… ». Ça ne changerait pas le passé. Mais si le passé était révolu, il continuait d'influencer le présent.

Thad me manquait tellement.

Par habitude, j'ai touché mon cou nu. Tous les cadeaux de Thad avaient été réduits au rang de souvenirs : le collier, les fleurs, les baisers. Tous, sauf un : moi. Son dernier cadeau, ç'avait été ma vie. Ma vie. La gâcher, ce serait abîmer ce cadeau. Je m'y refusais, car même si personne d'autre ne le saurait jamais, moi, je le saurais. Et je n'oublierais pas.

Mon père avait raison. J'étais forte. Je m'en sortirais. Je le devais à Thad, et je me le devais à moi-même.

Seulement, je devrais m'en sortir seule.

J'ai pensé à aller courir, mais j'étais bien, là, à regarder la pluie avec la certitude que, pour la première fois depuis des semaines, personne ne viendrait me demander si ça allait.

Le téléphone a sonné, je n'ai pas bougé. Je me demandais si c'était Natalie. Elle avait vu les infos et avait trouvé mon numéro. Quand je lui avais dit ce qui s'était passé, elle avait pleuré avec moi, sidérée par le choix de Thad. Elle était la seule à savoir comment je me sentais, et pourtant, elle ne le savait pas vraiment. Parce qu'elle avait Kevin, tandis que moi, je n'avais que mes souvenirs. Des souvenirs que j'avais perdus, dans l'esprit de tous. J'adorais parler avec Natalie, et en même temps, je détestais ça.

Le téléphone est redevenu silencieux. La pluie continuait de tomber. J'ai vu passer quelqu'un en imperméable, puis la sonnette a retenti, intrusive, désagréable.

J'ai posé le front contre la vitre et j'ai regardé la pluie.

Chapitre 70

THAD
Jour 365, midi

Le sol a tremblé sous mes pieds.

— Thad !

La voix de Rives était étouffée par le séisme.

— À ta gauche !

Je me suis retourné, m'attendant à une attaque de l'ours, mais j'ai eu le choc de voir une porte apparaître à vingt mètres.

COURS, a ricané Nil. *Nil a dit COURS.*

J'ai couru.

Tout chavirait, sauf moi. L'air remuait, le sol se brouillait. Mes pieds ont volé au-dessus de la roche en mouvement, mais mes yeux sont restés rivés sur la porte. Sur ma dernière occasion. L'adrénaline coulait à flots dans mes veines, la mort me mordait les talons. Les quadriceps me brûlaient et je les ai fait chauffer encore plus. Il fallait qu'ils brûlent, comme la porte que je voulais attraper plus que tout, parce que la brûlure signifiait que je me battais toujours.

COURS.

Le bruit était assourdissant, pareil au grondement d'une avalanche : l'île était secouée par un énorme tremblement de terre. La porte scintillait à dix mètres de moi, mais la fenêtre pour l'attraper était sur le point de se refermer.

Midi s'estompait, comme moi.

COURS !

Une fissure géante s'est ouverte dans le sol noir, à quatre mètres de moi. La porte, qui ne bougeait presque pas, flottait juste de l'autre côté.

Viens à moi, je l'ai implorée.

La porte s'est rapprochée, toujours plus près de la crevasse. Les secondes s'égrenaient dans ma tête, comme un compte à rebours. *Trois… deux… un…*

J'ai couru pour moi, j'ai couru pour Charley, j'ai couru loin de la Faucheuse et vers cette porte, en priant de pouvoir réussir contre toute attente, pour une fois. Je ne respirais plus, je n'en avais pas le temps.

J'ai couru… puis j'ai sauté. À présent, la porte flottait directement au-dessus de l'abysse : tomber signifiait une mort certaine, mais j'étais mort de toute façon.

Pendant un instant, plus rien n'a remué.

Plus rien n'a tremblé.

Le temps s'est arrêté. L'air m'a enveloppé de paix. Je volais, je flottais. Il ne me restait plus rien. Puis je suis tombé. Et quand la fournaise m'a dévoré, j'ai ri.

Ensuite, j'ai perdu connaissance.

Chapitre 71

THAD
Jour 51, matin

Lorsque j'ai appuyé sur la sonnette, j'ai cru que j'allais exploser. Je rêvais de ce moment depuis que j'avais sauté à travers cette porte, comme possédé. Je m'étais réveillé nu au Pakistan, j'avais fini par rentrer chez moi et j'avais recherché Charley avec toute l'énergie qui me restait.

Mes mains tremblaient, alors j'ai posé mon sac à dos devant la porte. Avec la pluie, j'ai dû tendre l'oreille pour essayer de percevoir des bruits de pas.

Pas de réponse.

Le cœur serré, je me suis demandé si je ne m'étais pas trompé de numéro, mais non. Peut-être qu'elle n'était pas chez elle. Je me suis penché sur la porte et j'ai appelé.

— Charley ?

Deux longues secondes sont passées, puis la porte s'est ouverte en grand. Charley se tenait là, ses cheveux noirs encadrant son visage. Avec son jean et son tee-shirt, elle paraissait plus grande, plus mince et plus magnifique que jamais. Mais ses yeux étaient sans expression. Ça m'a coupé dans mon élan.

— Thad ?

Son visage a perdu ses couleurs.

— Je t'ai manqué ? j'ai dit en souriant.

Charley n'a pas bougé.

— Tu es mort. J'ai volé ta porte.

Sa lèvre inférieure était en sang, comme si elle la mordait depuis des semaines.

— Non. C'était la tienne, j'ai répondu sous le regard interrogateur de Charley. La mienne était la suivante. Nil nous a offert une triple.

Parce que j'avais fini par abandonner ce que je désirais le plus : toi. J'avais la gorge nouée.

— … Et me voilà.

— Tu ne vas pas t'en tirer comme ça, elle m'a dit en se jetant dans mes bras.

C'était le moment que j'attendais depuis toujours : Charley dans mes bras, ici, dans ce monde. Pendant un instant, ça a paru aussi irréel que Nil.

— Qu'est-ce qui t'a pris si longtemps ? elle m'a demandé d'une voix tremblotante.

— Je me suis arrêté pour acheter des cookies, j'ai soufflé dans son oreille. Aux pépites de chocolat. Désolé, ils ne sont pas faits maison.

— J'ai cru que tu étais mort, elle a lâché, énervée, en me frappant sur la poitrine. J'ai cru que je t'avais perdu. J'ai cru…

Le poing contre mon torse, elle s'est arrêtée, la voix pleine de douleur.

— Je suis désolé, j'ai dit en recouvrant sa main de mes doigts. Je suis venu aussi vite que j'ai pu.

— Cinquante et un jours, a murmuré Charley dans mon cou. Cinquante et un jours, monsieur Blake. Tu avais oublié l'existence des e-mails ? Du téléphone ?

— Mon hébergement était un peu spartiate. Pas de wi-fi, et le service n'était pas terrible.

— Super drôle, elle a répliqué en se raidissant dans mes bras. Cinquante et un jours, et tout ce que tu trouves à dire, c'est que le service n'était pas terrible.

— C'est vrai. Je me suis réveillé nu au Pakistan, et ils ne m'ont pas exactement déroulé le tapis rouge.

Des images d'une période plus sombre encore que Nil me sont revenues ; j'ai frissonné.

— J'ai appelé hier, mais ton père a cru que j'étais un journaliste. Il m'a raccroché au nez.

— Désolée. Il est plutôt protecteur ces derniers temps.

— Je ne lui en veux pas.

Je l'ai serrée contre moi, toujours aussi abasourdi que Nil m'ait fait cadeau de ce moment.

— Alors je ne vais pas m'en tirer comme ça ? j'ai chuchoté.

— Certainement pas.

Elle a touché ma joue d'une main d'abord hésitante, puis plus téméraire.

— Je n'arrive pas à croire que tu sois en vie. Que tu sois ici.

J'ai levé son menton pour qu'elle me regarde dans les yeux.

— J'avais promis, tu te souviens ?

— Je me souviens.

Lorsqu'elle m'a souri, ses yeux étaient plus brillants que le soleil de Nil.

— Je me souviens de tout.

— Je t'aime, Charley « e-y ».

J'ai posé mes lèvres sur les siennes et je l'ai embrassée, parce que je ne voulais pas perdre une minute. Voilà ce que m'avait enseigné Nil. Mais Nil, c'était avant. Charley, c'était maintenant.

— Est-ce que tu sais quel jour on est ? elle a demandé en enroulant ses bras autour de mon cou.

Le fait de chercher la date avait comme un arrière-goût de Nil.

— Le 5 janvier ?

Charley a secoué la tête en riant.

— C'est le Jour 1. C'est *notre* Jour 1.

Et les ombres de Nil se sont dissipées, tout comme le tic-tac. Un avenir sans limites. Quel bonheur !

— Le Jour 1, j'ai répété en étreignant Charley. Le jour 1 de l'éternité.

REMERCIEMENTS

Un énorme merci aux personnes suivantes, qui ont mis *Nil* au monde :

Ma fantastique éditrice, Kate Farrell, qui est tombée amoureuse de *Nil*, pour ses remarques si justes, pour sa bienveillance et son réconfort. J'ai conscience de ma chance. Je ne peux pas imaginer *Nil* sans l'œil avisé de Kate et son soutien. Je lui dois des cookies pour la vie.

Toute l'équipe de Macmillan, pour sa gentillesse et son enthousiasme sans borne, pour ma magnifique couverture, et pour toutes les choses que la fantastique machine Macmillan/Henry Holt a pu faire dans l'envers du décor pour rendre *Nil* aussi bon que possible. Je lui suis éternellement reconnaissante.

Ma préparatrice de copie, Ana Deboo, qui a dû subir ma pénible chronologie des Jours et qui mérite les plus chaleureuses embrassades.

Samantha Mandel, qui a aidé à mettre tout ça en place de bien des façons.

Mon agent, la rock star Jennifer Unter, qui a tenté sa chance avec moi, qui a fait de mon rêve de publication une réalité, pour ses encouragements et ses conseils, et qui est la meilleure agent/cheerleader possible. Jennifer, tu es vraiment géniale.

Charles Martin, un écrivain incroyablement talentueux qui m'a gentiment donné de son temps et de sa sagesse dès les prémices, et qui m'avait donné ce conseil : « Écris un autre livre. » C'est ce que j'ai fait, et ce livre était *Nil*. Merci, Charles. Je te suis tellement reconnaissante pour ce conseil.

Mes amis auteurs et critiques : Jessie Harrel, qui a lu *Nil* en premier et m'a soutenue dès le départ ; Tonya Kuper, qui partage mon cerveau et a lu *Nil* presque autant de fois que moi ; Natalie Whipple, qui est chaleureuse et a su donner à *Nil* l'impulsion qu'il lui fallait ; Jay C. Spencer, qui a rendu Thad plus vrai ; Laura Stanford, qui a adoré l'histoire et s'est battue pour le bébé phacochère ; Lindsay Currie, dont la vision me stupéfie et qui a repéré des choses que je n'avais pas vues ; et Becky Wallace, qui lit aussi vite que moi en plus d'être brillante. Je suis tellement heureuse que *Nil* m'ait offert des personnes comme vous tous.

Mes amis et soutiens : Kelly Anderson, Leigh Smith et Christy Gillam, qui ont lu les (horribles) premiers jets de mon premier roman et ont quand même lu d'autres manuscrits après ; Phaedra Avret, Gina Donahoo, Mary Claire Miller, Julie Cofran, Avery Williams, Kat Miller et Marchie Surface, qui ont lu mon deuxième brouillon et ont alimenté mes espoirs ; Amy Grant et Sims Wachholz, qui n'ont jamais eu le moindre doute et sont peut-être aussi enthousiastes que moi ; Allison, Lindsey, Virginia, Cathleen, Susannah B., Margaret, Heather, Susannah D., Mary, Natalie, Kasie, Erin, Nicole, Kim, Rebecca H., Michele, Debbie K., Annie, Rebecca C., Meg, Darden et tous les amis chers que j'ai oubliés à cause de mon cerveau d'auteur : je garde précieusement en mémoire chacun des mots d'encouragements que vous m'avez envoyés. Je vous adore tous.

YA Valentines, qui a embarqué avec moi dans la grande aventure de mes débuts en 2014. Je suis honorée de faire ce parcours avec vous.

Mes jeunes lecteurs, Mary Caroline Gillam et Porter Grant, qui sont les meilleurs.

Mes amis écrivains sur Twitter, les membres du #NILtribe, les blogs littéraires et mes lecteurs partout ailleurs, pour votre incroyable enthousiasme et votre soutien. Vous avez donné vie à *Nil*.

Ma sœur, Kristin Sziarto, qui y a toujours cru. Je t'adore, Ki.

Mon père, qui m'a donné mon premier roman d'Anne McCaffrey. Tu me manques.

Ma super famille : maman, Penny, Bev, Beepsy, Johnny, Jim, mamie, Mark, Jill, Kerri, Blake, Ryan, Baz et Max, pour m'avoir offert leur amour. Je vous aime tous très fort.

Mes garçons, Caden, Christian, Davis et Cooper, qui m'avez partagée avec Charley et Thad, et avez fait de chaque jour une aventure. J'aime chacun d'entre vous au-delà de toute mesure.

Et Stephen, mon coup de foudre, mon meilleur ami et mon ailier, qui lit tout ce que j'écris et qui est mon plus grand fan. Je suis tellement contente d'avoir choisi Astronomie. Oui, pour toujours.

Ouvrage composé par
PCA – 44400 Rezé

Imprimé en Espagne par Liberdúplex
S31676/03

MIXTE
Papier issu de sources responsables
FSC® C003309
www.fsc.org

L'éditeur de cet ouvrage s'engage dans une démarche de certification FSC® qui contribue à la préservation des forêts pour les générations futures.

Pour en savoir plus :
www.editis.com/engagement-rse/

www.pocketjeunesse.fr
PKJ • POCKET JEUNESSE

92, avenue de France – 75013 Paris